古典詩歌研究彙刊

第三輯

龔鵬程 主編

第 19 冊

方東樹《昭昧詹言》及其詩學定位(上)

楊淑華 著

國家圖書館出版品預行編目資料

方東樹《昭昧詹言》及其詩學定位（上）／楊淑華 著 — 初版
— 台北縣永和市：花木蘭文化出版社，2008〔民 97〕

目 2+254 面；17×24 公分
（古典詩歌研究彙刊 第三輯；第 19 冊）

ISBN 978-986-6831-96-6（精裝）
1. 詩評　2. 詩學

821.87　　　　　　　　　　　　　　　　97000472

ISBN 978-986-6831-96-6

古典詩歌研究彙刊
第三輯　第十九冊　　　　　ISBN：978-986-6831-96-6

方東樹《昭昧詹言》及其詩學定位（上）

作　　者　楊淑華
主　　編　龔鵬程
出　　版　花木蘭文化出版社
發 行 所　花木蘭文化出版社
發 行 人　高小娟
聯絡地址　台北縣永和市中正路五九五號七樓之三
　　　　　電話：02-2923-1455／傳真：02-2923-1452
電子信箱　sut81518@ms59.hinet.net
初　　版　2008 年 3 月
定　　價　第三輯 20 冊（精裝）新台幣 28,000 元

方東樹《昭昧詹言》及其詩學定位（上）

楊淑華　著

作者簡介

楊淑華，台中師專語文組、臺灣師大國文系畢業。民國七十八至八十二年間就讀臺灣師大國文研究所碩士班，師事邱燮友教授，撰寫《文選選詩研究》；八十六至九十二年間就讀成功大學中文研究所博士班，師事張高評教授，撰成《方東樹《昭昧詹言》及其詩學定位》，現任國立台中教育大學語文教育學系副教授。另有《臺灣當代小說論評》（1999，春暉）、《語文教學與應用》（排版中）等合著專書出版。

提　　要

　　有鑑於中國詩學研究裡對清朝中葉詩學發展研究的疏略，本論文擬以方東樹《昭昧詹言》為核心，重新釐析其評詩內容、探求其論詩祈向，並詮釋其詩論的時代意義，以確定其在桐城詩派中的詩史地位。

　　全文論述共分七章，依序由考辨外緣資料、闡釋評詩特點、藉助現代文論詮釋三個層面，探討方東樹《昭昧詹言》的詩學內涵，並嘗試為其在詩學發展史上的定位。經由宏觀籠罩與微觀探討之雙重研究視野並用，本論文的撰寫，獲得以下各方面的研究成效：

1. 闡明方東樹在《昭昧詹言》等論述中評詩的重要特色。
2. 經由宋代詩學的聯繫、比較，抉發方東樹詩論中對詩體特色、創作意識的省察與闡述。
3. 藉助現代文論的思路，對方東樹創新求變的評論特色，深入辨析、並能給予適切的詮釋和定位。
4. 本論文所從事的基礎研究，應能對歷代宗宋詩派的詩話、或詩學特色有所開發。對唐宋詩之爭問題的權衡、清代詩學發展的軌跡，也提供些許的參考價值。

目

次

下 冊

第一章 緒 論

一、研究主題

本論文是以清代道光年間，桐城詩派的重要成員方東樹的論詩代表作《昭昧詹言》爲核心，釐析其評論特色與詩學祈向，以針對桐城派兼取唐宋詩的主張作檢證，確定其與宋代詩學的關聯。並與當代相關詩論相參照，以期對清代中葉（道光、嘉慶、咸豐年間）的詩學發展有較深入的瞭解，且重新詮釋《昭昧詹言》在桐城派詩學典範的重要性，確定方東樹詩學的歷史地位。由於所涉及相關詩學主題較多元，本論文擬分三個層面加以釐清：

（一）唐詩、宋詩論爭的後續探討

唐詩、宋詩的比較與評論，可說是近代詩學發展及研究史上持續時代最久、影響層面最廣的議題。肇自南宋、蔓衍明清，甚至延續於民國以來的所謂「唐詩、宋詩之爭」，已由詩話中的吉光片羽，凸顯焦點成爲學術研究專著〔註1〕。討論內容也由體格正變、風格高下的區判，而涉及題材內容、詩學傳承的辨明，進而由詩歌的利病，藉以

〔註 1〕現代學者以「唐宋詩之爭」爲題，而撰爲學術專著者，主要有齊治平《唐宋詩之爭概述》。山東：齊魯書社，1984 年；戴文和《「唐詩」、「宋詩」之爭》，台北市：文史哲，1997 年等。

探討詩歌原理、與創作藝術。因此，在各家論點的交鋒、激盪中，實薈萃了歷代詩家對唐詩、宋詩的接受與詮釋，也濃縮了歷代詩學中有關體格、創作、批評等方面的理念演進（註2），至今仍具有討論的價值。但隨著數百年來的文獻積澱，我們面對「唐詩」「宋詩」這組因二分辨證而對立的詩學論題，在研究態度與立論上應力求客觀，在探討重點上應較爲統整、深入。而觀察問題的視野，也應更加開闊而全面，方能脫離繁冗的史實考辨，嘗試從中提煉出值得借鏡的發展經驗、或藝術原理，甚至藉此根源問題的認識，以探討、詮釋近代詩學發展中的相關文獻。

自民國以來，由於錢鍾書、朱自清等學者評論角度上的轉移與深化（註3），以及現代學者繆鉞、徐復觀等的相繼投入研究（註4）、蔚爲風氣後（註5），對於唐詩、宋詩的評論，乃較能脫離高下優劣的評價論斷或意氣之爭，轉而在比較中發抉詩歌風格成因、或創作技巧評

〔註2〕參見蔡鎮楚：《中國詩話史》第四章第一節，199～200 頁。論曰：「所謂『唐宋詩之爭』，是圍繞著對唐宋詩的評價問題而展開，涉及到文學思潮、文學零派、文學風格以及美學觀點的論爭。」長沙市：湖南文藝，1988 年。張高評《宋詩之新變與代雄》第一章第二節，4～10 頁，將前人的討論，歸類爲風格（）分、題材內容、藝術技巧、詩學之傳承、詩歌之利病五方面。台北市：洪葉，1995 年。

〔註3〕錢鍾書先生對於宋詩提出許多獨到的見解，可參《談藝錄》中〈以俗爲雅，以故爲新〉〈談「活法」〉等篇。見台北市：書林，1988 年。而朱自清先生也於〈什麼是宋詩的精華？〉中藉評書而提出批評宋詩的基準，可參見《朱自清古典文學專集》（上）。台北市：宏業，1983 年。

〔註4〕黃節：〈宋代詩學〉（原見《文學世界》十四期，1956 年 9 月）繆鉞：〈論宋詩〉（原見《詩詞散論》，台北市：開明，1977 年）、徐復觀：〈宋詩特徵試論〉（原見《中國文學論集、續集》。台北市：台灣學生，1981 年初版）皆是國內較早關注於宋詩特色論題的學者。詳細可參見黃永武、張高評編著：《宋詩論文選輯》一至三冊。高雄市：復文，1988 年；以及張高評：《宋詩綜論叢編》高雄市：麗文文化，1993 年。

〔註5〕參見張高評：〈宋詩研究的面向和方法〉，成大中文學報第六期 1998 年 5 月；〈五十年來唐宋文學研究的回顧與前瞻〉《漢學研究通訊》20 卷第 1 期。2001 年 2 月。

析等詩學原理上的共通點，宋詩的特色與定位，遂漸獲得澄清與肯定。特別是宋人對詩歌特質的省察、與詩歌藝術表現的探求上，均具有豐富的創作經驗與論述成果，也對後代詩人學者造成相當重要的影響。本文便基於此種研究視野，重新觀察籠罩在唐詩、宋詩論爭氛圍中的清代詩學發展，因而發現「方東樹詩論」此一值得深入探討的研究題材。

（二）宋代詩學對清詩的啟發

縱觀綿延數百載的唐、宋詩學接受史實，對唐詩、宋詩的讀者反應最分歧、論辯互動最頻繁，卻也開展出較多元、較深刻觀點的階段，應屬清代。清人在詩文創作上，講求「學古」的功夫，特別是「學宋」，更是自清初以來，持續地、有意地存在於清代詩學發展中的普遍現象。

謂其有持續性，是因自清初以來，錢謙益、黃宗羲等遺老，以及吳偉業、查慎行、王士禎等詩人，皆在不同層面、不同程度上取法於宋詩，其後如浙派詩人厲鶚、主張肌理論詩的翁方綱、桐城派詩人姚鼐、湘鄉派詩人曾國藩等，以及宋詩派何紹基、同光體沈曾植、陳衍，甚至清末詩界革命的黃遵憲、梁啓超等人，更是以鮮明的立場、明確的主張，極力發揚宋詩「自見性情」「追求新變」的核心精神。是故，在詩篇創作上，宋詩已成爲另一種學習的類型、詩美的風格；而詩學理論上，則由宋人變唐、明代模唐的得失中獲得發展啓示，確定詩體代變的必然性，歸返於詩人主體的性情〔註6〕，並進而概括出詩學評論的法則。

至於謂其有意發展，則是鑑於清初以來的詩論家，在批判或立論

〔註6〕錢謙益謂之「靈心」，含有「性、情、志、氣、才」五端。參〈題杜蒼略自評詩文〉《有學集》卷四十九，見四庫全書禁燬委員會編：《四庫禁燬叢刊、集部》第115冊。北京市：北京出版社，民國84年；葉燮則看重宋人之「眞」，用「才、膽、識、力」析論之。參見葉燮：《原詩》，見丁福保編：《清詩話》第579頁及587～589頁評宋元詩。台北市：木鐸，1988年。

間，所共同呈現的是「力圖超越前人的追求和氣概」〔註7〕。而在所謂「尊唐」或「宗宋」的詩話中，後者往往意識到尊唐風氣具有政治情勢上的推展優勢，而表現得更為強調客觀論證，藉助詩學發展與建立詩論的系統性，以積極彰顯其「變化的詩歌發展觀」「趨新求奇的審美趣味」〔註8〕等詩論特點。因此，馬亞中先生據現象層面歸結：「學宋」是清代的一個特定的文學現象〔註9〕。張高評先生所歸結「宋詩是時代精神的投影，是士人素質的表現」〔註10〕的特質，則適足以表明清代詩學對宋詩由精神內涵上的繼承。本論文便是基於此一發展背景，企圖深入探究方東樹詩學與宋代詩學間的相關性，瞭解其詩學觀念或理論上的影響關係。

（三）方東樹詩論的重新詮釋

雖然，在前輩學者的觀念開拓、與研究心力貫注下，目前海峽兩岸的唐、宋詩研究均已累積相當的成果，並逐漸調整先入為主、以唐詩為唯一衡準的價值論斷。但在清代詩體發展史上，卻仍留有一段模糊、跳接的時期，是在唐、宋詩討論中被忽略的段落。即以熟見的葉慶炳撰《中國文學史》、王運熙等撰《中國文學批評史》、黃保真、成復旺等《中國文學理論史》看來，多著重於清代前期（乾隆以前）、以及清代末期（同治以後）的各家詩文創作或理論、觀念探究〔註11〕，

〔註 7〕參見李世英：〈論清初詩歌思想的特點〉，《蘭州大學學報》（社會科學版）第 28 卷第四期，142 頁，2000 年。

〔註 8〕參見張高評：〈清初宗唐詩話語唐宋詩之爭：以「宋詩得失論」為考察重點〉中「清初詩話與唐宋詩之爭」一節，其綜述宗宋詩話的理論特點有「強調變化的詩歌發展觀」「肯定趨新求奇的審美趣味」「推尊韓愈、黃庭堅為宗師」三項。見《中國文學與文化研究學刊》第一期，95 頁。台北市：學生書局，2002 年 6 月。

〔註 9〕參見馬亞中：〈試論宋詩對清代詩人的影響〉。見《宋詩論文選輯》（一）268 頁。高雄市：復文，1988 年。

〔註 10〕參見張高評：《宋詩之新變與代雄》第一章第三節第 10 頁，台北市：洪葉，1995 年。

〔註 11〕葉慶炳撰：《中國文學史》中第三十三目為「清代詩文」，介紹清初詩壇、王士禎、趙執信、沈德潛、袁枚、鄭燮、晚清詩人。見台北

對於嘉慶、道光、咸豐六十餘年間〔註12〕的文學發展，儼然若無可述者。但就整體詩學發展上看，由乾隆時期的格調、性靈、肌理詩論爭鳴、唐宋分立，直接咸、同年間的宋詩派、同光體，卻似乎失落了一個發展上的必要環節，需要我們加以探究、補足。

　　對於這段乾隆末年到同光體之間的詩學發展脈絡，郭紹虞先生歸之於「肌理說的餘波」〔註13〕；吳宏一先生則分立二流，其一為桐城詩派，而以郭麐《靈芬館詩話》方東樹《昭昧詹言》為其代表著作〔註14〕。二位學者雖已見其趨勢，卻因基於通論的宏觀，未暇深究。唯張健先生在「清代後期──由肌理說到境界說」中特立「方東樹」一章，分論其詩學中「原理論、體裁及方法論、實際批評」的內容，並以按語評析其特殊性〔註15〕。但整體而觀，桐城諸家詩論中，結構較具條理、論述亦較深入的方東樹《昭昧詹言》並未受

市：台灣學生書局，1987 年增訂本。另王忠林等八位學者合著《增定中國文學史初編》第八編第一節「清代詩文」亦僅分清初遺民之詩、康熙時代之雄、乾嘉時代的詩人（袁枚、蔣士銓、趙翼、黃景仁）、晚清詩人四階段。1099～1107 頁。見台北市，福記，1985 年修訂三版，二書皆略於清嘉慶、咸豐、同治的詩學。
　　另：王運熙、顧易生《中國文學批評史》則於第六編第三章「清代前中期」論王士禎、沈德潛、翁方綱、袁枚、趙翼、鄭燮；於第七編第一章「近代的詩文批評和詞論」則論僅論龔自珍、魏源等，完全未及咸、同時的詩論。898～978；1163～1195 頁。見台北市：五南圖書，1993 年。
　　黃保真、成復旺等《中國文學理論史》雖斷代分冊而論，但其「清末民初時期」一冊，亦僅泛論〈從姚門諸弟子到曾國藩的古文理論〉，而未深論及桐城詩派或方東樹詩論等。見《中國文學理論史──清末民初時期》。第 90～98 頁。台北市：洪葉，1994 年。
〔註12〕嘉慶共二十五年（西元 1796～1820）道光共三十年（西元 1821～1850）、咸豐則十一年（西元 1851～1861）
〔註13〕參見郭紹虞：《中國文學批評史》，第五章第二節〈肌理學餘波──方東樹與文人之詩論〉。1067～1070 頁。台北市：文史哲，1990 年。
〔註14〕參見吳宏一：《清代詩學初探》。第 250～251 頁。台北市：學生。1986 年。
〔註15〕參見張健：《明清文學批評》，下編第五章「方東樹」，257～261 頁。台北市：國家出版社，民國 72 年。

到研究者重視，直至近十年中始陸續有學者觸及，如：

1. 康維訓：《方東樹詩論研究》。高師大國文所碩士論文，1988年。

2. 郭正宜：《方東樹詩學源流及其美感取向之研究》。成大史語所碩士論文，1993年。

3. 謝錫偉：《方東樹詩論研究》。香港浸會學院碩士論文，1994年。

此三本論著以敏銳的學術覺察確定此論題的重要性，並於論述中舉證具體、思理清晰，令人佩服。或能留意《昭昧詹言》中標立詩體正宗的特色，或試圖引用西方文論中「創意背叛」的觀點，筆者拜讀後亦頗獲啟發。故表面觀之，《昭昧詹言》既已匯集三位年輕學者的研究心力，應略無後人置喙之處。但詳讀文本後再檢視其論著，則大體仍可發現三方面的缺失，可供後續研究者修正或追求突破；

1. 未能掌握《昭昧詹言》的論述特性，對資料解讀與評論往往失當：學者多依當前出版形式，將《昭昧詹言》視為論詩專著，未準確掌握此書原為配合詩選的形式特色，更未留意其論述係以「辨體」為先，而任意摘引各卷評論、予以歸納，容易產生支離、或矛盾的現象。

2. 多針對《昭昧詹言》本身做「點」的研究，力求歸納詩論要點，但所引證，多集中於少數卷帙，未能有宏觀的立場，也未參照其他相關論述。詮釋論詩觀點時，亦未能上溯《昭昧詹言》在桐城詩派、桐城文論中的繼承與影響。

3. 或有嘗試由特定角度詮釋論題者，亦未能先全面客觀分析全書，充分掌握其評論的特殊趨向，僅依論述中文詞的多寡，而措舉「意義」「以意逆志」等為論題，對方東樹詩論的核心精神未能充分掌握。

因此，本文試圖修正以上研究方法的缺失，在清代詩學發展的宏觀角度下，期待能對方東樹《昭昧詹言》重新研究，提供較周全而深

入的詮釋觀點，並確定其詩學的歷史地位。

二、研究方法與選材

（一）研究方法

　　本文選擇方東樹及其《昭昧詹言》爲主要的研究材料，以探求其論詩特點、及在詩學發展上的意義。故研究方法上，採取歷史研究法〔註16〕爲主，必根據文獻證據而推論、解釋，並參酌史書、傳記、年譜等史料，考證其著述背景、師友交遊等外緣線索，以期適當詮釋撰者觀點。

　　爲能全面而客觀的掌握核心材料——《昭昧詹言》，則兼用社會科學研究上的內容分析法。先作全書所評論的詩篇中作普遍性的材料與現象評析，再由其數量化顯示的大趨勢中，持續作深入的質性探討。因此，在量化的論證呈現方面，除採用表格陳列選篇分析外，也包含歸納書中評論體例、評詩的基本模式與評詩用語的頻率與義涵整理等。

　　質性的分析方面，最重要的便是將所評論的文本（詩），抄錄原貌來與方東樹的評析相驗證，以落實詩評的意涵，確定其所詮釋的角度、與尚未關注的層面爲何。尤其是在《昭昧詹言》與所據選本《古詩選》《今體詩鈔》的評論關係上，則兼採現代文學中「典律化閱讀」的概念加以詮釋，以顯現其配合選本以評析文本、指導寫作、並示現評詩價值的特色。

　　在詩論繼承與創意詮釋的考察上，則有鑑於方東樹對於前代的典律詮釋，往往有其特異於前人的創意，乃參酌「影響研究」的觀念與方法加以詮釋，特別是藉美國文學評論家哈羅德、布魯姆（Harold Bloom C1930～）於 1975 年所提出的誤讀圖示（A Map of Misreading）觀念加以分類型說明，對於受到宋代詩學啓發、具有強烈創變企圖的

〔註16〕參見王文科：《教育研究法》，第 277～280 頁，討論「歷史研究法」。
　　　　台北市：五南圖書，1990 年增訂。

方東樹詩論，應有其適切、而獨到的詮釋功用。

（二）研究選材

　　《昭昧詹言》雖是方東樹個人的重要的評詩之作，更兼具桐城詩派主要詩論著述的特性。爲能挈舉其詩學全貌，本文雖以最能保留其評註原貌的汪紹楹先生點校本《昭昧詹言》﹙註17﹚爲主，同時以廣文書局的吳評本，汪中先生主編、聯經出版的《方東樹評古詩選》《方東樹評今體詩鈔》爲評論時的異本參照，並作爲詩篇對照研究的參考資料。

　　至於評詩觀點的歸納與說明，則盡量參酌其全集中《攷槃集文錄》《半字集》等相關創作、論述，並廣泛對照戴、方、劉、姚等桐城耆老，以及同門弟子郭䵣、梅曾亮等人的詩文論述。

三、論文結構與預期研究成果

（一）論文結構

　　針對前述研究主題與研究方向，本論文正文的論述預計有七章，分成三個層面探討「方東樹《昭昧詹言》及其詩學定位」：

1. 辨析外緣資料及文本分佈

　　第二章擬對《昭昧詹言》的成書背景，與論述體例、特徵，及書中特殊的詩學論題，先進行客觀而切要的瞭解，以便知人論世。再於第三章《昭昧詹言》與宋代詩學的關聯，對宋代詩學的特徵、與清初宋詩學的發展作一綜觀。至於《昭昧詹言》對二家詩選的評註，亦進行全面的選篇統計與分析，以概略瞭解書中之宋詩觀、及對宋詩名家的評價。

2. 闡釋方東樹詩論的主題與焦點

　　本論文第四章擬討論《昭昧詹言》對宋詩體裁概念的繼承。方東

〔註17〕本書最早爲北京人民文學出版社，1961年10月初版，1984年6月3刷。後台北漢京文化公司於1985年在台發行。爲求字體清晰、引用無誤，本文中引見文字俱以此本爲主。

樹既遵循「辨體」作法，卻又鼓勵創變、追求自成一家，其對於學詩進程的論點，值得探討；第五章考察《昭昧詹言》對宋詩創作意識的體現，舉凡方東樹詩論中對宋詩創作意識、活法作詩與文法評詩的體現與創發，皆在闡明之列。

3. 評價方東樹《昭昧詹言》的典律型態

《昭昧詹言》的詩學價值，頗富現代意義。筆者為求明確而深入研究論題，擬於第六章、第七章、第八章分立專題討論。第六章論《昭昧詹言》對詩學典律的創意詮釋，藉助現代文學批評上「典律」與「誤讀」等理論的觀點加以分析、檢證，而後評論其詮釋上的創意所在；第七章將《古詩選》《今體詩鈔》與桐城詩學典範進行歷時性的比較；第八章探討《昭昧詹言》作為新詩學典範的意義。原則上係以《昭昧詹言》為核心，提與同門派、同時代詩論相比較，以求確切評價方東樹對桐城詩派詩學典範上的貢獻。

（二）預期的研究成果

經由以上由宏觀的籠罩與微觀的探討，兩重研究視野交互並用，期望本論文的撰寫，能獲得以下各方面的研究成果：1. 提舉方東樹在《昭昧詹言》等論述中評詩的真正特色。2. 藉由與宋代詩學的聯繫、比較，抉發方東樹詩論中對詩體特色的省察與闡述。3. 藉助現代文論的思理，對方東樹追求創變的論詩特色深入辨析，並能給予適切的詮釋和定位。4. 本論文所從事的基礎研究，能對歷代宗宋詩派的詩話、或詩學特色的開發，以及唐宋詩之爭問題的權衡，有些許的參考價值。

第二章 方東樹《昭昧詹言》的詩學表述

　　《昭昧詹言》是清代桐城詩派詩學理論的支柱〔註1〕，也是其重要成員方東樹評詩的代表作。雖然，方東樹的詩學內容尚可包括其見於《攷槃集文錄》中序跋、書牘等關涉詩文的單篇散論，及收於《半字集》《攷槃集》《王餘集》等詩集中的創作〔註2〕，但因《昭昧詹言》的體例獨特、評論周詳，為使本論文的討論議題能較為集中，在有限的篇幅中作較深入的論述，乃選擇以《昭昧詹言》一書為主要的研究材料，論述中再旁及相關詩篇或論述為佐證，期能初

〔註1〕 參見黃華表：〈桐城詩派〉，推崇《昭昧詹言》說：「自植之《昭昧詹言》出，桐城詩派不特有師法途徑可以遵循，且有堅確理論為之支柱。」見《新亞生活雙週報》第一卷，第十三期，10頁，1958年11月24日。又見黃華表：〈桐城詩派道咸詩派詩案〉，其中評論方東樹《昭昧詹言》的重要性，有總成詩論、清理當代詩學異說，「論桐城詩派之所以成，植之之功亦不在朱子潁……諸人下。」見《新亞學術年刊》第一期，65頁。

〔註2〕 由筆者所見《方植之全集》的收錄內容看來，其涉及方東樹詩學表述的論著，主要有《攷槃集文錄》十二卷中序跋、書牘等關涉詩文的單篇散論，及收於《半字集》二卷、《攷槃集》三卷、一卷《王餘集》及《儀衛軒遺詩》二卷等，另有中研院藏《儀衛軒文集》十二卷及文外集，版本編次及文字稍異，亦可相參照。

步掌握以《昭昧詹言》爲核心的方東樹詩論之評論特色、與詩學論題。至於爲《昭昧詹言》評析所依循的二部選集：王士禛《古詩選》、姚鼐《今體詩鈔》，則因在內容、體例分析外，另需與當代相關詩選橫向比較、與縱向對照，以便評價其詩論成就，舉與《昭昧詹言》相衡較。故僅於第二節中略述其體例大概，其餘內容則留待本論文第三層次：探討《昭昧詹言》詩學發展地位的第七章，再依序作較深入、而完整的討論。

第一節　《昭昧詹言》的成書

一、成書的時機與著述的目的

（一）成書時間

　　方東樹《昭昧詹言》雖具有論詩專著分體、分卷的形式，事實上係配合桐城派學詩所用的二部選本《古詩選》、《今體詩鈔》而分條論述，因時有刪改增益，以致各錄出本內容詳略有別〔註3〕；加上書中評析各體的纂成時間先後不一，評析時又通常特有所指（某詩家或某詩篇）而隨機示教，以致書中評論不免有文字重疊、觀點紛歧等，看似前後矛盾、散亂等現象，但基本上《昭昧詹言》並不同於詩論專著，故不必然可以論述的條理分明、結構嚴謹作爲衡量基準。

　　現今可見《昭昧詹言》全書二十一卷，大致可依詩體區分爲三部分〔註4〕，先後於三年間完成：第一部份爲「正編」十卷：含卷一通

〔註3〕參四部刊要版、方東樹：《昭昧詹言》書後所附「點校後記」有全集本、重刊本、亞東本、賀本等，詳見第541頁。台北：漢京文化，1985年。

〔註4〕據汪紹楹考辨：武氏刊本《昭昧詹言》將二十一卷分成正編十卷、續錄三卷、續八卷。見北京人民文學版、及漢京版《昭昧詹言》書後「校點後記」539～544頁。；而清木正兒書中則直接將之分論爲三部分。見清木正兒著、陳淑女譯《清代文學評論史》146～147頁。台北市：台灣開明書店，1991年二版。

論五古，卷二以下專論五言古詩漢魏一卷，阮、陶、謝、鮑、小謝、杜、韓、黃各一卷，約撰成於道光十九年八月前〔註5〕。

　　第二部分為「續編」八卷：含卷十四通論七律，以下分初唐、盛唐、杜公、中唐、李義山、蘇黃各一卷，卷二十一附論諸家詩話。撰成於道光二十一年六月〔註6〕。

　　第三部份則為「續錄」三卷：含卷十一總論七古，卷十二分評註唐至元代諸家七古詩，及卷十三附「解招魂」「補遺」「陶詩附考」。前兩卷評論七言古詩者，最早撰註時間約在道光二十年五月〔註7〕，抄錄刊行則略晚於續編部分。

　　故知全書約完稿於鴉片戰爭（道光二十年、西元 1840 年）前後的三年間。至於刊本，則至光緒十七（西元 1891 年）年始有。其間鈔本與刊本的詳略不一，恰可比觀其著述原委、與觀念修正的變化。筆者於後續的討論中，雖以漢京文化印行的四部刊要本《昭昧詹言》為主，也將視情形參酌早期抄本、刪改前的賀氏本等內容，以便相互比照討論。

〔註5〕參見《昭昧詹言》書前第（一）頁，〈述恉〉下紀時為「道光己亥（十九年）八月」。台北：漢京文化，1985 年。：另見鄭福照輯：《清方儀衛先生東樹年譜》、道光十九年下載錄。臺北市：台灣商務，1978年。

〔註6〕同參鄭福照輯：《清方儀衛先生東樹年譜》、道光二十一年下載錄。臺北市：台灣商務，1978 年。

〔註7〕今見方東樹：《昭昧詹言》第十三卷後、方東樹按語下署時為「道光庚子十月十八日續書」。吳宏一先生據此而以為作於道光二十年。參見吳宏一：〈方東樹「昭昧詹言」析論〉第 52 頁，《國立編譯館館刊》，第十七卷第一期，1988 年 6 月。但筆者以為：細究其文，此應乃復姚瑩書牘的署時，未必即其正文的紀時。且由分體觀之，卷十二前皆為古體，唯獨卷十三皆為「解招魂」「陶詩附考」等考辨問題，其按語既對姚瑩的批評意見一一商榷，則其十一至十三卷的正文自應完成於更早之前。故改以其書後『跋一』的署時「庚子五月初二日」為據。如參照《方植之全集》本《昭昧詹言、續編》前的〈序〉為證，則可知在辛丑道光二十一年六月朔日之前，已有「論七古若干卷，未經寫出」，僅評註於家塾選本上。

（二）命名的旨趣與著述的目的

本書命名爲《「昭昧」「詹言」》，由此前後兩詞組的構成，便可發覺作者其評述心態的矛盾與曲折：既以其言足以「昭明奧秘、去人之蒙昧」自我期許；卻又以所言瑣碎、徒有詞費，所論恰如儒墨小言、無益教方〔註8〕而用典自謙，其一伸、一屈之間乃蘊含許多未盡之意，需再由書中所附序跋探明緣由。

首先，藉正文前「述恉」一篇討論，其言曰：

> 雖百家奕籟，吹萬自己，古之人與其不可傳者死矣，求得與不得，曷益損乎？顧念朝華已謝，夕秀方衰，鑿椒矯蕙以爲春日之糇糧焉；勤恁微明，庶彼炳燭；且令昭昧之情，無閒今昔云爾。

此篇署時成於道光十九年八月所撰的「述恉」，應即是年譜中所指的序文。文中感嘆古之作者及其創作奧秘不易傳，表明其確實常以「探求古人創作奧秘、燭照今後學詩者蒙昧」的立言傳世爲己任〔註9〕，誠欲藉本書以抉發古人詞章之奧妙。再印證於本書中卷一「語無隱謄、嚴於學術」〔註10〕的自我懇切省思，則其撰述本書時實深具辨正詩風、闡明文理的氣度。此外，由署名曰「副墨子」，乃其七十歲更名前所用的別號〔註11〕，故序中所謂「勤恁微明，庶彼炳燭」的學古

〔註8〕 其殆用《莊子、齊物論》中「大言炎炎，小言詹詹」的典故。今見今見《莊子疏》曰：「詹詹，詞費也。夫詮理大言，猶猛火炎燎原野，清蕩無遺。儒墨小言，滯於競辯，徒有詞費，無益教方。」《經典釋文》注曰「詹詹，音占。李頤云：『小辯之貌』。」，故有此推論。參見郭慶藩編：《莊子集釋》，卷一下〈齊物論〉第二，51～52頁。台北市：河洛圖書，1974年。

〔註9〕 另又見於書後道光二十二年九月所作「跋二」，曰「君子立德、立功、立言，欲以覺世、救世、明道，期有益於人而已，傳不傳與己何與焉？」表明其論述的救世正風企圖。同見《昭昧詹言》538頁。台北：漢京文化，1985年。

〔註10〕 參見方東樹：《昭昧詹言》，卷一，第156則，50頁。中自述「愚無所知，而於論學論文，好刻酷求眞，語無隱謄。」台北：漢京文化，1985年。

〔註11〕 參方東樹：〈更名說〉說明其七十歲（道光二十一年）後更名曰「楊」，

求眞、積極著述的態度，亦可聯繫於「方東樹學術年表」第四期（道光十三至二十年，年 62 至 69 歲間）的相關著述，乃頗爲確切可信。因此，經由序文的辨析，與相關例證的檢驗，乃顯示其所謂「昭昧」，其意義首先出於積極地闡發古人論詩之幽微。

其次，藉由次年五月所撰、附於書後的「跋一」，可再抉其寓意：

> 此書粗記臆見，未嘗敢以示人。……吾友意以古人稱「金針不度」，似此和盤托出，用意爲體太陋，大雅所不出也……然使語言文字之未知，作者年歷行誼之未詳，而謾謂「吾能得其用意之精微，立言之甘辛」，以大乘自處，而卒之謬誤百出，捫燭扣槃，盲猜臆說，誣古人、誤來學，吾誰欺乎？……
>
> 吾觀古今才高意廣、自衿大雅，而心粗意浮、蔽於虛妄，卒不登作者之堂、當作者之錄者，如牛毛；則余此書雖陋，而亦無可訴病者。（見漢京版：四庫刊要本《昭昧詹言》「跋一」，537 頁。）

「跋」中經友人之口虛設質疑，再自行委婉辯解：初學詩者應以語言文字的考辨和運用爲基礎，先求通其辭、通其意，方能入於創作精微；隨而批判近世恃才浮夸者的謬論。藉其文前後對照，乃可知方東樹所欲昭之「昧」，含混而言，是當代粗淺、虛妄的詩風；具體勾勒，則大抵針對詩語儈俗、結構雜亂，率意爲詩、不識作法的「盲昧」而言。因此，方東樹藉機澄清，其所以不憚繁瑣、詳於語言文字的評析，是懲於時風之病，而非不知金針不易度人。類之批評，另又見卷二十一「錄諸家詩話」後按語二則：

> 舉世奔命去做詩，無一人做成，緣是不識之故。……心中本無眞知，何能識眞。邊見、偏見、顚倒見，揉亂黑白，舉世擾擾，闇瞀無明，可哀也哉。
>
> 余觀近人詩文集，除一二眞作家外，多是儈俗淺陋，或雜

號「方柳」。見《攷槃集文錄》卷二雜著上，第 25～26 頁。上海市：上海古籍，2002 年。

亂無章，或用事下字不穩不確，或取境命意不切不倫。既
無句法，又無章法。其間有爲眾所推與稱美者，大抵亦是
意詞淺近、習熟雷同，爲凡人意中所能有，筆下所能到。……

（《昭昧詹言》第二十一卷，〈第 221、222 則，532、533 頁，同見漢
京版：四庫刊要本）

經由以上數處序跋間反覆的探求、參照，乃可知方東樹急欲昭明的
所謂「昧」，並非單純指後代初學詩者蒙昧、未得古人奧妙而已；更
有針對時人「率意爲詩、儉俗淺陋」謬風，而展現出的強烈救弊企
圖。故明確主張由字句、章法等基本功夫做起，從「識」得古人培
養眞知，並欲以本書——《昭昧詹言》具體實踐。此著述目的並可
參看姚鼐《今體詩鈔、序》，則更爲清晰。其曰：「至今日而爲今體
者，紛歧異出，多趨僞謬，風雅之道日衰。從吾游者，或請爲補漁
洋之闕編……〔註 12〕」。由此可知，姚門師生對當代詩壇創作風尚頗
多不以爲然，並具有「正雅袪邪」的使命感。

　　而方東樹繼六十九歲前編纂史志、發揚宋學的積極論學態度，於
恩師姚鼐、好友管同、同門郭麐相繼逝後，返鄉評詩立論、推闡師
說。爲維持詩學雅正、糾謬率易淺陋詩風，乃不避諱「金針度人」、
流於瑣細之譏評，堅持以釐析字句、講明篇章爲基本功夫。此便是方
東樹成書時，特意命名爲「昭昧詹言」所蘊含的特殊用意。

二、成書的動機與背景

（一）成書的動機與特色

　　如配合前述成書時間而觀，方東樹晚年撰成《昭昧詹言》的動機，
當另有促使其輯成、鈔行的外在因素——爲教授童蒙作詩的實際需求。

　　據考證，原於第十四卷《續昭昧詹言》前有一小跋，曰「付虎、
福、壽三孫〔註 13〕」。故青木正兒等學者多以爲本書「是其晚年爲課

〔註 12〕參見姚鼐：《今體詩鈔》〈序目〉【1】。台中市：中庸，1959 年。
〔註 13〕此爲鈔本的用語。後於全集本，已改爲「付淵如、龍光、濤三孫」。

孫輩所編」，但也隨即爲之申辯，其論辯充分深刻，不可以啓蒙書輕視之〔註14〕。然筆者卻以爲，論述動機通常決定其形式特徵，教授對象也必然影響其評述內容。《昭昧詹言》爲課兒孫、初學詩者而評析《古詩選》《今體詩鈔》二部選集，以作爲講授詩法的實際目的既已確定，則其評論內容、方式，勢必因應對象而有兩方面的調整。一是學習方法的單純、明確；另一是需對科考有所助益。

方東樹本非刻意標榜清高者，但致力仕進三十五年〔註15〕，卻始終於考場失利，以諸生終老，賴館課講學維生。相較於同門姚瑩、好友卞士筠等人，便空有義理、經濟之學，而無伸展實踐的機會〔註16〕。故當其晚年返鄉終老，專力督課族中孫輩、鄉里後進讀書，乃自然會於啓蒙詩文時，力求釋理簡明、而能與科舉制義的詩文作法相互印證，俾便於後學循正道而取捷，如此，則不僅有助於詩文，亦能參與國事、經世濟民。此由其在評析本書同時，並著有《獵較正簿》以討論八股文作法、以《大意聞尊》教諸孫讀書、行己、制心、處事之道〔註17〕，

見漢京版：四部刊要本《昭昧詹言》書後「點校後記」，第 542 頁。台北：漢京文化，1985 年。

〔註14〕參清木正兒著、陳淑女譯《清代文學評論史》。146 頁。台北市：台灣開明書店，1991 年二版。

〔註15〕參見附錄一：〈方東樹學術年表〉中備註欄所記，其「二十二歲，入縣學補弟子員，踰數年補增廣生。生平僅一應歲試，應鄉試十次。道光戊子八年（57 歲）後始不復應。」

〔註16〕方東樹雖致力於經學、理學，對於國家局勢、經濟之學亦甚爲關心。故由其與姚瑩的書信往返、詩文贈答中，顯現其憂心國事、恐於外患的心境；而由道光十八年上《匡民正俗對》於林則徐、二十二年作《病榻罪言》因卞士筠上於浙江軍門，則更見其積極入世的態度。惜皆不能用，乃因此而有憾。參見鄭福照輯：《清方儀衛先生東樹年譜》、道光十八及二十二年下載錄，第 27 頁。臺北市：台灣商務，1978 年。

〔註17〕參鄭福照輯：《清方儀衛先生東樹年譜》、道光二十及二十四年下載錄，第 27 頁。曰「著《大意聞尊》，以教諸孫讀書、行己、制心、處事之要道。」；又曰：「取古人格言，去其膚傳，約其警切，成一卷，名曰《山天衣聞》，以示三孫。」臺北市：台灣商務，1978 年。

可相互參證。倘若藉由現代心理學上所謂的「補償作用」〔註18〕，以說明方東樹期待晚輩續成其未盡心願的急切心態，或許有助於解釋《昭昧詹言》手抄本中所附文字何以不殫繁瑣、甚或對時人譏評過甚的特殊現象。

是故，方東樹本身雖學養豐厚，爲教導幼童、初學作詩者，卻常見深入而淺出、以簡明譬喻來概括繁複原理的論證；也時以精要文字概述前代名家、或桐城耆老評述詩文的睿見，使全書匯聚了桐城詩論及個人評析詩篇的精華，以致受近代學者推重。然而，其於當時最引人側目的，反倒是詳於細微章句、作法評析的著眼點。加上歸納詩體創作原理，常與時文作法相互參照，乃招來種種「鄙陋」的批評（參前引「跋一」）。其實，皆可歸因於成書時原有特殊的動機、考量，故講解務盡其言，然一旦欲對外刊行，行文措詞自必有所刪改，此點方東樹也頗有自覺，乃囑咐後學務必刪其瑣絮〔註19〕。於是，此一教習童蒙作詩的實際需求，乃與前述推闡師說、維持詩學的論述目的，縱橫交織成《昭昧詹言》以文論詩的獨特論述。

（二）與其治學歷程的關聯

一般學者多因方東樹所著《漢學商兌》一書，視之爲振興宋學的理學家、或積極反撲漢學的經學家〔註20〕。但由平生著述綜觀其治學趨向，似乎並不以程朱理學爲限，經學著述則在駁斥中隱含「漢宋兼

〔註18〕 心理學上的「補償作用」（compensation），是由奧國心理學家阿德勒提出，認爲「個人所追求的目的受挫、或因個人的缺陷而遭失敗時，改變方向以其他能獲得成功的活動來代替，藉以彌補因失敗而喪失的自尊與自信。……」參見張春興：《心理學》第375，518頁。台北市：東華書局，1985年修訂七版。

〔註19〕 參見方東樹：〈終制〉「《昭昧詹言》，皆作詩文微言奧旨，爲講解太絮，爲大雅所不屑，要當割去之。」見：《攷槃集文錄》，卷十一。上海市：上海古籍，2002年。

〔註20〕 如謝錫偉：《方東樹詩論研究》，第5頁。香港浸會學院，哲學碩士論文，1994年。

采」的主張〔註21〕，爲其學術作定位，實屬不易。門人所撰年譜中，雖曾強調其早年即篤志經義、盡棄詩文，其言曰：

> 先生自少喜爲古文辭，十八九時讀孟子書，憬然悟學之更有其大者、遠者，遂不肯輕易作文。（鄭福照輯：《清方儀衛先生東樹年譜》，乾隆五十四年下。）

> 又自記云：「時余年二十八歲，於後爲學始壹正其趨向。雖爲感言能立本，而於其雜焉者，亦庶免矣。」按：是歲惜抱先生〈與胡雒君書〉云：「植之昨有書云近大用功心性之學，若果爾，則爲今日第一等豪傑耳。」（鄭福照輯：《清方儀衛先生東樹年譜》，嘉慶四年下。）

但憑此僅能略見其持學歷經變遷，終不足以判定其學術成就究竟於經術或義理？然由《清史稿》傳略所述可知，方東樹平生學術凡三變：始好文事、中歲義理、晚耽禪悅〔註22〕。今循序由其年譜細究，並配合其遊歷、著述參觀，則方東樹爲學歷程大致可以其生卒年（生於乾隆三十七年 C1772──卒於咸豐元年 C1851）爲始終，細分成五個時期（詳參附錄二：方東樹學術年表）：

第一期：專精於文事。

乾隆三十七至嘉慶四年（C1772～1797）二十八歲以前。

雖如上引文所見，方東樹於十八歲時即領略經學富涵，不隨意爲文翰。但其嘉慶四年二十八歲時自訂《樂社雜篇》，其序文仍強調文應本於道而出，並自記「於後爲學始壹正其趨向」，故以此爲界，稍歸結其早年對詩文的心力貫注。

第二期：專力於道術義理，兼納老釋。

嘉慶四至二十四年（C1797～1819）四十八歲以前

〔註21〕 參見尚小明：《學人游幕與清代學術》第三章，193 頁。以爲《漢學商兌》的立意，在爲宋儒辯護的同時，主張「漢宋兼采」。北京市：社會科學文獻，1999 年。

〔註22〕 參見國史館：《清史稿校註》，卷四百九十三、列傳二百七十三，11216 頁。台北縣：國史館，1986 年。

此時一則奔波各地，先後授經於陳用光、汪稼門、姬傳先生、胡果泉等學紳家中；一則專注於朱子道學，但非述承舊說，而試圖效朱子「合儒佛之理而通之其本義」精神，成《老子章義》二卷、《考證感應篇暢隱》一卷。此乃方東樹曾自悔「論道過於氾濫、博雜」的修道初期〔註23〕。

第三期：維護朱子理學、致力於修己進德。

嘉慶二十四至道光十二年（C1819～1832）六十一歲以前

自嘉慶二十四年入粵東院元府中修通志起，七、八年間多著述、講學於廣東。時屆江藩《漢學師承記》出，標明漢宋分野，方東樹概然以《漢學商兌》辯駁之，並續以《待定錄》闡明宋儒身心性命之旨、修己接物之方、藉《書林揚觶》辨古人著述之謹，以遏漢學之漫流，但並非全面否定漢學，胸中亦未預存狹窄的門戶觀念〔註24〕。論辯之際，方東樹著述不斷，而其學術亦愈加純粹。

隨後分別講學於廬州、亳州、宿松等地書院，或客各州試院閱卷，名望漸聞於士林。猶能勤於著述，以《未能錄》《進修譜錄》闡發其切身實踐、及時進修個人所自具義理的主張，此當爲影響其日後以性情論詩，講求自見面目的詩學原理。

第四期：編校文集、刊誤舊作。

道光十三年至道光二十年（C1833～1840）六十九歲以前

從道光十三年赴常州姚瑩官廨以編校姚範《援鶉堂筆記》開始，便投注心力於編校文集、年譜，或刊補舊作、校勘師友著述。曾以「每

〔註23〕 參鄭福照輯：《清方儀衛先生東樹年譜》15 頁、嘉慶五年下載錄《待定錄》事，附註其己卯（道光二十四）年〈與姚石甫書〉曰：「先時爲學亦頗氾濫，老釋雜家或爲之撰述，近反求之吾身，所見似日益明……」。臺北市：台灣商務，1978 年。故以此自覺的思想變化作爲分期依據。

〔註24〕 參見尚小明：《學人游幕與清代學術》第三章，191～194 頁。引見方東樹上阮元書、及《漢學商兌》的內容，論證方東樹所辯有其確切之理、更有兼採所長的傾向。北京市：社會科學文獻，1999 年。

編校一書，所費日力即與自著一書等」自期，並領悟「書非自訂而託之後人……趣不失其愔者〔註25〕」，故其晚年頗好著書。《昭昧詹言》前十卷，乃初成於此時期之末。

第五期：歸里著述以教子孫。

道光二十至咸豐元年（C1840～1851）

延續前期收召後學、致力於筆記評點的志趣，方東樹歸返鄉里後，廣納文漢光、戴鈞衡、方宗誠等入門，並續著《大意聞尊》《續昭昧詹言》《獵較正簿》《山天衣聞》等，作為示諭子孫、教習詩文的依據。並自訂文集、刊刻《攷槃詩集》等。

參照附錄年表與上述學術演變，我們獲得兩點心得：其一，方東樹治學基本上是「由博返約、漸趨精純」的歷程。尤其對朱子理學的信仰，使其平生專注於克己復禮、與進德修道的實踐，是宋代理學的奉行者。其二，方東樹頗具詩文長才，年幼以文華早現而聞名、晚年又志於教習孫輩詩文，乃至平生授經、客居之間，其詩篇吟作未嘗間斷，其治學與吟作本並行不悖。今檢閱其《半字集》《攷槃集》等詩篇創作，以古體詩、或七言句式者為多，並常見以「雖然不見望非遠，雲作屏兮海作閭〔註26〕」「生意是天幸，罔道故非常〔註27〕」等言近口語、直筆論議的詩句，其風格殆與宋詩接近，而勇於自見面目。而姚瑩、梅曾亮等好友題辭，亦多推崇其詩風「橫空盤硬，合杜、韓、歐、蘇為一手」「妙在字字有凸凹，步步有吞吐……已自成為植之之詩。」〔註28〕由此可知，方東樹的詩學表現乃以理學修養為其根柢，

〔註25〕參方東樹：〈援鶉堂筆記、書後記〉。見姚範：《援鶉堂筆記》第八冊，2053～2055頁。台北市：廣文書局，1971年。

〔註26〕此見於方東樹：七言古詩〈寄姚石甫〉。見社資中心藏《方植之全集》本《半字集》卷一、第六葉左。

〔註27〕此為方東樹：〈遣興〉六首之第一，見社資中心藏《方植之全集》本《攷槃集》卷一、三二葉左。

〔註28〕引文第一則為姚瑩評方東樹七言諸作之言；後一則為梅曾亮評方東樹詩。分見於《半字集》書前〈題辭〉第四葉左、第二頁左。見社資中心藏《方植之全集》本。

而有其氣格分明的獨特風貌。

　　同時，緣於編校同里先賢姚範《援鶉堂筆記》、胡虔《柿葉軒筆記》及父親《鶴鳴集》詩文的經驗，使方東樹對桐城先賢詩文得以深入鑑賞，早年承教於家學、師門的詩文評論也因此再次反芻、驗證。特別是在《援鶉堂筆記》卷四十中有論「王阮亭五七言古詩選」近一卷，方東樹校注中嘗試將姚鼐師說、姚範筆記，與個人所見交互參證、融合，實可視爲《昭昧詹言》評註的暖身〔註29〕。凡此，皆是方東樹撰註《昭昧詹言》時所可以憑藉的「本領」〔註30〕，故於姚門弟子中雖未曾以詩文名世，其評析卻仍獲得「思深感銳〔註31〕」的評價。

　　本書——《昭昧詹言》的纂集，係介於方東樹學術遞變的第四與第五期間，乃致力於個人義理實踐後轉而編纂師友遺著；遍歷各地後返鄉專心於講學述作的轉變關鍵上。在積極發揚個人才學、性理將近半世紀之後，年屆七十的方東樹已開始把生命重心轉移爲成就子孫後學，故其論學漸由嚴謹自勵、而務入寬和切實。更由中期批駁漢學的論學交鋒中，深切體會「宋學」於當代勢力的薄弱，桐城派應加強本身論述的完整系統。故應課孫姪讀書作詩之需，乘機將桐城歷來詩論加以彙整與闡發，以便流傳、擴大其影響。可見成書於此時，亦有其外在情勢上的迫切需要。（以上歷程轉變可詳見附錄二：方東樹學術年表）

〔註29〕見姚範：《援鶉堂筆記》第六冊、卷四十，1511～1559頁。台北市：廣文書局，1971年。

〔註30〕此借用方東樹詩論的用語。參見方東樹：《昭昧詹言》卷一，第三，2頁。曰：「朱子曰：『文章要有本領此存乎識與道理。有源頭則自然著實，否則沒要緊。』論議明白，曉然可知。愚謂詩亦然，否則沒要緊，無歸宿，何關有無。」台北市：漢京，1985年。

〔註31〕吳宏一不但肯定其總論切要，也謂其分論「思深感銳，而又氣象開闊，在古代詩話中，蓋可稱爲難得的佳作。」見：〈方東樹「昭昧詹言」析論〉第52頁，《國立編譯館館刊》，第十七卷第一期，1988年6月。

三、版本的流傳與諸家的評價

誠如前述，方東樹《昭昧詹言》各章原係評註於家塾選本上，因時有刪改增益，故錄出本每有詳略不同。且據方宗誠〈敘〉看來，其所傳原不出於鄉里，後經方宗誠及姚瑩等姪孫、好友加以校勘、傳播，逐漸聞名於後世〔註32〕，甚至為後學衿為論詩秘笈。

然而，本書在桐城派中的評價卻稍有爭議，以下所論，則欲藉分類探究正、反評價的內容，對《昭昧詹言》的論述特色深入辨析。首先，有極推崇其善藉評析提示創作法則者，如桐城後學吳摯甫曾曰：

> 植翁《昭昧詹言》，啓發後學不在《歸評史記》下。或乃謂示人以陋，此大言欺人耳，陋不陋在學問深淺，學淺雖諏經考史，談道論性，未嘗不陋，學深雖評騭文字記注瑣語，亦自可貴，故鄙論嘗謂植翁此書，實其平生極佳之作，視《大意尊聞》《漢學商兌》為過之。（〈上方存之〉《吳摯甫尺牘》卷一，頁九。）

吳汝綸（摯甫）為曾國藩弟子，亦為桐城後期重要文家。其在桐城重視評註的傳統上，指出《昭昧詹言》深具前人評註史記、講論義例的特性，故有指明「義法」、啓示後人的價值，是對本書極高的讚譽。並為其評論中講明結構、分析修辭與作法提出辯解，以為方東樹學養深厚，故所論雖出於評點體之瑣細，仍舊值得參考，甚至推崇本書為其「平生極佳之作」。

此外，尚有學者表彰《昭昧詹言》在桐城詩論發展中的立論成就、與總結地位，而在清中期的詩論發展中突顯方東樹立理論的重要性。如黃華表〈桐城詩派道咸詩派詩案研究上〉〔註33〕即曰：

〔註32〕參方宗誠：〈編輯儀衛軒遺書敘〉，說明其疏於同治十三年纂成全書以前，「未刊行者多，已刊者亂後盡遭殘燼」。見《柏堂遺書》〈柏堂集後篇〉卷三、第10頁。台北縣：藝文印書館，1981年。又可參見金鎡：《方東樹文論研究》一文，第三節「方東樹著述考」，42～55頁。政大中文系碩士論文，1997年。

〔註33〕另又見於黃華表：〈桐城詩派〉，更推崇《昭昧詹言》：「自植之《昭昧詹言》出，桐城詩派不特有師法途徑可以遵循，且有堅確理論為

> 桐城詩派，肇於劉海峰，姚惜抱編《今體詩鈔》，繼王漁洋
> 詩鈔，爲詩法以教弟子，益加廣大：然海峰、薑塢、惜抱
> 三家之緒論，則至植之《昭昧詹言》出，而後條理統系，
> 顯然分明，人人得而見之。師法既立，又有理論以支持之，
> 前此沈文慤之格律，袁、蔣、趙之性靈，皆一掃而空，論
> 詩者亦舉莫能出其範圍。故論桐城詩派之所以成，植之之
> 功亦不在朱子穎、王悔生、毛生甫、劉孟塗、姚石甫諸人
> 下。

此段評價將方東樹視爲桐城詩派的確立關鍵，與前引吳摯甫所評相
近，皆強調方東樹彙整、梳理前人詩論，以及標明了桐城詩派師法、
確立桐城派發展地位的貢獻。

　　但在桐城派中，也有學者指疵其論述之病者，如稍後吳闓生序其
書曰：「泛論大體多精當，而分釋諸篇往往疏失，其大較也。先大夫
嘗有評閱本；闓生亦私有駁議而未備。〔註34〕……」吳闓生此說，是
在肯定其匯集方、姚諸家微言要旨的重要性下，對其評論態度、詮釋
內容提出指正。基本上應是懲於當世盛行、衿爲秘笈之風而發。如驗
證該版本中部分眉批所論，方東樹在評論詩家、創立新論時，確有舉
證未周之處〔註35〕，但是否如吳書所論疏失甚多，則有待下文深究內
容後辨析。

　　至於現代學者汪紹楹在《昭昧詹言》書後的「校點後記」中，亦
曾就評論曹操、小謝等家、及其廣用制藝、試帖詩等用語，而謂其「思
想中存在著矛盾」，甚至論斷本書在文學批評理論的價值上是不高的

之支柱。」見《新亞生活雙週報》第一卷，第十三期，10 頁，1958
　　年 11 月 24 日。

〔註34〕 參見廣文書局版：《昭昧詹言》書前〈序〉，（一）頁。台北市：廣文，
　　1987 年。

〔註35〕 今由吳書批著查證，其有舉方東樹評詩不當者，如卷一第一三三，
　　以爲東坡〈石鼓詩〉不如杜韓，在於有意使才、又貪使事。但吳闓
　　生眉批，卻以此爲謬論。又於同卷第一三○、一三四評山谷、後山，
　　皆看法不同：另於卷十一第一至六則論七言古詩作法者，吳闓生多
　　以爲偏限。同見台北市：廣文，1987 年。

〔註36〕。今就其列舉各點概觀，頗有摘取評詩片段、以語涉科舉便否定價值的主觀性；而吳宏一先生則在析論本書後，評述《昭昧詹言》中各卷單評詩篇者，係「思深感銳，而又氣象開闊，在古代詩話中，蓋可稱爲難得的佳作。〔註37〕」其說似與汪論對立，卻係由評析詩篇的內容詳切、論點開闊上著眼。

由此可見，諸家評價的結果，雖有高、下之別，但其實皆各有所見、各據不同的評論立場。如第一部份吳摯甫、黃華表所述看似「過譽」，如參照前文成書動機與學術歷程而看，則此說頗能切要的點出《昭昧詹言》在稍後流傳與接受史中的重要性。因方東樹在學術發展的第四期校編《援鶉堂筆記》，既是受摯友姚瑩之託，事實上也爲續成恩師心願〔註38〕；而在桐城詩派前輩姚範、姚鼐已逝、同門健將管同、郭麐相繼凋零的道光十一年後，亟需有人重整姚門師說、提振桐城詩論的地位。個性耿直切義的方東樹，便自然責無旁貸地開始從事評析詩選集、筆記的編纂〔註39〕，以具體匯集桐城諸家詩說，其推闡詩論的貢獻自不可泯。

至於吳闓生所註疏失、汪紹楹所見矛盾，則論證俱在，今後學者在參閱《昭昧詹言》評註時，自當詳於辨析、知所取捨，但是否眞如其所言疏漏繁多、致影響詩論價值？或如吳宏一所評，應有其評析觀點深銳可取處？實因所評價涉及批評內容的嚴謹、評詩角度的準確等

〔註36〕 參見汪紹楹：「校點後記」。見漢京版《昭昧詹言》第539～541頁。
　　　　台北市：漢京，1985年。
〔註37〕 參見吳宏一：〈方東樹「昭昧詹言」析論〉第65頁，《國立編譯館館刊》，
　　　　第十七卷第一期，1988年6月。
〔註38〕 姚鼐原有著筆記與姚範合刊構想，後因故作罷，便極力鼓勵姚瑩在刻《援鶉堂集》應續成此書。參見姚鼐：〈與石甫姪孫瑩〉九首第四、第五。見《惜抱軒尺牘》卷下，80～81頁。出於《明清名人尺牘》。台北市：廣文，1989年。
〔註39〕 參見吳宏一：〈方東樹文學年表〉道光十一至十七年間紀錄，續見方東樹自編詩集、編校《援鶉堂筆記》《鶴鳴集》等，亦命門人重編《張楊園年譜》。見〈方東樹「昭昧詹言」析論〉第74，75頁，《國立編譯館館刊》，第十七卷第一期，1988年6月。

詩學內涵的判斷，非本節所能盡述，則擬留待後續章節研究中再一一辨析。

綜觀前述，《昭昧詹言》被後人接受的觀點、評論雖存在不少差異，但參酌正、反兩方論述，則可歸結本書大體具有兩方面的公認價值：其一、其總論詩理部分彙集了桐城耆老論詩菁華，爲桐城詩派的重要文獻。其二，其評註文本時傳承桐城文論精神，善用評註之法，以剖析單篇詩文的具體技法。是故，方東樹《昭昧詹言》一書於清代中葉、至民國初年的詩論中，頗以明切精要而著稱。對照於前述序跋，此二點特色本爲方東樹堅持、並深入發揮的所在，但因讀者接受各有差異，加上其「刻酷求眞，語無隱膚」〔註40〕的評論態度，遂使本書招致同門指疵、詩壇以爲瑣屑的譏評。

然而，其缺點也可能正是其特點，近世學者已漸由探究其內容詳贍、論點明晰上，引以爲桐城詩派傳承的可貴論述。如今人汪中先生便爲之摘錄、重編，以配合二部詩選，除基本上肯定王漁洋、姚鼐所選詩「皆力求當於人心，合於公意，示學者以指南」外，更以爲方東樹評析詩篇，頗能發揮桐城諸老詩文的義法，是對學詩者深刻的點撥，堪稱「論詩秘笈〔註41〕」。如此作法與評論，非但相當契合方東樹著述的最初動機，也將《昭昧詹言》歷來爲論詩者譏評的弱點轉變爲罕見、而難得的特點。可惜，此種對方東樹《昭昧詹言》論詩內涵的確定，並未進一步闡發。

總之，由桐城詩派發展的角度來觀察《昭昧詹言》，其成書不但有將傳統詩論「系統化」、「普遍化」的具體作用；更有廓清當代談詩異說、鞏固桐城地位重要意義，所以黃華表先生極推讚其論述對桐城

〔註40〕同參註九引見漢京版方東樹：《昭昧詹言》卷一，第一五六，50 頁。
〔註41〕參見汪中：〈方東樹評古今詩鈔序〉。見《方東樹評古詩選》41 頁，曰「方植之昭昧詹言，爲論詩秘笈。向讀其書，除總論各體，評品作者風格而外，所涉詩篇，往往多依王姚二公之書而羅列之：微言義法，悉桐城諸老之緒論，讀方氏之書，必檢閱二公詩鈔相對照……。」台北市：聯經，1985 年。」

派的「功」勞。但整體而言，目前《昭昧詹言》受肯定的價值仍著重於對桐城詩派詩論總結的資料性，而非個人見解之卓越或獨特性。因此，在《昭昧詹言》詩論本身的結構、內涵與評述價值方面，仍留給後人極大的探討空間，有待我們深入去檢證、研究，此亦為本論文後續研究的重點。

第二節　《昭昧詹言》的體例與論述特徵

一、體例特色

據前輩學者研究可知，傳統詩話發展到了清代，除了受考辨學風影響，詩學的理論架構、引證過程更為嚴謹之外，另一特殊的發展面向，是與筆記的混同〔註42〕，完成於乾嘉之後的《昭昧詹言》便是個值得討論的例子。為究明其體例特色，乃先由所配合的二部選集概觀：

王士禛《古詩選》、及姚鼐《今體詩鈔》纂集時間雖先後相距一百一十多年〔註43〕，卻同共同作為乾嘉年間，桐城派姚鼐師生講論詩法的教本，姚鼐大多以此為門人釐定學詩門徑，也屢次于書牘中向後學推薦此二部選集〔註44〕，可見其於詩派中的重要性。《古詩選》大

〔註42〕參見吳宏一：《清代詩學初探》第 5、6 頁。說明清代「詩話與筆記間的關係，常常是一而二、二而一的。」台北市：學生，1986 年。

〔註43〕參見王士禛：〈漁洋山人自傳年譜〉卷下，第四十頁。記於康熙二十二（c1683）年下，曰：「是歲撰《五言七言古詩》，姜西溟、宸英序之。」北京市：中華書局，1992 年。可見《古詩選》撰成於康熙二十二年（C1683）；而姚鼐《今體詩鈔》則由其〈五七言今體詩鈔序目〉中識語，得知其約成於嘉慶三年（C1798），故前後相距約一百一十五年。見《四部備要、集部》第 584 冊《今體詩鈔》，【一】葉。台北：台灣商務，1966 年。

〔註44〕參姚鼐：〈與管異之同〉六首之一。曾自曰：「吾向教後學學詩，只用王阮亭五七言古詩鈔；今以加于賢，卻猶未當。」見《姚惜抱尺牘》上卷 38 頁。出於佚名編：《明清名人尺牘》。台北市：廣文，1987 年。

　　又見姚鼐：〈五七言今體詩鈔序〉。曰：「論詩如漁洋之古詩鈔，可謂當人心之公者也，吾惜其只論古體而不及今體……因取唐以來

體依句式分為「五言詩」「七言詩」二部分：「五言詩」原名為「漢魏六朝五言詩」，乃依荀綽、蕭統等家選集專重五言古詩體例、而兼取部分樂府、律絕，改以選取「菁英」為標榜的選集。故全書十七卷雖號稱起自古代，事實上卻依時代先後序列，始於漢代無名氏古詩、終於附錄唐代五家，並將興盛期分數卷、各以大家冠於卷首〔註45〕；「七言詩」部分則始於「古歌」，而終於金、元時期各家詩，共十五卷，分卷體例仿前，而皆各以〈凡例〉一篇詳述二種詩體流變與分卷原因，各選篇中則除詩人原序外，均不加評註。

姚鼐《今體詩鈔》則自謂采錄唐以來今體，以盡漁洋之遺志，〔註46〕並同以維持詩學雅正、導啓後進為目的，故選集體例上大體依循五、七言分體、依時代序列、並以「序目」詳明流變的作法。但選篇旨趣微有同異〔註47〕，除將二體各分為九卷外，並附加詩語考辨及簡單評論，尤其詳於杜甫排律的章法分析。

方東樹承此師教而詳為評析、撰成《昭昧詹言》二十卷〔註48〕，當有謹遵師教、光大家法之立志。故其所述，亦兼有傳承自師門、與出於新意者。今先概觀其論述內容，舉與一般傳統詩話衡較，大體可見以下三項編排體例的特色：

首先可顯見的是，《昭昧詹言》的論述內容可說是詩話、與筆記的混同。但歷來學者多將方東樹的《昭昧詹言》視為詩話來討論，此

　　詩人之作，采錄論之，分為二集十八卷，以盡漁洋之遺志。」。
〔註45〕以上所述各項原則，可參見王士禎：〈五言詩凡例〉。見《四部備要、集部》第 582 冊《古詩源、古詩選》，【一、三】頁。台北：台灣商務，1966 年。
〔註46〕參見姚鼐：〈五七言今體詩鈔序目〉。見《四部備要、集部》第 584 冊《今體詩鈔》，【一、四】葉。台北：台灣商務，1966 年。
〔註47〕此既見於姚鼐在〈五七言今體詩鈔序目〉的識語，也驗證於稍後門人程邦瑞，重雕時的識誌。見見《四部備要、集部》第 584 冊《今體詩鈔》，【四、】葉。台北：台灣商務，1966 年。
〔註48〕如據《方直之全集》本《昭昧詹言》看來，其內容僅涵五言古詩十卷、續編「七言律詩」及附論詩話八卷、續錄「七言古詩」二卷，而將「解招魂」等另作一書，不包括於本書中。

一歸類雖大體不違其所述內容〔註49〕的豐富多樣，但卻未能呼應前述「開啟童蒙」的著述目的、更未能凸顯本書「指導創作」的評論特色。據前節可知：此書本為配合選本而撰，其依附於文本、隨條札記個人心得的型態，頗近於「筆記」的類型，故容有隨閱讀時的體會、心境不同，而因機生發的變動性，也因此可能有對同一詩家前後觀點歧出的現象；而其逐篇評點，分析結構、技法的指導作用，與品藻流別、辨別優劣的批評功能，則顯然又繼承桐城詩文評點學的精神，試圖在個別文本中，措舉出有通用性的義例。

換言之，如將王士禎《古詩選》、姚鼐《今體詩超》等選集所錄分別視為古、近體詩的典律，則方東樹的《昭昧詹言》所評析詩篇的內容，便是對這些前代典律的導讀、或典律化閱讀〔註50〕，其著重點在評析的義例是否深刻貼切？而不在於論理是否成系統、具條理。此乃分析《昭昧詹言》全書體例前，首應辨明的特色。

次者，是《昭昧詹言》分體評析、依時序列的特色。本書共二十一章，除第十三章考辨、二十一章附錄外，大致可分為針對「五古」「七古」「七律」討論的三部份，其中各詩體內又依時代先後續列各家詩篇，此即「以詩體為經，時代為緯」〔註51〕的體例，為明清詩選集所常用，基本上是因配合王漁洋《古詩選》及姚鼐《今體詩鈔》二部選本的體例而沿用。

再次，是先總再分、先詳後略的論述原則。通常其每體的第一卷多以敘明創作原理、總述流變為基礎，再驗證於詩篇創作實際，或分解

〔註49〕 傳統詩話本是「以資閒談」的筆記，自宋代歐陽脩《六一詩話》以來，便已如此。參考蔡鎮楚：《中國詩話史》。第四章254～256頁。長沙市：湖南文藝，1988年。

〔註50〕 參見許經田：〈典律、共同論述與多元社會〉一文。見陳長房等主編：《典律與文學教育》第24頁。台北市：中華民國比較文學學會，1995年。

〔註51〕 同參謝錫偉：〈方東樹詩論研究〉，第五頁。香港浸會學院，哲學碩士論文，1994年。

結構、或套用筆法、辨析造句鍊字。其評述視野乃先整體、再細分，使學詩者觀念不至於支離。而論述規模上，前者往往多至上百則，詳者動輒數百字；至於各家詩篇評析則差異甚大，多者百言、少者二三言，甚或略而不論。且凡諸體共通、或某體共尊的原理、以及同一家的異體詩篇，皆僅於第一次詳加評述，餘者則簡省論述，採用互見方式。

此三項體例看似簡單平凡，卻使方東樹的《昭昧詹言》的評析內容因而顯得組織綿密、條理分明，易於配合選本檢索、參考，顯出與傳統詩話隨性徵引、評述博雜的較大差異。

二、論述的形式特徵

除了前述由整體編撰體例上概觀，可視爲方東樹評詩形式的基本特徵外，《昭昧詹言》本身的成書動機與條件，也往往決定其評析詩篇的功能與傾向。

從前學者多指出「以文法論詩」是《昭昧詹言》論詩的特色，此說固可藉書中「起」「收」「草蛇灰線」等用語獲得印證，卻須考量方東樹成書時的現實需求，聯繫桐城詩派自姚鼐以來主張「詩文如一」的獨特觀點，並與方東樹本人的文學觀而論，以免流於枝節，故擬於第五章中另行探究。此處僅針對全書體製而舉要，將《昭昧詹言》全書採取的評論形式特徵，歸結爲以下三點：

（一）附麗於詩選而撰評

目前文學史或學者研究論及《昭昧詹言》多單獨評述其內容，彷彿視之爲評詩專書。其實我們須先分辨的是：此書雖單獨刊行，採取分卷、分條論述，卻不同於宋明以來的傳統詩話；雖對桐城諸家的論詩觀點有集大成式的呈現，並非詩學理論的專著，而是依附於二本選集（《古詩選》《今體詩鈔》）的註釋、與評論。因此其編排體例乃如前述，受到分體評析、依時序列的根本限制，甚至其閱讀方式也有「必須檢閱詩鈔而對照」的特殊需求。故現代學者汪中曾曰：

> 方植之昭昧詹言，爲論詩秘笈。向讀其書，除總論各體，

評品作者風格而外，所涉詩篇，往往多依王姚二公之書而
羅列之；微言義法，悉桐城諸老之緒論，讀方氏之書，必
檢閱二公詩鈔相對照，實不便於初學。……（汪中：〈方東樹
評古今詩鈔序〉。見《方東樹評古詩選》，41頁）

可見，《昭昧詹言》在指導初學詩者創作方法的功能上，雖頗受
肯定，但單獨刊行的形式確實對讀者有所不便，於是汪中先生等人將
本書依序剪裁、編入詩鈔內併刊。如此，既有利於檢閱文本、亦彰顯
其與桐城派選集評點之學的密切傳承。

桐城派論學一向對選集甚為看重，肇自方苞纂《古文約選》、劉
大櫆選《唐宋八家古文約選》、姚鼐完成《古文辭類纂》的完善體製，
至後學梅曾亮、吳汝綸仍續之，蔚為鮮明傳統。殆因其講論古文義法、
明示詩文準的，常藉選集內諸家典律的設置、與評註圈點之學而得以
彰顯。此法源於科舉制義之教習，雖在當時已有村塾鄙陋之譏，但其
點明關鍵、說解詳切，對初學者而言，仍最受用，桐城諸老偏好之，
亦有其故。

為配合《古詩選》、及《今體詩鈔》二部選集有「序例」、有選篇
的作法，《昭昧詹言》全書的論述形式亦包涵二部分：首先，是總括
性的論述：可分總論詩體原理，與總評詩家風格、成就兩類，較不受
詩選體例侷限，是最能凸顯獨立論述觀點的部分。但方東樹於此態度
謹慎，多引用前輩或師門教誨、分條筆記，或綜論詩體原理、或歷時
評論諸家風格、或比較各體創作難易，箇中並無系統化排列的線索，
頗近於隨手箚記。

其次，則是具體的詩篇評析：其針對各家詩篇一一註解，或詳或
略，甚或全無評介，適可藉以鑒別其地位主次、或評價高低。其例雖
以解說創作技法、意脈結構等特色為多，時或摘句評其筆勢或用字，
最後總評全篇風格與成就〔註52〕。其內容剖析之深刻詳盡、與論斷之

〔註52〕此一較完整釐析詩篇的格式，可參看方東樹：《昭昧詹言》卷四、第
　　　三十四，陶潛〈贈羊長史〉詩下，109頁。台北市：漢京，1985年。

暢達，卻又足以當「評點」看待。因此，我們可說方東樹撰述《昭昧詹言》的形式，是結合了評點與筆記的的特色，以曲盡其傳承家法與商榷前藻的雙重功用。

（二）兼具分體流變的評論

誠如前項所析，《昭昧詹言》整體沿襲於《古詩選》與《今體詩鈔》的編排：以詩體爲綱，依時代排序。可見自王士禎以來便強調辨體觀念，故基本上建立的是能呈現五、七言古詩流變的典律總集，至姚鼐則沿其例而擴充至今體詩的律詩。

而方東樹乃承此精神而完備其體：除了配合所選詩篇，一一考其題旨意趣、詳析筆勢修辭，以強化指導學者鑑賞與創作的功用外，其主要的創製，則在增設「通論五古」「總論七古」「通論七律」三卷，以總括詩體特色與創作原理，表現出以體式爲準的趨向；其次，則常於卷首評析各家特色，以便學者揣摩詩家風格，更顯示其尊重個別情性、強調表現面目的詩論差異；最後，則將詩法近似者併論，以「附」論的方式區別其主次地位。例如「五言古詩」中將陳后山附於「黃山谷」後；「七言古詩」將蘇轍附論於「蘇東坡」之後。凡此三點作法，皆有異於蕭統《文選》「詩」卷強調細分題材的習作觀，凸顯典律的學習應配合各人性格特質，並不止於技巧面的磨練而已。此一觀點，實源於姚鼐「先專再博」的學詩原則〔註53〕，更是方東樹轉化自孟子「深造之以道，欲其自得之」的觀點，與書法學習之道相印證的創見〔註54〕。

〔註53〕參見方東樹：《昭昧詹言》卷一，第二十四，9頁中引朱子、姚鼐之教，曰：「朱子曰：『學文學詩，須看得一家文字熟，向後看他人亦易知。』【『易知』下抄有『按：以詩言之，〈風〉、〈騷〉而外，則莫如陶、阮、謝、鮑、杜、韓矣。下『姬傳先生云』另作一條。】姬傳先生云：『凡學詩文，且當就此一家用功，良久盡其能，眞有所得，然後舍而之他。不然，未有不失於孟浪者。』」台北市：漢京，1985年。

〔註54〕參見方東樹：《昭昧詹言》卷一，第二十六，10頁。曰：「古人得法帖數行，專精學之，便足名家。歐公得舊本韓文，終身學之。此即宗杲『寸鐵殺人』之恉。孟子謂：『深造之以道，欲其自得之也。資

　　由此可知，《昭昧詹言》分體評選的形式，源自延續桐城選集的客觀情勢。可貴的是方東樹並不止於對前人體制的沿襲，更融合桐城派會通詩文、格調詩論「辨體」觀點，將傳統「言志」論轉化爲「立誠」「表現性情」說〔註 55〕等詩學原理、創變獨特的詩體觀念。辨明於此，則知其書第一卷、第十卷、第十四卷何以內容豐富、篇幅特長？而第二至十、十七、十九卷等專論一家詩者，也每每詳引二姚等前賢的評論爲證？此皆因方東樹在評論中，偏好藉其辨體的體例以寄寓詩學發展觀。

　　然而，也因全書受限於前人體例，需分體論述各詩體特色、或評析各篇要領，致使原理論、修養論、批評原則等各體共通的觀點分散於各則評論中，無法有系統的呈現完整理路；甚至因所評論焦點不同、而致說法有異，遂使學者對其評論有「前後矛盾」的誤解。

（三）批評論與創作論常易重疊

　　前文由論述動機、體例上可知《昭昧詹言》本秉承桐城派古文圈點評註的精神，試圖爲初學詩者釐清迷惑、指明途徑，乃敘曰「勤恁微明，庶彼炳燭。且令昭昧之情，無閒今昔」〔註 56〕，其初未必有獨立闡論的宏偉企圖，故於總論時多引據前輩之說而稍加闡發，立論態度謹慎。而其單篇評析詩，則常出之以隨篇評點的型態、或近似「解」詩的態度，因而如詩文評般具明顯的形象性與具體性，得以「具體生動的表現中國古代思維多帶審美性質的特點」〔註 57〕。是故，所評析

深居安，則取之左右逢其源。』古人之進德修業，未有不如此者也。右軍云：『使寡人耽之若此，未必謝之。』」台北市：漢京，1985 年。

〔註 55〕參見方東樹：《昭昧詹言》卷一，第六、七、十一則，2～4 頁。台北市：漢京，1985 年。

〔註 56〕參考方東樹：《昭昧詹言》「述恉」曾自述其著述宗旨：「勤恁微明，庶彼炳燭。且令昭昧之情，無閒今昔云爾。」台北市：漢京，1985 年。

〔註 57〕參見張智華：《南宋的詩文選本研究》第一章〈總論〉「三」10～11 頁。其中對選本與詩文評點的特色進行比較與分析。北京市：北京師範大學，2002 年。

的詳略、內容常因人因詩而制宜，並未採取全書一律的嚴謹格式。更明顯的特徵，則是創作要領、與詩篇評價常有重疊、交雜於一則中的評論作風。

因此，今細就分評單篇的各卷看來〔註58〕，其對各家詩的解析顯然有別，一家之中，其所評也有詳有略，但大體多與選篇地位的重要性相符應〔註59〕，隱然可作為探求評詩觀點的研究指標。例如：五言古詩中選篇較多的古詩、阮籍、陶潛及二謝等家，其詩人總評也往往比他家詳實。

而細按其評析的重點，雖因詩體的古、今而稍異〔註60〕，大體仍可歸納出相近的次序，如以評歐陽脩《和對雪憶梅花》詩為例，其評析曰：

> 不解古文，不能作古詩，放翁所以不可人意也。此詩細縷密針，麤才豈識。余最不喜放翁，以其猶粗才也。此論前未有人見者，亦且不知古文也。昔在西陵，見梅憶洛，今在北地，對雪無梅，憶西陵再入題。和詩從昔時見梅說，即逆捲法也。用意深，情韻深，句逸而清。先敘後點，敘處夾議夾寫，此定法也。正題在後，卻將虛者實之於後。『當時』二句，接『風中仙』下。『今來』四句刪。此不及坡元韻三首，而情韻幽折可愛。《昭昧詹言》卷十二，第一六一，二八三頁。

由此則方東樹詳予評析之例看來，大多先總評全篇創作特色、詩家的基本風格，或考辨其寫作時機、年代，進而提出「不解古文，不能作古詩」等作詩的原理原則；繼而探求入題的手法、分析章法的安排、句法的運用，時或論及結句的技法與優劣；最後歸結本篇與其他詩人作

〔註58〕五言古詩評論，係由卷二至卷七；七言古詩集中於卷十二；七言律詩則見卷十五至二十。

〔註59〕其中仍有少數例外者：五古如南朝何遜江淹；唐陳子昂、韋、柳；七古有二晁。選篇都在十篇以上卻析論簡略。此可於下節討論。

〔註60〕其於古體詩，多以「敘、寫、議」等筆法分析；於近體律詩，則兩兩成對，著重分析其「起承轉合」等章法結構。

品手法的異同或高下，而以爲歐陽脩此詩「不及坡元韻三首，而情韻幽折可愛」。藉此例證觀察，我們可以深刻體會：方東樹評析詩篇時，確實是以教習詩文的實際需求爲考量，因此，詳於詩意切入、構結，章句鍛鍊等創作要領的剖析；但又欲學者能挈取要領、不泥於作法，故必評價其成敗、或舉與他家論較高下。整體上便自然形成「評析重疊──批評論與創作論交雜互見」的評論形式，頗值得研究者留意。

雖然中國傳統詩文評自《文心雕龍》以來，便有將批評論──「選文以定篇」、創作論「敷理以舉統」區分的體例，但歷來用於指導詩文習作的文論或選集，卻較常見此種將批評論與創作論交融併用的傾向。尤其明清以來爲科舉制義而興的時文評點，則大多針對習作者的需求，進行創作技巧解說與學習典律的評價。行文間將二者交雜更是自然。

因此，方東樹在評析單篇時採用這種兼具批評與分析特性的評詩形式，乃突顯他適應教學實際的目的，也彰顯了《昭昧詹言》附麗於選集的詮釋特色。故顯然與宋元小說戲曲評點的「鑑賞」本位稍異，也有別於傳統詩話的「叢談」特點，因此，今日許多學者習於以「批評論」「創作論」爲標目來歸納《昭昧詹言》中的詩篇評析，固有論理明晰之優點，但在引證時如未能掌握此評論特性、完整參照全章，便不免有斷章、割裂之虞。

故知以上所歸結各項體例與論述特徵，雖是對《昭昧詹言》初步概觀的印象，卻爲籠罩全書、掌握整體趨向的重要指標，故爲研究詩論內涵、參考引證原文時，應先掌握的宏觀視野。但在區分《昭昧詹言》書中總論、分評等體例特性時，筆者亦同時發現，除於總論詩體的各卷（第一卷、第十一卷、第十四卷）中，方東樹常顯著徵引桐城前輩劉大櫆、姚範、姚鼐詩論以爲準的外（參見前節），在其於各卷分評單篇中，他對前輩及師門的評選觀點也依然有所遵循、斟酌。

其中較顯著的例證如：七言律詩「李頎」一家下，既曰「于鱗以東川配輞川，姚先生以爲不允，東川視輞川氣體渾厚微不及之，而意

興超遠則固相近。」（第十六卷第 14 則）於稍後〈寄綦母三〉一首下，
註曰：「此詩姚先生解最詳，而曰『往復頓挫，章法殊妙。』當思其
語，乃有得。……」綜觀此二例，可知方東樹不僅總論詩家之際，多
以纂述師說為先，加以折衷與分析。於總評詩家、分篇評析時，也多
能傳承其師解詩的重點，以之為核心而加以發揮、補充。如遇到所見
與師說不盡相同時（如前例評李頎（東川）），亦能謹慎、周延地比較
雙方立論點的差異，而加以折衷說解。如此例者，尚可見於卷十對「黃
山谷」等家的評析。由此可見，前節所引吳闓生序所謂「自抒所見則
不免臆斷虛矯之習」「分釋諸篇往往疏失」〔註61〕等評語，實欠公允。
而吳摯甫「學深雖評騭文字記注瑣語，亦自可貴〔註62〕」的評論，則
較為中肯，且所評指出《昭昧詹言》具有鮮明的「評點」特性、能在
創作與評論上帶給後學啓發，是由讀者接受的角度肯定其評論形式的
特色，值得研究者參考。故舉凡本節所論種種論述特色，多可見方東
樹在教習詩文的實際需求下，繼承舊有筆記、評點傳統，並試圖創新、
變化新評論特色的努力，下節則欲深入詩學內容持續探究。

第三節　《昭昧詹言》呈現的詩學論題

一、方東樹文學理念的溯源

　　自方苞以來，桐城派學者每以奉行程朱學說、維護宋學為標榜。
但近代學術史論著中多評其為「程朱學派的依附者〔註63〕」或「援宋

〔註61〕 參見吳評本《昭昧詹言》，書前〈序〉，第（一）頁。台北市：廣文
　　　　書局，1987 年。
〔註62〕 參見吳摯甫：〈上方存之〉一文，曰：「植翁《昭昧詹言》，啓發後學
　　　　不在《歸評史記》下。或乃謂示人以陋，此大言欺人耳，陋不陋在
　　　　學問深淺，學淺雖諏經考史，談道論性，未嘗不陋，學深雖評騭文
　　　　字記注瑣語，亦自可貴，故鄙論嘗謂植翁此書，實其平生極佳之作，
　　　　視《大意尊聞》《漢學商兌》為過之。」見於《吳摯甫尺牘》卷一，
　　　　頁九。台北市：啓業書局，1982 年。
〔註63〕 參梁啓超：《中國近三百年學術史》116 頁。台北：華正，1979 年。

學以自壯〔註64〕」者，此或因由戴、方、劉、二姚等早期學者的著作考察，其常偏重於文章之學，雖有部分經學考辨等論述，但深入闡發程朱理學義理者並不多，故在當代曾引起部分漢學家譏評，甚至由此引發明顯的漢、宋學派論爭〔註65〕，卻也促使桐城派後學力求應變、調整理論，一則將本身文論作更嚴整的凝聚，以發揮所長；再則將程朱理學中修道行己的內涵與文論作聯繫，欲救正其短。其中最積極、有特色的代表，便是方東樹。

　　自歷觀治學重心的演變可知，方東樹的詩文觀念大抵奠基於青年期以前，得自家學淵源、與姚鼐的師授，詩學理念則間接受姚範、劉大櫆的影響，而其私心向慕方望溪之文章經學，推為諸家最高〔註66〕，故號稱集桐城諸家大成〔註67〕。加上其早年篤志義理、論學又好刻酷求真，姚鼐所提出義理、詞章、考據三者合一的論點，在方東樹身上可說是力求實踐。

　　今綜觀方東樹相關論著中呈現的重要詩文論點，再向上聯繫於桐城的文論傳統，則發現其所承襲、發揚的核心觀點約有文道觀、義法說、能事論等，以下即分別依此三個面向概述其要：

（一）文道觀

　　自方苞揭示「學行繼程朱之後，文章介韓歐之間」為鵠的（王兆符《望溪先生文集、序》引方氏語），桐城後學率多遵循，「文道合一」乃成為桐城派儼然紹繼唐宋道統、號召天下士子的理想。然而，深究

〔註64〕參馬宗霍：《中國經學史》148頁。台北：台灣商務，1992年台一版七刷。
〔註65〕參徐洪興：編校《漢學師承記》（外二種），「導言」，16～20頁。論及當世學術上漢、宋之爭，及桐城派弟子方東樹等人的努力。香港：三聯書店，1998年。
〔註66〕參方東樹：〈望溪先生年譜序〉見《儀衛軒文集》卷五，第十三葉。中研院傅斯年圖書館藏同治七年版。
〔註67〕參郭紹虞：《中國文學批評史》。下編「肌理說的餘波」中，論〈方東樹與文人詩論〉1067～1070頁。台北市：文史哲，1990年。

其實，其所謂「道」者，乃以程朱所闡發的義理爲主，不同於韓歐「儒家孔孟之道」；而其文與道融貫的地位主次，更懸然有別：

> 自周以前，學者未嘗以文爲事，而文極盛。自漢以後，學者以文爲事，而文益衰，其故何也？文者，生於心而稱其質之大小、厚薄以出者也。……古之聖賢，德修於身，功被於萬物，故史官記其事，學者傳其言，而以爲經，與天地同流。（方苞：〈楊千木文稿序〉，見《望溪先生集外文》卷四，1227～9頁）

故溯其本源看來，方苞論文主張以道爲主，德盛，文自能稱其質，故是所謂「先道而後文」者，與歐柳等人「因文見道」「以文明道」的強調古文功效，在地位高下、修養先後上都顯然有異。且由方苞申論旨趣看來，其主要乃針對士子學養而論，旨不在述明詩文原理，故其說應定位爲修養論，而不該等同於韓柳倡明的文原論。然而，方苞此一立論意義在當時並未充分開展，主要因其雖身處乾嘉樸學盛世、推崇程朱之學，卻未由經術、義理方面闡發其說，所見用於朝、名於仕紳者，仍以古文詞章之才較顯著〔註68〕，故所述未能取重於學術界；加上個人雖推遵宋學，以修道行己爲要務，卻不免營私好利之小疵〔註69〕，遂招致「不務躬行，惟騰口說，徒增藩籬，於道何補？〔註70〕」的批評。

　　至於劉大櫆、姚鼐時，所論「文道」關係，則較接近韓愈「學古道則欲兼通其辭」〔註71〕的觀點，將「文道合一」視爲詩文原理，先

〔註68〕見國史館編：《清史稿校註》卷二九七，列傳第七七。〈方苞傳〉8836～8838頁。台北縣：國史館，1986年。

〔註69〕參方東樹：〈漢學商兌序〉，見徐洪興編《漢學師承記》外二種：漢學商兌，國朝宋學淵源記，《漢學商兌》第12頁。香港：三聯書店，1998年。又見梁啓超：《中國近三百年學術史》，116頁。對方苞「殖財爲事」的批評。台北市：華正，1979年。

〔註70〕參見徐洪興編校：《漢學師承記》（外二種），卷上54頁，引孫奇逢之評論而隱射桐城派學者。香港：三聯書店，1998年。

〔註71〕參見尤信雄：《桐城文派學述》，第141頁。台北市：文津，1975年。

後以「明義理、適世用、維風俗」申其義〔註72〕，由此確定文章的實用原理，再藉道學的觀念來細分文藝的精粗、風格的陰陽……等，甚至借用莊子觀點而謂「技之精者近於道」，以「衷於道而能文」為理想，凡此，皆為強調「文與道」的可聯繫性。但細按其論述內容，則大多詳於古文理論的建構，故名義上雖繼承方苞之學，論學重心反而折射於「古文」，而略於闡明「道」術。

　　其後，方東樹則重返方苞的「崇道」觀點，由追慕古聖先賢中重新詮釋「文道合一」說，做為士人的通識素養。其曰：

> （周秦以來諸子之文）莫不本於壹而出之，後世之士專欲工文章而不務本道術，敝跬致役於文、遊心竄句，紛耘於百氏之場，於是其人其言始離而為二……。（鄭福照輯：《清方儀衛先生東樹年譜》，嘉慶四年〈櫟社雜篇・序〉）

可知方東樹乃由務本於道術，而論「文道合一」，其以「道」為必具修養、「文」為概稱詩文、學術的用法，也較接近于方苞的觀點。另外，由其弟子戴均衡對方苞因道而明文的評價，亦可參見其觀點：

> 望溪方先生出，其承文家正統，……獨其根柢經術，因事著道，油然浸漬乎學者之心，而羽翼道教……。蓋先生服習程朱，其得於道者備，韓歐因文見道，其入於文者精。入於文者精，道不必深而已華妙不可測，得於道者備，文若為其所束，轉未能恣肆變化。然而文家精深之域，惟先生掉臂游行。周、漢、唐、宋諸家義法，亦先生出而後揭如星月。……（戴鈞衡：〈重刻方望溪先生全集序〉，《方望溪文鈔》第【1,2】頁）

由此可知，方東樹重申桐城派「文道合一」的理想，基本上係以方苞厚於道學經術的修養、而能見於其文為典型。而戴鈞衡謂方苞「根柢

〔註72〕 參劉大櫆：《論文偶記》。曰：「作文本以明義理、適世用，而明義理、適世用，必有待於文人之能事。」見《論文偶記》第一葉，中研院傅斯年圖書館藏，遜敏堂叢書本。；又姚鼐：〈復汪進士輝祖書〉。曰：「夫古人之文，豈第文焉而已，明道義、維風俗以詔世者，君子之志……」見《惜抱軒詩文集》89頁。上海：上海古籍，1992年。

經術，因事著道」則更具體勾勒其藉助《春秋》義例、《史記》筆法而領略古文義法的文論貢獻。是故，方東樹有意修正前人「以文明道」的論點，而藉方苞行文謹嚴質樸、揭櫫義法的公認成就，作為闡釋韓愈乃「因道求文，而併得其文」〔註73〕的最佳驗證，試圖為桐城「文道合一」說建立新詮釋。

（二）義法說

桐城派建立古文理論，實以「義法」說最為重要〔註74〕。其理雖源於對經、史文字風格的揣摩，開闢其說者則為方苞。其以二分辯證法概括其要旨曰：

> 春秋之制義法，自太史公發之，而後之深於文者亦具焉。義，即《易》之所謂有物也；法，即《易》之所謂言有序也。義以為經而法緯之，然後為成體之文。（〈又書貨殖傳後〉《方苞集》）

今見其說，雖已涵括文章內蘊其中的「意義」、呈顯於外的「形式」兩層面，且依論述層次看來，兩者雖相互作用，則以「義」的構成條件在前、地位也較重要〔註75〕。但方苞「義法」說的用法有廣有狹，

〔註73〕參見方東樹：《昭昧詹言》第一卷、第四十二則，第頁曰「韓公云：『為古文豈獨取其句讀不類於今者耶？思古人而不得見，學古道則欲兼通其辭，通其辭者，本志乎古道者也。』公之意以辭為筌蹄。世論公為『因文見道』，觀此則公實『因道求文』，而併得其文焉。顧求句讀不類於今，非學文之本，而已為三昧秘密。田饒曰：「雖有五德，而君猶淪而食之，以其所從來近也。」今欲學詩文，當審斯二義。」台北市：漢京，1985年。

〔註74〕參見姚永樸：《文學研究法》，第14頁的歸納與強調。台北：廣文，1971年

〔註75〕除此處引文外，尚可參證他處論處，知其義法關係可再細分「法以義起」「因義定法」「法隨義變」三個層次。參見尤信雄：《桐城文派學述》第154～156頁。台北：文津，1989年。又張高評：〈方苞義法與《春秋》書法〉，則將「義法」還原於《左》《史》，區分為「筆削見義」「法隨義變」「屬辭比事」三層面。見《清代經學國際研討會論文集》237～246頁。台北：中研院文哲所籌備處，1994年。成復旺：《中國文學理論史——明清鴉片戰爭前時期》第316～318頁。

雖來自於對經史等以敘事、議論爲主的傳統典籍的廣泛考察，隨後的申論應用，卻多針對含時文在內的一切散文體寫作而論〔註76〕，深究其作文實際。如此援用經說，卻僅驗證於散文創作法則的釐析，比傳統經學中「文」的意涵狹隘許多，在當時自然引發程廷祚、戴震、錢大昕等古文經學學者的批評與不滿〔註77〕，其癥結在「文學」觀念的廣狹不同。

其後繼學者如姚鼐，雖持續對「義法」說重視，卻已察覺方苞「義法說」的侷限，而試圖加入「理」以增強其「義」的內涵：

> 其闖太史公書，似精神不能包括其大處、遠處、疏淡處及華麗非常處。止以義法論文，則得其一端而已。然文家義法亦不可不講，如梅崖便不能細受繩墨不及望溪矣。(姚鼐〈與陳碩士書〉《惜抱軒尺牘》卷下，43頁。)
>
> 使其言不當於義，不明於理，苟爲炫耀廷欺，雖男子爲之可乎？不可也。明於理，當於義，不能以辭文之，一人之善也。能以辭文之，天下之善也。(〈姚氏鄭太儒人六十壽序〉，《惜抱軒詩文集》第121頁。)

此殆因桐城文人都將「義法」視爲合義複詞，理解爲文法、文例，主要指寫作時必須遵守的文章體例和寫作規則〔註78〕。此種解釋雖利於歸納要義、獲得概念式的理解，卻只偏重方苞界說中「法」的層面，故討論時爲周延己說，姚鼐等人往往得補強古文的內在義蘊，舉「義」「理」與「辭」或「義法」對稱。

因承於師教，方東樹也試圖對方苞的「義法」重加詮釋。他基於

台北：洪業，1994年。

〔註76〕參見方苞：〈答喬介夫書〉曰：「蓋諸體之文，各有義法。」即將「義法」適用於古文中碑、傳、表、誌等各體裁中，創作的基本法則而言。見方苞：《方望溪先生全集》，「文集」卷六，301～303頁。台北市：文海出版社，1970年。

〔註77〕參見成復旺：《中國文學理論史——明清鴉片戰爭前時期》第355～378頁。台北：洪業，1994年。

〔註78〕參見王鎮遠：《桐城派》中〈以義法爲核心的文學理論〉，第34～36頁。台北市：國文天地，1991年。

文以載道、適於世用的文學觀，對古文發展採取歷時性的觀察，將文
道分離後的文事依層次分爲三級：首應辨事與道之精粗，最次者辨體
裁與修辭之美惡，論義法之是非乃是介於二者之間。故曰：

> 蓋文無古今，隨事以適當時之用而已。然其至者乃並載道
> 與德以出之，……顧其始也，判精麤於事與道；其末也，
> 乃區美惡於體與詞；又其降也，乃辨是非於義與法。
>
> 文章者，道之器，體與辭者文章之質，範其質使肥瘠脩短
> 合度，欲有妍而無媸也，則存乎義與法。(〈書惜抱先生墓志後〉
> 見《攷槃集文錄》卷五，21～22 頁。)

由於順者文章越來越與道疏離，討論重心由內而外、由隱而顯的史實
而檢視，並已設定「文爲道之器」「體與辭爲文之質」「義法爲範其體
與辭之用」的相互關係，便很容易由此討論中歸結出方東樹對「義法」
的觀點：

1. 「義法」的辨析是初學者必要的功夫，義法適切乃能使基本的
   體裁與修辭脩短合度，發揮載道適用的功能；但亦不可止於
   此，須向更精深的「道」等層次提昇。

2. 所謂「義法」，係由文法的深層義涵觀察，介於「文」的內義
   與外形二層次間，提出使詩文創作能「有序、有物」的要領。

故與前人相較，方東樹的「義法說」基本上順著姚鼐「義理、考
據、詞章」三分的路徑而兼及文學的事與道、義法、體與辭三層次。
異於前人的詮釋，則在於以更廣泛的「文」爲「道之器」，即凡具體
可見、可承載道與德而用的立言、學術皆屬之。如此，則在姚鼐與劉
大櫆古文理論中嘗試加以縮小的「文學」，又因方東樹的引伸、運用
而漸擴大，與學術混合。

（三）能事論

雖然方苞首先以「義法」突顯古文創作有其要領，但確切肯定詩
文創作的藝術價值，則是劉大櫆散文論中所提出的「能事」論。

> 當日唐虞紀載，必待史臣，孔門賢傑甚眾，而文學獨稱子

游、子夏，可見自古文章相傳，另有箇能事在。

作文本以明義理、適世用，而明義理、適世用，必有待於文人之能事。朱子謂：無子厚筆力發不出。（劉大櫆《論文偶記》，葉一）

觀其言，所謂「能事」乃點明古文創作的專藝性，文人必須不斷精研、磨鍊，乃能蓄積筆力，故並論於三代史臣、孔門文學的專門成學。藉著「能事」的概念，劉大櫆使古文創作的藝術價值凸顯出來，也強調此一藝術性的感染力，是使古文發揮「明義理、適世用」實用功能的關鍵。同時，他更以土木工匠爲喻，說明「能事」在古文創作實際中，是指具有影響成品優劣的藝術手法。其言曰：

故義理、書卷、經濟者，行文之實，若行文自另是一事。譬如大匠操斤，無土木材料，縱有成風盡堊手段，何處設施？然有土木材料而不善設施者甚多，終不可以爲大匠。故文人者，大匠也，神氣音節者，匠人之能事也，義理、書卷、經濟者，匠人之材料也。（劉大櫆《論文偶記》，葉一）

而由引文可見，劉大櫆又將組構創作素材的藝術手法，略分爲「神、氣、音節」等層次，以顯現其有精有粗、由晦而明的表現差異，但同樣受作家主觀因素掌控。因此，這樣的譬喻，也意蘊著「能事」的表現，既隨個人修養深淺而有別，更因個人風格而異。

到姚鼐則承此精神，針對詩、文皆有待於創作磨練的特質，而曰「詩文皆技也」，或直接統稱爲「藝」。但以其極至則非人力可及，需藉「通乎神明」的妙悟方可提升於「道與藝合，天與人一」〔註79〕的最高境界。故其「能事」便是指在布局修辭等行文格式之上，有一種可巧妙變化、「通乎神明」〔註80〕的奧秘。而且，姚鼐進一步將此「行文奧秘」精細劃分爲「神理、氣味、格律、聲色」，更較劉大櫆的能

〔註79〕參見姚鼐：〈敦拙堂詩集序〉《惜抱軒詩文集》卷四，49頁。曰：「夫文者，藝也。道與藝合，天與人一，則爲文之至。」上海：上海古籍，1992年。

〔註80〕參見姚鼐：〈復魯絜非書〉《惜抱軒詩文集》卷六，94頁。曰：「文之至者通乎神明，人力不及施也。」上海：上海古籍，1992年。

事論合理而詳盡。

　　至於方東樹，其評價詩文雖強調由作家內涵而流露的「本領」「義理」，卻也同樣認定：其創作時運思、興象等變化之巧妙，有賴於對詩文「能事」的鑽研與體悟〔註81〕。但是，方東樹更將此藝術特質的領悟，由詩、文會通於書法、繪畫等相近的藝術創作活動上，使原先「能事」論的藝術特質更為鮮明。故曰：

　　　　大約古文及書、畫、詩四者之理一也，其用法、取境亦一。

　　　　氣骨間架體式之外，別有不可思議之妙。(《昭昧詹言》卷一，

　　　　第九十，30頁)

　　可見，方東樹《昭昧詹言》中雖致力於為初學詩者指出確切易行的法則，但也清楚這些格式的侷限，故強調在有形的詩篇結構、間架、體式等須熟練摹習外，學習者必須更用心於揣摩藝術上的變化與創新，方能臻於巧妙。

　　綜合以上所述，則知原先桐城諸家作為文學原理的文道觀，到方東樹論述時，已將其轉變為文人必具的「文道合一」的創作修養；而方苞揭櫫「義法」為古文法則，則被改變為評析藝術文本的向度；至於劉大櫆「能事」論，也被深化作為凸顯詩文「藝術特性」的重要依據。可見，方東樹對前賢文論的繼承，並非單純的因襲，亦有隨個人學術修養與興趣而予以轉化、創變的用心。

　　尤其，值得注意的是，以上文道觀、義法說、能事論三個看似分立的概念，在方東樹「以行道為主」的文學觀中，都以「文道合一」為理想，配合著經世實用的目的，將之統整起來，並且，提出明確的新主張：

　　首先，以「立誠」為溝通修道與學文的關鍵，並且認為唯有「立誠」方能言之有物〔註82〕。如此，乃以「行己」「明誠」的功夫厚實

────────────────

〔註81〕參見方東樹：《昭昧詹言》卷一，第二十七，10頁。曰：「故知詩文雖貴本領義理，而其工妙，又別有能事在。」。台北市：漢京，1985年。

〔註82〕參見方東樹：《昭昧詹言》卷一，第六，2頁。原文曰：「詩以言志。

了「修辭立誠」，使原有「義法」的內涵更落實。

> 詩文與行己，非有二事。以此爲學道格物中之一功，則求
> 通其詞，求通其意，自不容已？。天不假《易》；豈輕心以
> 掉，旦夕速化之所能也。《大學傳》曰：「君子無所不用其
> 極。」（《昭昧詹言》卷一，第五，2頁）

> 修辭立誠，未有無本而能立言者。且學無止境，道無終極。
> 凡居身居學，纔有一毫偏意，即不實。纔有一毫盈滿意，
> 便止而不長進。勤勤不息，自然不同。故曰：其用功深者，
> 其收名也遠。（《昭昧詹言》卷一，第七，3頁）

並且，雖強調詩文之臻於「高妙」，固有賴於「能事」，但學詩者必不
以「能事」自限，而止於「以詩求詩」〔註83〕，必須加強本身學識、
充實懷抱，乃能追求詩外餘境。

其次，秉其對理學的看重，重新詮釋韓愈古文「復古」的意義，
提出「文道論」的新理想爲：「因道求文，而併得其文」。意謂在爲學
次第上應是先道而後文；但在重要性上，則應修道爲主，行文爲附，
而以兼具爲美。其說爲：

> 如無志可言，強學他人說話，開口即脫節。此謂言之無物，不立誠。
> 若又不解文法變化精神措注之妙，非不達意，即成語錄腐談。是謂
> 言之無文無序。若夫有物有序矣，而德非其人，又不免鸚鵡、猩猩
> 之誚。莊子曰：『真者精誠之至也。』不精不誠，不能動人。嘗讀相
> 如、蔡邕文，了無所動於心。屈子則淵淵理窟，與〈風〉、〈雅〉同
> 其精蘊。陶公、杜公、韓公亦然。可見最要是一誠，不誠無物。誠
> 身修辭，非有二道。試觀杜公，凡贈寄之作，無不情真意摯，至今
> 讀之，猶爲感動。無他，誠焉耳。彼以料語樁點數衍門面，何曾動
> 題秋毫之末。」台北市：漢京，1985年。

〔註83〕參見方東樹：《昭昧詹言》卷一，第三十六，13頁。原文曰：「但從
詩作詩，而詩外無餘境道理，則祇成爲詩人而已。古人所以必言之
有物，自己有真懷抱。故曰：『乃知君子心，用才文章境。』又曰：
『詩罷地有餘，篇中發清省。』又曰：『高懷見物理，詩家一標準』
『清詩近道要，識子用心苦。』『情窮造化理，學貫天人際。』若但
從古人句格尋求，而不得其用意，非落窠臼，即成模擬形似。或能
造真理，詩外有餘境矣，而才力不雄，句法不妙，不快人意，又成
鈍根。」。台北市：漢京，1985年。

> 韓公云：「爲古文豈獨取其句讀不類於今者耶？思古人而不
> 得見，學古道則欲兼通其辭，通其辭者，本志乎古道者也。」
> 公之意以辭爲筌蹄。世論公爲「因文見道」，觀此則公實「因
> 道求文」，而併得其文焉。顧求句讀不類於今，非學文之本，
> 而已爲三昧秘密。田饒曰：「雞有五德，而君猶淪而食之，
> 以其所從來近也。」今欲學詩文，當審斯二義。（《昭昧詹言》
> 卷一，第四十二，15頁）

引文中論辯韓愈以來的文道關係，應先以志乎古爲本，再兼通其辭，
才是務本之方。故行文不當專求文字句讀上純然古風，但也不必因「志
古求道」便完全捨棄「文」的功用。此一折衷觀點，既有得自姚範等
桐城耆老的教誨〔註84〕，更源於朱熹等理學家文道合一論，由理學的
角度觀之，似乎強欲附文於道；但驗證於理論內容，則道的落實，往
往充實了「文」的內涵；而就清代學術現實而言，以道爲先務，也確
能因此提高「文」之價值。

故知前文所述，雖舉其大者而言，殆已能涵括方東樹以前桐城派
文論傳統的核心概念及其相互關涉、衍化，形成新文學主張的過程，
奠此基石，則下文得以一一對照這些觀點在方東樹詩論中的鋪陳與開
展。

二、《昭昧詹言》中詩學觀念的開展

藉由《昭昧詹言》成書背景的考察，確知方東樹相當肯定評點
的指導作用〔註85〕，故秉持金針度人的熱誠、期於覺世適用的自負
〔註86〕而著述本書。並採取分條註釋、評析融合的形式，以密切配

〔註84〕參見同卷第43則，引薑塢先生（姚範）說法作爲輔證。台北市：漢
京，1985年。
〔註85〕見方東樹：《攷槃集文錄》卷五〈歸震川史記圈點評例後〉。曰：「古
人著書爲文，精神識議固在於語言文字，而其所以成文義用或在於
語言文字之外，則又有識精者爲之圈點，抹識批評，此所謂筌蹄也。
能解於意表而得古人已亡不傳之心，所以可貴也。」上海市：上海
古籍，2002年。
〔註86〕參見方東樹：《昭昧詹言》正文後所附：道光二十二年九月「跋二」

合二部詩選，分別針對古、近體詩的創作需求，適時增加具體而深刻的評論，故在論述形式上別具創意。

　　但由其論述內容看來，雖大體延續前述桐城派文論傳統而闡發，卻明顯的更考慮實用性，以為詩的經世功能與應用情境均較古文狹隘許多，限制亦較多〔註 87〕，故由學問、經濟的觀點評估，便直言「詩不中用」，欲學者只可「以餘事為之」〔註 88〕。此殆因方東樹所傳承的桐城文論本有重文而輕詩的傾向〔註 89〕，當其接受前人文論時，更自然地加入個人偏好「修道」「義理」的傾向，而其轉化前說、評析《昭昧詹言》時，更正值清代中衰、國家多事的時勢〔註 90〕，故揉合此三重主客觀因素，乃衍化成方東樹《昭昧詹言》獨特的論詩觀點。如相較於前述桐城前輩的文論，其大體由兩方向來改造桐城傳統詩論：

　　先由詩的創作原理、詩人素養上重新闡釋，使詩也能承載思想，增加實用性。如將傳統「文道合一」的文學觀重加衍義，就形成「重本領；強調性情」創作修養論；對方苞「義法」說的補充、對姚鼐義理、詞章、考據三科兼重的轉化，則產生文、理、義三者合一的文本構成論；另外，則在劉大櫆「能事」論內涵中，加入「創變」的特質，並以「務本」「學古」落實其功夫。便形成以「創意造語」為原則、

　　　　「君子立德、立功、立言，欲以覺世、救世、明道，期有益於人而已，傳不傳與己何與焉？」台北市：漢京，1985 年。

〔註 87〕方東樹認為古文的經世作用較大，表現力強，故如有關人物心跡、學問之粹美，以之為詩則有所不可。「蓋此等題獨宜於文，不宜於詩，古名手大家，率不輕作之……」。見〈與范光復論解淑人事節行書〉《攷槃集文錄》卷六、27～28 頁。上海市：上海古籍，2002 年。

〔註 88〕參見方東樹：《昭昧詹言》卷一，第一五七、50 頁。引邱潛言與韓愈之說為證，曰：「潛邱言：『講學問經濟，隨地可以及物，詩不中用。』此言可警心。韓公所以言『餘事作詩人』也。」台北市：漢京，1985 年。

〔註 89〕分見姚鼐：〈與管異之〉六首，第 39 頁；〈與陳碩士書〉九十六首，第 57 頁。此二處書信中姚鼐均對門生強調應將心力放置於文，而不必能詩。同見佚名編：《惜抱軒尺牘》。台北市：廣文書局，1987 年。

〔註 90〕《昭昧詹言》成書前後的道光二十年（西元 1840 年），正是發生鴉片戰爭，清廷暴露外交與內政窘迫局勢的時間點。

文法結構爲基礎的創作技巧論。因此，方東樹的詩學議題表面上雖從延續前輩文論而來，其論詩內涵卻能較深入地探觸詩學的藝術本質，肯定詩人的藝術個性、並強調文藝「創造」的特質。以下即分別細究其詳：

（一）詩人素養：重義蘊、講本領

早先，方苞所論文——道關係雖曾被姚鼐等人援引爲文學本原論，到方東樹時，卻於延續桐城耆老「文道合一」的主張外，試圖還原方苞以道爲先的傾向，將充實胸襟、學養視爲詩人重要修養，並提出「立誠」作爲貫通文道關係的原則。此「立誠」既來自孔子「修辭立其誠」的訓誨、也兼具《中庸》「自誠明」的特殊性與實踐義。

因此，《昭昧詹言》由改造傳統「言志說」著手，特別強調詩可以「性情」動人的本質：

> 傳曰：「詩人感而有思，思而積，積而滿，滿而作。言之不足，故長言之，長言之不足，故嗟嘆詠歌之。」愚按：以此意求詩，玩《三百篇》與《離騷》及漢、魏人作自見。夫論詩之教，以興、觀、群、怨爲用，言中有物，故聞之足感，味之彌旨，傳之愈久而常新。臣子之於君父、夫婦、兄弟、朋友、天時、物理、人事之感，無古今一也。故曰：詩之爲學，性情而已。（《昭昧詹言》卷一，第一，1頁）

在這段貌似繼承孔子詩教的論述中，標舉人類共通、古今同感的「性情」做爲詩學要旨，「名稱」雖承襲前人，「義涵」卻已稍有轉變：其一，於創作歷程中，強調「感」之後「思」的重要性，以爲「思」是使詩人累積胸中情、意，滿而爲詩的關鍵。巧妙運用「思」的作用，甚至可影響「景」的融入、與「文法」的變化等表現因素〔註91〕；其次，則歸結古人詩篇能具有「興、觀、群、怨」的詩教功用乃源於「言

〔註91〕參見方東樹：《昭昧詹言》卷一，第二，1頁。曰：「思積而滿，乃有異觀，溢出爲奇。若第強索爲之，終不得滿量。所謂滿者，非意滿、情滿即景滿。否則有得於古作家，文法變化滿。」台北市：漢京，1985年。

中有物」，因而能使後人「聞之足感」。此乃由閱讀效果上探究：詩的
感染力不但來自於感性的「情」，也因其內涵的「志」能包蘊人倫、
義理，使人沈吟玩味、歷久彌新。合觀二者，乃轉變了傳統「言志」
詩論的詮釋，漸進的增加理性思維（義理）於詩篇創作的重要性。

　　同時，持續此所謂「詩道性情」的論點，方東樹也進一步深化「性
情」於表現個人情志的特徵，就是所謂「說本分語」「有眞懷抱」。故
曰：

> 詩道性情，只貴說本分語，如右丞、東川、嘉州、常侍，
> 何必深於義理、動關忠孝，然其言自足有味，說自家話也；
> 不似放翁、山谷衿持虛撟也，四家絕無此病。（《昭昧詹言》
> 卷十一、第二十七，283 頁）
> 詩以言志。如無志可言，強學他人說話，開口即脫節。此謂
> 言之無物。不立誠〔註92〕，若又不解文法變化、精神措注之
> 妙，……是謂言之無言無序……可見最要是一誠，不誠無
> 物。誠身修辭，非有二道。（《昭昧詹言》卷一，第六，2 頁）

此二處引文中，方東樹特別強調「性情」「志」的個別性，以爲這種
眞實表現詩人個性的情志、義理，才是詩篇「有物」「有味」，足以動
人的力量，而其形式特徵，則表現於個性化的語言風格（自家話）。

　　於是，藉由詩學原理上對「志」、「性情」意蘊的改變，將「言志
說」與「修辭立其誠」的論點相聯繫，指出「立誠」便是「言個人情志」
「說自家話」、便是「言之有物」。但提昇詩篇內涵與文辭的動力，須靠
「本領」〔註93〕，而「本領」的蓄積，則有待於多讀書、厚植胸襟。

〔註92〕參見漢京版《昭昧詹言》原文，此處勢將「不立誠」上接於「言之
　　　　無物」。而廣文書局吳評本、聯經版《方東樹評古詩選》皆斷句於「言
　　　　之無物」下，將「不立誠」連接於下文。

〔註93〕參見方東樹：《昭昧詹言》卷一，第三，2 頁。借用朱子用語「本領」
　　　　以強調詩人應於學、識方面下功夫。如曰：「朱子曰：『文章要有本
　　　　領，此存乎識與道理。有源頭則自然著實，否則沒要緊。』又曰：『須
　　　　靠實，說得有條理，不要架空細巧。』論議明白，曉然可知。愚謂
　　　　詩亦然，否則沒要緊，無歸宿，何關有無。」台北市：漢京，1985
　　　　年。另參見方東樹：《昭昧詹言》卷一，第四，2 頁。如曰：「古人皆

> 大約胸襟高，立志高，見地高，則命意自高。講論精，功
> 力深，則自能崇格。讀書多，取材富，則能隸事。聞見廣，
> 閱歷深，則能締情。要之尤貴於立誠。立誠則語眞，自無
> 客氣浮情、膚詞長語、寡情不歸之病。（《昭昧詹言》卷十四，
> 第十九，381頁）
>
> 詩不可墮理趣，固也。然使非義豐理富，隨事得理，灼然
> 見作詩之意，何以合於興、觀、群、怨，足以感人，而使
> 千載下誦者流連諷詠而不置也。此如容光觀瀾，隨處觸發，
> 而測之益深，自可窺其蘊蓄。惟多讀書有本者如是，非即
> 此詩語句而作講義也。（《昭昧詹言》卷十四，第十八，381頁）

因此，詩人所應致力的創作修養，便不止於修辭煉句等技藝揣摩，更須加強見識、閱歷、讀書、論理等務「本」的功夫；相對的，落實讀書、進德等修「道」的功夫，既能涵養見識、拓展胸襟，也自然蓄積了詩文的素養，豐富了詩文抒寫的內涵。於是，方苞以來「文道合一」的觀點，乃在方東樹手中成爲札實的詩人創作修養，埋下由理學會通詩學的可能。

（二）作詩條件：文、理、法三者合一

《昭昧詹言》除以「立誠」延續文道合一的觀點，強調詩人應致力讀書、見識、論理等厚植「本領」的修養，也繼承桐城古文「義法」的精神——探求創作法則，嘗試由各體詩的評析中歸結出一套以文、理、法三者融合、交互並重的創作理論，期能更周全的掌握詩篇創作的要領，爲學習者指出門徑。因此，方東樹一一分述其重要性與講求的要領，曰：

> 有文通而理不通者，是學上事。有理通而文不通者，是才
> 上事。文與理俱清通而平滯，無奇妙高古驚人，是法上事。
> 然徒講義法，而不解精神氣脈，則於古人之妙，終未有領

於本領上用工夫，故文字有氣骨。今人只於枝葉上粉飾，下梢又並枝葉亦沒了。文字成，不見作者面目，則其文可有可無。」。台北市：漢京，1985年。

會悟入處，是識上事。(《昭昧詹言》卷一，第二十三，9頁)

由其論理可知，方東樹以爲「文」「理」二者清通，是詩篇創作的基本條件，但如欲上臻於高妙，則必再由「法」上用心鑽研。而僅此三者，尚不足以自得，必須於古人詩篇的精神氣脈中深刻領悟，乃能累積得以變化神妙的「識」見。故學詩者當以「識見」的養成爲鵠的，「文、理、法」循序兼具爲功夫。於是，方東樹爲此三者分別指出精進的方法，曰：

> 非淹貫墳籍，不能取詞，(抄：不給用也。)。非深思格物，體道躬行，不能陳理。若徒向他人借口，縱說得端的，亦只剿說常談。強哀者無涕，強笑者無歡，不能動物也。非數十年深究古人，精思妙悟，不解義法。(抄：趙括徒讀父書，不知合變也。此雖小技，亦何容易？故文壇著錄，恆數百年不得三數人。)(《昭昧詹言》卷一，第二十一，8頁)

因此，博覽古籍可增廣「文」辭的運用，以免筆力薄而不達意、或有才筆而粗獷；深思行道則可增進詩篇「理」趣，以免「氣浮、寡要、不能持論」；至於「義法」的巧妙，則須立誠於己、並長期深究精思才能體悟，便不致流於凡俗。必兼此三者，而後能如陶、杜、韓、蘇等大家「有本領從肺腑中流出；措注用意，語勢浩然；又出之以文從字順，與《經》《騷》古文通源」〔註94〕，而能避免如李商隱、或明七子等志爲「詩人」，專學句格、餖飣成詩，或務於藻飾、骨理不清的缺弊。

整體來看，這樣一個有層次的技法理論結構，基本上仍是由方苞「義——法」的二分框架修正而來：其「文」「理」二端、分指詩篇

〔註94〕參見方東樹：《昭昧詹言》卷十九，第七，435～436頁，曰「要之，此詩昔人皆從上選，然細按之終未洽。雖星象彪炳，而骨理不清⋯⋯而『早晚』七字，不免餖飣僻晦。明七子大都皆同此病，然後之有本領與無本領懸絕如此。蓋義山與明七子，不過詩人，志在學古人句格以爲詩而已；非如陶、杜、韓、蘇有本領從肺腑中流出，故其措注用意，語勢浩然；而又出之以文從字順，與《經》《騷》古文通源。」台北市：漢京，1985年。

文辭與義涵的基本面，實已涵括原本「有物、有序」的義法意蘊；繼之以「法」的講求，則因方東樹對「以文法論詩」的特別看重，視「義法」為非數十年深究精研、不得而知的獨門奧祕（參上段引文），遂重組成文、理、法（或稱義）三者合一的詩「義法」說，以「上嗣經騷，得詩教之正」的五大家為主要的詩家典律〔註95〕。溯其根源，應得自姚鼐「三科均重」「詩文理一」〔註96〕的師教，而能融合戴名世「道、法、辭」內外三分的結構方式〔註97〕。與方苞的義法說內涵相較，則方東樹更為強調「理」（以取代「義」），而真正落實韓愈「因道求文，而併得其文」的論點。同時，其論理中增入「法」作為補強，固有其吸納劉、姚文論菁華〔註98〕、積極追求詩篇「高妙」的用意；於消極層面，更為了避免「凡俗」〔註99〕，具有針砭時風的作用，因此，方東樹文、理、法三者合一的技法論，可說是對前人義法說做了因應時代的新詮釋。

〔註95〕 參見方東樹：《昭昧詹言》卷七，第十二，191 頁，評謝朓〈暫使下都夜發新林至京邑贈西府同僚〉詩曰：「……求之唐以前詩，唯有陳思、阮、陶、杜、韓，文、義與理兼備，故能嗣經騷，得詩教之正……。」台北市：漢京，1985 年。

〔註96〕 參見姚鼐：〈與王鐵夫書〉。曰：「詩之與文，固是一理，而取徑則不同。」見《惜抱軒詩文集》，290 頁。上海：上海古籍，1992 年。

〔註97〕 參見戴名世：〈己卯行書小題序〉，曰：「是故道也、法也、辭也，有一之不備焉，而不可謂之文也。」見《南山集》，卷四，第 372～374 頁。台北市：華文書局，1970 年。

〔註98〕 方東樹此說承自姚鼐師說已如前述，而其以「法」臻於神妙的觀點，則有得自劉大櫆以「神、氣、音節、字句」區分技法精粗、的痕跡。可參考何天杰：〈叛逆者的開拓之功——劉大櫆〉以為劉大櫆「聲氣論」乃是對方苞「義法說」的一種修正。見《桐城文派：文章法的總結與超越》，第四章，第 63 頁。廣州市：廣州文化，1989 年。

〔註99〕 方東樹常於論述「文」「理」二端之餘，特別強調如未講求「法」，便易流於凡俗。如方東樹：《昭昧詹言》卷一，第二十二，8 頁。曰：「大抵筆懦力薄，不足以自達其意；或有才筆矣，而又粗獷：此皆辭上事。若氣體輕浮，寡要不歸，不能持論，是理上事。貫乎二者，詞理俱得，而文法不妙，亦猶夫凡俗而已。其要歸於學識。」台北市：漢京，1985 年。

（三）詩法要領：講求作用、追求創變

　　劉大櫆提出「能事」論，在大體上雖有增加古文教化功效的寬宏企圖〔註100〕，但其個人所醉心、致力者，卻主要在創作時所獲得「娛樂心智」的審美滿足〔註101〕；而此藝術價值的點出，也間接呼應其「神、氣、音、節」等古文構成論的精髓，故其說可謂開啟了對古文的藝術價值的認識。稍後，姚鼐將詩文皆視為可進於道的「技藝」，方東樹隨之將「能事」引申於泛稱各類藝術的共通原理、是超越固定法則的講求，故「別有不可思議之妙〔註102〕」，並刻意地轉化為詩理，於《昭昧詹言》中錯綜地以「作用」或「文事」稱待它，經常強調此在學詩歷程上的重要提昇功用：

> 薑塢先生云：「空同五言，多學大謝。仿其形似，略彼神明，天韻既非，則句格皆失研矣。」余謂昧其作用而強學其句格，如王朗之學華歆，在形骸之外，去之所以更遠。……（《昭昧詹言》卷一，第一三七，44頁）
>
> 固是要交代點逗分明，而敘述又須變化，切忌正說實說，平敘挨講，則成呆滯鈍根死氣；或總挈，或倒找，或橫截，或補點，不出離合錯綜，草蛇灰線，千頭萬緒，在乎一心之運化而已。固嘗謂詩與古文一也，不解文事，必不能當詩家著錄。（《昭昧詹言》卷十四，第五，376頁）

藉由引文之一例，可知方東樹雖將「能事」論，改以「作用」〔註103〕

〔註100〕參見劉大櫆：《論文偶記》。地一葉、第四則、曰：「作文本以明義理、適世用，而明義理、適世用，必有待於文人之能事。……」見中研院傅斯年圖書館藏，遜敏堂叢書本。

〔註101〕參見劉大櫆：〈與某翰林書〉。自述曰：「櫆，舒州之鄙人，而憔悴屯邅之士也。率其顓愚之性，牢鍵一室，不治他事，唯文史是耽，意有所觸，作為怪奇磊落瑰偉之辭，而自為娛樂。」見《劉大櫆集》卷三，第111頁。上海市：上海古籍出版社，1990年。

〔註102〕參見方東樹：《昭昧詹言》卷一，第九十，30頁。曰：「大約古文及書、畫、詩四者之理一也，其用法、取境亦一。氣骨間架體式之外，別有不可思議之妙。」。

〔註103〕唐朝皎然《詩式》中已見用「作用」指稱創作技巧者。如其〈序〉曰「其作用也，放意須險，定句須難。」又〈明作用〉「作者措意，

等較熟見而具體的創作用語來指稱，但仍沿用劉大櫆涵括「神、氣、音、節」等文章之「精」「粗」層面的義涵，以指稱詩藝中超越體式、句格等格式定法，而能呈顯作者性格、才氣等較高層次的「意義形式」〔註104〕。故可說是與「句格」對稱的、取決於主觀因素的「天韻」，更是掌控全詩巧妙與否的「神明」。其所謂「作用」，便不再侷限於唐代詩格詩論中只針對「創意措辭」的泛稱。

由此可知，《昭昧詹言》中所謂「作用」，乃是方東樹對詩文「能事」的新詮釋，基本上係瞄準「文、理、法」中「法」的精義而再加申論。其內涵包括「正」「變」兩方面，正面者固為一般文法的條理性講求，「變的方面」卻已慮及「變化、創造」的效果，故以為「人之得天者固各有所限也……故知詩文雖貴本領義理，而其工妙，又別有能事在。〔註105〕」足見，其所謂「作用」乃比前人更強調詩文創作的變化奧妙或創意。

隨即指出其運用的要領，大體有二：詩篇的「作用」每每流露出鮮明的個人風格，乃受先天才能高下的影響或限制，並不完全可由後

雖有聲律，不妨作用。」見周維德校注：《詩式校注》。杭州：浙江古籍，1993 年。

〔註104〕此乃借用龔鵬程打破常見的「內容」「形式」二分法，將文學作品由內而外區分為「意義」「意義形式」「形式」三層次，強調修辭、人物、主題等作品形式表現，亦含有作家主觀的義涵於其中。見《文學散步》第 271 頁。台北市：漢光文化出版公司，1987 年三版。

〔註105〕參見方東樹：《昭昧詹言》卷一，第二十七，10 頁。曰：「讀萬卷書，又深解古人文法，而其氣懦弱、其辭平緩無奇者，陸士衡是也。豈真患才之多與？抑人之得天者固各有所限也。如荀子義理本領豈不足，而文乃不如李斯。故知詩文雖貴本領義理，而其工妙，又別有能事在。」台北市：漢京，1985 年。

又見方東樹：《昭昧詹言》卷一，第六十七，24 頁。曰：「朱子論孟子說義理，精細明白，活潑潑地；荀子說了許多，令人對之如吃糙米飯。又論作文不可如禿筆寫字，全無鋒刃可觀。愚謂作詩文雖有本領，而如吃糙米飯，如禿筆寫字，皆無取。昔人議聖教序為板俗，今如某公之文，某公之詩，便是如此。雖亦有本領，不得古人行文之妙，則皆無當於作者。故本領固最要，而文法高妙，別有能事。」

天培養的學識、本領所改變，遂只可由名家典律上苦心揣摩、多方觀摩，而不應一味模擬流於虛假，此爲其一；此外，「作用」的巧妙變化，最能反映作者用心與個人氣骨，故須以眞情爲基礎，能表現「眞情勝概」〔註106〕者方爲可貴。

　　因此，當方東樹的「作用」說落實於詩法的講求實際，則明顯的以「創新、變化」爲前提，故其論「學詩之法」，開頭便強調：「一曰創意艱苦……二曰造言……〔註107〕」。統觀其所論學詩六法，雖包涵「立意、用詞、煉字」等詩藝層面，卻首先標榜「創意」「造言」等重視創變、表現個性的要義。此應可溯源於前人「能事」論的啓發，使其得以掌握詩學中藝術創作的特質，並由此產生了學詩理論的調整。同時，因方東樹在規律化的法則外，藉由「作用」的奧秘來強調創變，容許個人情性與風格的展現，遂使《昭昧詹言》中的論詩觀點能兼顧主、客觀因素，而較劉大櫆、姚鼐等前輩的論述顯得更爲寬宏而周全。

　　然而，在《昭昧詹言》全書中，除可以「詩人素養」「作詩條件」「詩法要領」三點連結，勾勒出前述核心的詩學理念外，方東樹也在各篇評註中分別提出許多具體而獨特的論詩主張，例如：源於韓愈「去陳言」、姚範「貴奇崛」的觀念，而衍生「創意、造語」的提倡，並以「學古創變」爲功夫、「自具面目」爲理想……等。凡此種種關於創作實際的次級概念，表面上散亂紛呈於各卷的評註中，倘能尋繹出代表性的論題，將其相互聯繫、印證，應能形成有系統的詩學論述脈

〔註106〕參見方東樹：《昭昧詹言》卷一，第一四一，45頁。曰：「阮亭、竹垞，多用料語襯貼門面，膚濫不精，苟以衒博而已。乍看已無過人處，入而索之，了無眞情勝概，所謂『使君肥如瓠而內實粗』者也。大約其用心浮淺，氣骨實輕。學者且從謝、鮑、韓三家深苦用功，久之自見。」台北市：漢京，1985年。

〔註107〕參見方東樹：《昭昧詹言》卷一，第二十八，10頁。曰：「凡學詩之法：一曰創意艱苦，避凡俗淺近習熟迂腐常談，凡人意中所有。二曰造言，其忌避亦同創意，及常人筆下皆同者，必別造一番言語，卻又非以艱深文淺陋，大約皆刻意求與古人遠。……」台北市：漢京，1985年。

絡。如前述引文中所見「學詩之法」六項，除顯現對「創意造語」的
強調外，與前述推崇杜韓、偏重宋代七言古詩、及取法歐王以「文法」
作詩等觀點相串聯，應可對方東樹「以文論詩」等獨特的詩體概念，
有更深入的瞭解。故本文第四、第五章中，則分別針對二三章概觀、
分析中發現的線索，特別將對詩體概念、創作意識二部分，專章作較
完整而深入的探討。

第三章 《昭昧詹言》與宋代詩學的關聯

　　誠如學者齊治平、蔡鎮楚等人所論述，延續自宋元明以來「尊唐、宗宋」的評論爭議，始終或隱或顯地存在於清代詩學發展中〔註1〕，「學宋」也成爲清代詩學的一種特定現象〔註2〕。對於本論文的核心題材——清代桐城詩派中的方東樹《昭昧詹言》，一般人多據「學行繼程朱之後，文章介韓歐之間」〔註3〕等讚語，模糊的推測桐城派詩風應與宋詩爲近；也因方東樹《漢學商兌》力排獨尊漢學之說，以爲理當將之歸爲「尊宋」一派。凡此種種疑似而未定的觀點，乃使「方東樹

〔註1〕 對於唐詩、宋詩之爭的持續發展、與影響廣泛，筆者已於緒論中作一宏觀，此僅略作呼應。詳細的發展史實論述，可參考以下論著的評析：齊治平《唐宋詩之爭概述》。山東：齊魯書社，1984年；蔡鎮楚：《中國詩話史》第四章第一節，199～202頁。長沙市：湖南文藝，1988年；以及戴文和《「唐詩」、「宋詩」之爭》，台北市：文史哲，1997年。

〔註2〕 此觀點係參考馬亞中先生的研究結論。參見馬亞中：〈試論宋詩對清代詩人的影響〉。見黃永武、張高評編《宋詩論文選輯》（一）268頁。高雄市：復文圖書，1988年。

〔註3〕 參見王兆符：〈望溪先生文集序〉，其稱引云「吾師日：『此天之所爲，非人所能自任也。學行繼程朱之後，文章介韓歐之間，孰是能仰而企者？』」見《方望溪全集》，第二頁。台北市：世界書局，1960年。

詩論與宋代詩學間的關聯」，成爲清詩發展中值得詳加辨析、實際檢證的研究題材，更是在析論方東樹《昭昧詹言》、爲其詩學定位時，應先釐清的前題。

雖然，於前章「成書時機」與「治學歷程」探討中，我們獲知兩項重要線索：一、在纂成《昭昧詹言》前二期的近三十年間，方東樹尊崇程朱理學、專力於進德修道的功夫。二、方東樹自幼詩才穎發、畢生吟作不斷。其詩善學韓、歐、蘇詩爲一手，而以「橫空盤硬」顯其氣格。但此二項學術取向、創作實踐的論證，僅能作爲方東樹詩論可能傾向宋詩、與宋代詩學有某種關聯的輔助。直接的證據，仍須在《昭昧詹言》進行詳切的分析與探討後，始能確定。

因此，本章擬先由唐詩、唐詩之爭論入手，藉歷史觀察來釐清爭議的焦點，以瞭解：唐、宋詩的對立爭鋒，對清代詩學的發展有何影響？在論爭中發展的宋代詩學有何特徵？以便掌握方東樹《昭昧詹言》成書前的清詩發展氛圍，瞭解方東樹詩論對宋代詩學可能的接受態度。

其次，則由《昭昧詹言》所依循的選集內容著手，在全篇的選篇狀況、評論傾向分析中，觀察方東樹評註的重點。應有助於仔細分辨：方東樹對宋代詩學採取何種評論角度？其評論中闡釋的宋代詩學譜系爲何種形貌？並經由評論詩家論點、與詩篇實際檢證的作法，再深入探求方東樹詮釋宋代詩學譜系的意義爲何？期待藉由歷史研究、內容分析等不同研究方法的交叉驗證、層層辨析，能釐清前人對方東樹詩論與宋代詩學間模糊而直覺的推測，對方東樹《昭昧詹言》的詩學祈向，進行較明確的定位。

第一節　唐宋詩之爭與宋代詩學

歷來有關唐詩、宋詩的討論，可謂既繁且雜，在持續數百年的詩學論爭中，匯集了詩歌風格品鑒、體製異同辨析，乃至創作原理探討等相關詩學內容的省察與進展，也存在著不少流於主觀陳述、情緒化

疵議的糟粕。其可能原因或爲各家論述目的不一、或對唐詩、宋詩用義含混，更主要的應是評論態度的未能持平。因此，我們在解讀相關文獻時，首應分辨其持論緣由、批評立場，以便去蕪存菁，掌握論爭中重要詩學觀念的交鋒與激盪。

近代文學史概論、詩學研究中論及唐詩、宋詩之爭者雖多〔註4〕，卻多未能作持平而深入之討論。其中，齊治平《唐宋詩之爭概述》一書切要地概觀其歷時性衍化、及雙方論點交互作用、盛衰交替的遞變；戴文和《「唐詩」「宋詩」之爭研究》則經辨明詞義、區分階段，得以確定論題、並剝解其緣由〔註5〕。但兩書大體仍依時代先後序列、偏重發展史實的整體描述，對於在論爭的焦點、或衍生的特殊觀念（如詩體「時變」〔註6〕、模擬、詩歌語言等論題）無法深入探討。另外，張高評〈清初宗唐詩話與唐宋詩之爭〉〔註7〕一文則藉清初宗唐詩話爲題材，追溯南宋以來宗唐、宗宋詩學之流變，從文學語言的特質切入，對「宋詩得失論」作了集中而完整的探討，且批駁宗唐詩話所指宋詩之詩病、習風，帶給筆者相當多的研究啓發。

〔註4〕在文學史通論中，如郭紹虞《中國文學批評史》等、及各家《中國文學史》均稍有論及，清木正兒《清代文學批評史》、鈴木虎雄《中國詩史》等，專書中的散論，則如錢鍾書：新編《談藝錄》中有「詩分唐宋」等條目論及；《意象的流變》中龔鵬程〈知性的反省──宋詩的基本風貌〉一文等。

〔註5〕本書共分五章。其第三章「歷史概述」，將論爭界說由唐代中期元白詩的批判當代露出端倪，起點在於陳與義、張戒的分別抑揚。較前人說法深刻而持平：第四章「檢討」中論及評論態度的持平，亦頗切重問題核心。參見戴文和：《「唐詩」「宋詩」之爭研究》，第57～63，81～83，294～326頁。台北市：文史哲，86年。

〔註6〕此爲明代袁宏道：〈序小修詩序〉，曰「惟夫代有升降而法不相沿，各極其變，各窮其趣，所以爲可貴，原不可優劣論。」見《袁中郎全集》卷一。台北市：偉文圖書，1976年。後則有錢謙益、葉燮等家，也持續相近的論點，故可聯繫而論。

〔註7〕參見張高評：〈清初宗唐詩話與唐宋詩之爭──以「宋詩得失論爲考察重點」〉。《中國文學與文化研究學刊》第一期，83～158頁。台北市：學生書局，2002年。

　　因此，本論文雖從此重要議題著手，以了解《昭昧詹言》的詩學
發展背景，卻不欲重複前人所敘述的爭論史實，而擬以論爭中「對宋
詩的評論」爲重點，藉正反兩方辯證的內容，釐清所謂「宋詩」、或
「宋代詩學」的獨特形象、辨識特徵，以便與《昭昧詹言》的評論進
行對照，確定其關聯性。

一、唐詩、宋詩論爭的觀察與省思

　　想要在詩學發展中探求「宋代詩學」特徵、溯求「宋詩」評價的
演變，便不得不捲入唐、宋詩論爭的公案裡〔註8〕，其論述內容的複
雜，除緣於歷時性評論的不斷歧出外，更因「唐詩」「宋詩」名義的
含混未予細辨〔註9〕，各家援引、評述宋詩的目的與層次也不盡相同
〔註10〕……種種問題，遂使「唐、宋詩之爭」成爲近代學者研究的焦

〔註 8〕 參見蔡鎭楚：《中國詩話史》第四章第一節，199～200 頁。認爲『唐
　　　　宋詩之爭』是歷時七八百年之久，中國文學史上的大公案。長沙市：
　　　　湖南文藝，1988 年。

〔註 9〕 唐詩、宋詩的詞彙（符號）雖常見，運用者的意涵（符旨）卻不一；
　　　　如加以嚴格辨析，可謂人言言殊。就文學史實而言，「唐詩」「宋詩」
　　　　是個具體的集合名詞，實指一特定時空內的作家集體或文本總集，
　　　　有時或特指某些代表性的主導人物與特徵；但就文學理論與觀念而
　　　　言，「唐詩」「宋詩」就只是抽象化的風格類型，未必有所實指與評
　　　　價。此殆爲錢鍾書先生所謂「唐詩、宋詩，亦非僅朝代之別，乃體
　　　　格性分之殊。天下有兩種人，斯分兩種詩。……曰唐曰宋，特舉大
　　　　概而言，謂稱謂之便。」見錢鍾書：《談藝錄》，〈詩分唐宋〉2～3 頁。
　　　　台北市：書林，1988 年。

〔註10〕 歷來唐詩、宋詩依其概念的區分與論述目的大致可分爲四：最初是
　　　　指時代，實指某些特定詩家與作品爲代表；其後，則主要是作爲標
　　　　榜的典律，但其標榜的目的不同：一、指風格、格調，等修辭風格
　　　　造成的美感特徵——源於「觀詩」「觀樂」的理念，通常易爲政教利
　　　　用，作爲反應或塑造時代文風盛衰、正變的工具（如明七子標榜詩
　　　　必盛唐）。二、進一步則是詩史、價值觀的指標。（藉以顯示論詩者
　　　　對詩體特徵的偏重不同——重感興或重意理）作爲派別詩論的輔
　　　　助。如錢謙益「詩以性情爲主，故不必限於時代」；沈德潛則主張詩
　　　　以溫柔敦厚的詩教爲重，應以古詩爲源、盛世之音爲重；三、或者
　　　　作爲學詩的法則與門徑——在評定價值高低與摩習難易後，主張取
　　　　法乎上；或由易而難……故往往趨向兼取唐宋，而先後次第不同。

點〔註11〕。但爲了簡化線索，以下僅針對批評宋詩的負面論證進行歷時性的觀察，希望藉由宗唐者反對面的映現，簡單勾勒出宋詩的「變體形象」，與宋代詩學內蘊的獨特論詩觀點。

　　首先，嚴正駁斥宋詩的代表人物應是宋代的張戒、劉克莊和嚴羽。張戒的矛頭指向北宋的蘇軾、黃庭堅，以爲子瞻「議論作詩」、魯直「補綴奇字」的習氣貽誤學者，使《風》《雅》之道、言志之本大壞〔註12〕；劉克莊則尤以唐詩爲矩尺，凡韓詩、歐詩之近文者皆不論，對蘇、黃二家尤斥其「句律疏」「情性遠〔註13〕」；而嚴羽的屬批「近代諸公」乃至「江湖詩人」，則唯以盛唐興象爲可取〔註14〕，此三人雖有救弊立說的企圖，但基本上對宋詩並非全盤否定，而是在維護其自家主張（如言志說、或興趣說等）的前提下，反對北宋諸家或蘇、黃等人對詩體作大幅創變。

　　其次，明代詩家對宋詩者的反對立場最鮮明，其中以前後七子「詩必盛唐」「宋絕無詩」〔註15〕的標榜尤爲激切。其著意以格、調等七

此外，又見張高評《宋詩之新變與代雄》第一章第二節，4～10 頁，將前人的討論，歸類爲風格性分、題材內容、藝術技巧、詩學之傳承、詩歌之利病五方面。台北市：洪葉，1995 年。

〔註11〕　參見齊治平：《唐宋詩之爭》，湖南長沙：岳麓書社，1984 年；又有戴文和：《唐詩、宋詩之爭研究》中央大學中文研究所：碩士論文，1990 年。二書皆以此問題爲核心而著述。

〔註12〕　參見張戒：《歲寒堂詩話》卷上第十，由發展上論「詩廢於子見、成於李杜，而壞於蘇黃。」其餘詆宋詩者尤多。見吳文治主編：《宋詩話全編》第三冊，3236～3257 頁。南京市：江蘇古籍，1998 年。

〔註13〕　參見劉克莊：《後村詩話》第八十、第九十六則。見吳文治主編：《宋詩話全編》第八冊，8368、8372 頁。南京市：江蘇古籍，1998 年。

〔註14〕　參見嚴羽：《滄浪詩話》〈詩辨〉第五則，歷指宋詩之病，論東坡山谷以己意作詩。見吳文治主編：《宋詩話全編》第九冊，8718～8720 頁。南京市：江蘇古籍，1998 年。

〔註15〕　見葉盛：《水東日記》卷二十六，載「劉子高不取宋詩，而浦陽黃容極非之。」並錄黃容《江雨軒詩序》：「進士有劉崧者，以一言斷絕宋代，曰：『宋絕無詩』。」故齊治平於《唐宋詩之爭概述》、以爲李夢陽「漢無騷、唐無賦、宋無詩」說乃始於劉崧。見《唐宋詩之爭概述》「明代」36～38 頁。長沙市：岳麓，1983 年。

者品詩〔註16〕，顯然是以唐詩爲典律、爲標準參照系統，刻意塑造盛世的詩體風格。考其所追求，在似、在同而已。徐渭〈葉子肅詩序〉曾指出當時模擬風氣之弊，爲「不出於己之所自得，而徒竊於人之所嘗言」。其摹習焦點既在「文必秦漢，詩必盛唐」，相形之下，宋詩不似唐、不同於唐，便獲致「其詞艱澀，不色香流動」〈缶音序〉、「必先命意，涉於理路，殊無思致」「專重轉合，刻意精煉；或難於起句，借用旁韻，牽強成章，此所以爲宋也。」〔註17〕的嚴重批判。原其實，本爲唐、宋詩之異同，絕非唐、宋詩之優劣，歷來學派意氣之爭，率多如此。而明代七子如此片面的以「唐詩」爲基準，否定宋以下詩之「異」，本不符合文學「創作」的原則，其以模擬爲習作之法，過於拘滯，也必然失敗。

其後，清代間宋詩評價迭有起伏，雖經歷朱彝尊、王士禎、沈德潛等家力復唐風的轉折，但宋詩大體逐漸發展，故至道光、咸豐年間有所謂「宋詩派」，同治、咸豐年間有「同光體」的盛行，乃至清末有「詩界革命」的興發，頗欲超越宗法唐宋、詩別古今等論爭傳統，「不名一格，不專一體，要不失乎爲我之詩」〔註18〕。惟至民初後風氣乃大變，先是王國維「凡一代有一代之文學」〔註19〕觀念普遍被接受，致使當時文學史論述中「宋詩」經常被忽略；加以新文化運動後，

〔註16〕 參見李夢陽：《空同集》，卷四十八〈潛虬山人記〉曰：「夫詩有七難：格古、調逸、氣舒、句渾、音圓、思沖，情以發之，七者備而後詩昌也，然非色弗神。宋人遺茲矣，故曰無詩。」見《四庫全書珍本》第八集第189冊，第十二葉左。台北市：商務，1974年。

〔註17〕 二、三則引文分見謝榛：《四溟詩話》卷一及卷四。見丁仲祜：《歷代詩話續編》，1359頁：，1452頁。台北縣：藝文印書館，1985年。

〔註18〕 參見黃遵憲：〈人境廬詩草自序〉。除引文所見，序中亦提出理想詩境爲：復古人比興之體；以單行之神運排偶之體；用古文家伸縮離合之法以入詩……等。故屬宋詩一脈之後續發展。見

〔註19〕 參見王國維：《宋元戲曲史》〈自序〉。曰：「凡一代有一代之文學：楚之騷、漢之賦、六代之駢語，唐之詩、宋之詞、元之曲，皆所謂一代之文學，而後世莫能繼焉者也。」第2頁。北京市：東方，1996年。

學者急於革新文體，對古典詩的雅正傳統無暇多顧，乃提出「詩的發展到北宋實際也就完了。……明清兩代關於詩的那許多運動和爭論都是無謂的掙扎。……從此以後是小說、戲劇的時代。」〔註20〕的主觀論斷，甚至發下「一切好詩，到唐已被做完……」〔註21〕的豪語，這種鮮明的號召，也不脫以唐詩爲唯一典律的論斷，忽視「一代有一代文學，一家有一家風格」之文學發展事實。然在當時確有其轉移風氣的作用，若覈以文學發展的史實與規律，卻無疑的有其偏頗〔註22〕。

而約在西元一九八○年前後，因〈毛主席給陳毅同志談詩的一封信〉一文〔註23〕，引發大陸學者對宋詩評價問題的廣泛討論，附和於批評宋詩者，除遵循「宋人不懂詩是要用形象思維」的論點外，多翻取嚴羽「以文字、議論、才學爲詩」的舊調；細辨者則探求宋詩創作的侷限，乃源自於詩人脫離現實生活、封建制度走下坡，詩人世界觀無法超越唐人〔註24〕……等因素。

統觀以上各代評論，表面上同爲宗唐者的批評，但對宋詩的評價其實是有變化的，大抵：南宋只對特定對象指疵（蘇黃、江西）；明代則全盤否定宋代以下詩，評價最低；清初後宋詩漸受觀注，論爭迭

〔註20〕聞一多：〈文學的歷史動向〉。見朱自清等編：《聞一多全集》選刊。台北市：里仁書局，1993年。

〔註21〕參見魯迅：〈答楊霽雲函〉：「我以爲一切好詩，到唐已被做完，此後倘非能翻出如來掌心之“齊天大聖”，大可不必動手。」，《魯迅書信集》下冊，699頁。見林毓生等編《魯迅全集》。台北市：唐山，1989年。

〔註22〕參見戴文和論文第33～34頁「近人對唐詩宋詩之爭的看法」中，分引劉若愚、吉川幸次郎的論著，以反駁王國維等人的觀點。台北市：文史哲，1979年。

〔註23〕據齊治平書所引，本文應作於1965年7月。但劉乃昌1983年9月發表〈關於宋詩評價的討論綜述〉則以爲「近年特別是發表了〈毛主席給陳毅同志談詩的一封信〉之後，在學術界引起了有關宋詩評價的熱烈討論，……」參見〈宋詩評價綜述〉《宋詩綜論叢編》第172頁。

〔註24〕分別參見周寅賓：〈味同嚼蠟的宋詩〉《新湘評論》，1978年第五期；張志岳：〈論宋詩〉《學習與探索》1979年第二期。

出，直至清末始確立地位；民國後則並見正反評論，且轉由作法上探
究兩大類型的美感特徵。在這其中，清代中葉的評價轉變，是個不可
忽視的發展關鍵。

　　而影響其地位升降的原因，則在評論目的與論證態度的差異。譬
如明代前後七子維護唐詩殷切，其評價宋詩也最不公：大抵先執唐詩
爲比較基準，且僅以詩篇創作成果（詩篇的格調）爲考察依據。循此
思路，則「貌非唐詩者不可取」，基本上乃固守唐詩爲千古詩學典律
的基準，以評價一切詩。後出者欲超越詩體框架已難，遑論詩篇的創
新與精緻？故知其時唐、宋詩的明顯區判，乃源自於標榜典律的排他
性〔註25〕，而倡論者態度上的權威與絕對，則因掌握了制訂典律的權
力因素所致〔註26〕。但因其評詩觀點落實於創作論時，產生頗多侷
限，故至王世貞、謝榛等人，便開始在派別中自行修正，唐、宋詩的
比較乃由純粹的詩篇評論，進入論詩觀點的折衝〔註27〕。延續至清
初，錢謙益諸家更藉詩史演變的宏觀評論而主張兼取宋詩，時尚所
至，卻引發一連串的唐宋詩論爭（詳見下節）。但就學習、創作論的
角度而言，兩者並非水火不容，故清代中葉後，遂逐漸趨向兼取唐、
宋的主張。非但原本宗宋詩者強化以學唐爲基礎的功夫，尊唐詩者亦
開始有條件地接受部分宋詩〔註28〕。可見，桐城詩派在道光、咸豐年

〔註25〕參見蔡振興：〈典律／權力／知識〉一文第 39 頁中對傅柯說法的評
　　　析。見《中外文學》第二十一卷、第二期。1992 年 7 月。

〔註26〕參見許經田：〈典律、共同論述與多元社會〉一文第「二」部分的論
　　　述。見陳長房等主編《典律與文學教學》第28～30頁。台北市：比
　　　較文學學會，1995 年。

〔註27〕參見王世貞：《弇州續稿》卷四十一〈宋詩選序〉。自述晚年對宋詩
　　　態度的改變，曰「嘗抑宋詩者，爲惜格故，此則非"申宋"，乃欲"用
　　　宋"。」見〉《皇明經世文編》──《王弇州集》。台北市：國聯，1964
　　　年；謝榛：《四溟詩話》中引劉績「唐宋人詩之別」，析論唐宋詩之
　　　風格、作法的差異。台北市：藝文印書館，1971 年。

〔註28〕其中最顯著的例子，是乾隆年間的沈德潛。他由早先「以宋元流於
　　　卑靡」（《唐詩別裁、序》），「唐詩者，宋元之上流」（《古詩源、序》），
　　　到「唐詩蘊蓄，宋詩發露……愚未嘗斥宋詩，而趣向舊在唐詩」（《清

間，由姚鼐提出「陶鑄唐宋」的說法〔註29〕，主張兼取唐宋的學詩態度，實呼應了當代整體詩學觀念的折衷傾向。

因此，以上順著宗唐派反對宋詩論述的演變脈絡觀察，可發現：宋詩的評價地位，實與整體時代對詩學法則、或美感特徵的認識有正相關。今日我們再對唐、宋詩論爭進行後續探討時，除於態度上應避免因襲前說、陷溺於二元對立的論證方法，對歷代唐宋詩論爭的材料詮釋，亦應自覺的進行以下觀點的省察：

一、就宋詩發展地位加以檢視，或因炫於唐詩極盛發展的光芒，近代詩學史論述常略及於宋元明清詩的發展。由前述可知，宋詩的地位與特質，是在一次次的爭議中逐漸受到認識與肯定的，而其中，清代中葉是極重要的轉變關鍵，但卻未受到研究者應有的關注重視。特別是具有代表性的桐城派，由學詩的角度談兼取唐宋，更應深究其如何取？何所取？

但民初以來，雖然學者對唐宋詩問題能分由正反觀點探討此一論爭〔註30〕，且較前人進步的是，已能實際驗證於宋代詩篇而後評論，但仍不免有許多以今論古、先執意念〔註31〕的評論，以致於因此而忽略了論爭中值得深究的問題；毋怪今日從事研究宋詩者，既感嘆成果冷清，更以評論陳陳相因、先入為主而有憾〔註32〕。

詩別裁、序》），而至主張「擴清俗諦，以求大方，斯真宋詩出矣。」（《說詩晬語》卷下）正可看出逐漸接受宋詩的論點改變。另一個是趙翼，其《甌北詩話》所評十大家中，蘇軾、陸游皆為宋代詩家，而韓愈、白居易，則為開宋詩風調的詩家。

〔註29〕參見姚鼐：《惜抱軒尺牘》卷上，〈與鮑雙五〉十八篇之二，第33頁。見佚名編：《明清名人尺牘》。台北市：廣文，1987年。

〔註30〕例如：民國初年有魯迅、鄭振鐸等人輕視宋詩，也有朱自清、錢鍾書藉論述發揚宋詩特長；現代學者中既有毛澤東、王水照等指責宋詩形象性不足，也有程千帆、孫文葵等肯定其仍有其藝術形象的運用。詳參張高評編：《宋詩綜論叢編》，高雄：麗文文化，1993年。

〔註31〕參見張志岳：〈論宋詩〉，以「封建社會走下坡」解釋其發展現象。見《學習與探索》1979年第二期，又見《宋詩綜論叢編》第一七三頁。

〔註32〕參見張師高評：〈宋詩研究的面向和方法〉《成大中文學報》第六期，

　　檢視早期學者提出的評論觀點，基本上仍偏重詩篇創作的評價高低。故錢鍾書提出「唐詩、宋詩，亦非僅朝代之別，體格性分之殊。天下有兩種人，斯分兩種詩。……曰唐曰宋，特舉大概而言，謂稱謂之便。」〔註33〕的觀點，雖仍拘於二元辯證，卻已跳脫唐、宋詩實指於斷代風格的片面性。張高評先生推闡其說，而曰「這是異同的判別問題，不是優劣高下的論定問題」〔註34〕，則欲超越意氣的正變論爭，專力探究宋代詩人在創作實踐中省察的詩歌特色與詩論成就。同時，亦有龔鵬程先生所提出「知性的反省」「技進於道」〔註35〕等特質，與王水照等大陸學者由「宋型文化」或「宋學」的角度，討論文化內涵與詩學基本精神、價值取向的關係〔註36〕。便顯得較為獨特而宏闊，可惜多偏重通論的架構，對詩家與詩篇的文本的分析、驗證較少〔註37〕，需待學者對此論題作進一步的實證研究。

　　二、由論證型式上進行反省，則宜先由名義上區判：「唐詩」「宋詩」非僅實指斷代分立的兩個創作群體，亦有抽離作為時代風格或創作典型的意義，故不應固執於「優劣之爭」的對立性、與評價性觀點

第 85 頁，1998 年 5 月

〔註33〕參見錢鍾書：《談藝錄》「詩分唐宋」曰：「唐詩宋詩，亦非僅朝代之別，乃體格性分之殊。天下有兩種人，斯分兩種詩：……曰唐曰宋，特舉大概而言，為稱謂之便……夫人稟性，各有偏至，發為聲詩，高明者近唐，沈潛者近宋，有不期而然者。」見《談藝錄》，頁二。台北市：書林，1988 年 11 月。

〔註34〕參見張高評：《宋詩之新變與代雄》第一章第一節，第 2 頁，及稍後書中各節的分題詳加論析。台北市：洪葉文化，1995 年。

〔註35〕參見龔鵬程：〈知性的反省—宋詩的基本風貌〉，第 138、145 頁，以及〈技進於道的宋代詩學〉，188～215 頁。見張高評編《宋詩論文選輯》（一），高雄：復文，1988 年。

〔註36〕參見王水照主編：《宋代文學通論》〈緒論——宋型文化與宋代文學〉1～32 頁。開封市：河南大學，1997 年。又見李春青《宋學與宋代文學觀念》，〈上篇——總論〉第一至三章，3～92 頁。北京市：北京師大，2001 年。

〔註37〕僅見李春青《宋學與宋代文學觀念》，第十章中，針對李白——蘇軾；杜甫——黃庭堅兩位詩人進行文本分析比較的研究。260～271 頁。北京市：北京師大，2001 年。

來看唐、宋詩。換言之，唐詩、宋詩之間，應討論的是創作上「異同」的問題，而不是評價上「優劣」的問題。故韓經太先生以爲：

> 唐宋詩之爭最終所具有的價值，固然有比較之下使唐宋詩之特徵日益鮮明有別的方面，但更重要的是經過這場曠日持久的論爭，中國詩學豐富了自己的辯證思維藝術，詩美的理想性與理想的可變性所構成的基本矛盾運動，導致了對詩美理想本身的矛盾確認：或者是詩中之極品的唯一一品，或者是諸品俱佳的共同特徵。〔註38〕

因此，一旦解除了以唐詩風格爲唯一典律基準的侷限，則詩美的型態便相對的多元而豐富，對於後繼的創作者而言，無疑增加了表現的自由與變化的空間，這本是宋代詩人與詩學的理想追求。但近代學者在論述中卻因行文之便，常藉唐詩作爲參照，對比式的剖析唐、宋詩在作法、詩風、修辭等方面的鮮明差異〔註39〕；或在著重歷時性的敘述的同時，也有意無意的依觀點對比，來彰顯兩大創作類型的差異，並呈現其風潮變化〔註40〕。如此論證，皆不免陷入二元辯證的模式，而侷限了觀察視野。更大的危機，則易因對比而不自覺的誇大了雙方詩論的對立性，而忽略其二者間更可能有相互修正、影響的關係，此乃論述中常見的論證疏失〔註41〕，是應盡量避免的。何況，追溯張戒、嚴羽立論本意，係在彰顯其說的前提下引宋詩爲反襯，並未必有意形成唐、宋詩爭勝的局面。

　　因此，對於清代前中期以後（《昭昧詹言》以前）的清詩發展情

〔註38〕參見韓經太：〈中國詩學史的客觀透視〉第9～10頁，見《詩學美論與詩詞美境》，北京市：北京語言文化大學，2000年一版。

〔註39〕如繆鉞等學者，於〈論宋詩〉等文採用二元論證的模式，其原意在做客觀評比，隨後卻變成以唐詩爲基準，來否定宋詩的價值。

〔註40〕如齊治平：《唐宋詩之爭》，湖南長沙：岳麓書社，1984年；又有戴文和：《唐詩、宋詩之爭研究》中央大學中文研究所：碩士論文，1990年。

〔註41〕參見龔鵬程批評其前出論述的不足：「通常多採唐宋比較，且停留於表面徵象，不能捫毛辨骨，觀其異而知其所以異。」見《宋詩論文選輯》（一）153頁。高雄市：復文，1988年。

勢的觀察，與其將格調說與肌理說的論述差異，視爲唐詩宋詩的派系爭鋒，毋寧還原爲對理想詩體的論辯、及有效學詩理論的探求，探求詩的美感特徵是否應具有可變性？誠如張高評先生所歸結：「論宋詩當以新變自得爲準據，不當以異同源流定優劣。〔註42〕」如能採取此觀點，來重新檢視宋詩的特色與價值，則探討唐詩、宋詩論爭方能逐漸擺脫各說各話的評價爭議。

總之，當我們再次探討這個詩論史上纏訟已久的唐宋詩對立命題時，便不祇爲某方翻案、或評定詩篇的高下，而應在行文時超越史實陳述的層次、與派系爭執的主觀侷限，方能跳脫以唐詩、或宋詩爲基準的單一視角，給予雙方更公平客觀的評論。更重要的是，我們在前述歷時性觀察中已可看出：唐詩、宋詩的論爭史上，清代中期的詩論家已漸採取折衷兩端、兼取唐宋的態度。他們一方面堅持唐詩中對詩體基本特質（情興）的開發與掌握，也肯定宋詩對詩體風貌的創變與嘗試，更接受了不少宋代詩學在詩學理論上省察與發現的啓發，這是我們在觀察清代中葉詩學發展時，應該認清的事實。

二、論爭的焦點——宋詩特徵與論詩特色

對宋詩特徵的分辨，基本上是在嚴羽等人提出：以文字爲詩、以議論爲詩、以學問爲詩等強勢否定後即開其端，後人循之，每多依其創作時表現的外顯風貌而撮論，唯有少數學者留意到：宋代詩人在面對前代典律時生發的創作省思與思變心路。例如徐復觀先生解釋宋詩的「重意」傾向，乃在於經過「理性化的冷卻澄汰」，有如成年人的情感〔註43〕。因此，我們在探究宋代詩學特徵時，也應由內而外、兼及創作意識與實踐兩方面析論：

〔註42〕參見張高評：《會通化成與宋代詩學》第一章、第五節，第 37 頁。
　　　　台南市：成功大學出版組，2000 年。
〔註43〕徐復觀：〈宋詩特徵試論〉，見黃永武、張高評編《宋詩論文選輯》（一）
　　　　第 90、91 頁，高雄：復文，1988 年。

（一）由內在的詩學觀念判別

　　前段所撮舉張戒等中古詩論家對宋詩的負面評論，如彙整其要點，逐一檢視，恰可藉以凸顯宋詩在發展地位上的四項風格成因。表徵宋詩在創作意識上的特色：

1. 在傳統體製下的風格變化：宋詩所繼承的，是唐人已在體製上嘗試、開發極致的詩歌形式，繼「精華極盛、體製大備」的唐詩之後，宋詩僅能在詩體本位上不斷追求創變，此乃聞一多所謂「一切好詩，到唐已被做完」明清的種種論爭是「無謂掙扎」的真義〔註44〕。但也因體製的侷限，激起宋代詩人「破體爲文」「詩思出位」〔註45〕的創意，遂能向內折射，追求意境與風格的變化。

2. 新變唐詩面貌，追求不同於唐音的格調：宋代詩人中蘇、黃詩最先被尊唐的詩論家張戒、嚴羽點名批判的，正顯示其感受前代名家影響的焦慮較高〔註46〕、嘗試創變的企圖也較強。因此，其轉向「創意」「造語」努力，遂形成宋詩的新風貌〔註47〕。

3. 由士人文學的本位出發，力求化俗爲雅。宋代詩人身處政治

〔註44〕聞一多：〈文學的歷史動向〉。見朱自清等編：《聞一多全集》選刊。台北市：里仁書局，1993 年。

〔註45〕見張高評：《宋詩之新變與代雄》第三至五章，第 157～254 頁。台北市：洪葉文化，1995 年。

〔註46〕美國現代評論家布魯姆提出：前代強而有力詩人所會爲後繼者帶來影響，而這種「詩的影響，已經成了一種憂鬱症或焦慮原則」。見布魯姆著、徐文博譯《影響的焦慮》一書，第 6 頁。北京市：三聯書店，1989 年；又可參見近人最近學者的詮釋：如 Harold Bloom's Shakespeare Lawrence Danson. Shakespeare Quarterly. Washington: Spring 2003. Vol. 54, Iss. 1; p.114；或 Critic's Books Go to Small College Dinitia Smith. New York Times.（Late Edition（East Coast）).New York, N.Y.: Apr 12, 2003. p.7.

〔註47〕參見黃景進：〈從宋人論「意」與「語」看宋詩特色之形成〉。見成大中文系：《第一屆宋代文學研討會論文集》，第 63～90 頁。高雄市：麗文文化，1995 年。

情勢由承平而轉衰微、世人階層與君權系統形成協調機制、社會趨向商業化、平民化的大環境中,「帝師意識」「以道自任」「人格理想」〔註48〕種種士人自覺均自然流露於詩篇創作中;但就文化背景而言,多數士人多來自社會中下層的平民,因此宋詩人有意地在體類、題材、語言上「化俗爲雅」〔註49〕,雖源於注入新意、活化詩體的創變自覺,卻也留下「其詞艱澀、不色香流動」「刻意精煉……牽強成章」的現象,給明代詩論有發揮的空間。

4. 其藝術形象的運用獨異於唐風。嚴羽率先對於宋詩以「文字、才學、議論」爲詩的表現提出辨異,究其對比的核心,實在於唐詩以興趣爲主,「透徹玲瓏,不可湊泊」的藝術形象〔註50〕。宋詩在前述三項因素的推促下,詩人欲對「詩」的特質作「奇特解會」,於是在審美構思、藝術形象運用等創作歷程,皆力求「生」「新」「遠」。

綜觀以上,可見由時代遞變的大階段上觀察,宋詩創作上較特殊的立場爲:受限於客觀情勢的侷限,卻試圖在詩篇上有所創變,故在遵循「詩言志」的士人文學格局中,對詩體的美感特徵(格調)盡力追求變化,特別是北宋時期的作品。因此,如單獨由個別詩人或詩篇的成就來評析,宋詩固較難有超越唐人情韻的重大創發,但由整體創作風貌的轉變上看,宋詩的創作實踐與詩理探究,實已累積了足與唐詩抗衡的典律形象與評論。是故張仲謀先生闡揚錢鍾書「體格性分之

〔註48〕參見李春青《宋學與宋代文學觀念》,〈上篇──總論〉6～31頁。北京市:北京師大,2001年。

〔註49〕參見見王水照主編:《宋代文學通論》〈文體篇──雅俗之辨〉50～61頁。開封市:河南大學,1997年;又見張高評:《宋詩之新變與代雄》第陸章,308～327頁對「化俗爲雅」的現象分類。台北市:洪葉文化,1995年;李文澤:《宋代語言研究》〈語彙篇〉61～101頁則具體例舉「俗語詞大量增加」等化雅爲俗的語言詞彙現象。北京市:線裝書局,2001年。

〔註50〕參見嚴羽:《滄浪詩話》〈詩辨〉,第34頁。台北市:金楓,1986年。

殊」的說法，以爲：唐、宋已然是古典詩體中一級範式的兩大區分。

> 詩既不可能再有新體，詩的功能又無可取代……於是只能
> 在已有範式中選擇某一種作爲踵武前行的典範。……錢鍾
> 書先生在《談藝錄》論唐宋詩之別……是就基本風貌作宏
> 觀考察，故一級範式只能分唐、宋二體。(張仲謀：《清代文化
> 與浙派詩》，15頁)

這樣的論點，係肯定宋代詩人在前有傑作的認知下，有意識的在
詩歌的傳統體制內追求變化，並再創高峰的成功例子。但是，此基本
上是牽就「唐」「宋」朝代上的大階段劃分。而在清代，特別是中葉
後的詩論家，如桐城派姚鼐、方東樹等人，在歷觀清初以來唐、宋詩
的風氣消長與詩學論爭，其實已漸產生此種領悟與自覺。因此，在創
作理想上以「陶鑄唐宋」爲標榜，但創作實際上卻「以文爲詩」、鼓
勵新變，此皆與宋詩內在的創作意識，似有某種微妙的聯繫，值得深
入探究。而馬亞中先生認爲：對宋代詩學理論與實踐的接受，是清詩
發展的深層因素[註51]，則更引發筆者對宋詩學在清代發展的狀況產
生研究興趣。

（二）由外顯的形式特徵判別

另一方面，宋詩顯於外的創作特徵，則分別被指出爲創意、造語、
好論理、密章法、用奇字、涉險韻等方面。其中除創意、造語因兼及
形式與意義雙重因素，已爲黃景進先生詳予析論外[註52]，歷來學者
通常擇其一二而申述[註53]，張高評先生《宋詩的新變與代雄》內，

[註51] 馬亞中：〈試論宋詩對清代詩人的影響〉則藉探究宋詩特色與面貌，
瞭解其影響清詩的程度，以找尋清詩發展的深層因素。見張師高評
編《宋詩論文選輯》(一)，高雄：復文，1988年。

[註52] 同見黃景進：〈從宋人論「意」與「語」看宋詩特色之形成〉。見成
大中文系：《第一屆宋代文學研討會論文集》，第63～90頁。高雄市：
麗文文化，1995年。

[註53] 詳參黃永武、張高評編著：《宋詩論文選輯》一至三冊。高雄市：復
文，1988年；以及張高評：《宋詩綜論叢編》高雄市：麗文文化，1993
年。

則統整宋人對於「詩歌價值的省察」與「自覺的詩歌表現」的內外因素，歸納出「破體出位，注重整合融會；翻轉變異，強調推陳出新；轉益多師，題材拓展廣博；深造有得，內容體現深遠；精益求精，努力技法洗煉；別裁創獲，期於自成一家」〔註54〕等數項表現特質，頗有綜貫古今、集眾說大成的總結性。至於宋詩在詩體新變上的特徵，則有「因難見巧、破體為文、出位之思……」〔註55〕等方面。

因此，我們不可再以「補綴奇字」「作意好奇」等前人的評語小覷此種詩篇格調的改變，此美感特徵的落實於創作表現，雖不是詩體上的大創發，卻是詩人有「創作」意識的振復，標誌其自覺地提高詩篇的藝術成就。致使古典詩體漸能掙開傳統詩論的政教功用，脫離「文以載道」的附屬地位，成為抒寫個人情志的媒介，古典詩因此具有自身的藝術價值。這種藉唐、宋詩比較而激盪、生發的詩體辨識、與詩學自覺，也並非始於今日，自清代葉燮、劉熙載等人已見發明，故清代詩學頗適合作為觀察宋代詩學發展的研究範圍。

綜合前述，則知對宋詩特徵的探究，應當綜觀內涵觀念與外顯形式二者；而對宋代詩學的討論，則應兼顧理論創發與創作實踐兩方面，歷來詩論僅以唐詩為準衡、詩篇為題材的論述方法，是難以盡得宋代詩學全貌的。至於宋代詩人對唐詩的反省與繼承，則驗證了文學發展上的重要原則——創變，是必要的存活之路，因此宋以後，元明清的詩論議題多不出於此列，凡有心超越前人者，每每由宋人的創作實踐或詩論內涵中獲得啟發、甚或進一步開展視野。換言之，後人接受宋詩學的積極意義，絕非只是單純的復古或反動，而在為打破前代獨尊的詩歌典律、或為開創超越前人的發展新局。清代宋詩學便應是在此「若無新變、不能代雄」的體認下，期待因宋詩的風格注入，豐

〔註54〕參見張高評：《宋詩之新變與代雄》第一章第三節「宋人價值之省察與表現」，第11～49頁。台北市：洪葉文化，1995年。

〔註55〕同見張高評：《宋詩之新變與代雄》書，第74～111頁。台北市：洪葉文化，1995年。

富詩體創作的型態；也藉宋詩學對文學演進規律的掌握，增進詩體特徵的認識與發展宏觀。

　　總之，經由內外的詩學因素的考察、比較，可發現宋代詩人在創作意識與理論上對後人的影響，似乎更超過其詩篇本身的典律作用。龔鵬程先生便認為：宋人值得肯定的是他們「追求自我風格之完成的努力」，而這樣的努力也成為後人追求的方向〔註56〕。而戴文和先生也歸結唐宋詩之爭在論理上的成就，主要包涵有品鑒論、詩史論、學習創作論〔註57〕等各方面，可見宋代詩學在觀念與論理上的啟發與示範，的確是後代研究者可以探究、開發的領域，清代的宋詩接受，便可能是在這樣的心理預期下發展的。

第二節　宋代詩學在清初的發展

　　清代基本上位居古典詩學的總結時期，因此清代詩家如由文學史實上回顧前人詩體開展的兩大高峰——唐、宋，總不免在「尊唐」與「宗宋」兩端間擺盪，換言之，其對唐宋詩評價的高低，往往也表明了他對兩種詩體型態美的抉擇〔註58〕。故歷來學者多藉此二詩學傾向為脈絡，來歸結清初以來諸多詩論的興替、辯證等關係，例如：吳宏一在分述毛奇齡、王漁洋各家詩論時，多不忘歸結其是否為「尊唐」

〔註56〕參見龔鵬程：〈知性的反省—宋詩的基本風貌〉。曰：「（唐詩宋詩）兩者之間的差異，代表著藝術上兩種最高的精神型式，也成為我國後代詩人追求的的方向。只有如此看，宋人追求自我風格之完成的努力，才能得到肯定；……」，見張師高評編《宋詩論文選輯》（一），高雄：復文，1988年。

〔註57〕參見戴文和：《唐詩、宋詩之爭研究》283～340頁。中央大學中文研究所：碩士論文，1990年。

〔註58〕參見龔鵬程：〈知性的反省—宋詩的基本風貌〉。曰：「唐宋詩基本上是「本質」的差異，其不同的風格型態，乃源其自其文化性格的差異……元明以後唐宋優劣之爭，也就是（批評者）對兩種不同型態美的抉擇活動。」見張師高評編《宋詩論文選輯》（一），高雄：復文，1988年。

的立場〔註59〕；齊治平則以爲：清初爲宗宋與尊唐爭峰、乾嘉時期格調、性靈等詩說各標宗旨、道光後又倡盛宋詩，以迄晚清〔註60〕；吳彩娥則更明確以宋詩學爲線索，將清代詩學發展概分爲「附宋於唐、唐宋並立、宋詩獨重」三個時期〔註61〕。

藉此可知，清代古典詩學論述繁盛，論者雖標榜各異、相與爭峰，但宋詩學卻在一次次的論爭中取得更明確、重要的詩學（評論）地位，其整體趨勢是隨時代不斷開展的，故終能在咸豐、同治年間形成「同光詩體」的宋詩熱潮。其中諸多史實既已詳見前引各家詩史評論，於此便不再贅述，僅著重於詩學觀念的演變、詩論內涵的異同而比較。爲彰顯《昭昧詹言》成書之前，桐城派詩論與清代宋詩學的相互關係，我們參酌多位學者的研究心得，歷時地呈現清代宋詩學在咸同之前的興替階段。

整體而言，清初除沿襲竟陵詩風及受錢謙益提倡者尚能間取宋元詩外，論詩者大抵以尊唐爲多〔註62〕。雖然，自易代至咸豐年間，卻至少有三次規模較大的宋詩風潮，若以其發展重心的改變作爲標目，可說由纂集、流布，形成創作流派、而漸成立獨特詩論。

一、纂集與流布時期

約在順治康熙年間，大抵以康熙十年（《宋詩鈔》結集）前後爲最高峰，當時宋詩一度盛行京師、甚至風行全國，但溯其原始，則虞

〔註59〕分見吳宏一：《清代詩學初探》，141 頁評王夫之、毛先舒；172 頁評王士禎等家。台北市：學生，1986 年修訂再版。

〔註60〕參見齊治平：《唐宋詩之爭》，頁 69～125。湖南長沙：岳麓書社，1984 年。

〔註61〕參見吳彩娥：《清代宋詩學》。共區分「附宋於唐（順治康熙）、唐宋並立（以康熙十年『宋詩鈔』出爲分界點）、宋詩獨重（翁方綱後，嘉慶道光咸豐，至同光最盛）」三個時期。」。政大中文研究所博士論文，1993 年。

〔註62〕參見張師高評：清初宗唐詩話與唐宋詩之爭，24 頁，『三、從文學語言新探清初宗唐詩話』歸結清初「宗宋風氣遠不如尊唐風氣之盛」。台北市：洪葉文化，1995 年。

山派詩人錢謙益〔註63〕、浙東學者黃宗羲〔註64〕等皆有提倡、宗尚宋詩的深遠影響。

　　由於此時多著眼於反省明代七子、修正公安、竟陵的具體流弊，故旨在商榷前人，強調詩人的學問修養〔註65〕，宗宋與尊唐兩派間論爭並不明顯，宗宋詩者多在尊唐詩的前提下，企圖以文學史的客觀爲宋詩爭取地位，而其論題核心，可說由「辨唐宋之異」而至「求唐宋詩之同」〔註66〕。因爲綜觀此時由公安而至錢、黃諸家推宗宋詩的主要論據有二：強調詩歌的本質在性情，故不應由形式上的唐音、宋調而區判高下；並且從主變的角度歸納詩體發展，因而明確肯定宋人創變唐詩的面貌。與嚴羽、張戒及前後七子的排拒宋詩於正統相較，的確著重詩體的共同性立論。

　　但當時多針對詩風流弊發論，故救弊與批判意味強，而論理結構尚未周延，除了葉燮凝聚爲《原詩》等較具論理的詩話外，只有王士禎、王士祿、宋琬、汪懋麟等在京都引起唱和宋詩之風，吳之振、呂留良等編纂《宋詩鈔》等選集、對文壇稍具有影響力。故一經帝王、重臣出面干預，風氣便漸趨平息了〔註67〕。

　　然而在這康熙十八年後的抑宋詩風（當年鴻博大試，帶動了詩

〔註63〕參見馬亞中：《中國近代詩歌史》119～120頁。台北：台灣學生，1992年；成復旺、黃保眞：《中國文學理論史》。台北：洪葉，1994年。

〔註64〕參見錢鍾書：《談藝錄》，144～147頁。台北：書林，1988年。及張仲謀：《清代文化與浙派詩》3～4頁，北京：東方出版社，1997年。

〔註65〕參見張健：《清代詩學研究》，606頁。以爲：「明末清初以來詩學重學問以矯公安竟陵俗化之弊」。北京市：北京大學，1999年。

〔註66〕參見張健：《清代詩學研究》，378～382頁。北京市：北京大學，1999年。

〔註67〕參見毛奇齡：《西河詩話》卷七，記載康熙十八年毛氏被荐爲博學宏詞科「上特御試保和殿，嚴加甄別。時同館錢編修（中諧），以宋詩體十二韻抑置乙卷，則已顯有成效矣」。另又見同書卷五，記大學士馮博「常率同館集萬柳堂，大言宋詩之等」以爲清當盛世，當飭侊鄙知音。見《叢書集成續編》《西河詩話》。台北市，新文豐，1985年。

風）中，也略現正反見解的激盪與體現﹝註68﹞。今藉由末期批判者之評論，可知當時所推崇的宋詩家，乃集中在風格凸顯的少數（如蘇軾、陸游等），對宋詩根本缺乏全面的認識﹝註69﹞，也未能由原理論上確定宋詩的特質。致使原本倡作宋詩的王漁洋也懲於時風「矯枉過正」﹝註70﹞，在康熙二十六年後力挽此風，連撰《唐詩十選》《唐賢三昧集》兩部選集以寄其意；原本鼓吹宋詩的宋犖，亦斥當世盲從學宋者實「遺其骨理，而捊扯其皮毛」﹝註71﹞。

二、創作興盛、理論形成時期

在京師開始一片唐宋詩的論爭中，江浙地區的宗宋詩風卻持續成長。除宋犖於江蘇一帶造成的影響外，主要便是浙派詩人的展露頭角，如甬上學院第一代弟子查慎行、鄭梁、萬斯同萬斯備兄弟，又及厲鶚、汪師韓、全祖望等，均在康熙末至雍正、乾隆初年間，以實際創作、並兼明詩理的方式，將宋詩的優點具體的呈顯出來。像查慎行雖拘於黨派傾軋與文字獄陰影的雙重枷鎖，無法開展個性與才情，卻

﹝註68﹞ 對於這段汪懋琳與反宋者毛奇齡、徐乾學、施閏章等人的論爭，學者多已詳記其說。施閏章更撰《唐七律選》以示法，毛奇齡爲作序。詳參：張仲謀：《清代文化與浙派詩》44～46頁，北京：東方出版社，1997年；張健：《清代詩學研究》書390～392頁。北京市：北京大學，1999年。

﹝註69﹞ 參見尤侗：〈宋詩選序〉乃批評宋詩風氾濫流俗，已「幾家眉山而戶劍南」──可見所批判者在蘇東坡、陸游詩。見《西堂全集、艮齋倦稿》卷二。見《尤太史西堂全集、艮齋倦稿》卷二。北京市：北京出版社，2000年。

﹝註70﹞ 參見王士禎：〈高津草堂詩集序〉。曰：「二十年來，海內賢知之流，矯枉過正，或乃欲祖宋祧唐，至於漢魏樂府、古選之音，蕩然無復存者，江河日下，滔滔不返。」見田霡撰：《高津草堂詩》六卷。見《四庫全書存目叢書》集部第二五四冊，751頁。台北市：莊嚴文化，1999年。

﹝註71﹞ 參見宋犖：《漫堂說詩》中批評專尚宋詩者爲得吳之振論理的本義：「顧邇來學宋者，遺其骨理，而捊扯其皮毛；棄其精深而描摹其陋劣。是今人之謂宋，又宋之腐臭而已。」見丁仲祜《清詩話續編》。台北縣：藝文，1985年。

以理性、折衷的態度形成他清眞穩惬的獨特詩風〔註72〕，連尊唐抑宋的紀昀都讚其「得宋人之長而不染其弊。」而厲鶚雖未居官職，卻以清峭的詩風雄視雍、乾之際的詩壇〔註73〕，以不懈的創作影響著杭州、揚州等地的詩社群，擴展了浙派詩的範圍〔註74〕；更編集《宋詩紀事》以發揚黃宗羲、吳之振等開創的宋詩路線，藉撰《南宋雜事詩》體現其「以學爲詩、以詩爲學」的理念。

　　因此，經由浙派詩人的創作成果證實了：以個人性情爲主、豐富學養爲本、並貼近當代務實學風的『詩體』〔註75〕，便屬祧祖於宋詩的學人之詩了。此時宗宋的詩人們已不再僅將宋詩視爲學成唐詩後的補充者，而漸由實際創作中認同宋詩的審美特質、貼近宋人的文化意識。如宋詩人追求的清遠、生澀，以及創意煉句等特徵，都恰爲浙派詩人所衷心認同，所謂「未有不至於清而可以言詩者」〔註76〕；「詩之道，熟易而澀難，韓（汪師韓）門詩有澀味，所以可傳。」〔註77〕；

〔註72〕參見張仲謀：《清代文化與浙派詩》，160 頁。北京市：東方出版社，1997 年。

〔註73〕同代詩人中杭世駿：《詞科掌錄》中曾自道：「吾詩學不如厲樊榭。」全祖望亦稱「有韻之文莫如樊榭」〈墓碣銘〉；汪師韓〈樊榭山房集跋〉謂其「然先生全集，要無一字一句不自讀書創獲，所以雄視一時。」引文皆可參四部叢刊本《樊榭山房集》所附的序與跋，上海，商務印書館，1969 年。今就乾隆初期詩壇考察，此三人所評應非溢美之詞。

〔註74〕參見張仲謀：《清代文化與浙派詩》，241～246 頁。北京市：東方出版社，1997 年。

〔註75〕儘管康熙年間由王漁洋五七言古詩選中曾落實「以辨體折衷唐宋」的作法，對宋代七古、歌行等詩體加以肯定，但其所謂『體』仍指「體類」等詩體中的次級區分。厲鶚的『體』則不然，是指詩家獨有的、源自性情的個人風格，故不同於王漁洋。其曰：「詩不可以無體，而不可以有派。詩之有體，成於時代，關乎性情，眞氣之所存，非可以剝擬似，似可以陶冶得也。」見〈查蓮坡蕉塘未定稿序〉《樊榭山房文集》卷三。見四部叢刊初編《樊榭山房全集》第一冊。台北市：台灣商務，1965 年。

〔註76〕參見厲鶚：《雙清閣詩集序》，《樊榭山房文集》卷三。見四部叢刊初編《樊榭山房全集》第一冊。台北市：台灣商務，1965 年。

〔註77〕參見桂元復：〈上湖紀歲詩編序〉中引董浦（杭世駿）的觀點，出自

「詩之難，難於鍛煉情景。」〔註78〕皆為其人創作時與生命交感而得的體會。張健先生曾剴切地比較出此階段與前人的差異：

> 順、康時期的宋詩派，主要是在主真重變的理論下突破七子派的審美束縛，主張抒寫的自由，所以蘇軾、陸游、范成大、楊萬里成為他們學習的對象，以此來拓寬宗唐詩派的詩歌境界；而雍正、乾隆年間的以浙派為中心興起的宋詩熱，則是以學問為中心來理解和肯定宋詩，所以黃庭堅成為他們最崇尚的詩人，他們強調用典，主人為刻琢、主生澀，形成了獨特的審美追求。（張健：《清代詩學研究》，629頁。）

由引文可顯見：此階段宗宋詩的目的，已不再如前期只為輔成唐詩，而漸以詩人自身為本位，來諦視士人階層特有的實學特質、審美傾向，因而能抉發宋詩的特徵，凝聚成修辭、風格上的審美追求，逐漸形成宋詩的詩理根據（獨特面貌）。故其所宗尚的宋代詩人（宋詩典律），也與前期有顯著的差異：由才情奔放的東坡、放翁而轉折為著重才學的山谷。

並且，因係承繼前一階段黃、錢等家強調詩人學養的觀念，配合樸學務實學術風潮的推助，乃進一步確立「學人之詩」的觀念。其典範雖可溯源于朱彝尊「根柢考據，擅詞藻而騁轡銜」〔註79〕，但實質上較具影響力的還是屬鶚、汪師韓、全祖望等持續於創作實踐的浙派詩人。並且因風氣的轉移，連尊唐派也以「必至乎唐而後語乎宋」的學詩次第，表現出對宋詩的有條件接納。

王師韓：《上湖紀歲詩編》卷首所錄序文。上海市：上海古籍，2002年。

〔註78〕 屬鶚：〈盤西紀遊集序〉。《樊榭山房文集》卷三。見四部叢刊初編《樊榭山房全集》第一冊。台北市：台灣商務，1965年。

〔註79〕 參見翟灝：《無不宜齋稿》卷首，吳樹虛序「吾浙國初衍雲間派，尚傍王、李門戶。秀水太史竹出，尚根柢考據，擅詞藻而騁轡銜，士夫咸宗之。」今見書；但據張仲謀近作考辨，則以為朱彝尊雖受屬鶚追崇，實則並無浙派詩的實質，甚至主張都極不同。參見張仲謀：《清代文化與浙派詩》34～36頁。北京市：東方出版社，1997年。

三、確定原理、鞏固地位時期

　　稍後，翁方綱於乾隆年間提出肌理說等相關評論，表面上是對神韻與格調詩論的調和折衷，其實也有對浙派詩救弊補正的功用，更有爲宋詩建立原理論的企圖。

　　康、雍朝的思想整肅促使士人心力多潛入考訂訓詁，這股質樸的乾嘉學風也滲透入詩學，翁氏以學者性格實事求是，試圖對王、沈之說進行整合。卻基於學者背景與性格，對宋詩自然偏好，積極的爲詩中之「理」找尋合理的依據，其所謂「義理之理，即文理之理，即肌理之理也。」〔註80〕，基本上雖附和於當時漢學家們「義理、考據、詞章」三者統整的觀點而推論〔註81〕，但特別加強詞章與考證的關聯，間接也提升了文學的地位。同時，緊咬著杜甫「精熟文選理」、韓愈詩中「雅麗理訓誥」兩大論據，試圖爲長於「以理爲詩」的宋詩找到「在心爲志，發言爲詩，一衷諸理而已。」（志言集序）的基礎，故所論頗能闡發宋代詩學的內涵。

　　而其「學人之詩」論的提出，可謂承黃宗羲之說而予以細緻化：

> 有詩人之詩，有才人之詩，有學人之詩。齊梁以降，才人詩也；初盛唐諸公，詩人詩也；杜則學人詩也。然詩至於杜，又未嘗不包括詩人、才人矣。（翁方綱：《復初齋文集》）

但翁方綱不似黃宗羲僅依人的情性來畫分詩人風格的典型，更由詩史上區分時代風格爲兩大類型，而以公推的詩聖杜甫作「學人之詩」的典律，遂將學人之詩地位提高許多。此說既顯然爲那些強調學養、著意於修辭的浙派詩人辯護，也隱然意謂：以詩聖杜甫爲指標的「學人之詩」是最具包容性與發展性的詩體風格；而「以學爲詩」則應是當代創作的必然趨勢，共通的時代風格。

〔註80〕參見翁方綱：〈志言集序〉。《復初齋文集》卷四。台北市：文海，1966年。

〔註81〕參見成復旺、黃保眞：《中國文學理論史——明清鴉片戰爭前時期》第358～368頁，引戴震《原善》、段玉裁〈戴東原集序〉等家的論述。台北：洪葉，1994年。

　　可惜的是，這樣的體認未必爲全體知識份子接受，所以袁枚爲首的性靈派對翁氏等學者詩頗不以爲然；而乾隆三十九年後，以承繼格調詩說、總結傳統詩學爲職志的四庫館閣成員們，亦出面對唐、宋詩做出貌似折衷、卻崇唐抑宋的調停之說〔註82〕。

　　綜觀前述，到清中葉嘉慶年間爲止，宋詩學已漸擺脫唐宋詩的宗派紛爭，確立其適合當代士人文學的性格，而朝向建構自身詩理發展。析論之，則初期多源自清初錢謙益、黃宗羲等大家的影響（葉燮、王士禛）；第二期則爲浙派學術與文風的凝聚與展現；第三期翁方綱的論述則是學者性格在詩學上的轉化，既講求唐宋兼重、折衷各家，並試圖重建圓融的詩學原理論，爲「宋詩」這個變異的詩體，在正統詩學中找尋合理的依據。

　　由此可知，乾嘉以後，以格調說爲基礎的傳統詩論勢力雖在，但義理、考據、詞章三門整合，已是主要的學術趨向，兼取唐、宋是一種時代共識，注重學養、以學爲詩更成爲士人層級的風尚，因此，對「宋詩」的接納，甚至循風習作也不再是少數流派的偏尚，而是士人階級較普及的觀念。但流風所致，弊病隨生，以故「性靈」詩說因應而生，欲以「凡詩之傳者，都是性靈，不關堆垛〔註83〕」濟其學人之詩的典重雕鏤、沈悶無生氣。然而，隨園詩說雖對詩的創作有普遍推廣的功效，其後卻也產生流於鄙俗的缺弊，以方東樹《昭昧詹言》爲核心的桐城詩論，遂針對此弊而發。

　　於此文學氛圍與時空框架裡，向以古文著稱的桐城派，也在集方苞、劉大櫆、及姚範大成的姚鼐師門中，形成學詩、討論詩的風氣，其師徒書信往復、習作切磋中形成的議題，對於嘉慶、道光年間的清

〔註82〕《唐宋詩醇》纂成於光緒十五年，序曰：「宋之文足可以匹唐，而詩則不足以匹唐也。」而紀昀爲該書提要，則曰：「詩至唐而極其盛，至宋而極其變。盛極或伏其衰，變極或失其正。」則言似持平，卻寓有貶宋詩非正體之意。另可參考張健：《清代詩學研究》一書，第601～604頁對紀昀詩學的分析。北京市：北京大學，1999年。
〔註83〕見袁枚：《隨園詩話》卷五、第四葉。台北市：廣文，1979再版。

代詩壇,以及清中後宋詩學的發展,都具相當的重要性〔註84〕。同時,由當前學者對清中葉宋詩學的發展研究看來,翁方綱以後到嘉慶、道光年間,是宋詩風開展的大轉折〔註85〕,也是有關清代宋詩學發展的大空洞,但多數詩論史卻未能對此現象做出合理解釋,只能上溯於翁方綱詩論的影響。因此,對倡行於此時、以姚鼐師徒爲主的桐城詩論,確有細究其詩論內涵,以檢證其「兼取唐宋」的具體作法,並衡較於當代詩論、確定其詩論特色的必要。是故,下節將以《昭昧詹言》一書的選篇分析爲起點,探究方東樹對唐、宋詩的關注點,以及對宋代詩學譜系的闡釋。

第三節 《昭昧詹言》中宋詩地位析論

一、《昭昧詹言》唐詩、宋詩選篇地位的比較

由論述形式的探討,我們可確定《昭昧詹言》是配合選集而進行的評述,其評論的主要價值便不僅著重在理論的條理性,而在於:傳統選集的編選或評註者「批評理論的實踐」、及對作家「具體的標本示範」〔註86〕。因此,當我們欲瞭解方東樹對宋詩的接受態度與閱讀

〔註84〕 參見黃華表:〈桐城詩派〉《新亞生活》雙週刊一卷十三期、及〈桐城詩派道咸詩派〉上編,見《新亞書院學術年刊》第一期。1959 年10 月。

〔註85〕 參見劉大特:《宋詩派同光體詩選譯》頁 1,2【前言】:「清代的宗宋詩派,先後出現過四次宗宋熱潮,文學史上稱之爲"宋詩運動"。這四次宗宋熱潮爲:一是康熙雍正年間,宋犖、查慎行屬鶚等人標榜崇尚宋詩;二是乾隆時期,翁方綱創肌理說,對神韻說和格調論既有繼承又有修正、補充,對後來宋詩運動產生頗大影響;三是道光咸豐年間,以程恩澤爲首的崇宋運動;四是同治光緒年間以陳三立爲首再次掀起的崇宋熱潮。」四川省:巴蜀書社,1997 年。

〔註86〕 參王瑤:〈中國文學批評與總集〉一文,其引魯迅對選本的觀點,並進而強調:「中國總集的成立和文學批評的出現是在同一個時代裡,……因此,總集的選輯不只也是一種批評,而且簡直就是他(編選者)的批評理論的實踐。」
　　「如果說批評可以對作家發生指導和幫助的話,總集就是一種

評價，便須有足夠的敏感度，設法於紛呈的數目、實例間，探掘出寄寓於選篇狀況中的評論觀點。並理性的區別其所代表的意義：究竟是原選編者的觀點、還是方東樹評註的特殊用意？

然而，就《古詩選》這種以「刪汰繁蕪」﹝註87﹞爲原則的傳統選集而言，雖未必呈現具體評述文字，「入選」通常即表示正面的評價；「選篇數的多寡」非但與評價高低成正比，更代表其作者在歷時性的發展中佔有相當地位。故本節乃先藉『內容分析法』的量化統計與性質分析，綜觀二部選集中對各體唐詩中、宋詩的選篇與評註，藉其分佈狀況以呈顯王漁洋、姚鼐二家的評選傾向，以及方東樹《昭昧詹言》一書的評註重點。同時，兩方面比較、對照而顯出的差異，則更能清楚的凸顯方東樹等人論詩的傾向。

首先，藉選詩家數、篇數統計，可略觀整體的選錄方向，比較唐詩、宋詩的評論地位。誠如前述，《昭昧詹言》係遵循二部選集「分體評述」的體例而註，其古體詩篇目統計的意義，雖主要代表王漁洋《古詩選》的選錄傾向，但由姚鼐序言可見，此選集結果已爲同代諸家以爲「當於人心之公者」；而近體詩部分，亦爲姚鼐自詡「有必不可易者」〈五七言今體詩鈔序目〉，故仍可借以反映當時桐城派等士人階層的詩風好尚。

現依《古詩選》選詩篇數多寡，可將歷代詩整理出『歷代選篇分析表』（詳參附錄三），可見桐城派的學詩對象是較爲廣泛而周全的以漢魏以下、直至金元的詩體典律爲取法，並不止於「兼取唐宋」，故可知姚鼐所謂「陶鑄唐宋」，應有更深刻的影響內涵需予探究。因此，再以唐、宋詩爲焦點，斷代地觀察「唐詩」與「宋詩」在各詩體流變中所佔的選篇地位，則大體有以下四項：

　　具體的標本示範。」。見《中古文學史論》，第2、3頁。台北：長安出版社，1982年。

﹝註87﹞ 逯欽立先生據：《四庫全書總目提要》的評述，將總集概略區爲「蒐羅放逸」「刪汰繁蕪」兩大類。參見《先秦漢魏晉南北朝詩》〈後記〉。台北市：木鐸出版社，1982年，2787頁。

（一）五言古詩

　　《古詩選》共選錄五言古詩十七卷，多以漢魏六朝詩爲主，前十五卷正編並未選錄唐、宋詩，僅在隋代之後附錄「唐五家詩」，選詩一百七十一首。而方東樹《昭昧詹言》對此詩體，則以卷一「通論五古」，卷二至七則擇要分評漢魏、阮公、陶公、大謝、鮑照、小謝及張九齡等三家，另以卷八至十分評杜甫、韓愈、黃庭堅三家。

表一：唐代以下五言古詩

時　　　　代			《昭昧詹言》評析狀況			《古詩選》分卷	備　註
分期	詩　　家	《古詩選》選錄篇數	詳析	略析	無評	五言詩卷	
唐	陳子昂	17			17	卷十六	與王漁洋稍異
唐	張九齡	30		13	17	卷十六	
唐	李　白	27		22	5	卷十六	
唐	韋應物	80			80	卷十七	與王漁洋稍異
唐	柳宗元	17		3	14	卷十七	與王漁洋稍異
唐	杜　甫	0	總評			未選錄	與王漁洋有別
唐	韓　愈	0	總評			未選錄	與王漁洋有別
宋	黃庭堅	0	總評			未選錄	與王漁洋有別
附：陳師道						卷　十	附於黃山谷之後

　　整體而言，無論王漁洋或方東樹都循《文選》作法，以古詩十九首爲五言古詩的源頭，大體推崇漢、魏古詩，但對六朝詩的取捨，則略見差異。王漁洋於兩晉特別推舉陶潛，有別於《文選》，卻也略見太康盛況；但方東樹則僅選取陶潛、左思評析之（參見附錄三）。至於南北朝，則何遜、江淹、庾信等人爲王漁洋選錄者仍多，然方氏對齊、梁各家皆未予評論，並號稱「斯文盛於漢魏，衰於齊梁」〔註88〕，以

〔註88〕參見方東樹：《昭昧詹言》卷二十一，第七十一，489 頁。「附錄諸家詩話」曰：「斯文盛於漢魏，衰於齊梁」的引文係經刪改，原應做「斯

為不足取。凡此，皆可顯出方東樹所關注的典律，多集中在少數詩家。

此外，最值得注意的，便是選編者（王士禛）與評論者（方東樹）對唐、宋五古言古詩的評選差異。王士禛在此體雖不及直接評論宋代五古，但藉敘例可知：雖不排斥宋詩（宋賢），卻仍以六代三唐方為正體，以「未造古人」為憾。故於論明代五言古詩時，曰：

> 明五言詩極為總雜，西涯之流，原本宋賢，李何以來，具體漢魏。平心論之，互有得失，未造古人。獨高季迪……寥寥數公，窺見六代三唐作者之意。（王漁洋〈五言詩凡例〉）

此評雖針對明人學古的成敗而論，但藉此亦可側見：因摹習、取法的不同，風格的評價亦高下有別。可見王漁洋雖鼓勵創變，卻止於接納唐代五古之變而不失於古，卻不以宋詩為然；但方東樹評註時，則不為此觀念所限。桐城二姚論古詩，已開啟五言古詩中增錄李、杜、山谷等家詩篇〔註89〕的作法，方東樹《昭昧詹言》則又發皇之，在唐代五言古詩後專章評論杜、韓、黃三家〔註90〕。可見其二家雖皆強調「學古」以得古人精神，同具「有復有變」「兼取唐宋」的折衷態度，但方東樹卻更鼓勵新變，進一步在所謂「漢魏正體」外，標示一條由黃山谷，而韓昌黎，而杜工部，由下而上溯的學詩途徑。（詳參下文）

（二）七言古詩

王士禛《古詩選》共選錄七言古詩十五卷。其中選篇較多者，先

文盛於漢魏之前，衰於齊梁之後」，殆寓有不同觀點。台北市：漢京，1985年。

〔註89〕據方東樹：《昭昧詹言》卷十二，第四，226頁。內容推測，桐城派教習詩文所用《古詩選》另有所增補：『今選五言，除海峰所取十篇，實具雄遠壯闊之意，益以蕭塢補選二十餘篇，大略備矣。如次韻伯氏參照、……等皆至佳，海蜂失之也。』台北市：漢京，1985年。
今此一版本的選集雖未能見，但可知至少多選了黃山谷詩三十餘篇；梅曾亮《古文詞略》〈詞賦〉卷，則著意於多選李白、杜甫、韓愈的詩篇。

〔註90〕參見方東樹：《昭昧詹言》第九、十、十一卷。台北市：漢京，1985年。

秦至漢時期有古歌（26）、古辭（6）；魏晉時期有樂府辭歌曲（9）；
南北朝至隋，有鮑照（14）。唐、宋以下，則由下表列可見；而方東
樹《昭昧詹言》對此體的評析只分兩卷：卷十一爲「總論七古」、卷
十二則擇分四階段，評析唐「王李高岑」「李太白」等家，而一一詳
析北宋歐陽脩、王安石等六大家〔註91〕、及南宋陸游、金代元好問等
家（詳參附錄三），以下僅將觀察焦點集中於唐、宋二代：

表二：唐代七言古詩

時　　　代			《昭昧詹言》評析狀況			《古詩選》分卷	備　註
分期	詩　家	《古詩選》選錄篇數	詳析	略析	無評	七言詩卷	
唐	李　嶠	1		1		卷三	據《方東樹評古詩選》補遺
唐	宋之問	1		1		卷三	據《方東樹評古詩選》補遺
唐	張　說	1			未評及	卷三	據《方東樹評古詩選》補遺
唐	王　翰	1		1		卷三	據《方東樹評古詩選》補遺
唐	王　維	7	1	6		卷四	
	附：王龍標	2		1		卷四	
唐	李　頎	13	9		4	卷四	
唐	高　適	7		2	5	卷四	
唐	崔　顥	1			未評及	卷四	附於高常恃之後
唐	岑　參	8		2	5	卷四	
唐	李　白	26	4	17	5	卷四	
唐	杜　甫	67	12	40	15	卷五	
唐	韓　愈	35	5	16	14	卷六	
唐	李商隱	1			1	卷六	附於韓公之後

〔註91〕其中將蘇轍詩，附論於蘇東坡之後；陳師道附於黃庭堅之後。參見
方東樹：《昭昧詹言》卷十二，第二七七至二八四則，311〜313頁；
及。台北市：漢京，1985年。

表三：宋代七言古詩

時　　　代			《昭昧詹言》評析狀況			《古詩選》分卷	備　註
分期	詩　家	《古詩選》選錄篇數	詳析	略析	無評	七言詩卷	
北宋	歐陽脩	40	2	32	6	卷七	
北宋	王安石	35	6	21	8	卷八	
北宋	蘇　軾	105	11	71	23	卷九	
	附：蘇轍	12		5	7	卷九	附於蘇東坡之後
北宋	黃庭堅	54	6	40	8	卷十	
北宋	晁沖之	10		4	6	卷十一	
北宋	晁補之	21		9	12	卷十一	
南宋	陸　游	78	2	33	43	卷十二	

　　王漁洋〈七言詩凡例〉明白自述，唐初七古所取以「氣格頗高者」爲主，並駁當世傾慕初唐四傑之非，可見其所推重的七古本色，當如「昂昂若百里之駒，泛泛若水中之鳧」的形象譬喻，以「氣格高、情韻長」爲主。

　　而自謂其選鈔宗旨在於「以杜爲宗，唐宋以來，善學杜者則取之」〔註92〕，並屢以「沉鬱頓挫」爲判別高下的基準，「筆力、學問」爲學古的首要條件，則足以說明其爲何於七古一體，於唐詩各家中盡略

〔註92〕參見王漁洋〈七言詩凡例〉，於聯經版《方東樹評古詩選》，367～368頁。台北市：聯經，1975年。
　　　　「有明一代，作者眾多，七言長句，在明初則高季迪、張志道、劉子高爲最，後則李賓之，至何李學杜，厭諸家之坦迤，獨于沈鬱頓挫處用意，雖一變前人，號稱復古，而同源異派，實皆以杜氏爲崑崙墟。近日錢受之七言學韓、蘇，其筆力學問足以赴之，愚于明詩別有論次，故此鈔不及愚鈔諸家七言長句，大旨以杜爲宗，唐宋以來，善學杜者則取之，非謂古今七言之變盡于此鈔。觀唐人元白張王諸公悉不錄，正以鈔不求備故也，舉一隅以三隅反，其在同志之君子。」台北市：漢京，1985年。

於初唐各家，而多選盛唐王維、李頎、杜甫、高適、岑參等風格獨具的五大家；至於宋詩則佔全體過半的卷數。對此二點，方東樹《昭昧詹言》評析時頗多遵循。唯其特殊觀點表現在對北宋諸家詳於評析、相互較論，應不只為呈現當代創作興盛而已；此外，由其評析中對選篇較多（均相當於唐代中最多的杜、韓）的蘇、黃、與歐王四家，運用其所謂敘、議、寫三種筆法詳加分析、反覆強調，則其寄寓論理的目的亦可見端倪。故整體而觀，此七言古詩部分，乃《昭昧詹言》全書中，「宋詩」所佔選篇地位最重要、詩論企圖最分明處，值得筆者續加探究。

（三）五言律詩

姚鼐《今體詩鈔》共選錄五言律詩九卷，549 篇，全為為全唐、五代律詩，而絕無宋詩。其中初唐時期除歷取四傑、沈佺期、宋之問、陳子昂等家，盛唐時期則尤詳於李白、杜甫、王維、孟浩然、岑參諸人，晚唐時期則以李義山為首，兼及溫飛卿、杜牧、韋端己等家。而方東樹《昭昧詹言》則未評析此體，今所見詩中考辨、評註，均為姚鼐所撰。

表四：唐代五言律詩（因選錄詩家眾多，僅摘錄入選五篇以上者）

時　　代			《今體詩鈔》評析狀況			分　卷	備　　註
分期	詩　家	《今體詩鈔》選錄篇數	詳析	略析	無評	《今體詩鈔》卷數	此部分為《昭昧詹言》所未選
初唐	陳子昂	7		1	6	卷一	為姚鼐所評註
初唐	沈佺期	5		2	3	卷一	為姚鼐所考辨
初唐	宋之問	10		4	6	卷一	為姚鼐所評註
盛唐	張　說	6		2	4	卷一	為姚鼐所評註
盛唐	張九齡	6		1	5	卷一	為姚鼐所評註
盛唐	王　維	47	1	8		卷二	為姚鼐所評註
盛唐	孟浩然	26		4		卷二	為姚鼐所評註
盛唐	祖　詠	6			6	卷三	
盛唐	李　頎	7			7	卷三	
盛唐	岑　參	16		2	14	卷三	為姚鼐所評註

時　　　代			《今體詩鈔》評析狀況			分　卷	備　註
分期	詩　家	《今體詩鈔》選錄篇數	詳析	略析	無評	《今體詩鈔》卷數	此部分爲《昭昧詹言》所未選
盛唐	高　適	6			6	卷　三	
盛唐	李　白	42		1	41	卷　四	爲姚鼐所評註
盛唐	杜　甫	160	6	10	154	卷五、六	卷五收五律篇，卷六收排律篇
中唐	劉長卿	25		1	24	卷　七	
中唐	錢　起	8			8	卷　七	
中唐	郎士元	5			5	卷　七	
中唐	司空曙	5		1	4	卷　七	其後有韓愈五律二篇
中唐	張　籍	5			5	卷　八	
中唐	賈　島	6			6	卷　八	
中唐	張　祐	6		1	5	卷　八	
晚唐	李商隱	17	6		9	卷　九	
晚唐	溫庭筠	5			5	卷　九	
晚唐	馬　載	9			9	卷　九	
晚唐	司空圖	5			5	卷　九	

　　此處選詩全以唐代爲主，縱貫唐代四期，詳錄八十八家、五百五十二篇詩。主要因姚鼐以爲：「盛唐人詩固無體不妙，而尤以五言律爲最。……〔註93〕」，而齊梁以下的律體因多爲王士禛《古詩選》選入「五言古詩」中，不再選錄，而僅斷自唐初，此應爲當代所共推的公論。但姚鼐評述五律風格時，卻能廣納眾流、別寓創見，除仍保存「以王孟爲宗」的五言律體脈絡，也特別讚許盛唐詩人中李白之仙思遠逸，杜甫的富涵變化〔註94〕。

────────────

〔註93〕　參見姚鼐：〈五七言今體詩鈔序目〉。見《方東樹評今體詩鈔》，第【一】頁。台北市：聯經出版事業，1975 年。

〔註94〕　參姚鼐：〈五七言今體詩鈔序目〉。曰：「盛唐人禪也，太白則仙也，於律體中以飛動票姚之勢，運曠遠奇逸之思，此獨成一境者……杜

更重要的是，姚鼐以爲世人於杜甫排律，多未能盡解其意脈轉折之妙處，故一反其著重考辨、簡略總評的註釋風格，對杜甫〈夔府書懷〉等數十韻的長律，詳盡地由立意、結構等方面詳加分析。此部分遂成了《今體詩鈔》中選編者自行評註最詳贍、最具特色之處。但相對而觀，此五言律詩一體卻也是目前可見方東樹《昭昧詹言》書中最疏略、缺而不論的部分，頗有孔子述經、「弟子不能贊一詞」的可能，詳切的原因則有待筆者再細加探究。

（四）七言律詩

姚鼐《今體詩鈔》首先以七言律詩貴在「氣健」爲前提，將齊梁時期的七律排除不論，推舉初唐沈佺期以後的七律，能「高振唐音，遠包古韻」，始進入蓬勃發展時期，北宋初則因域于唐末格局，僅取楊億、王安石等人；唯對蘇軾、黃庭堅、陸游等三家較爲推崇。依此流變觀點對照於方東樹《昭昧詹言》，則其評析詳略大體與姚鼐選篇地位的高下相呼應。

表五：唐、五代七言律詩（因選錄詩家眾多，僅摘錄入選五篇以上者）

時　　　　代		《昭昧詹言》評析狀況			《今體詩鈔》卷數	備　　註
分期	詩家	《今體詩鈔》選錄篇數	詳析	略析	無評	
盛唐	王維	11	3	8		卷　二	以下皆爲方東樹《昭昧詹言》所評析
盛唐	李頎	6	3	3		卷　二	姚鼐解題、略評3篇
盛唐	杜子美	60	43	17		卷　三	姚鼐解題、略評6篇

公今體，四十字中包涵萬象，不可謂少，數十韻百韻中運掉變化，如龍蛇穿貫，往復如一線，不覺其多。讀五言至此，始無餘憾。」。見《今體詩鈔》廣文書局，1972 年 8 月初版，頁〔五〕

時　　代			《昭昧詹言》評析狀況			《今體詩鈔》卷數	備　　註
中唐	劉長卿	12	8	4		卷　四	姚鼐解題、略評4篇
中唐	劉禹錫	5	2	3		卷　四	姚鼐解題、略評3篇
中唐	白居易	10	2	7	1	卷　四	姚鼐解題、略評2篇
晚唐	李商隱	32	10	19	3	卷　五	姚鼐解題、略評8篇、詳析2篇
晚唐	溫庭筠	5		1	4	卷　五	姚鼐解題、略評1篇
晚唐	許　渾	7		3	4	卷　六	姚鼐解題、略評2篇、詳析1篇
五代	韋　莊	8		2	6	卷　六	姚鼐略評2篇

表六：宋代七言律詩（因選錄詩家眾多，僅摘錄入選五篇以上者）

時　　代		《昭昧詹言》評析狀況			《今體詩鈔》卷數	備　　註
分期	詩家名、字	總篇數	詳析	略析	無評	
北宋	楊億	5			5	卷　七	姚鼐考辨1篇
北宋	王安石	5		2	3	卷　七	姚鼐考辨2篇
北宋	蘇軾	30	1	24	5	卷　八	姚鼐解題1篇
北宋	黃庭堅	25	7	18		卷　八	姚鼐略評5篇
南宋	陸游	87		65	22	卷　九	姚鼐解題、略評9篇、詳析1篇

　　與他體相較，表列中各家七言律詩的選篇多寡顯得差異較大，兩代中入選十篇以上者僅有六、七家：包涵王維、杜子美、劉文房、白樂天、李義山等唐代詩人，及宋代蘇軾、黃庭堅、陸游等。故略由選篇數量的分佈情形，配合〈五七言今體詩鈔序目〉所述，可知姚鼐以為：七言律詩的真正成熟、各具風調，固然是在唐代；但其持續發展與創作興

盛，則在於宋代，特別是成於陸游的手中（選錄八十七首，爲歷代之冠，超越杜甫、李商隱等家）。故單看七律一體的選篇分布，宋詩自宋初、迄蘇、黃、陸游，皆有其延續唐代、再創新局的開展成果。

　　若由《昭昧詹言》評註內容探究，方東樹總論詩篇作法時以爲：「七律」體製雖小，創作難度卻尤勝於七古〔註95〕，故於此體評註詩篇時（參見卷十五至二十），每每藉時文之法，兩句成聯，詳析其起、結運用的句法變化。但相對地，或因詩家多爲古體中已見，故對詩人風格、詩篇旨趣的評述，反而較簡要、模糊，如常評蘇軾七律詩爲「妙」、「遠」，短短數言即止。

　　經由以上分體表列、縱觀《古詩選》《今體詩鈔》中選篇分佈所呈現的詩體流變觀、並對照於《昭昧詹言》評析，以比較唐、宋詩的選篇地位，檢視方東樹對二部選集的闡論與評析，我們可有數點發現：

　　第一，基本上王士禛、姚鼐、方東樹三家均具有明確的「辨體」觀念，採分體縱觀流變的原則，依發展盛衰選取典律，不以特定時代爲限：故五言古詩以漢魏諸家爲正宗，唐詩善於變體；七古、七律則以唐爲初盛，宋代持續開展；五律則以唐詩爲擅場。此流變觀既爲三家論詩的共同點，也是《今體詩鈔》號稱「續作」、《昭昧詹言》作爲「典律化閱讀」的基礎。

　　第二，《昭昧詹言》對二部選集並未採取客觀而全面性的評析，故由其論述多寡、評析詳略的分佈情形，大致呈現詳於古體、略於今體；偏好七言長句的作法說解、略析五言（甚至五律全略）的體制不平均；如以斷代觀察，則唐

〔註95〕參見方東樹：《昭昧詹言》卷十四，第一，375 頁。曰：「七律爲最難，尚在七言古詩之上：何則，七古以才氣爲主，而馳驟疾徐、短長高下，任我之意以爲起迄，七律束於八句之中，以短篇而須具縱橫、奇恣、開闔、陰陽之勢，而又必起結轉折，章法規矩井然，所以爲難。古人至配之書中小楷。」台北市：漢京，1985 年。

詩可謂「無體不妙」，但對唐代詩家略析者多，詳細的評論則隨詩體集中於少數名家，如五古：李白、張九齡；七古：杜甫、韓愈、李白；五律：杜甫、王維；七律：杜甫、李商隱等。相較下，宋代詩家的選取則集中於七古、七律二體；且有入選詩家數較少、選篇總數與評析狀況卻較多、較詳的現象。尤其是在五言古詩中，《昭昧詹言》對特定數家漢、魏、及唐代詩篇的偏重、並增錄杜、韓、黃三家評論的特殊作法，都是在量化分析後，應集中探討的評詩特色。

此外，藉由前文對選集與評析的內容分析，亦可檢證桐城派所謂的「陶鑄唐宋」，並非全面、籠統的兼取唐、宋詩為學詩典律。而是以「辨體」為前提，以呈現詩體盛衰為原則，分體選取興盛、獨特的唐、宋詩名家作為取法的典律。故僅在「七言古詩」、「七言律詩」二體，始真正體現「兼取唐宋」典律的現象，對此二體的評論，極可能是桐城詩論的獨特所在；而經由各體衡較、評析詳略，也分別突顯出杜、韓、蘇、黃、以及陸游等兼擅多體的唐宋名家，可作為學詩者取法的目標。《昭昧詹言》中對這些詩家的詮釋內容，也特別具代表性，應再加研究。

凡此種種評析與選詩不盡一致的線索，均顯露出方東樹《昭昧詹言》在解讀前人選集時，曾加入不少特殊的「期待視野」、或詮釋創意，是值得我們循線探究的。因此，對於七古、七律等長篇詩體的省察、五言古詩統緒的向下延伸、乃至於對宋詩各家的發展關係評論（形成詩學譜系﹝註96﹞）等，都是經本節分析所篩選、最足以顯現方東樹

﹝註96﹞此採用「譜系」一詞，基本上接近於胡應麟《詩藪》中的討論觀點，謂：「古詩浩繁，作者至眾。雖風格體裁，人以代異，支流原委，譜系具焉。」（見胡應麟撰：《詩藪》第一冊，〈內編〉卷二。台北市：廣文，1973 年）。是強調宋代各詩家間因詩體流變、風格異同等因素，而為後人詮釋時所聯繫遠近、追溯先後的關係，正猶如史學研究中對家族「譜牒」的血緣關係判定一般。故雖與現代學者米謝、傅鈞

《昭昧詹言》評詩特點的關鍵議題，故擬於下文，再進行較深入的問題討論。

三、《昭昧詹言》評析現象探討

經由列表分析、歸納與比較，我們發現《昭昧詹言》雖以配合前人選集的體制為原則，其實有其特殊的評析偏重，是與王士禛《古詩選》、甚至姚鼐《今體詩鈔》不盡相同的。以下，便針對前文量化分析中發現的問題，結合《昭昧詹言》書中對各詩體總論的原理、與評析詩家、詩篇的重點，以期釐清此類疑問，並進一步發掘《昭昧詹言》中蘊含的詩學觀念。

討論一：方東樹對於學詩體制是否有特殊偏重？何以略論五律、絕句，而詳於七古？

首先，如依體制概觀《昭昧詹言》對各體詩的評析，我們可看出以下的大趨勢：以評述五言古詩最為詳贍，七言古詩、七言律詩依序次之，對於五言律詩則略而不論。此現象究竟代表何種意義？值得瞭解。前節於體例探討時，曾述及姚鼐《今體詩鈔》在註、評詩選的體例（尤其是在「五律」體中，析論杜甫排律的文法、意緒上），皆給予方東樹相當重要的示範與啟發，當然有可能因範式在前，遂於推闡師說時避而不評析「五律」一體，以示弟子的尊崇。但如參照《昭昧詹言》對《今體詩鈔》「七言律詩」中唐、宋名家依舊擇要加以評析（詳參表五、表六）、及兩家皆對五、七言絕句略而不評論的兩處線

（Michel Foucault）所提出的「系譜學批評」有些許近似，但在研究目的與立論動機上仍有諸多差異有待研究釐清，（可參張雙英、黃景進主編：《當代文學理論》第十三〈系譜學批評：米謝、傅鈞及其思想體系〉，356～379頁。台北市：合森文化，1991年，及吳興明：《中國傳統文論的知識譜系》，是以較寬宏的視角、遠大的企圖，期對中西知識史作悉心的實證清理，與審慎選擇。成都市：巴蜀書社，2001年）。故筆者暫不援引其名詞與學說。至於以「詩學譜系」為研究主題者，則可參見黃繼立：《神韻詩學譜系研究——以王漁洋為基點的後設考察》。台南市：成大中文所碩士論文，2002年。

索而思考，則方東樹整體上對長篇幅、長句式的詩歌體裁較爲偏好、對古體詩的習作較重視，應是可以確定的。

其次，由探究評析內容發現：方東樹對五古詩篇的實際評析也普遍較他體爲詳，而七言古詩、七言律詩則依序稍略之。此順序正與其所謂「詩莫難於七古」〔註97〕「七律爲最難」〔註98〕的學詩難易相反，乃值得加以辨析。

若由行文通則思考，或因立論之初，爲確立「詩」的原理與傳統。故在五古總論中，多針對詩體原理、創作原則與修養等，作述本之論〔註99〕；對古詩十九首及漢魏各家的詩篇，也多於分析文本之前，先綜觀一類、或一家之風格特色，欲人領悟其奧妙。如曰：

> 五言詩以漢、魏爲宗，用意古厚，氣體高渾，蓋去《三百篇》未遠；雖不必盡賢人君子之辭，而措意立言，未乖風雅。惟其興寄遙深，文法高妙，後人不能盡識，往往昧其本解，而徒摭其句格面目，遞相倣效，遂成熟濫可厭。李空同、何大復輩旦蔽於此，況其他乎？（《昭昧詹言》卷二，第一，51頁）

仔細由內容分析：首先以無名氏「古詩」爲五言古詩之成體，不忘溯源六經、上接風雅；並指明古詩的整體特色，在於「興寄遙深，文法高妙」，乘機駁正後人學古無方、模擬之病。故其雖列於卷二評漢魏詩之卷帙，卻仍作宏觀之通論。引見此例，可檢證前述所謂《昭昧詹言》評析「五言古詩」較詳、篇幅較長，其中每每含有許多詩體源流、

〔註97〕參見方東樹：《昭昧詹言》卷十一，第一，375頁。曰：「詩之諸體，七律爲最難，尚在七言古詩之上」。台北市：漢京，1985年。

〔註98〕參見方東樹：《昭昧詹言》卷十四，第一，375頁。曰：「七律爲最難，尚在七言古詩之上；何則，七古以才氣爲主，而馳驟疾徐，短長高下，任我之意以爲起迄，七律束於八句之中，以短篇而須具縱橫、奇恣、開闔、陰陽之勢，而又必起結轉折，章法規矩井然，所以爲難。……」。台北市：漢京，1985年。

〔註99〕參見方東樹：《昭昧詹言》卷一，第一至第九十八章的論述内容。台北市：漢京，1985年。

詩學原理的闡論，以及對詩體、詩家的概論、總評，並不全然針對詩篇而剖析，其對單篇的評析也未必較深入。

　　同時，參照於其他詩體的總論，也可發現「卷十一：總論七古」、「卷十四：通論七律」篇幅雖短，卻較詳於創作手法、與學詩要領的發揮，毋怪乎吳闓生以此為方東樹《昭昧詹言》的獨特見解〔註100〕。倘若我們由文本作概略印證，則可見：卷十一第一至第三則，為論七言古詩的基本風格與作法；第四至十二則提撮筆法的變化要領；第十三至十六、及十九則論詩篇結構與創意，本卷其餘各則，亦多以杜、韓等大家為例，引證其謀篇創意之獨到處〔註101〕，甚至卷十二評論歷代典律也常以創作手法為觀察重點〔註102〕；至於卷十四，則在開篇第一、第二則評論，便指出創作七律的要訣在「講章法與句法」；於第四至十則，更針對章法、造句、成辭等作法而仔細討論〔註103〕。但大體而言，七言古詩較強調篇法，七言律詩則重章法、句法，並且自述此篇、章法的原則，皆由古文文法移用而來。可見前述方東樹之偏重古體詩、長句式的詩體，與此「以文法評析詩」的獨到見解，應有重要的關聯。

　　特別是方東樹此一「詳於七古作法、七律次之」的評註現象，也與前文表列中「宋詩」選篇地位的分佈（以七古為高、七律次之〔註104〕）

〔註100〕參見吳闓生評：《昭昧詹言》第十一卷、第三則，第一葉左。曰：「七言長篇不過一敘、一議、一寫三法耳。……」而吳闓生於此正文上的眉批，則曰：「此植翁之所見到，《昭昧詹言》之所以作也。……」其後尚有不以然之評論，則待下文第四章第二節再提出分析、討論。台北市：廣文，1962年。
〔註101〕以上所舉各則評論不備詳引，請參見方東樹：《昭昧詹言》卷十一，第一至第十九則，232～237頁。台北市：廣文，1962年。
〔註102〕最顯著的例子，是第二十七至三十則評李太白詩、第一二六至一七八則中評論歐陽脩與王安石詩，均具體分析其文法變化的技法。台北市：漢京，1985年。
〔註103〕本處引文亦不一一引出，請參見方東樹：《昭昧詹言》卷十四，第一至第十則，375～378頁。台北市：廣文，1962年。
〔註104〕若將前文表二、四中選篇狀況加以簡化，則可見「七古」中，宋代

相呼應。換言之，宋詩繁盛發展的七言古詩，也是《昭昧詹言》詳於評析作品、印證其創作理論的主要體類。可見，方東樹偏重七言、長篇的旨趣與推崇宋詩之間，應有其詩體內在因素的契合，因此，我們可據此而推論：方東樹論詩、評析的精髓應在「以文論詩」，而其中切合度最高、易顯成就者自然在於長句吟哦、長篇創作的「七言古詩」，尤其是以「才氣、文字、議論」為詩〔註105〕著稱的宋詩，其七言古詩的發展成果，更有被方東樹詩論引為例證、比較說明的論證功效，自然備受重視。相較之下，七言律詩的作法雖亦強調本領、與古文同源，卻因注重「興象」〔註106〕，以唐人劉禹錫、李商隱等輔成杜甫為宗，故宋代七言律詩成就較不傑出，僅蘇東坡、黃山谷、陸游三家詩附見於後，與其略評宋代近體詩的傾向恰可呼應。

　　總之，方東樹對學詩體製的重要性，本遵循「辨體」為先的前提，故以五言古詩為繼承「風」「雅」的正體，於評論中詳於溯源辨體、析其興寄意緒等；至於七古、七律等體經流變、創製翻新的詩體，因其抒寫隨興、篇幅寬宏，故創作上雖易成而難工，卻具有嘗試技巧、創新體製的揮灑空間，《昭昧詹言》中乃對此二體的創作實際多所申論，而宋人於七言古詩上「以文論詩」的嘗試與成就，亦帶給方東樹創變詩體的靈感。如能以詩體概念為核心，結合其書中評詩實例以歸結創作法則，應可對方東樹獨特的詩文體裁概念，有較深入的瞭解。

　　　　僅選九家，卻多為選錄數十篇的名家，且所選總數三百五十五首為
　　　　各代之冠；且其中蘇軾、陸游二家，入選篇數皆超越唐代杜甫、韓
　　　　愈等大家典律，可見其選篇地位上的重要性。「七律」一體中，則
　　　　家數與篇數雖不及唐，卻有蘇軾、黃庭堅、陸游三家顯得特別傑出。
〔註105〕　參嚴羽：《滄浪詩話》〈詩辨〉，見何文煥：《歷代詩話》443 頁。台
　　　　北：藝文，1983 年。
〔註106〕　參見方東樹：《昭昧詹言》卷十八，第一則，419 頁評中唐諸家詩，
　　　　曰「若夫興在象外，則雖比而亦興。然則興最詩之要用也。」，對
　　　　「宋人入議論、涉理趣、以文以語錄為詩者」、「用宋人體入於庸鄙」
　　　　者主張以劉禹錫詩風足以救之。台北市：漢京，1985 年。

討論二：方東樹於五古選篇後補述三家，是否有其特殊用意？

　　前引《昭昧詹言》第八至第十卷，方東樹專章評論杜公（甫）、韓公（愈）、黃山谷三家五古詩〔註107〕，此一作法，頗近似於王士禎《古詩選》於「五言詩」後附選唐五家詩的創舉，明顯有提掇所附詩家發展地位、寄寓詩體流變觀的效用，故值得相參照討論。

　　如以《古詩選》的選詩體例概觀，其於〈五言詩凡例〉自謂所選詩取捨較嚴、皆以漢魏六朝五言古詩爲正體，其附選唐代五古，係爲使後人略睹「四唐古詩之變」〔註108〕。但由前文附表一中所選陳子昂等人詩篇數量之上及於漢魏名家〔註109〕，則可知王士禎表面上仍推崇正體（漢魏五古），實際卻厚待變體（唐五古），甚至不憚詳述此數家之作，以呈現唐詩的創變歷程。故此體製之設，表面上不違明代復古詩論所標「唐無五言古詩」〔註110〕的正變觀，其實卻寓有其推崇陳子昂等類詩家能「力足以存古詩於唐詩之中」的評價，以彰明「變

〔註107〕方氏昭昧詹言中，雖未明言此專對五古而言，但依其分卷地位、及於五古綜論詩理的體例推測，此三章當主要針對五言古詩而發，而略及於此家的整體特色和創作短長。如第八章前十九則統論杜詩風格與作法，多以「詩」與短篇、騷體比較，實乃針對五古詩而言；又第二十則舉杜韓以與謝、鮑相較，更知其應指五古而論。

〔註108〕見王漁洋：〈五言詩凡例〉曰：「予撰漢魏六朝五言詩，視蕭選微有異同，至其菁英，鮮闕略矣。樂府別是聲調、體裁與古詩別……予聞多採摭。若六朝子夜、讀曲等歌，悉不載。」可見強調擷取菁英，故於樂府、民歌、絕句方面比前人選集勇於刪捨。並曰：「唐五言古詩凡數變……今輒取五家之作附於漢魏六代作者之後，李詩篇目浩繁，僅取古風，未遑悉錄。然四唐古詩之變，可以略睹焉。」見王士禎選、方東樹評、汪中編《方東樹評古詩選》。台北市：聯經，1975年。

〔註109〕參見附錄三「《昭昧詹言》評註詩體分析表之第一」。可知：王士禎所增錄唐代陳子昂等五家家，其入選的五言古詩少則十七篇、多至八十篇，對照於漢魏各家的選篇地位，已相當於曹植、謝靈運、鮑照等名家被選錄的篇數。

〔註110〕此說原爲李攀龍提出，曰：「唐無五言古詩而有其古詩，陳子昂以其古詩爲古詩，弗取也。」後王漁洋辨析之。見〈選唐詩序〉《滄溟先生集》。上海：上海古籍，1992年。

而不失於古」〔註111〕的獨特流變觀點（詳見第七章第二節析論），方東樹《昭昧詹言》的體例創變亦近於此。

由評析體例上觀察，方東樹於《昭昧詹言》第八至十卷，刻意以專章分別評論杜甫、韓愈、黃山谷三家詩的作法，大體亦承襲王士禛《古詩選》此種鼓勵變體的詩體流變觀，但其相對於王士禛「變而不失於古」的保守態度，則似乎較爲開放、而更強調「創新之變」。此由以下兩點線索可知：

其一，《昭昧詹言》卷八、卷九中極力推崇杜、韓爲繼承經、騷、漢魏詩學的大家，並提撮出「陳言務去、創意造語」的共同點。可見，方東樹附論三家詩於五言古詩發展統緒的作法，其意義便在於肯定杜甫、韓愈詩、乃至於黃庭堅，此三大家在創變五言古詩詩體上的重要性，並以「志學古人，而變化出之」〔註112〕爲脈絡，爲後代學詩者指出一條學詩門徑。故曰：

> 學黃必探源於杜、韓，而學杜韓，必以經、騷、漢、魏、阮、
> 陶、謝、鮑爲之源。（《昭昧詹言》卷十，第十，227～228頁）

可見，方東樹雖由杜、韓、黃依時代先後接續漢魏詩，但此詩學統緒的意義是作爲學詩的進程，故欲學者以黃庭堅爲起點，向上取法於杜、韓，並遠溯于漢魏正體、甚至經、騷，如此有本有源，始能得杜韓之「眞氣脈作用」〔註113〕。

其二，杜、韓詩的善於變化古人既頗多例證可確立，則可見方東

〔註111〕 以上兩段引文，皆見於姜宸英：〈阮亭選古詩序〉所闡發王士禛選詩微旨，曰：「故文敝則必變，變而後復於古，而古法之微，尤有默運於所變之中者，……而五人者，其力足以存古詩於唐詩之中，則以其類合之，明其變而不失於古云爾。」見四部備要、集部第582冊《古詩選》，【一、二】葉，〈序〉。台北市：中華書局，1981年。

〔註112〕 參見方東樹：《昭昧詹言》卷八第七，212頁。乃強調杜、韓盡讀萬卷書，志學古人，又善於融會古人詩文之妙，變化出之。台北市：漢京，1985年。

〔註113〕 參見方東樹：《昭昧詹言》卷八第五、第六、第七，211～212頁，均由此廣讀經史、厚植胸襟的角度，詮釋杜、韓詩氣度雄渾的根源，作爲後人取法。台北市：漢京，1985年。

樹標立一詩統的創意焦點，主要在以黃庭堅詩爲善於學杜的例證、可作爲「杜韓詩統」的接續者。故曰「山谷之學杜，在於解刦意造言不肯似之，正以離而去之爲難能」〔註114〕。可知，方東樹特別由此學古人而能創變、獨得的角度，肯定黃庭堅的創作成就：

> 山谷之不如杜、韓者，無巨刃摩天、乾坤擺蕩、雄直揮斥、渾茫飛動，沛然浩然之氣。而沉頓鬱勃，深曲奇兀之致，亦所獨得，非意淺筆懦調弱者所可到。（《昭昧詹言》卷十，第六，226～227 頁）

從引文中採取相對地位比較、並由特定條件肯定的評價方式，我們可以確定的是：儘管黃庭堅詩在《昭昧詹言》歷代詩家典律的評價上不高，但對一般人而言，卻是較杜韓等大家更爲平易可學、具體可法的對象；而且，方東樹因針對其格調考察，乃肯定其詩風獨具，雖不及杜韓氣勢雄渾，亦別有其深曲兀傲的奇趣。

　　但值得注意的是，此種對黃庭堅詩的基本評價，其實也大體是方東樹對宋代詩人的評價與定位。一般學者多以黃山谷爲宋詩的重要典型之一，此處若將凡論及黃山谷者，皆視爲「宋詩家」的代表，加以替換，則可更清楚定出焦點：方東樹基本上主張以宋人作爲創作的入門、學古的典範，故以爲唐人變五古而有其古詩，已蹈詩體空前之極致；而宋人變唐詩而有其詩，尤值得後代創作上的借鏡。換言之，此一評價，不僅基於對山谷詩的獨特領會，亦標誌著對「宋詩」的進一步認同。

　　綜合此二點，我們可概括方東樹此接續五古詩統的詮釋意義爲：以杜、韓爲宗法，以宋詩爲入門。由此，我們發現方東樹「兼取唐宋」的具體作法，是延續於王士禎肯定唐五古、鼓勵「創變」的角度上，

〔註114〕參見方東樹：《昭昧詹言》卷八第八、212 頁，曰：「山谷之學杜，在於解刦意造言不肯似之，正以離而去之爲難能。空同、牧翁於此尚未解，有方以似之爲能，是皆不足以之山谷，又安能知杜、韓！」欲此則論旨相近，而可參照者，又見卷八第四則 210～211 頁、卷十第十則 227～228 頁。台北市：漢京，1985 年。

標立「杜、韓」爲學詩典律，並由學詩入門上嘗試爲宋詩找到新的發展定位。

雖然這個評價山谷、詮釋宋詩的新視野，曾由桐城耆老——姚範與姚鼐率先開啓〔註115〕；但對杜、韓等家學古而善「創變」精神的發揚，並將唐代杜、韓二家的地位提高，向下接續宋代黃庭堅以建立學詩門徑；並特別看重黃庭堅詩，詳於增錄、評論其詩篇〔註116〕，則是方東樹接受前人論點、而持續闡發的獨特創獲。也因此，其評註中對整體宋代詩篇的評價、與對個別詩家的評論角度，須進一步加以探究、確定。

討論三：《昭昧詹言》評析中所勾勒的宋代詩學譜系爲何？

由前述王士禎《古詩選》、姚鼐《今體詩鈔》、方東樹《昭昧詹言》三者論詩共同點，我們基本上可確定：此種以「陶鑄唐宋」爲宗旨，折衷式的歷觀流變、兼取唐宋典律，乃桐城派歸結清初以來尊唐、宗宋爭議，所採取的基本立場。也正是姚鼐〈五七言今體詩鈔序〉中自謂「攬其大者求之……有必不可易者」的重要觀點。再配合前項問題探討，可知方東樹非但接受此種流變觀、兼取唐宋爲典律，甚至對特定詩體的宋代詩篇詳於評析、視爲學詩入門，因此，其對整體宋代詩學採取肯定的態度，是可確定的前提。

至於，較細部的詩家詮釋方面，則可分由數個面向來觀察：

〔註115〕由《昭昧詹言》卷十第一、第四等處總評山谷的文字，如「姚薑塢先生曰：『涪翁以驚挧爲奇，其神兀傲，其氣崛奇，玄思瑰句，排斥冥筌，自得意表。玩誦之久，有一切廚饌腥螻而不可食之意。』」。台北市：漢京，1985 年。皆明見其引自薑塢先生的觀點，以「驚挧爲奇」、創意造語、不同流俗的角度，來詮釋山谷詩的「奇」。可知重視山谷乃得自前人論緒。

〔註116〕由《昭昧詹言》卷十，第六，226 頁。曰：「今選五言，除海峰所取十篇，實具雄遠壯闊之意，益以薑塢補選二十餘篇，大略備矣。如次韻伯氏參照、……等皆至佳，海峰失之也。」台北市：漢京，1985 年。可知歷來桐城派姚範、劉大櫆等說解「古詩選」，每於五古一體增錄杜、韓、黃等家詩

首先，由選篇數量的分佈看來，宋詩的譜系關係較明顯集中於七言古詩、七言律詩二體。王漁洋選錄古詩雖較肯定盛唐，卻不排斥宋元，所以七古兼取兩宋共九家詩篇，而下及金元的虞、吳二家；姚鼐詩鈔則一以「存詩體正軌、詩風雅正」爲慮，雖均取唐、宋各時期的精華，不顯嗜好之偏，但受限詩體發展實際，僅在七言律詩一體，選宋詩五家。

其次，驗證評註詳略的詮釋地位而言，方東樹雖接受前人詩體流變觀，卻勇於藉評註彰顯其評價基準，炳燭昭昧。其具體的作法有三點：

一、以註釋的詳略，凸顯其對宋詩七言詩體（含七古、七律）的肯定，並配合結構分析、章法歸納，強調宋詩家歐陽脩、王安石等在轉化古文法方面的技法創變。

二、如以文法評析的精粗爲判準，方東樹相對的較重視北宋詩各家，而略取於南宋。特別是對王士禎《古詩選》、姚鼐《今體詩鈔》中選篇均不少的陸放翁詩（七古 78 篇、宋代第二；七律 87 篇、宋代第一），則特別針對其七言古體多所指疵。

三、從宋詩各家的評註內容、相對地位比較，則七古、七律二體推舉的典律略有不同：

1. 在七言古詩一脈，以蘇東坡詩評價最高，故常舉爲宋詩之首，與杜、韓等大家並稱爲佛爲祖〔註 117〕；而歐陽脩雖排列於宋詩典律之首，卻與黃庭堅同爲次一級的宗主；至於王安石，在入選篇數、與評價地位上雖爲各典律之末，但由其評論篇幅長、分析文法結構尤詳看來，其詩應以用筆布置、章法造句見長，方東樹詳予說解，乃因「其思深妙，更過於歐。學詩不從此入，皆粗才浮氣俗子也。〔註 118〕」。故屬意以之作

〔註 117〕參見方東樹：《昭昧詹言》卷十一，第二十則，237 頁，方東樹詮釋七古中各大家的正宗地位爲「杜公如佛，韓蘇是祖，歐、黃諸家五宗也。」台北市：漢京，1985 年。

〔註 118〕參見方東樹：《昭昧詹言》卷十二，第一六五則，284 頁，台北市：漢京，1985 年。

為學詩者入門的典律。於是，宋代七言古詩的詩學譜系於焉成形：約略是以王安石為摹習基點，向上則分以黃庭堅、歐陽脩為宗，再往上則可遠溯於韓愈、蘇軾為祖，最終則以杜甫為始祖，與江西詩派稍異其趣。

2. 七言律詩一脈，若僅由選篇數量概觀，則顯然以南宋陸游評價最高。《昭昧詹言》雖較少針對其篇法分析者，卻多見對其詩「情景交融」〔註119〕「氣勢飛動」〔註120〕「情真直抒」〔註121〕等精要而語極推崇的評論，可見陸游是宋代七言律詩的最重要典律；其次則以蘇軾、黃庭堅並稱，但在評析律詩起承轉合的結構、以及造句用字等實際作法上，則常以黃庭堅詩作為詳切解說之例證。並曾因強調字句之精確，而引前人「二派七家」之說而推舉黃詩足以成家、而以蘇詩「不與傳燈」〔註122〕，可見對方東樹在七律一體中，雖並稱蘇黃，同溯源於杜詩一派，且皆具「出塵奇警」之妙〔註123〕，但評析詳略間，仍隱然較偏重黃庭堅詩。甚至針對後人以學蘇為標榜，而致「入議論、涉理趣」等缺弊，主張輔以唐代劉文房、李義山等家興象、比興之美，以補救詩學宋人、體入庸鄙之失〔註124〕。

因此，綜觀《昭昧詹言》的評詩實際，我們得以發現《昭昧詹

〔註119〕參見方東樹：《昭昧詹言》卷二十，第五十四、六十三、七十五則等，457～461 頁。台北市：漢京，1985 年。

〔註120〕參見方東樹：《昭昧詹言》卷二十，第五七、第八六、第八七、第九三、第一一六一一七，457～469 頁。台北市：漢京，1985 年。

〔註121〕參見方東樹：《昭昧詹言》卷二十，第五五、第六二、第六七、第一一三，457～469 頁。台北市：漢京，1985 年。

〔註122〕詳細評述，可參見方東樹：《昭昧詹言》卷十四，第十一、十二則。378～379 頁。台北市：漢京，1985 年。

〔註123〕參見方東樹：《昭昧詹言》卷十八，第二則，420 頁。台北市：漢京，1985 年。

〔註124〕參見方東樹：《昭昧詹言》卷十八，第一則，419 頁評論劉文房詩「興在象外」，對「宋人入議論、涉理趣、以文以語錄為詩者」，「用宋人體入於庸鄙」者足以救之。台北市：漢京，1985 年。

言》評析中對於宋代詩學譜系的系聯，較偏重七言句式與長篇。並進而初步勾勒出方東樹對宋代詩學譜系的詮釋，是先依詩體分爲七古、七律二脈，再分別以章法、句式較明確的王安石、黃庭堅等家爲學詩起點，向上追溯於唐代杜、韓，或向下拓展於南宋陸游等大家，做爲最高典律。

　　總之，本節兼用選篇分析、與問題討論兩種研究法，由廣而約地對方東樹評詩特色進行初步探討，並綜合詩體偏重、五古詩統、宋詩譜系等議題的結論，可以看出：方東樹藉《昭昧詹言》的評析，有意凸顯杜、韓典律價值、提高宋詩發展地位，故於所論及的五古、七古、七律三體，多所強調。特別是將宋詩視爲承中唐之變，領悟「以變爲創」原理的實踐者，故不僅對宋代詩家的評論、宋代七古、七律詩的評析較詳，於評析唐代大家詩篇時，亦常舉與宋詩相較論〔註 125〕。故下節擬針對《昭昧詹言》書中對宋詩各家的具體評述、詩篇評價再進一步探究，並結合詩篇內容加以檢證。

第四節　《昭昧詹言》對宋詩諸家的評論

　　經由前節探討，我們解瞭：方東樹於《昭昧詹言》中雖遵循「兼取唐宋」的原則，但其所關注的詩體，係有所偏重，其之所「取」，亦有獨特的觀點，但此二項評論傾向，皆共同指向於方東樹對「宋詩」，特別是與北宋時期七言古詩的評析偏好相呼應，此爲整體的趨勢。但在實際單篇評析中對各家的評價高低、評析角度，卻往往因詩家風格、創作特色而迥異，其異同間乃蘊含著評註者獨特的詩學觀點，本節即欲對此深入探究。

　　此外，方東樹《昭昧詹言》於單篇評析中對「唐音」、「宋調」這

〔註125〕如前註曾引《昭昧詹言》卷十八第一則評劉文房詩，以爲可救學宋之失；又於同卷第二則比較韓愈、李商隱詩與宋代詩在魂氣、魄氣表現上的各有所長；另見於第八卷評杜甫詩、第九卷評韓愈詩，亦常舉與黃庭堅、蘇東坡詩比較。

組概念的運用，也顯然有其特殊的評論情境，此與前述「兼取唐宋」的原則是否相違？或另蘊含其論詩緣由？亦期盼藉本節的討論得以釐清。

一、《昭昧詹言》對「唐音」「宋調」的評價

清初以來的唐、宋詩之爭，至中葉後已漸形成調停二端的論點，姚鼐基本上也是循此風尚，故其論詩旨趣乃明白標示為「陶鑄唐宋」〔註126〕。方東樹論詩雖大體承繼桐城師說，卻每見直言評論、率意立說的「虛矯之習」〔註127〕，有時甚至與其整體論述看起來相互矛盾，如其對「唐音」「宋調」的明顯褒貶，便與前述「兼取唐宋」的論點看似不太一致，很值得深入瞭解。

首先，由名稱的運用，可推知其基本上沿襲格調詩論的傾向，著重由修辭聲韻等的整體特徵來辨析時代風格、歸納作品類型，故有所謂「唐音」、「宋調」之分。如印證於評詩實際，則此二種類型其實並不限於斷定作品時代，而皆見於評論宋代詩人。

《昭昧詹言》中方東樹評論「宋調」者，約出現三處，多用於評蘇東坡的『七律』詩，且其使用「宋調」時，皆為激烈的負面評價，屢曰「吾不取」〔註128〕也，如此明確對詩篇與原選集持反對立場的用語，在同書評其他詩家與體裁上均屬少見，確實值得辨析。

如其首見於《昭昧詹言》卷二十，第十三，447頁，評蘇東坡〈次韻穆父尚書侍祠郊邱〉詩曰：「只五、六佳，三四宋調，吾不取。」

〔註126〕 參見姚鼐：《惜抱軒尺牘》卷上，頁 33〈與鮑雙五〉十八首，其中第二則曰「見譽拙集太過，豈所敢承？然陶鑄唐宋則固是僕平生論詩宗旨耳。」見《明清名人尺牘》。台北市：廣文，1989 年。

〔註127〕 參見吳闓生評：《昭昧詹言》序言，曰：「……而植翁自抒所見，則不免臆斷虛矯之習……」可見其對方東樹的評詩實際，頗多不以為然之處。台北市：廣文，1962 年。

〔註128〕 如《昭昧詹言》他處評註多以略而不註表示忽略、或評價較低；於蘇軾的七言古詩，也只有評曰：「未妙」、「不必選」等語，而未曰「宋調，吾不取」如此之激烈者。

印證於詩篇，則第三、四句曰『喜氣到君浮白裏，豐年及我掛冠前。』字句淺白如話，句法直敘近於文，一聯中雖刻意排比工整，讀來卻乏情韻；而五、六句『令嚴鐘鼓三更月，野宿貔貅萬灶煙。』其佳處當在兩句相承、流水成對，且情境與藝術形象相融為一，寫出殘月掛空的黎明時分，登高祀天、耳聞鐘鼓齊鳴的壯闊與靜穆。而其妙在動靜兼寫，聽覺視覺兩種意象疊遞刻畫，故能形象生動。

由此看來，方東樹所謂「宋調」，應當是指用字淺白、流利直訴，而自然工整成對的修辭風格，相較於五六句的意象生動、流暢成對，則顯得俚俗而刻意。

此外，另見於評東坡〈八月七日初入贛過惶恐灘〉詩，雖僅曰：「此亦宋調，吾不取。」（《昭昧詹言》卷二十，第十四，447頁）但藉由詩句分析，略可窺其全貌。

> 七千里外二毛人，十八灘頭一葉身。山憶喜懽勞遠夢，地名惶恐泣孤臣。長風送客添帆腹，積雨浮舟減石鱗。便合與官充水手，此生何止略知津。

本詩是極典型的七律起對格，從首聯開始便連用三對工巧的對偶句，藉形象化的譬喻（二毛人、一葉身……等），點出懷憂、飄零的主體感受；並鑲嵌地名以隱括謫臣的心境，且由順風行舟的曠放意境中「添」「減」的動詞變化，帶出達觀於境遇、超越困頓的自我排遣之詞，可說是造語新奇而詩境曠遠。但其中前四句運用通俗口語化的字、詞等，顯得淺近而平直，句法明白如文章，便感情韻不足；加以對仗過於工整反覆，直直讀來更覺不自然。故知方東樹所謂「宋調」者，應主要針對如此用字淺易、行文如話，而工於對偶的詩句而評。

一旦挈此鈐鍵，方可驗證於他處詩評。如〈予以事繫御史臺獄遺子由〉一首，亦是方東樹以「宋調」斥退的詩篇〔註129〕，其前六句

〔註129〕參見方東樹：《昭昧詹言》卷二十，第一六，448頁。〈予以事繫御史臺獄遺子由〉此亦宋調，雖有警句，吾不取。台北市：漢京，1985年。

也如前例一般，爲七律起對格，並連用三聯以「文」章筆法鋪陳的對偶〔註130〕，其中第五、六句對比生死兩方，寫出不忍率意身亡，而獨遺生者悲慟的的體貼深情，也蘊含其兄弟「風雨同床」的早年誓約〔註131〕，故詩情深摯而婉轉。其後直率接以「與君世世爲兄弟，再結來生未了緣。」的眞誠祈願，讀來使人神傷落淚。

今由方氏評語「此亦宋調，雖有警句，吾不取。」可知方東樹雖深惜其中警句動人，卻極忌諱其「宋調」風貌。或許有感於此種率眞抒寫、如題直敘的「以文爲詩」筆法不易學，稍有不愼便流於滑俗，故指斥其不可取，欲初學者知所警惕。其實方氏對蘇詩的整體評價仍是非常推崇，且評析詩篇亦相當的敏銳。故嘗於評詩中說明其「蘇詩不可學」的用意：

> 只如題敘去，而興象老氣自然，如秦漢法物，非近觀時玩。
>
> 公之本色在此，嘗謂坡詩不可學，學則入於率直，無聲色留
>
> 人處，所謂「學我者死」。（《昭昧詹言》卷二十，第五，445 頁）

此首「孤山二詠」中的『柏堂』詩，讀來淺近自然，卻有「創新意於法度之中，寓妙理於格式之外。」的韻趣，的確是東坡詩無窮魅力之本色，究其實，乃其學識豐沛、筆法老練的集中呈現。故雖依題直敘，自有其眞摯性情的流露，如「此柏未枯君記取，灰心聊伴小乘禪」二句便清淡有味，不覺其直訴說理之議論性。但方東樹的評論常跳脫鑑賞者立場，純以觀摩、學習詩法的角度論之，故憂心忡忡地爲才力中下者警惕，期期然以爲不可學。換言之，在「昭昧詹言」的評註體系中，對「宋調」的貶抑與對東坡詩的推崇其實是不相矛盾的。

因此，藉由前述三處詩句印證，《昭昧詹言》所謂「宋調」應當是指詩語雖對偶工整，但用字淺白直露如行文，意明白而乏蘊藉；不

〔註130〕「聖主如天萬物春，小臣愚暗自亡身。百年未滿先償債，十口無歸更累人。是處青山可埋骨，他年雨夜獨傷神。與君世世爲兄弟，再結來生未了緣。」台北市：漢京，1985 年。

〔註131〕參見李廷先審訂「宋詩鑑賞辭典」四○五頁。上海：上海辭書出版社，1987 年。

避陳言故典、虛字詞，混入流利唇吻之中，不假深思、缺乏創意，聲韻節奏乃異於詩者。故方東樹總括其缺失在：流於率直，而無「聲色」以婉轉動人〔註132〕。

同時，參照他處評論可知：其批判「宋調」的主要目的當在遏止當時盡學蘇白，而浮濫於太直、太俗的詩風〔註133〕；也為矯正時人以「熟語對仗、切韻工巧」為律詩的觀念〔註134〕。且由此類評註均集中於蘇東坡七言律詩，可見其排斥「宋調」的評論，有其具體針貶時弊的特殊性，而不純然是由詩原理上泛論歷來詩文之病，更不是基於時代風格（唐、宋格調）而揀擇的主觀評價。

相對於「宋調」的批評，被方東樹評曰「唐人情韻」「唐音」者，通常是表示讚嘆、或推崇的正面評價，較明顯的是集中於對歐陽脩七言古詩中情景交融、真摯婉轉的詩篇而註。藉此對照勾勒，應可探求方東樹心中理想典律的必具質素。如其評註〈代贈田文初〉一首曰：

> 此詩令人腸斷，情韻真是唐人，加入中閒一層，更闊大，
> 收四句深折，唐人絕句法也。（〈代贈田文初〉，頁529）

歸結本詩受方東樹推讚的要點有二：先是因整篇抒情真摯深刻，具有極強烈的感染力，而推讚其抒情風格有如唐人；次則以末四句詩承接的句法變化、深刻曲折，係得自唐人絕句所擅長的技巧。今檢證

〔註132〕 參見方東樹：《昭昧詹言》卷二十，第五，445頁。前文所引評註曰：「只如題敘去，而興象老氣自然，如秦漢法物，非近觀時玩。公之本色在此，嘗謂坡詩不可學，學則入於率直，無聲色留人處，所謂『學我者死』。」台北市：漢京，1985年。

〔註133〕 參方東樹：《昭昧詹言》中對蘇軾七律總評，認為當世陋士學蘇，多「率以其澹易卑熟淺近之語」；而蘇則過在於「才大學富，用事奔湊，亦開俗人流易滑輕之病。」見卷二十第一則，444頁。台北市：漢京，1985年。

〔註134〕 參見方東樹評、汪中編《方東樹評古詩選》第3頁、蔣景祈序曰「今之詞人熟於近體而殊於古風者強半焉！……其閒標一聯之勝、出一韻之巧，于以速傳誦而起聲譽者，大較屬之近體詩。而近體詩難工而易就，未必學之久，造之深，而時亦可以僥倖於一聯之勝、一韻之巧，已故人情爭趨之。」台北市：聯經，1975年。台北市：漢京，1985年。

其詩篇曰：

> 感君一顧重千金，贈君白璧爲妾心。舟中繡被薰香夜，春
> 雪江頭三尺深。西陵長官頭已白，憔悴窮愁媿相識。手持
> 玉斗唱陽春，江上梅花落如積。津亭送別君未悲，夢闌酒
> 解始相思。須知巫峽聞猿處，不似荊江夜雪時。

本詩循『香草美人』的諷喻傳統（如古詩十九首以降的託詞婦人，婉
曲其情），配以窮愁白頭、陽春唱別的二組動、靜形象；並善於隱括、
活用典故及唐人故語，使詩語典雅中出新意（以故爲新），詩意因之
曲折而多層，正如皎然《詩式》所謂「但見性情，不睹文字」﹝註135﹞
者，方東樹所推崇的「唐音」，應如此類。

　　故知，此則評論所凸顯的意義，表面是將「以情韻擅長」標立爲
唐詩的時代風格特徵，作爲後代詩篇（如宋詩）試圖創變的參照指標；
再深究之，則知評註者實已將「情韻眞摯曲折」視爲詩的基本審美特
徵。故其所謂「但見性情不睹文字」，乃以表現性情爲詩家本色，以
文字風格自然者方爲上乘，此時唐詩乃進而提升爲檢覈後世詩篇的通
行典律。而其善用藝術形象以寄情的手法，也成爲作詩成敗的關鍵。
此當爲褒揚「唐音」的積極意義。

　　另一個評詩關鍵，是《昭昧詹言》論古體詩時特重的「文法」，
此與「唐音」評價密切相關的創作因素。如前例中，方東樹評析歐陽
脩〈代贈田文初〉一首，謂其前後四句各具唐人情韻、學自唐人絕句
法外，也指出中四句詩意逆轉，造成意境上的開闊，故曰「加入中閒
一層，更闊大」，此章法變化、與形象眞摯兩種技巧的自然融合，才
應是歐詩情韻幽長的獨到之處。故方東樹曾評析韓、歐詩之異同：

> 六一學韓，才氣不能奔放，而獨得其情韻與文法，此亦詩
> 家深趣。自歐以後諸家，未有一人能成就似歐者，則亦豈
> 易到也。（《昭昧詹言》卷九，第二一，223 頁）

﹝註135﹞參見唐、皎然：《詩式》。曰：「『兩重意以上，皆文
　　　　外之旨。若遇高手如謝康樂，覽而察之，但見性情，不睹文字，皆詣道之極也。』」
　　　　釋皎然：《詩式》第 25 頁。台北市：台灣商務，1965 年。

　　方東樹基本上確定「才氣」爲影響詩風的根本，卻是不可「力強而致」的主觀因素；文法與意象，則是「可學而能」者，更是增益詩篇情韻的關鍵，故屢次強調學詩者宜加強之。現評比二家，雖以韓詩才氣雄放爲上等、歐詩因性情不同未及之，卻因此二項深契詩趣的長處，推其成就爲後世莫可及，足見方東樹的評詩基準中，「情韻曲折」是造成詩趣深刻的重要因素，而情韻的曲折則得助於文法變化。

　　由此，方東樹顯現其對古文章法移用於古詩創作的高度興趣，於《昭昧詹言》卷十二中強調歐陽脩七古詩的「情韻幽折」係得自古文章法的往返曲折〔註 136〕；並詳析其「情韻深、用意深」皆來自於文法細密的作法：

> 〈和對雪憶梅花〉不解古文，不能作古詩，放翁所以不可人意也。此詩細縷密針，麤才豈識。余最不喜放翁，以其猶粗才也。此論前未有人見者，亦且不知古文也。昔在西陵，見梅憶洛，今在北地，對雪無梅，憶西陵再入題。和詩從昔時見梅說，即逆捲法也。用意深，情韻深，句逸而清。先敍後點，敍處夾議夾寫，此定法也。正題在後，卻將虛者實之於後。「當時」二句，接「風中仙」下。「今來」四句刪。此不及坡元韻三首，而情韻幽折可愛。(《昭昧詹言》卷十二，第一六一，283 頁)

引文中針對詩中今昔對比的章法、敍議夾用的筆法等，都一一指出。相較之下，對於唐人習於藉抒情眞摯、形象生動來增益情韻的「興會」要訣，便甚少論及。因此，方東樹總括歐詩之妙處，全在於善用古文章法〔註 137〕，甚至以此作爲近習歐詩、遠得唐人情韻的門徑。

〔註 136〕參見方東樹：《昭昧詹言》卷十二，第一四八，280 頁。曰：「評〈送公期得假歸絳〉：往返曲折，總是古文章法。此爲通人。逆起。三四點。五六正面。收兩句稜，後面。」台北市：漢京，1985 年。

〔註 137〕方東樹總評歐陽詩四十首曰：「歐公之妙，全在逆轉順布，慣用此法，故下筆不由人，讀者往往迷惑，又每加以事外遠致，益令人迷。」見汪中編：《方東樹評古詩選》，頁 511。台北市：聯經，1975 年。

此外，方東樹「情韻」可得助於「文法」變化的主張，除由前詳評歐陽脩〈代贈田文初〉等詩可印證，方氏並總括：歐、王詩的「才思深妙」是來自於「用意深」「文筆布置深」，更由於其章法、剪裁得法，造句、用字的用心〔註138〕，且以陸游詩粗略於章法作爲反證（詳見上段引文）。

原其用心，則在於藉文法明切爲初學者指點長篇古詩的構思法則〔註139〕，並欲學詩者經由文法的分析與操作，體會出創作上應善於「變化」──即所謂「避正」的原則，即儘量減少正面敘事、正面論理的過於明白、乃至於單調乏味，此既爲古文法中「曲筆」之妙，實更爲『詩』之所以有別於『文』的基本特徵。如此作詩，遂可借鏡文章之妙，而避免以文爲詩之病。

總之，歸結以上《昭昧詹言》中所稱用「宋調」、「唐音」的評論，其皆以宋代詩家的創作（蘇軾的七律、歐陽修的七古）爲例證。可見其眞正目的並不在標榜或貶抑某一特定時代的典律或風格，而欲藉之探究詩體的美感特質──「情韻」表現的因素，並尋找易於表現此類美質的客觀手法。因此，藉由辨析這組常見於《昭昧詹言》評析中相對命題的用法，我們乃得以發現：《昭昧詹言》對詩趣的探討，表面上雖以唐詩爲參照點，但眞正的關懷面卻多在宋代詩的表現與運用，也因此開啓我們進一步瞭解其對宋詩各家詮釋觀點的研究興趣。例

〔註138〕 參見方東樹：《昭昧詹言》卷十二，第一六五，284 頁。曰：「謂歐公思深，今讀半山，其思深妙，更過於歐。學詩不從此入，皆粗才浮氣俗子也。用意深，用筆布置逆順深。章法疏密，伸縮裁翦。有闊達之境，眼孔心胸大，不迫狩淺陋易盡。如此乃爲作家，而用字取材，造句可法。半山有才而不深，歐公深而才短。」台北市：漢京，1985 年。

〔註139〕 參見方東樹：《昭昧詹言》卷十二，第一二六，275 頁。曰：「學歐公作詩，全在用古文章法。如此，則小才亦有把鼻塗轍可尋；及其成章，亦非俗士所解。逆卷順布，往往有兩番。逆轉順布後，有用旁面觀，後面逆襯法。蓋上題用逆儌者，無非避正，避老實正局正論；致成學究也。」台北市：漢京，1985 年。

如：方東樹於宋代詩人中似乎較推崇歐陽脩的詩風，而有意的提醒學者應避免學蘇之弊、學黃之拘，是否有鑑於歐詩善取唐、宋詩之長？而其對東坡詩、山谷詩的評論觀點又如何？

這些疑問，都有必要再以其評論的核心詩家：宋調——蘇軾；唐音——歐陽脩爲起點，再作更深入的觀察。

二、宋詩名家的創作特色與歷史地位

自明末清初以來，宋詩雖屢爲詩家所倡重，但其目的多爲「用宋〔註140〕」，並非對宋詩的價值全面肯定，故其所推崇者亦往往集中於少數詩家的創作。但《昭昧詹言》中對宋詩各家的評價則與此頗爲不同。此固然因方東樹此書客觀上依循《古詩選》《今體詩鈔》等選集體製，故必須牽就《古詩選》歷選宋代七家爲七言古詩脈絡、分舉蘇軾、陸游分冠南北二代的編排，因而兼具「選擇典律」與「呈現流變」的特性〔註141〕。事實上，方東樹評析宋詩時，表面上雖不違此體例，實則於論述中別寓有其獨特的觀點和偏重。

首先，由分卷編排概觀其評論地位。《昭昧詹言》於各體中共歷選宋詩十家：

五古——黃山谷（附：陳後山）。

七古——歐陽脩、王安石、蘇軾（附：蘇轍）、黃山谷、二晁、
　　　　陸游。

七律——蘇軾、黃山谷、陸游（補遺）。

〔註140〕「用宋」之說，首見於明代王世貞，其自述晚年對宋詩態度的改變，
　　　　曰「嘗抑宋詩者，爲惜格故，此則非'申宋'，乃欲'用宋'。」
　　　　《弇州續稿》卷四十一〈宋詩選序〉。見〉《皇明經世文編》——《王
　　　　弇州集》。台北市：國聯，1964 年。

〔註141〕此認爲王漁洋：《古詩選》兼具「構成五七言詩歌流變史觀」與「擇
　　　　定典律」的雙重功用，則參考吳明益的觀點。參見吳明益：〈從詩
　　　　史觀到理想典律——王漁洋擇定選集所映現的詩歌觀點與意涵〉
　　　　《中國古典文學研究》第一期，頁 113～118。中國古典文學研究會，
　　　　1999 年 6 月。

由兼擅多種體類而言，黃山谷的重要性隱然大於蘇軾與陸游，而此二家的選篇數目，原本高出山谷詩甚多，方氏此舉具何種意義？

自論述的詳略而言，方東樹評註蘇、陸詩乃太過簡略，未與其在二選集中的選篇地位相稱；至於其餘五古增論三章後，仿王漁洋之例〔註142〕，附陳後山於山谷，以備其流派，皆顯然有抬高黃、陳地位之企圖。

次者，進一步參看各卷總論、總評與單篇評析的內容，則方東樹評論宋人之異於王士禎《古詩選》者，約有兩類情形：

（一）地位不變，詮釋角度有轉移者，如蘇軾、陸游

自錢謙益以來，清代宗宋詩者常以推崇蘇軾、陸游詩篇為先。王漁洋《古詩選》選篇亦以蘇、陸分冠南北宋（參見附錄三），姚鼐續今體，也以蘇、陸才力天縱，善於變化、超越前人〔註143〕，故選錄特多。今由《昭昧詹言》評述中排比出宋代詩家的地位，大體仍以蘇軾為最高，次則為黃山谷，其餘歐、王、陸，則各有擅長。

首先單以七古一脈觀之，方東樹以禪學為喻，呈現其對宋詩源流的觀點：

> 杜公如佛，韓、蘇是祖，歐、黃諸家五宗也，此一燈相傳。
> 〔註144〕（《昭昧詹言》卷十一，第二十，237頁）
> 杜公乃佛祖，高岑似應化、文殊輩，韓、蘇是達摩，聖人復起，不易吾言矣！（《昭昧詹言》卷十一，第三十四，240頁）

〔註142〕王漁洋：〈七言詩凡例〉曰：「文定視文忠郅莒矣！今略採十餘篇附之，以備眉山之派。」可見自王選以來，附論常有其「同風格、成流別」的補充作用。見《方東樹評古詩選》365～368頁。台北市：聯經，1975年。

〔註143〕參見姚鼐：《五七言今體詩鈔》〈序目〉，曰：「東坡天才，有不可思議處，其七律只用夢得、香山格調，其妙處豈劉白所能望哉！……放翁激發忠憤，橫極才力，上法子美，下攬子瞻，裁制既富，變境亦多，其七律固為南渡後一人。」見《今體詩鈔》，頁一。台中市：中庸，1959年。

〔註144〕祖即達摩。五宗又稱五家，指中國禪的五個宗派：雲門、法眼、曹洞、臨濟、為仰。

第一則中以「祖」指稱佛教中的祖師。在中國禪學上「祖」大抵指的是開山祖「達摩」〔註145〕，而此處以韓愈、蘇軾並稱禪學的宗祖，則應有況喻五祖、六祖分別開啟不同修道法門的意涵〔註146〕；後續中國禪學的「五宗」：雲門、法眼、曹洞、臨濟、爲仰，皆由此而分化、衍生不同的修行功夫與禪理，正如方東樹在七言古詩一體，對宋詩各家分別推崇其不同的特色：以黃山谷爲宗，可學得「造句深而不襲」的法門；以歐陽脩、王安石爲宗，則可獲「用意深而不襲，章法明辨」〔註147〕的奧妙……等。故知，在相對地位上，方東樹仍遵公論，以蘇軾詩獨出宋代各家，具有與唐代韓愈各開不同宗派的創變地位。因而在《昭昧詹言》序列的宋代詩學譜系中，蘇軾以獨開詩風、脫盡蹊徑之外〔註148〕，而具有較高層級的傳承地位。

　　此種以禪學傳承喻詩學的作法，在宋代雖已見吳炯、周紫芝等人開其風〔註149〕，推杜甫爲始祖，以黃庭堅、陳師道等爲後繼三大宗之說，則爲江西後人別出之詮釋〔註150〕，《昭昧詹言》此處譬喻乃前

〔註145〕 參見吳汝鈞編：《佛學思想大辭典》。「達摩」一條目。台北市：台灣商務，1994年。

〔註146〕 參見周裕鍇：《中國禪宗與詩歌》第一章、第7～8頁。高雄市：麗文文化事業，1994年。

〔註147〕 參見方東樹：《昭昧詹言》卷十一、第二十三，237頁。台北市：漢京，1985年。

〔註148〕 參見方東樹：《昭昧詹言》卷二十、第一，444頁。評「蘇子瞻」曰：「舉輞川之聲色華妙、東川之章法往復、義山之藻飾琢鍊、山谷之有意兀傲，皆一舉而空之，絕無依傍。故是古今奇才無兩，自別爲一種筆墨，脫盡蹊徑之外。」台北市：漢京，1985年。

〔註149〕 參見吳炯：《五總志》，以蘇、黃相對，分別以禪學中臨濟、雲門二宗的法門譬喻後繼學蘇詩、黃詩者之難易與多寡。見吳文治：《宋詩話全編》第三冊，2422頁第十七則。南京市：江蘇古籍出版社，1998年；又見周紫芝：《竹坡詩話》第三卷，第七十二則，曰：「呂舍人作《江西宗派圖》，自是雲門、臨濟始分矣。」其後又引東坡寄子由詩、陳無己詩，分見其傳嗣不同。見吳文治：《宋詩話全編》第三冊，2834頁。南京市：江蘇古籍出版社，1998年。

〔註150〕 一般學者多相沿成說，以爲呂本中《江西詩社宗派圖》中提出「一祖三宗」之說（如孫昌武：〈禪的「活句」與詩的「活法」〉，見《詩

有所本。然而，在表面上尊蘇軾於祖師地位的宋代詩學譜系中，方東樹卻另加入了特殊的詮釋：他雖將蘇、韓並稱爲宋代詩學之祖師，卻認爲宋詩中黃、歐、王各家皆非出於蘇。故分別闡釋曰：

> 韓、蘇並稱，然蘇公如祖師禪，入佛入魔，無不可者，吾不敢以爲宗，而獨取杜韓。（《昭昧詹言》卷九，第六，219 頁）
> 荊公健拔奇氣勝六一，而深韻不及，兩人分得韓一體也。
> 荊公才較爽健，而情韻幽深，不逮歐公。二公皆從韓出，而雄奇排奡皆遜之。（《昭昧詹言》卷十二，第一六六，285 頁）

方東樹既於《昭昧詹言》卷十二明確表示歐陽脩、王安石詩「以文爲詩」的奧妙均出於韓詩啓發，並分得韓詩之一體〔註 151〕；黃山谷雖號稱出於蘇門，卻追求創變、另開新法，而特立一宗，與蘇詩的關連僅止於同源出「學杜」。且以爲蘇雖與杜韓同爲祖師，其才氣奇縱、變化無端，非初學者可法。故知，方東樹所鋪排的『七言古詩』譜系，特殊處在將宋詩各家一概推原於韓愈，溯源於杜甫。而認定蘇軾獨出一脈，雖具創變的活力，卻不可宗法，於是，乃進一步對蘇詩典律進行『創意的誤讀』〔註 152〕。整體而言，一方面肯定東坡胸懷高曠、詩詞天得，故「每於終篇之外，恆有遠境。」〔註 153〕；另一

與禪》第 163 頁）。但據龔鵬程對呂本中《江西詩社宗派圖》內容的考辨，則以爲應作於南宋高宗紹興三（C1133）年夏，以黃山谷爲宗、錄五層二十五家的宗派圖。其後韓駒、周紫芝、胡仔等討論者眾，後世乃復以此別出一祖三宗之說。見《江西詩社宗派研究》第四卷，267～273 頁。台北市：文史哲出版社，1983 年初版。

〔註 151〕參見方東樹：《昭昧詹言》卷十二，第一六六則總論之，又見第一三八、一四〇、一四五、一五六、一六七、一七八則分析單篇者印證之，見 278～288 頁。台北市：漢京，1985 年。

〔註 152〕此爲美、哈羅德、布魯姆「影響」理論中所提出。參見朱立元、陳克明譯：《文學影響論——誤讀圖示》第 23 頁。台北縣：駱駝出版社，1992 年。

〔註 153〕參見方東樹：《昭昧詹言》卷十二，第一九五，292 頁。方東樹引薑塢之評語曰：「東坡詩詞天得，常語快句，乘雲御風，如不經慮而出之。淒淡豪麗，並臻妙詣。」台北市：漢京，1985 年。
又參見方東樹：《昭昧詹言》卷十二，第一九四，373 頁。總評曰：「坡詩每於終篇之外恆有遠境，非人所測，於篇中又有不測之遠

方面卻以爲蘇詩另有法度細緻處，爲有心創作者所當考察習法。曰：

> 坡詩縱橫如古文，固須學其使才恣肆處，尤當細求其法度
> 細緻處，乃爲作家。（《昭昧詹言》卷十一，第三十八，241 頁）

對於向以「才思橫溢、自然流出」稱妙的東坡詩而言，方東樹此
一切入角度，確有其特殊而待說解處，因此，於七言詩歌行〈書晁說
之考牧圖後〉，乃詳析章法構結、與筆法變化之妙：（以下引詩，乃據
其說解分段）

> 我昔在田閒，但知羊與牛。（起）
> 川平牛背穩，如駕百斛舟。舟行無人岸自移，我臥讀書牛
> 不知。【仙語】
> 前有百尾羊，聽我鞭聲如鼓鼙。我鞭不妄發，視其後者而
> 鞭之。（分述牛、羊）
> 澤中草木長，草長病牛羊。尋山跨坑谷，騰趠筋骨強。——
> ——「眞」（議）【見道】
> 煙蓑雨笠長林下，老去而今空見畫。——————「畫」
> 世閒馬耳射東風，悔不長作多牛翁。——————「議」

方氏註曰：

> 此方是眞妙。「我臥」句仙語。「澤中」三句見道；凡民逸
> 則生患，勤則生善。「老去」一句，爲一段章法。收另入一
> 段。總分三段，一眞一畫一議耳。細分之，則一眞之中，
> 起，次分，次議，凡四段，大宮包小宮。一路如長江大河，
> 忽然一束，又忽然一放。此詩具三十二相，分合章法，變
> 化不測。一句入便住，所謂「將軍欲以巧服人，盤馬彎弓
> 惜不發」。以眞形之，題畫老法，坡入妙。半山章法杜公，
> 入神。（《昭昧詹言》卷十二，第二五六，306 頁）

此本非蘇詩名篇，乃元祐間習見的題畫之作。經方氏詳析其段落起
結、轉換的關鍵，確實便於讀者體會其由移情入畫，而想像、刻畫動、
靜意象的層層詩意轉折。評曰「以眞形之」，則謂觀畫而擬身其間、

境，其一段忽自天外插來，爲尋常胸中所無有，不似山谷於句上求
遠也。」台北市：漢京，1985 年。

以第一人稱抒寫，乃最便於情景交融，而映襯出畫境鮮活，故本爲唐宋詩人的「題畫老法」。蘇軾此詩則以我觀畫、入畫、盡情想像，並寓寄懷抱、緣感抒論，語勢錯落而自然暢達，確有獨出前人的妙趣。倘非細加釐析，則無以見其筆法構結之曲折，歸之於才高筆健、乘興率意，妄學之必難免滑俗〔註154〕；若詳予說解而步趨之，更必然流爲效顰之笨拙。此殆爲方東樹評註東坡詩時親自驗證的困難，故亟告學者：蘇詩「不可學」〔註155〕，以懲時風之盲從，並爲初學者警誡。

　　印證於批評實際，《昭昧詹言》卷十二、二十等處對蘇詩的單篇評析，其實並未盡詳。多數僅以「妙、遒妙、神妙」「奇、奇氣、奇縱」等語加以簡短論讚，如前例詳註章法者並不多見。同時，更積極提出學習李、蘇詩的根本之道。

　　　太白時作仙語，意亦超曠，亦時造快語，東坡品境似之，
　　　果欲學坡，須兼白意乃佳，若但取其貌乃爲不善也。若能
　　　志莊、佛，兼取白、坡意境而加以杜、韓，必成大家，非
　　　他人所知矣！（《昭昧詹言》卷十一，第三十九，373頁）

　　可知，方東樹所謂學蘇詩的要點，在需致力於意境超曠，並救之以杜韓。而其所學之於「杜韓」者，則爲刱意、選字、章法等『義法』的功夫〔註156〕。如此則意味：取法蘇詩並非完全不可能，但路徑較高而難，恐非乏才氣者可致。故欲由宋詩上學古人的門徑，不僅不當

〔註154〕參見方東樹：《昭昧詹言》卷二十，第一，444頁。曰：「蘇子瞻東坡只用長慶體，格不必高，而自以眞骨面目與天下相見，隨意吐屬，自然高妙，奇氣肆兀，情景湧見，如在目前，……故是古今奇才無兩，自別爲一種筆墨，脫盡蹊徑之外。彼世之凡才陋士，腹儉情鄙，率以其澹易卑熟淺近之語，侈然自命爲『吾學蘇也』，而蘇遂流毒天下矣！政與太白同一爲人受過。然其才大學富，用事奔湊，亦開俗人流易滑輕之病。」台北市：漢京，1985年。

〔註155〕參見方東樹：《昭昧詹言》卷二十，第五，445頁，評註「孤山柏堂」下曰：「嘗謂坡詩不可學，學則入於率直，無聲色留人處，所謂『學我者死』。」台北市：漢京，1985年。。

〔註156〕參見方東樹：《昭昧詹言》卷八，第十二，213～214頁。曰：「欲學杜韓，需先知義法粗胚。今列其統例於左：如刱意、造言、選字、章法、起法、轉接、氣脈……。」台北市：漢京，1985年。

借道蘇軾，即使經之，亦必須用杜韓輔正，此即爲方東樹對東坡的新詮釋。

　　此外，另一類似的宋詩家則爲陸游。陸放翁的詩篇除於七古、七律皆入選甚多外，其七言律詩更受肯定，爲方東樹所引據的學習典範「二派七家」之一〔註157〕。並在由杜甫、王維派生而流變的歷代七家中，陸游與黃山谷並列爲宋代二家，其七言近體的典律地位自然顯得重要。但參看《昭昧詹言》第十二章的單篇評論，則不難發現，方東樹評註陸游的七言古詩時既著墨不多（參見前節列表），論析中亦有所指疵。如謂：

放翁多無謂而強爲之作，使人尋之，不見興趣天成之妙。阮亭多取之過當。（《昭昧詹言》卷十二，第三五六，329頁）

放翁但愛題目，無詩而強作之，故不妙。（《昭昧詹言》卷十二，第三八六，評〈遊諸葛武侯書臺〉，335頁）

放翁但於詩格中求詩，其意氣不出走馬飲酒，其胸中實無所有，故知詩雖末藝，而修辭立誠不可掩也。（《昭昧詹言》卷十一，第二十九，371頁）

詩道性情，只貴説本分語。如右丞、東川、嘉州、常侍，何必深於義理，動關忠孝，然其言自足有味，説自己話也；不似放翁、山谷矜持虛憍也，四大家絕無此病。（《昭昧詹言》卷十二，第三五七，330頁）

評〈登灌口廟東大樓觀婚江雪山〉詩：究竟客氣浮淺。收四句不佳。（《昭昧詹言》卷十二，第三七一，333頁）

<hr>

〔註157〕參見方東樹：《昭昧詹言》卷十四，第十一，378頁。曰：「何謂二派？一曰杜子美：如太史公文，以疏氣爲主；雄奇飛動，縱恣壯浪，凌跨古今，包舉天地，此爲極境。一曰王摩詰：如班孟堅文，以密字爲主；莊嚴妙好，備三十二相；瑤房絳闕，仙官儀仗，非復塵閒色相；李東川次輔之，謂之王、李。」台北市：漢京，1985年。另參見方東樹：《昭昧詹言》卷十四，第十六，380頁。曰：「何謂七家？在唐爲李義山，實兼上二派；宋則山谷、放翁；明則空同、于麟、臥子、牧齋。以爲惟七家力能舉之。」台北市：漢京，1985年。

評〈醉中下瞿塘峽中流觀石壁飛泉〉詩：起四句浮滑。「回頭」二句浮，不佳。此粗詩欺人，開今世一無所知而強解事者。(《昭昧詹言》卷十二，第三九一，336頁)

評歐陽脩〈和對雪憶梅花〉詩：不解古文，不能作古詩，放翁所以不可人意也。此詩細縷密針，麤才豈識。余最不喜放翁，以其猶粗才也。此論前未有人見者，亦且不知古文也。(《昭昧詹言》卷十二，第一六一，283頁)

綜觀以上數則評註，其對陸詩的負面批評約可歸爲兩方面：其一，胸中無眞感而強作，情感未能眞摯，不免虛矯之客氣，此乃前五則針對其七言古詩所論；其二，則以爲陸游不識章法，用字浮泛而流於俗，遂成「粗詩」，則爲後二處所貶，亦多針對其七言古詩而評。故知，此一評詩基準看似客觀地兼論義與法，如對照於其師姚鼐對陸游詩篇的評價，方東樹重視七古詩體、與偏好以「法」論詩的形式便相對地較爲顯明。其曾明引師說，曰：

惜抱先生曰：「放翁興會淼舉，辭氣踔屬，使人讀之，發揚衿奮，興起痿痹矣，然蒼黝蘊藉之風蓋微。所謂『無意爲文而意已獨至』者，尚有待歟？」(《昭昧詹言》卷十二，第三五五，329頁)

同樣覺察陸游詩辭氣豪健，姚鼐有取於其詩情率眞，足以使人「興」，並不像方東樹因其率氣鋪陳、章法粗略而摒棄之，僅含蓄地以其不夠蘊藉、未達「無意爲文而文已獨至」的自然境界爲憾。再參考另處對陸游的總評，則知姚鼐此語其實並非降格以求，而係深惜陸詩自剖由「我昔學詩未有得，殘餘不免從人乞」、而至「天機雲錦爲我用，剪裁妙處非刀尺。世間才傑固不乏，秋毫未合天地隔」的領悟歷程，其省思極眞摯而深刻、眞可做爲學者借鏡〔註158〕。而方東樹

〔註158〕參見方東樹：《昭昧詹言》卷十二，第三五八，330頁。方東樹曾引其師說，曰：「惜抱先生云：『〈放翁任子九月夜讀歌詩稿有感〉云：我昔學詩未有得，殘餘不免從人乞，力屢氣餒心自知，妄取虛名有慚色。四十從戎駐南鄭，酣宴軍中夜連日，打球築場一千步，閱馬列廄三百匹。華燈縱博月滿樓，寶釵艷舞光照席，琵琶絃急冰雹飛，

則不然，表面上雖不改變陸游詩應領先宋代各家的選篇地位，卻對其七言古詩各篇未能細密於章法經營，特別在意〔註 159〕。甚至擴大其負面效應爲「才粗」，故「最不喜放翁」。

究其師生二人評價之差異，固有因評論者性格溫烈之差別，重點當在評論時的著重點不同：姚鼐著眼於詩篇的感動力，故雖深情激切、才氣橫出，而致技巧微疵，仍足以爲南宋第一〔註 160〕；方東樹則全以學詩的難易、義法的精粗爲考核，對其古文、古詩互通之理矜爲獨特會解，故藉之對陸游七言古詩提出針砭，其目的並不在氣壯理直的指疵前人，其實乃爲彰顯其「以文論詩」的評析尺度，及其支撐的詩文理論。可說是借鏡於古文理論，而對詩家另行詮釋。

故藉此二例可知，方東樹在《昭昧詹言》中評析地位的排序，主要著眼於樹立學詩典律的適切性，而不僅是依創作成就擇取優秀典律。故天才高妙的蘇軾、忠憤激發的陸游，對才智平庸的士子而言，皆有其不可學、與不易學之處。以至於對此二家詩篇評析上，每每有被簡略的現象。

（二）調整評論地位，凸顯其發展意義者：如黃庭堅、陳後山、歐陽脩、王安石

相對於將蘇、陸詩的光彩刻意掩抑，另有一些宋代詩家的地位是受方東樹極力推舉的。譬如：黃山谷、陳後山等在學杜譜系中特意標明；及歐陽脩、王安石於詩文會通的創作實踐，

　　　　羯鼓手勻風雨疾。詩家三昧忽見前，屈宋在眼原歷歷，天機雲錦爲我用，剪裁妙處非刀尺。世閒才傑固不乏，秋毫未合天地隔，方翁老死何足論，〈廣陵散〉絕還堪惜。鼐謂此詩所述字字眞實，學者不悟此旨，終不爲作家矣。』」台北市：漢京，1985 年。
〔註 159〕方東樹對陸詩並非一味貶抑，仔細分辨，可知此類負面評價多針對陸游的古體詩而發；評其七律，則時見「情景交融」、「筆健意新」等讚美。
〔註 160〕參見姚鼐：〈今體詩鈔序〉。曰：「放翁激發忠憤，橫極才力，上法子美，下攬子瞻，裁制既富，變境亦多，其七律固爲南渡後一人。」見《今體詩鈔》，頁一。台中市：中庸，1959 年。

　　首先，方東樹強調黃山谷、陳後山一系為學詩者可法之門徑。

　　前文曾論析《昭昧詹言》於五言古詩選篇後，專章評論黃山谷詩的原因，應在於標明一條具體可法的學詩門徑。換言之，方東樹以為山谷詩發展地位的重要，並不在於詩篇本身的成就，而在於其「善學得體」的竅門。故評曰「山谷之學杜，絕去形摹，全在作用，意匠經營，善學得體〔註161〕。」「涪翁以驚刱為奇，其神兀傲，其氣崛奇〔註162〕」。

　　正因姚範等桐城派詩人，皆由此獨特角度評論山谷詩，故山谷乃漸能擺脫南宋以來開江西流弊的指摘，於宋代詩人群中確立地位。而此所謂「作用」，主要針對詩「意」構結時，藉章法變化、或句法參差等技巧，而形成詩情曲折含蓄的美感。故於七古長篇時，析分為「起、承、轉、合」〔註163〕等大段落；於七律短章時，則概以「開、合」〔註164〕區分其筆勢。其目的皆欲以「承、開」展現詩人胸懷的曠放奇恣，以「轉、合」形成詩情「沉鬱頓挫」，兩者錯落交織，遂成變化之美。

　　方東樹以為此一「作用」的奧秘，既是山谷所獨特用心處，更來

〔註161〕參見方東樹：《昭昧詹言》卷二十，第二十六，450 頁。曰：「山谷之學杜，絕去形摹，全在作用，意匠經營，善學得體，古今一人而已。論山谷者，惟薑塢、惜抱二先生之言最精當，後人無以易也。」台北市：漢京，1985 年。

〔註162〕參見方東樹：《昭昧詹言》卷十，第一、第四，225，226 頁。台北市：漢京，1985 年。

〔註163〕參見方東樹：《昭昧詹言》卷十四，第十三，379 頁。曰：「杜公所以冠絕古今諸家，只是沉鬱頓挫，奇橫恣肆，起折承轉，曲折變化，窮極筆勢，迥不由人。山谷專於此苦用心。」台北市：漢京，1985 年。

　　另參見方東樹：《昭昧詹言》卷一，第七十六，26 頁。曰：「山谷學杜韓，一字一步不敢滑，而於中又具參差章法變化之妙。以此類推，可悟詩家取法之意。」台北市：漢京，1985 年。

〔註164〕參見方東樹：《昭昧詹言》卷二十，第二十七，450 頁。曰：「杜七律所以橫絕諸家，只是沉著頓挫，恣肆變化，陽開陰合，不可方物。山谷之學，專在此等處，所謂作用。」台北市：漢京，1985 年。

自於杜韓的啓發，故於《昭昧詹言》卷八反駁錢牧齋譏「山谷不善學杜」的說法乃似是而非，認爲其以模取聲音形貌爲準，實有「不足以知山谷、杜、韓」之陋〔註165〕。

> 錢牧翁譏山谷爲不善學杜，以爲未能得杜眞脈，其言似也。
> 但杜之眞氣脈，錢亦未能知耳。觀於空同之生吞活剝，方
> 知山谷眞爲善學……但山谷所得於杜，專取其苦澀慘澹、
> 律脈嚴峭一種，以易夫向來一切意浮功淺，皮傳無眞意者
> 耳；其於巨刃摩天、乾坤擺盪者，實未能也。然此種自是
> 不容輕學，意山谷未必不知，但以各有性情學問力量，不
> 欲隨人作計，而客氣假象，而反後之耳。……平心而論，
> 山谷之學杜韓，所得甚深，非空同、牧翁之撫取聲音笑貌
> 者所及知也。(《昭昧詹言》卷八，第四，210 頁)

如此評論並未掌握錢謙益由「性情」本殊、而反對模擬的用心，竟視同乎李攀龍等人爲崇格調而模擬，確有不當。但方東樹以爲『學杜』應得眞氣脈，應先厚實志氣胸襟〔註166〕，講求律度嚴謹、苦思變化，而致雄渾恣肆，且藉此肯定山谷善得於杜、開後人學古之方，則獨挈山谷詩論的精髓。

平心而論，桐城派姚鼐、方東樹等人由詩文創作的「作用」切入，以詮釋杜詩精神，論點雖未能周匝，卻有其矯正時風、追求創變的特殊因緣：爲追求「入思深，造句奇崛，筆勢健，足以藥熟滑」〔註167〕

〔註165〕參見方東樹：《昭昧詹言》卷八，第四，210～211 頁。引錢牧齋譏山谷學杜說。台北市：漢京，1985 年。

〔註166〕參見方東樹：《昭昧詹言》卷八，第六，211 頁。曰：「杜韓之眞氣脈作用，在讀聖賢古人書、義理志氣胸襟源頭本領上。」台北市：漢京，1985 年。

〔註167〕參見方東樹：《昭昧詹言》卷十二，第二八七，314 頁。曰：「入思深，造句奇崛，筆勢健，足以藥熟滑，山谷之長也。又須知其由杜公來，卻變成一副面目，波瀾莫二，所以能成一作手；乃知空同優孟衣冠」。台北市：漢京，1985 年。

另參見方東樹：《昭昧詹言》卷八，第八，212 頁。曰：「山谷之學杜韓，在於解拗意造言不肯似之，政以離而去之爲難能。空同、牧翁於此尚未解，又方以似之爲能，是尚不足以知山谷，又安知杜、

避免一味率性流俗，此爲外緣；爲「創意造語」「不似古人」而期許於創作上自成一家，此爲內因。或因身處乾嘉學術的氛圍，不便明白標榜之，遂附「學杜」之名以彰顯，集中於山谷一家而詮釋。

故知方東樹等人由提升山谷詩地位入手，表面在探究「山谷學杜」的詩學公案，其實爲抉發由「杜——韓」相承而下的「創作」精神，與「自成一家」的創變期許。此由對山谷的總評中可印證：

> 涪翁以驚挺爲奇，意格境句選字隸事音節著意與人遠，此即恪守韓公「去陳言」「詞必己出」之教也。故不惟凡近淺俗氣骨輕浮不涉毫端句下，凡前人勝境，世所程式效慕者，尤不許一毫近似之，所以避陳言，羞雷同也。而於音節，尤別創一種兀傲奇崛之響，其神氣即隨此以見。杜、韓後，眞用功深造，而自成一家，遂開古今一大法門，亦百世之師也。（《昭昧詹言》卷十，一，225 頁）

山谷詩刻意追求「奇」，向爲歷代詩論公認，但評價多偏向負面，方東樹承襲師說，以『驚挺』詮釋其美感特徵，用『創』指明「奇」的動機，頗有其獨到處，亦由此透露若干詩論承傳的線索：其以『創』的角度重新評價『奇』，此乃與錢謙益以下的多數宗宋詩家相近，皆由「創變」因於時勢的角度〔註 168〕，肯定宋詩爲唐詩後另一審美典型的確立；至於將山谷詩溯源於韓愈『去陳言』『詞必己出』的創作示範，則是方東樹深契於北宋歐陽脩等元祐詩人的表徵。韓愈詩文於北宋盛極一時，或因其鮮明的創復意圖足爲「詩文革新」的指標，更因其交融詩文美感特徵的創作實踐，開啓元祐詩風的蹊徑，也引導桐城派會通詩文的可能。

因此，與其說「山谷學杜」，方東樹無寧更傾向主張山谷繼承「韓愈」，尤其是論及「筆力精到、追求造語」處〔註 169〕，二家詩往往並

韓！」台北市：漢京，1985 年。

〔註 168〕參見張健：《清代詩學研究》。130～140 頁。北京市：北京大學，1999年。

〔註 169〕參見方東樹：《昭昧詹言》卷十二，第一〇五，270 頁。評論韓詩，

列為典律。故曰：

> 讀韓公與山谷詩，如制毒龍，斂其爪牙橫氣於盂缽中，抑
> 遏閟藏，不使外露，而時不可掩。以視浮淺，一味囂張，
> 如小兒傅粉，搔首弄姿，不可耐矣！觀韓長安雨洗一首可
> 見。（《昭昧詹言》卷十一，第三十，372 頁）

藉由此喻，可側見方東樹所推讚於二家者，非其外現之意新語奇而
已，當在其內蘊之詩意與胸襟。唯有志氣內實如龍蛇，方能藉「作用」
成就詩篇中不假外飾、自然散發的氣脈。此即為方氏標榜『杜韓』典
律，欲人學得其「氣脈作用」〔註170〕的根本原因。

　　然而，倘如黃山谷、陳后山刻意於學古、變新，則易緣生「阻滯、
枯索」，而減損詩韻之病〔註171〕。方東樹於揭示此門徑時雖欲人學其
「深造孤詣、卓然自立」〔註172〕之長，亦不諱言，甚至直指黃陳二
家詩病在「未妥貼」，警惕學者應戒慎為之〔註173〕。唯相較於時風流
於滑熟，兩害相權取其輕，方氏寧可阻澀，而欲學者由黃、陳的路徑
逐步上學。

　　其次，方東樹推讚歐、王詩善用古文文法。

　　承續前文對杜韓詩統的探索，再轉另一側面觀之，則發現：方東
樹評述宋詩各家，非僅將山谷繫聯於韓愈而已，凡歐陽脩、王安石、

　　　　多稱許其「筆力」精到，「他人數語方能明者，只須一句即全現出，
　　　　而句法復有餘地，此為筆力，韓公獨步。台北市：漢京，1985 年。

〔註170〕參見方東樹：《昭昧詹言》卷八，第六，211 頁。明示初學者應學杜
　　　　韓之「氣脈作用」，以避免學蘇之失：「欲矯世人學蘇之失，當反之
　　　　於杜韓」──學其氣脈作用。台北市：漢京，1985 年。

〔註171〕首評山谷為求典而致不諧：「山谷隸事間，不免有強拉硬入，按知
　　　　本處語勢文理，否隔無情，非但語不安，亦是文氣與意磊磋不合。
　　　　蓋山谷但解取生避熟與人遠，故寧不工不諧而不顧，致此大病。」

〔註172〕參見方東樹：《昭昧詹言》卷十，第十九，230 頁。評陳後山詩之長
　　　　在於「深造孤詣、卓然自立」方面。台北市：漢京，1985 年。

〔註173〕參見方東樹：《昭昧詹言》卷八，第十五，215 頁。曰：「山谷但解
　　　　取生避熟與人遠，故寧不工不諧而不顧，致此大病。……乃之韓公
　　　　排纂而必曰妥貼，方為無病。山谷直是有未妥貼耳。」台北市：漢
　　　　京，1985 年。

晁咎等北宋詩人，莫不歸宗於杜韓〔註 174〕，而少論及蘇軾的影響，其別有用意殆已可知（參見 104～106 頁）。唯須再辨明者，乃其中「歐王承韓」的論點並非獨創，而係有所遵循。如王漁洋《古詩選》〈七言詩凡例〉即明述歐、王七言古體學自昌黎：

> 宋承唐季衰陋之後，至歐陽文忠公始拔流俗，七言長句，高處直追昌黎，自王介甫輩皆不及也，〈廬山高〉一篇，公所自負，然殊非其至者，鈔歐詩一卷。（《方東樹評古詩選》，366 頁）

> 兄公以後，學杜韓者，王文公爲巨擘，七言長句，蓋歐陽公後勁，蘇黃前茅，特奇妙處微不逮數公耳！（《方東樹評古詩選》，366 頁）

可見王漁洋已相當肯定韓昌黎在北宋詩壇的典律地位；其後姚鼐亦承其說，擴其作用於近體詩篇〔註 175〕；至方東樹則確定其影響關係，並再指出：歐陽脩、王安石因韻深、氣奇而分得韓之一體〔註 176〕，各具擅場。因此，我們略見方東樹心中宋代七言古體的譜系：仍以李杜變化入神爲最高，次則爲雄奇排奡的韓愈，其後宋之歐陽脩、王安石雄才雖不及韓，猶能分別開展韓詩健才奇氣、與情韻幽深兩項長處。因此，在這詩學譜系中，韓愈因具承先啓後的關鍵地位而受到肯定，歐、王也因其善學能變，而自具面目、自成一家。

換言之，方東樹所看重者，並非詩家作品的成就高下，而是其取法典律、學古創變的歷程，所能帶給後世學子的啓示，於是在詩篇成就上未能超越前人的韓愈、歐陽脩、王安石，其師法古人、創變有成處，皆值得後人借鏡。因此，方東樹評註歐陽脩詩篇時，特別詮釋其

〔註 174〕見卷十二第三五二評「徑山」、第三五三評「次韻蘇門下寄題雪浪石」，皆註曰「學韓。」台北市：漢京，1985 年。

〔註 175〕參姚鼐：〈今體詩鈔序〉。曰：「歐公詩學昌黎，故於七律不甚留意，荊公則頗留意矣！然亦未造殊妙。」。

〔註 176〕參見方東樹：《昭昧詹言》卷十二，第一六六，285 頁。台北市：漢京，1985 年。

情韻幽深的要訣〔註177〕，在於善用古文文法：

> 學歐公作詩，全在用古文章法，如此，則小才亦有把鼻塗轍可尋；及其成章，亦非俗士所解。（《昭昧詹言》卷十二，第一二六，275頁）

正因方東樹將「移用古文法」視爲詩家秘訣、學詩者方便法門，乃藉歐詩詩韻深曲的特質，極力強調古文法的效用；甚至在單篇評論時，不憚於詳析其章句構結變化的線索，並以其特長「細縷密針」〔註178〕是爲善用章法、致使情韻曲折可愛的主要原因。

　　至於評註王荊公詩，則焦點擺在分析其如何善用「章法佈置、造句用字」等作用，以造成詩意曲深、才氣健拔的審美效果：

> 向謂歐公思深，今讀半山，其思深妙，更過於歐。學詩不從此入，皆粗才浮氣俗子也。用意深，用筆布置逆順深。章法疏密，伸縮裁翦。有闊達之境，眼孔心胸大，不迫狹淺陋易盡。如此乃爲作家，而用字取材，造句可法。〔註179〕
> （《昭昧詹言》卷十二，第一六五，284頁）

由引文可知，方東樹論詩雖亦講求胸襟、詩境的深遠，但似乎更關注於爲初學者指明路徑，故以爲章法佈置、取材造句等雖爲詩藝之粗者，運用巧妙，卻足以使詩意曲折幽深，是初學者入門之徑。這樣詮

〔註177〕參見方東樹：《昭昧詹言》卷九，第二一，223頁。曰：「六一學韓，才氣不能奔放，而獨得其情韻與文法，此亦詩家深趣。自歐以後諸家，未有一人能成就似歐者，則亦豈易到也。」台北市：漢京，1985年。

〔註178〕參見方東樹：《昭昧詹言》卷十二，第一六一，283頁。評〈和對雪憶梅花〉詩：「不解古文，不能作古詩，放翁所以不可人意也。此詩細縷密針，麤才豈識。」台北市：漢京，1985年。

　　另參見方東樹：《昭昧詹言》卷十二，第一五九，283頁。評〈送吳照鄰還江南〉詩：「數句耳，而往復逆折深變如此，非深於古文不知。」台北市：漢京，1985年。

〔註179〕參見原文末尚有「半山有才而不深，歐公深而才短。」一段，與上文看似矛盾，但行文間相隔數字空位，應爲他處附見，或許即爲文中所述「向謂歐公思深」的早期見解，而今自行更正。台北市：漢京，1985年。

釋歐、王詩，雖著重於詩藝技法的講求，難免有金針度人、說解過詳之譏，卻有其具體可驗、實際易學的優勢。

總觀以上各項評論宋代詩人的例證，可歸結方東樹《昭昧詹言》評詩目的，大抵在於以「金針度人」的精神，建立評析詩篇的新模式，本不同於王漁洋《古詩選》意在樹立詩篇典律。故並不欲改變杜甫詩集大成的典律地位，而試圖以另一種評論角度，重新詮釋杜韓詩統在宋代的流衍，以形成其重視學養、強調苦思、鼓勵創變的評論典範。故指明黃山谷、陳後山師法杜韓，以自成一家〔註180〕的脈絡，並推讚歐陽脩、王安石巧用古文章法以營造自家風格的成就……等，類此之詮釋甚多，其目標則在指出學詩方法，爲初學者鋪設一道明確可循的學詩門徑。

三、詮釋宋代詩學譜系的意義

如果將傳統「選集」視爲選編者個人或當代文學批評的實踐，那麼，選集的評註則是對此文學批評的說明或詮釋，二者間原可能有立場的差異，尤其當評註者與評選者分處不同時空背景時，其接受與詮釋的空隙更大。《昭昧詹言》與其所評註的《古詩選》《今體詩鈔》間，便存在著這樣的詮釋空間；而《昭昧詹言》依循二部選集體例而分體、分家評論，並逐篇評析的論述特徵，也確定了它作爲選集中各家詩「典律化閱讀」的效用。

因此，方東樹雖在體例與選篇上承襲前輩「兼取唐宋」的折衷態度，但是由前文中方東樹《昭昧詹言》評析宋代詩的重點看來，卻發現其詮釋的意義已非原典律所代表的「文本評價高低」可範限。換言之，方東樹討論宋詩並不在詩家作品的成就高下，而是其取法典律、學古創變的歷程，以及能帶給後世學子的創作啓示。於是在詩篇評價

〔註180〕 參見方東樹：《昭昧詹言》卷一，第五十，18頁。曰：「韓、黃之學古人，皆求與之遠，故欲離而去之以自立。明以來詩家，皆求與古人似，所以多成剿襲滑熟。」。台北市：漢京，1985年。

上不及前人的韓愈、歐陽脩、王安石、黃山谷等家，其師法古人、創變有成的精神，反而都值得後人借鏡。特別是宋代詩人打破詩文體裁界線、向古文創作借鏡，善用「文法」於詩篇的成功經驗，更是方東樹特別著力的論點，故評析中多所闡揚。（詳參本文第四章第二節探究）。

　　同時，除肯定宋詩能於唐詩盛況後，另行創立一種新的審美典型之外。《昭昧詹言》在詮釋宋代詩家時，則將宋詩歐、王、黃各家（蘇軾除外）一概推原於韓愈，溯源於杜甫，普遍提升了宋詩各家的發展地位，也重新建構了宋代詩學的譜系，由此得以指出「師古而創變」為學詩的門道，以古文法為會通詩文的鎖鑰。是故，我們可歸納本章的各項討論、進一步引伸《昭昧詹言》詮釋宋代詩學譜系的意義，最終應在於接續杜韓詩統、改革江西學詩舊徑：

（一）接續杜韓詩統

　　方東樹基本上確定宋詩家可取法處，在適於為初學者指明學詩要領，如造句、用意及章法等。而探原宋代蘇、黃、歐、王諸家作詩成功之因素，則皆因善於學古，能取法唐代杜、韓二大家、領略其詩意創變上的良好示範，故曰：

> 李、杜、韓、蘇四大家，章法篇法有順逆、開闔、展拓，變化不測，著語必有往復逆勢故不平；韓、歐、蘇、王四家最用章法，所以皆妙，用意所以深曲，山谷、放翁未之知也。（《昭昧詹言》卷十一，第二十四，238頁）
> 杜、韓、李、蘇四家能開人思界，開人法，助人才氣興會，長人筆力，由胸襟高、道理富也。歐、王兩家亦尚能開人法律章法；山谷則止可學其句法奇創，全部由人，凡一切庸常境句，洗脫淨盡，此可為法，至其用意則淺近，無深遠富潤之境，久之令人才思短縮，不可多讀，不可久學，取其長處便移入韓，由韓再入太白、坡公，再入杜公也。（《昭昧詹言》卷十一，第二十一，237頁）

二則引文參照合觀，則可完整掌握方東樹推崇杜、韓、蘇、李四大家

詩篇爲重要典律，不僅在於創意造語、文法變化的風格令人讚嘆、給後人啓發，更溯其氣格高妙來自胸襟涵養，可見其理想典律的形式變化之美，必源於內涵義理的豐富。相形之下，宋代歐、王、黃諸家，則僅悟得章法、句法作用之巧妙，仍不免偏得一隅之憾。但因四大家中李白、蘇軾所長者在於才氣高妙，本不可學、亦不易學，稍有不慎便流於俗靡。故方東樹乃建議學詩者宜由宋代歐、王、黃入門，再進於韓愈、蘇、李，而以杜甫「沈鬱頓挫」的風格爲極致。

　　況且，由宋詩各家入手，對學詩者最大的好處是在創作之始便免除修辭凡俗的習氣、領會結構變化的要領。唯需注意的是，方東樹同時強調：宋詩各家雖易學、有法，卻不宜多讀、不可久學，一旦取其長處，便應轉入韓愈、杜甫等大家。換言之，方東樹認爲宋詩家本身詩篇成就雖未必最高，意境也未達深遠富闊之美，卻是明確易得的學詩門徑，更是上接杜韓詩統的必經法門。

（二）改革江西學詩舊徑

　　由於方東樹評詩的目的，除突顯唐代杜、韓二家爲創作典律之外，更著重於鋪設一道學詩門徑，使所授學子在習作時具體易成，也藉以闡發其「由學而能」的學詩原理、與「以文論詩」的詩體創變。其實，此種師法古人，強調「由學而能」的習作觀，早在宋代已爲江西詩派所遵行，唯因其慣於以定法說詩，遂使其學流弊衍生、齗議四起。

　　桐城派論詩則不然，自姚鼐以來，首先便強調詩文創作固同其理、而無定法。故方東樹於《昭昧詹言》所提出學詩的要領，便先遵循「辨體」原則，分別討論各詩體的入門次第：「七律宜先從王、李、義山、山谷入門，……七古宜從韓公入。」〔註181〕此說雖大致依據詩體流變

〔註181〕　參見方東樹：《昭昧詹言》卷十四，第十六，380 頁。原文曰：「七
　　　　　律宜先從王、李、義山、山谷入門，字字著力。但又恐費力有痕跡，
　　　　　入於搊撦釘餖，成西崑派，故又當以杜公從肺腑中流出，自然渾成
　　　　　者爲則。要之此二派前人已分立門戶，須善體之。七古宜從韓公

上各代盛衰的史實而論述，更重要乃源於方東樹論五古、七古、七律各體，本有不同的理想典律形象，故原理雖通，而各體詩法、各家風格自不相同。次者，強調須專務一體以求精熟，再轉而他師。此觀點乃承於朱子「看熟一家文字」與姚師「就一家用功」的教誨〔註182〕，更是方東樹轉化自孟子「深造之以道」的觀點，再融合習字法帖之道的心得〔註183〕。而後，更以為典律的學習並不止於技巧的磨練而已，而應配合各人性情，以自具面目、自成一家為目標（詳見第四章探討）。

　　總而言之，經本章分由選篇統計、詩篇驗證種種角度的分析探討，已逐漸釐清：對詩文體裁特色的省察、與學詩理論的建構，可說是方東樹《昭昧詹言》中諸多詩學論題的核心。而其具體主張中，以「辨體」為要，而強調學習詩體，各有入門次第的作法，是為了「別裁偽體」，使所學詩體雅正；而依個人性情「先專再博」、以追求自成一家的摹習方法，則近於「轉益多師」。故雖與江西派詩人同樣以「杜詩」為最高典律，卻因對宋詩學譜系的修正，更能掌握杜甫本身「學古」的精神，並因韓愈、黃庭堅的創作示範，而強化「創變」的態度，形成由「辨體」而能「破體」、甚至「創體」的學詩方法。同時，也傳承了宋代詩學以「活法」學詩的觀念，由專精、而博學、而領悟。換言之，方東樹在《昭昧詹言》所揭示「師古而創變」的學詩門徑，固然可由整體概觀中尋繹出：以杜甫、韓愈詩為理想、宋詩各家為入

入。」。台北市：漢京，1985年。

〔註182〕參見方東樹：《昭昧詹言》卷一，第二十四，9頁。中引朱子、姚鼐之教，曰：「朱子曰：『學文學詩，須看得一家文字熟，向後看他人亦易知。』」又曰「姬傳先生云：『凡學詩文，且當就此一家用功，良久盡其能，真有所得，然後舍而之他。不然，未有不失於孟浪者。』」。台北市：漢京，1985年。

〔註183〕參見方東樹：《昭昧詹言》卷一，第二十六，10頁，曰：「古人得法帖數行，專精學之，便足名家。歐公得舊本韓文，終身學之。此即宗杲『寸鐵殺人』之悟。孟子謂：『深造之以道，欲其自得之也。資深居安，則取之左右逢其源。』古人之進德修業，未有不如此者也。右軍云：『使寡人耽之若此，未必謝之。』」。台北市：漢京，1985年。

門的脈絡。但其對於詩體創變、學詩方法的獨特見解，則有待本文第四章、第五章分別詳予探究。

此外，由對宋詩名家——蘇軾與歐陽修的評析實例與詩篇探討中，我們亦發覺方東樹《昭昧詹言》在詩篇的分析與評論中，往往寓含了對此詩家典律的獨特詮釋觀點，既表現出評詩者解讀典律的創意、也與其詩學觀點密切關聯，故更欲在第六章中，還原其作為二部詩選集的「導讀——典律化閱讀」之本位，探討其藉著對各類典律的創意詮釋，以強化其評詩的論證性、彰顯詩論特色的詩學企圖心。

第四章 《昭昧詹言》對宋詩體裁概念的繼承

　　藉前文成書背景、選評分析等探討，可知《昭昧詹言》不但論述形式特殊，其詩論內容並能繼承桐城文論傳統，加以創變、開展新的論題。故後續二章擬針對其特殊論題，做專題式的深入論述。

　　首先，由第三章析論《昭昧詹言》的評詩狀況發現：方東樹表面遵循「陶鑄唐宋」的師門號召，實則對宋詩的典律特別關注（尤其對北宋時期；七言古體詩等詩篇），也藉評析宋詩典律，闡發其獨特的創作理論。故推測其詩論與宋代詩學應有相當程度的聯繫。本章則擬藉「辨體」「破體」此一宋代詩話熱切辯證的議題，進一步檢證方東樹詩論與宋代詩學間的關聯，究竟是現象的巧合、抑是觀點的繼承？

　　因此，先由編排體例、及選篇分析概觀，可發現：《昭昧詹言》依循二部選集的體製，實以宋、明以來的「辨體」觀念為基礎；但在詩篇評析中，方東樹卻又推崇「創變」的詩家典律，嘗試將詩篇創作與古文作法會通。對這兩個看似矛盾而對立的體裁概念，在宋代詩學中均曾出現熱烈的討論與嘗試，方東樹《昭昧詹言》對其採取何種接受態度？又如何融合桐城派本身的文論傳統，建立其始於「辨體」、借徑「破體」、而追求「自見面目」的學詩理想？乃是本章所嘗試探求的問題。

第一節 辨體論題的持續與突破

一、「辨體」論題的產生與衍變

「辨體」觀念於中國文論中極早萌發，六朝時期已見概論文章體製的觀念與作法。譬如曹丕《典論、論文》評述文學之八體，曰：「奏議宜雅，書論宜理，銘誄尚實，詩賦欲麗。」此雖指文章體類，也表徵了文學美感特徵的自然分化與辨析，故知於文學地位凸顯、觀念漸明的魏晉時期，「辨體」實爲必要話題，如其稍後的陸機《文賦》、劉勰《文心雕龍》、鍾嶸《詩品》等論述，皆有不同程度論及〔註1〕。

唐、宋時期沿其風，而擴及於詩、詞等文體，雖同樣強調「辨體爲先」的重要性，但其辨體的內容與目的並不一致。概括而言：或由創作的效果論書寫體裁的選擇，強調「詞人之作也，先看文之大體。」（《文鏡秘府論、論體》）；或以評論文本的角度，論「先體製而後工拙」〔註2〕。或由初學者習作的角度論辨體，以正體製，而曰「先見

〔註 1〕晉、陸機《文賦》雖以討論創作歷程爲後人重視，其中亦曾略辨十種文體風格之異，曰：「詩緣情而綺靡，賦體物而瀏亮，碑披文以相質，誄纏綿而悽愴⋯⋯」（見曾永義、柯慶明編：《兩漢魏晉南北朝文學批評資料彙編》第 188 頁。台北市：成文，1978 年）。
劉勰《文心雕龍》除以〈明詩〉第六至〈書記〉第二十五，二十篇分論各體源流特色與創作要領外，並於〈體性〉篇中分論「八體」風格之特性，並欲學者「宜摹體以定習，因性以練才。」（見周振甫：《文心雕龍注釋》，第 452 頁。台北市：里仁，1984 年）。
鍾嶸則於〈詩品序〉中詳辨四言古詩、五言古詩因體製差異，產生風格、功能上的不同。曰「夫四言，文約意廣，取效風騷，便可多得。⋯⋯五言居文詞之要，是眾作之有滋味者也。故云會於流俗，豈不以指事造形，窮情寫物，最詳切者邪！」（見汪中選注：《詩品注》第 15 頁。台北市：正中，1985 年初版九刷）。
〔註 2〕參黃庭堅〈書王元之「竹樓記」後〉曰：「荊公評文章，常先體制而後文之工拙。」見《豫章黃先生文集》。上海：上海商務，1936 年；張戒《歲寒堂詩話》卷上，第十九則亦云：「論詩文當以文體爲先，警策爲後。」見吳文治：《宋代詩話全編》第三冊，3244 頁。南京市：江蘇古籍，1998 年；倪思亦以爲：「文章以體製爲先，精工次之。」此皆強調「辨體」的重要性者。

體式，然後遍考他詩，自然功夫度越過人。」（呂本中《童蒙詩訓》）。與先前的文論相較，其觀點的分化與進展甚爲鮮明。可見到宋代「辨體」已被視爲創作初始的重要過程，並由此拓展出更豐富的元素分析，共同形成較完善的創作理論、文體風格或批評法則。

如以重要論著擇要而觀，《文鏡秘府論》中，所論及詩的創作要素已多，凡聲律、對偶、立意、用氣……等皆應留意，「體」是其中要素，並配合各詩體因素而論文病得失。可見，此時「辨體」已由含渾的美感區分，落實於聲律、對偶等形式特徵的辨析，其對創作的重要性也更加明確。

北宋初期倡言詩文革新，稍後的詩話中也反映出箇中消息，因此，以區別工拙的角度，對各家詩篇的「創作」成就進行「辨體」檢覈，是宋詩話首開風氣的。尤其是杜甫、韓愈、蘇軾等家的詩文創作，因與文、賦等其他文體靈活會通、新變而引發論爭，如沈、呂、王、李四人夜談韓愈詩的公案〔註3〕，其雙方對創作成敗的判定，也正代表了各家對「詩文異同」的意見分歧。此時，「辨體」已不止於詩體要素之一，更成爲寫作完成後檢覈、與評價的重要基準。於是，衍生了「雖極天下之工，要非本色」的否定評價（陳師道：《後山詩話》）、與判別「文人之詩」「詩人之詩」〔註4〕等宋詩話中的特殊議題，諸如此類，多可探源於「辨體」觀點的效應。

然而，此種「辨體」的目的，原爲藉助杜、韓等大家的嘗試經驗，探求一條求新求變、另創詩體高峰的活路，是屬於追求自成一家者的進階目標。但經詩話廣泛討論，又與稍後可作爲入門功夫的觀念產生混淆，以致評論家的態度反而趨於保守。例如南宋末，標榜「辨體」而指摘創變之病者，見於嚴羽《滄浪詩話》的〈詩辨〉、〈詩體〉二章。

〔註3〕參惠洪：《冷齋夜話》卷二第三一則，引見四人論詩。見吳文治主編：《宋詩話全編》第三冊，2434頁。南京市：江蘇古籍，1998年。
〔註4〕參劉辰翁：《須溪集》卷六〈趙仲仁詩序〉。引文中以此區分來自陳後村所倡。見《叢書集成續編》第132冊《須溪集》。台北市：新文豐，1985年。

其中首論「學詩者以識爲主，入門須正」，更溯觀詩體，分別依年代、代表詩人或特殊體裁而區分爲各種詩體〔註5〕。此乃續《二十四詩品》《歲寒堂詩話》等零星涉及辨體評論後，改以顯著篇章針對詩體進行專題論述者，故特別引人注意。今歸結其「辨體」意涵大約有二：首爲「辨高格」，以爲學詩者正法門、立楷範；次爲「辨明諸家體製」，詩體衍化，以利援筆時能「因情立體」〔註6〕，而不爲旁門所惑。因此亟以率意創體、破體者爲戒，乃貶斥東坡、山谷二家「以己意爲詩」〔註7〕，斥江湖詩人所宗非正法眼藏，此種封閉而專一的學詩門徑，亦預開明代以「辨體」維護復古詩論的觀念。

至明代前、後七子，爲復古而辨體，「辨體」詩論因倡師古、重模擬的風尚而成爲學詩、論詩的首要，並蓬勃發展、進而條理成論。如：李東陽倡論「詩必有具眼、亦必有具耳……」〔註8〕，而後格調詩派遂大體以辨體製、審音律爲論詩要務。並有徐師增《詩體明辨》、胡應麟《詩藪、內篇》論本色、許學夷《詩源辯體》以爲「別體乃別其趣」〔註9〕等，以「辨體」爲核心的完整論述出現。今僅以胡氏《詩藪》爲例，其「辨體」的意義在積極方面：乃爲分辨各體特色，建立各體的典律，期使學詩者能正體製。此乃延續宋人「本色」論、「第一義」說而來；在消極方面，禁止作詩時叛離該體本色，且學一家當似一家〔註10〕。餘如許學夷《詩源辯體》等更以辯體爲名，詳別漢魏

〔註5〕詳見嚴羽：《滄浪詩話》〈詩辨〉〈詩體〉兩章。第16～64頁。台北：金楓，1986年。

〔註6〕此所謂「因情立體，即體成勢」的觀點，係來自於劉勰《文心雕龍、定勢》篇。見范文瀾：《文心雕龍註》。台北市：明倫，1970年。

〔註7〕同見嚴羽：《滄浪詩話》〈詩辨〉篇末，第34～35頁。台北：金楓，1986年。

〔註8〕參李東陽：《懷麓堂詩話》第六則，第二葉。見丁仲祜：《歷代詩話續編》，1639頁：，1452頁。台北縣：藝文印書館，1985年。

〔註9〕參見許學夷：《詩源辯體》卷三十四〈總論〉第四至第八，314～315頁。杜維沫校點《詩源辯體》。北京市：人民文學，1987年。

〔註10〕此一結論，乃參考簡錦松先生所歸納的論點。見〈胡應麟《詩藪》的辨體觀〉，《古典文學》第一集，328頁。

至五代詩體正變，以黜擬古、斥變古〔註 11〕。於是，「辨體」具有更鮮明的價值判斷與排他性，乃成為維護初、盛唐等特定時代風格的理論依據。

　　清初以來，錢謙益、葉燮等家雖欲擺脫復古、模擬的格調流弊，歷觀詩體流變以求立論持平，卻因當代詩壇多囿於唐、宋詩風格之爭，各家乃在總結傳統詩論的前提下，提出神韻、格調、肌理等偏重互異的主張。可見「辨體」的重要性雖普遍被接受，其探討核心卻由詩體正變、時代風格高下的評詩差異，回歸到詩各有體，作法互異的創作論層面。甚至到薛雪《一瓢詩話》中，更加以發揮、推展，而論「得體」〔註 12〕。可見論詩「辨體」的觀念，是清人總結前代古典詩論中相當重要的基礎議題。其說雖基於格調論詩的基礎，但到清中葉方東樹《昭昧詹言》成書前，便已獲得普遍認同，成為當代討論詩的共識，方東樹論詩，亦必然相倚重以為準繩。

　　由此看來，自明代以後，「辨體」的觀念雖被普遍接受，相關詩論也漸趨成熟，但其「辨體」討論的視野反而較為侷限，僅從嚴羽「辨高格」一路往下發展，且雜揉了尊崇「盛唐」風格的主觀，而使評論態度更趨保守，風格取向更加狹隘。不似宋代「辨體論爭」中，既由「辨明本色」──反省詩體特徵出發，兼具客觀綜析流變、分辨各家專擅，並探求詩體創作、新變途徑為目標的超越企圖。這部分具有創變精神的內涵，早為明代以來格調詩論者捨棄，但在清代兼取宋詩的詩論中卻漸受關注（如王士禎《古詩選》、葉燮《原詩》），尤其在方東樹《昭昧詹言》中，對六朝以來，由「辨體」議題而推衍的明體製、

─────────────

〔註11〕參見許學夷：〈詩源辯體凡例〉第十六，曰：「……蓋此編以辯體為主，你古不足以辯諸家之體也。……」第 3 頁；又見〈詩源辯體自序〉曰：「予《辯體》之作也，始懲於宋元，中懲於我明，而中懲於近世。……」第 442 頁。北京市：文民文學，1987 年。

〔註12〕參見薛雪：《一瓢詩話》第三六則，曰：「得體二字，詩家第一重門限，再越不得……」。見丁福保：《清詩話》第 685 頁。台北市：木鐸，1988 年。

溯源流、論創作等多元論述，都作了較集中的呈現，可說是對傳統「辨體」論題的再開創。

二、「辨體」的糾葛與兩難

前文所論及歷代詩論，雖共同強調「辨體」的重要性，細究其所申論的作用、與所詮釋的內涵，卻呈現諸多混淆。正本清源而觀，「辨體」論點的糾葛，應來自於「體」的意涵混淆。

一般而言，歷代文論中所謂「體」的意涵與用法寬狹不一，既指詩、文等文學體裁、或作為古、今體詩等詩體中的體式區分，並依句式多寡再細分五古、七古；五律、七律等，凡此，多針對文本的體式樣貌進行分類。如曹丕《典論、論文》中的「八體」，《滄浪詩話》中〈詩體〉所論述等歸屬之；然而，「體」又可指稱「風格」，用於表徵某時代、流派、或者個人的特徵、係指主客觀交融呈現的文本美感特徵，既包含文字修辭特性、也融合了個人抒情感受的獨特趨向。譬如《文心雕龍、體性》所分各體、《文鏡秘府、論體》隨人心不同而各異的「文體」、以及《滄浪詩話》〈詩辨〉中「入門須正、立志須高」的「第一義」風格等皆為此類。

因此，對古人所提出「辨體」的義涵，也應先依其字義分別、再辨明其用意，才能將「辨體」論爭中各種不同層次的觀點糾葛，稍予釐清。

首先，當「體」指的是文本形式、體類上的特徵，則「辨體」是必具的條件，是可據以判定高下的。此時，「辨體」具有三種層面的作用：對初學者而言，應先辨別該體式特徵，而後習作，以掌握構思要領、鍛鍊文筆；一般嫻熟的詩人，則平時下筆前也需「因情而立體」，選擇適當的體式來抒寫胸中已醞釀的情感；至於評論者，則待文本定型後，以是否符合該體類的特徵——「本色」來把關，甚或決定評價高低。

其次，如以「體」指稱作品中主客交融的風格，則「辨體」並無

所謂價值判斷，是欲追求詩篇提升時，平行的、多元的向外擴張與認知。其具體內容則包含觀摩名家詩篇、體驗其風格特色所在，並分析其格律、修辭的特殊表現，與學古創新的取徑。其細微處，甚至包括分辨詩人風格與個人情性的遠近，以便選擇適合的學習典律，而其終極，則以樹立個人風格、自見面目或自成一家爲目標。

可知，此兩者雖因詞義的衍生關係，不免有些重疊、混淆，但就習作階段與內容而言，其講求的先後次第，仍是清晰可辨的。今簡言之，將前述「辨體」的內涵交錯、排序，乃依次有所謂：辨體式特徵、辨風格高下、辨詩家專擅、辨個人才性四個由博而約的層次。譬如前述《滄浪詩話》中〈詩體〉〈詩辨〉所辨之「體」義涵便不同，前者「詩體」所辨則廣列各種不同時代、流派的體式，俾便學詩者知其各具特徵，仍只是第一層次的辨別體式特徵；而後者「詩辨」是屬第二層次的辨風格高下，乃是有主觀趨向的欲將前代詩篇分辨出「上乘」「正法眼」者；評論間則稍及詩家專擅風格的分辨。可見，嚴羽所涉「辨體」本非一端，不可一概混同。唯其重視「作詩正須辨盡諸家體製，然後不爲旁門所惑。」（〈答出繼叔臨安吳景仙書〉）「學詩者以識爲主，入門需正，立志須高」（《滄浪詩話》〈詩辨〉）故特別重視「辨風格高下」一事，欲人於學詩之初即正其始。

釐清此糾葛，再檢視前述宋代「辨體」爭論，則顯然交揉兩股相異的主張而形成兩難局面：一方是本色論的保守性──循體創作，有法可循，利於初學者；另一方面則是破體的創新性──兼取他體，開創風貌，是進階與自成一家者所必具。但是，筆者以爲，二者雖爲對稱命題，在習作歷程上，卻不必然衝突對立，如有階段性的區隔，兩者本可兼具。方東樹《昭昧詹言》中對於前人「辨體」觀念的接受，以及取法宋代詩學「破體爲文」、追求創變的作詩法則，便可能是在這種折衷、權衡的態度下形成，而其所用「體」的意涵，也隨著創作素養增進而有所變化、擴充，下文便對此詳述。

三、「辨體」觀念在《昭昧詹言》的示現

前述宋明清以來論詩需先「辨體」的觀念，在方東樹《昭昧詹言》中表現出豐富而多元的論述型態，目的當在爲五古、七古、七律等傳統詩體建立明確的學詩門徑。其中，第一部份，係由前文分析評選狀況所見，爲承自前人詩選（《古詩選》、《今體詩鈔》）的觀念與體例，故表現出較爲保守的辨明格律、遵守「本色」等格調詩論傾向，是《昭昧詹言》中鮮明的「辨體」作法；另一部份表現爲鼓勵創變、會通詩文、及借鏡於經學、義理的論述，乃較接近於宋人的「破體」企圖。兩者由作法上看似對立，但方東樹在「指導入門」「立志需高」的明確目的下，嘗試將其兼容並蓄，遂得以發揮相容互補、依序組成學詩門徑的效果。

（一）由全書的編排與評註體例上看，是以「辨體」觀念為基礎

《昭昧詹言》全書的評論內容〔註 13〕，大致可依古、今聲韻格律不同，五七言句式特性有別，而區分爲五古、七古、七律三大體式〔註 14〕，各體中並依時代先後、以專卷或合論的方式註釋各詩家。此一作法，應不只是爲對原詩選體例上的必然承襲（參前文第二章第二節），亦有因指導寫作的實際需求、而必須辨明體製、分體習作的考量。故知，「學詩須先辨體」是方東樹繼承於桐城詩論與傳統格調詩論的基礎概念。

然而，細究其內容，則所謂辨「體」，並不止於區別體式的歸類功用而已，如將「體」的內涵引伸、分化，至少具有前文所謂：辨體

〔註 13〕 《昭昧詹言》全書二十一卷中，除第十三卷附論「解招魂」「陶詩附考」等、第二十一卷「附論諸家詩話」之外，其餘殆分爲總論詩體、總評詩家，及評析單篇詩作三類，故概以「評論」稱之。

〔註 14〕 其中未評析「五律」，也沒論及絕句，或未及評論，或可能接近蔣景祈〈古詩選序〉的觀點，認爲僥倖於一聯之勝、一韻之巧的近體詩不值得鼓勵創作。參見汪中編：《方東樹評古詩選》，【4】頁。台北市：聯經，1975 年。

裁特性、辨詩家專擅、辨個人才性等三個層次。此可藉釐析書中「總論」詩體、總評詩家等內容獲得驗證。

如《昭昧詹言》卷一「總論五古」，共輯錄一五七則評註。倘依論述內容略分，有以下四部份：

1. 第一則至二十八則——總論「詩」的原理，應以立誠爲先、用功於本領。因綜觀三百篇以下詩人流派，標立「杜、韓」爲五古詩人典律，以講求文、理、義爲學詩正軌。

2. 二十九則至六十一則——先總論學詩之法，並分就立意、章法、用語、隸事等分析其要領。

3. 六十二則以下——漸由有形的章句等技法，論及「生氣」「自然」「氣體」等詩人主觀情性、與才情變化等創作因素。

4. 九十九則以下——概述漢魏以下諸家五古風格，附論王阮亭（漁洋）、朱竹垞（彝尊）、劉海峰（大櫆）等近代詩家在學古方向上的偏失。

從此例可見，方東樹原爲辨明「五古」體式而彙輯的「總論」，除傳統辨體論中常見的溯明源流、標立典範、討論作法等彰顯該體特色的論述外，也注意到個人情性與詩風表現、對學古方向上的影響。再參照於卷十二「總論七古」、卷十四「通論七律」、與其他總評各家風格的內容，更見其常透過不同詩家風格、或同一詩人不同體式的詩篇比較，凸顯各詩人風格特色與專擅之體，以期學詩者能依自己性情而知所抉擇。

由此可見，傳統「辨體」觀念到了《昭昧詹言》中，已不再作爲一個因循的論點或體例，而是將「辨體」的精神融入創作論的結構中，形成「辨體以識變」，並「循體而習作」、「分體而評析」的有機結構。此時，所謂「辨體」「循體」「分體」中「體」的意涵，雖略有廣狹之別：或指詩、文之文類區分；或爲五古、七律等中詩體之細分，但大體均爲前述釐析辨體糾葛時所指的第一層次——指文本形式、體類上的可辨識特徵。

（二）強調「破體」為創作手段、以追求新變為目標

此獨特的觀點，也同時穿插在前述「辨體」為先的論述中，表現出與前代詩論、清初前輩不同的持論，特別值得我們研究。如歸納其具體的作法，大致有兩種情形：

其一，為移用文法作為詩法。顯著的例證便是於「總論七古」中藉文章作法為七古詩創作要領。所謂「七言長篇不過一敘、一議、一寫三法耳！即太史公亦不過用此三法耳！而顛倒順逆、變化迷離而用之，遂使百世下目眩神搖，莫測其妙，所以獨掩千古也。」（《昭昧詹言》卷十一，第四，233 頁）乃顯然將由太史公司馬遷處領悟的古文作法，遷移、轉換為七言古詩的章法，並常以此說明韓、歐、蘇三家古詩章法剪裁之妙，頗能發明歐陽脩、黃庭堅「以文為詩」之精義，為後代學詩者指明創變詩體的門徑。

其二，以文章結構概念評析詩篇。則於「通論七律」及評論各家七言律詩時，常以古文章法〔註15〕、或「起二句」、三四、五六、「收句」等近於時文「八比」的觀念來分析。其餘，則零星散佈於評論歐陽脩、王安石、陸游等宋代七古詩，或李商隱、黃庭堅等人七律詩的各則評註，常習以古文法作為評析的架構，甚至以「能否融貫文法」作為詩法粗細的判斷標準。

此外，其破體創變的企圖更表現在兼重個人才性的學習論中。此雖源於方東樹尊崇朱子理學、偏重性理的基本文學觀，但大體應受宋代詩學──黃庭堅等人的創作啟發〔註16〕，故方東樹直以「積數十年苦心研揣探討之功，領略古法而生新奇〔註17〕」的學詩功夫期勉學

〔註15〕 參見方東樹：《昭昧詹言》卷十四，第二十一，382 頁。論學杜之法，曰：「所謂章法，大約亦不過虛實順逆、開合大小、賓主人我情景，與古文之法相似。有一定之律，而無一定之死法，變化恣肆，奇警在人。」台北市：漢京，1985 年。

〔註16〕 詳參張高評：《宋詩之新變與代雄》第三章第三節，172～194 頁的論述，與對蘇黃二家詩篇創作的分析。台北市：洪葉，1995 年。

〔註17〕 參見方東樹：《昭昧詹言》卷一，第十三，9 頁。曰：「積數十年苦心

子，不僅表明其對黃庭堅潛心詩藝、追求「自創新奇」的崇慕，也由此得見其認為學子應在「辨體」「學古」的基礎上，追求「破體」「創變」的創作目標。（詳見第三節論述）

　　總之，《昭昧詹言》對前人「辨體」論的改造，整體出於調和詩文的基調，實踐「以文爲詩」的文論會通。因此，既依循「學古」的創作論，也鼓勵詩人於創作上追求新變，更依據「詩道性情〔註18〕」的原理論，強調性情眞摯、表現自家面目。與元明以來復古詩論中的「辨體」說相較，方東樹的「辨體」觀念和作法顯然貌合神離，反倒較接近於宋代「辨體」論爭中凸顯的破體企圖。換言之，本節雖僅撮舉《昭昧詹言》論詩觀點較集中的各體「通論」部分略觀，卻已能確定其詩論取向大體得自宋代詩學的啓發，而較著重於「破體、創新」部分，並有其獨特的闡發。故下文乃欲分由詩文創作原理、宋代詩學借鏡、桐城文論傳統等方向探源，並更全面、詳切地列舉《昭昧詹言》的論點，以持續深究方東樹的詩體概念和創作理想。

第二節　破體爲詩的繼承與落實

　　中國歷代文論中，辨體的重要性雖普遍爲眾家認同，但就創作者的立場而言，期待有所突破、獨出新體的需求，卻也是自古而然的。驗證於中國詩歌發展史實，每當一種詩歌體式趨於興盛、定型之後，往往便有獨特風格的詩家開始嘗試創變或破體的創作，如北宋的詩文革新便是如此。它們或隱、或顯地，反映了詩體盛行日久時，便自然向其他文體取資，在格式或情致上尋求新變，此即錢鍾書先生所謂「名

研揣探討之功，領略古法而生新奇。殆眞如禪家之印證，而不可以知解求者……」其引文後尚有進一步說解其「法」之靈動性者，則擬另於第五章第二節申論。台北市：漢京，1985 年。

〔註18〕參見方東樹：《昭昧詹言》卷十一，第二十七，238 頁。曰：「詩道性情，只貴說本分語。……然其言自足有味，說自家話。……」台北市：漢京，1985 年。

家名篇，往往破體，而文體亦因此恢弘焉」〔註19〕的現象。

　　藉前文探討，發現《昭昧詹言》雖大體遵循「辨體爲先」的傳統詩觀，以利初學者觀摩與習作，但其評註詩篇、釐析作法之際，卻企圖擴張「詩體」的容量，建立以文法論詩的結構、及以文評詩的標準。故由其鼓勵新變、甚至不避「破體」而創作的傾向看來，其立論的精神，似乎更接近於宋人一方面論「辨體」、卻同時又致力於翻轉變異、推陳出新，而嘗試「破體」「出位」，以再創詩體高峰、企圖超越唐人的作法。因此，本文乃針對詩、文二體在創作上借用與融合的現象，與《昭昧詹言》中的相關論持續探究，並向上溯其源流。

一、引文入詩的內在聯繫

　　平心而論，中國古典詩文的混流，本有其發展上文體根源相近、文人兼擅二體等客觀因素的促成。故早於唐、司空圖，便以爲：無論文人爲詩、或詩人爲文，當其「所尚既專則搜研愈至，故能衒其功於不朽〔註20〕」。觀其對詩文融合現象的解釋，乃強調作者主觀的才氣大小與藝術涵養高低，故皆能適應詩、文體製風格上的差異，運之以獨特氣格而成佳篇。

　　但就詩、文體製形式上的借用、變化而言，更有同爲文學語言內在的相似性，因而在創作上產生彼此聯繫與融合的效果。例如宋代、陳善便指出「……文中要自有詩，詩中要自有文，亦相生法也。……」〔註21〕此說原針對前述宋代以來詩文辨體的論爭，由杜詩與韓文的創

〔註19〕見錢鍾書《管錐編》〈全上古三代秦漢三國六朝文〉140 則中第十六則，論「文之體」，曾評論曰：「名家名篇，往往破體，而文體亦因以恢弘焉。」見《管錐編》第三冊 890 頁。台北市：書林，1990 年。

〔註20〕參見司空圖：〈題柳柳州集後〉。見《全唐文》中《司空表聖文集》卷二。上海市：上海古籍出版社，1990 年。

〔註21〕參見陳善：《捫蝨新語》上集卷一，第3～4頁。其所謂「文中有詩，則句語精確；詩中有文，則詞調流暢。」的結論，乍看下有些突兀、不當。但如配合下文所舉謝元暉、唐西子的例證而觀，則知其強調行文之結構如文章開闔變化，可使長篇詩更爲自然流暢；而詩的聲

作實踐提出折衷之說。細辨其所謂「相生法」，則是將詩、文二體，依其聲調抑揚、敘述暢達區分爲精確與流暢兩種藝術典型，強調作家創作時因追求「文本」（text）內藝術美豐富圓滿的自覺反應，往往藉文學語言的共通性，自然發生「詩中有文」或「文中有詩」的混用或變化。故明代王世貞乃依據創作時，詩、文於結構變化上的原理近似，而曰：「詩之與文，固異象同則……〔註22〕」。可見，詩與文在創作原理上的靈活互通，特別是「引文入詩」的創作要領，早已經歷代多位詩論家抉發。

此外，當前研究宋代詩學的學者張高評先生，則於評析宋詩的作法時，特別針對宋詩中常見的「以文爲詩」，論析此二種文體間的內在適合性：就體式與題材上而觀，長篇的古體詩、與反映重大時事的敘事詩、諷諭詩等體裁較易表現出詩歌散文化的傾向；若以創作手法而言，「以議論入詩」只要運用得法，依舊能兼得篇章的理趣，而又保有形象鮮明、情景交融的詩歌特質。〔註23〕可見，詩與文的體製雖異，在敘事、議論等表述類型上，確實有其可變化、互通之處。而藉此論證，正可分由體式題材、創作手法兩方面，印證前述宋代陳善所謂「詩文相生」、與王世貞「異象同則」，所凸顯詩、文二體在創作上得以自然借用的內在聯繫。

桐城派的方東樹，或因繼承學派本身長於文章寫作的風氣，對此詩文會通的論題深有體認，屢次於《昭昧詹言》評析中強調所謂「詩與古文一也」。其觀點基本上雖延續其師「詩之與文，固是一理」〔註

調抑揚變化，則強化了文章在結構上的馳驟氣勢，故互有助益，其理上上可說得通。見《百部叢書集成》，台北：藝文，1966 年。

〔註22〕參見王世貞：《藝苑卮言》卷下，963 頁。曰：「首尾開闔、繁簡奇正，各極其至，篇法也。……詩之與文，固異象同則，孔門一唯，曹溪汗下後，信手拈來，無非妙境。」見丁仲祜：《歷代詩話續編》。台北縣：藝文印書館，1984 年。

〔註23〕參見張高評：《宋詩之新變與代雄》第肆章、第 201～202 頁。台北：洪葉文化，1995 年。

〔註24〕參見姚鼐：〈與王鐵夫書〉，其曰：「詩之與文，固是一理，而取逕則

24）的論點，但方東樹並進一步加以闡發，成為有重點、有論證，並且條理分明的作詩理論。以下可分由三重角度觀察其立論方式：

第一，強調古文素養對詩篇創作有相當重要的影響，以致「不解文事，必不能當詩家著錄〔註25〕」。詳觀其說，大體與黃庭堅論詩、欲後學師法韓愈〈原道〉的觀點相近，皆由詩篇的法度、布置上切入，而提與文章之謀篇原理相互聯繫〔註26〕。

第二，由觀摩、評論歷代典律中，確定古詩與古文體製上的類通。因方東樹由杜、李、韓、歐等大家典律的創作示範中觀摩而歸結：七言古詩的創作要領首重才氣，非強力而能；次則需藉古文文法之助〔註27〕。此殆因七言古詩體製上的長句式使其抒寫語氣舒緩、而近於文，而其篇幅、用韻之自由，則更須講求「鋪敘、開合」的結構變化，與「雄俊鏗鏘」〔註28〕的聲韻氣勢。清代葉燮亦以為「七古」之難，

不同。……」見《姚惜抱詩文集》第290頁。上海：上海古籍，1992年。

〔註25〕參見方東樹：《昭昧詹言》卷十四，第五，376頁。曰：「固嘗謂詩與古文一也，不解文事，必不能當詩家著錄。震川謂：『曉得文章撥頭，文字就可做了。』」台北市：漢京，1985年。

〔註26〕參見張高評：《宋詩之新變與代雄》第參章、第173～175頁之引述與說明。台北：洪葉文化，1995年。

〔註27〕參見方東樹：《昭昧詹言》卷十一，第一，368頁。曰：「詩莫難於七古，七古以才氣為主，縱橫變化，雄奇渾顥，亦由天授，不可強能；杜公、太白天地元氣，直與史記相持，二千年來只此二人。其次則須解古文者而後能為之，觀韓、歐、蘇三家，章法翦裁，純以古文之法行之，所以獨步千古。南宋以後，古文之傳絕，七言古詩遂無大宗，阮亭號知詩，然不解古人，故其論亦不及此。」台北市：漢京，1985年。

〔註28〕此講求七古篇法變化、用韻險峻的觀點，可參見元、楊載：《師法家數》，曰：「七言古詩，要鋪敘，要有開合，有風度，要逗遞險怪，雄俊鏗鏘，忌庸俗軟腐。」並可參考張健：《元代詩法考校》中的闡論。北京市：北京大學出版社，2001年。

　　首在於章法變化與轉韻〔註29〕。可見，方東樹實深切體會
　　前人所述「七古」創作的困難，將之歸於「才氣」；並得
　　前人詩論啓發，積極於另一文類——「古文」上尋求可借
　　鏡的方法。
第三，最重要的是試圖在各卷的評註中，將詩、文創作所同之
　　「理」，藉具體的評析加以彰顯、成形。其中頗具代表性
　　的，便是由評析杜甫、韓愈等大家典律，所揭示的「義
　　法」：

　　欲學杜韓，須先知義法粗胚，今列其統例於左：如刱意、
　　造言、選字、章法、起法、轉接、氣脈、筆力截止、不經
　　意助語閒字、倒截逆挽不測、豫吞、離合、伸縮、事外曲
　　致、意象大小遠近，皆令逼眞、頓挫、交代、參差。〔註30〕……
　　（《昭昧詹言》卷八，第十二，213～214頁）

前文曾由詩學觀念的開展，論及方東樹將前輩古文「義法」擴充爲
文、理、法，並特別充實（義）法的內容。此則引文中雖散列「刱
意、造言、氣脈、離合」等各要點，但如聯繫於前文約略論及的「學
詩六法」〔註31〕，則可將其論述依序分爲四部分、層次分明地顯示

〔註29〕見葉燮：《原詩、外篇》下曰：「蓋七古直敍，則無生動撥瀾，如平
　　　蕪一望；縱橫，則錯亂無條貫，如一屋散錢；有意作起伏照應，又
　　　失之板；無意信乎出之，又苦無章法矣，此七古之難，難尤在轉韻
　　　也。……」見丁仲祜：《清詩話》下冊。頁759～760。台北：藝文，
　　　1977年。
〔註30〕今見漢京版《昭昧詹言》此處原文各例間多用分號『；』斷開，似
　　　有不妥，皆改以頓號『、』。而手抄本異文則略之。
〔註31〕前文第二章第三節曾於詩法要領論及，參見方東樹：《昭昧詹言》卷
　　　一，第二十八，10頁。曰「凡學詩之法：一曰創意艱苦，避凡俗淺
　　　近習熟迂腐常談，凡人意中所有。二曰造言，其忌避亦同創意，及
　　　常人筆下皆同者，必別造一番言語，卻又非以艱深文淺陋，大約皆
　　　刻意求與古人遠。三曰選字，必避舊熟，亦不可僻。以謝、鮑爲法，
　　　用字必典。用典又避熟典，須換生。……又虛字不可隨手輕用，須
　　　老而古法。四曰隸事避陳言，須如韓公翻新用。五曰文法，以斷爲
　　　貴。逆攝突起，崢嶸飛動倒挽，不許一筆平順挨接。入不言，出不

學詩要領。

　　首先，以「刱意」「造言」爲首要，是由構思上強調「創作」的本質，以避免淺近、凡俗，乃近於作文中的「謀篇」〔註32〕；其次論及「章法」「起法」「轉接」等，則講求段落、結構上的嚴謹與變化，猶如古文作法中「裁章」「鍛句」的功夫；至於「選字」「助語閒字」等則爲作文中「鍊字」的基本功夫。另外，尚有此處未列出的「用典隸事」之法（見於「學詩六法」），也是重要的修辭實務。分別而論，此四部分雖條理分明、各強調不同層次的詩篇創作要領，聯繫於古文理論，正是由廣而約、始謀篇而終鍊字的文章作法〔註33〕。由此觀之，方東樹在《昭昧詹言》中著力發揮的「法」（有時亦稱「義法」），其實乃作爲詩、文共通的創作要領。換言之，方東樹論詩雖號稱「文、理、法」三者兼重，但其中的「法」才是其詩論的獨到處，也是其打通詩文體裁的重要關鍵。

　　因此，我們以此則論述爲基礎，配合前節所見「移用古文作法爲七古詩法」「以古文結構評析七律」兩類作法爲線索，廣蒐《昭昧詹言》各卷的評詩例證，則可更確切地勾勒出方東樹所標舉詩、文共通的創作原理「法」的內容，並歸結其重點在於：以「強調意緒分明、氣脈變化」爲前題，由「講求文法、精研字句」下功夫。並可由此二點爲脈絡，而展開更具體的創作論述：

（一）強調意緒分明、氣脈變化

　　「行文曉暢、意旨明白」原爲文章（含古文、時文）體裁所擅長，也是與詩歌風格上的最大分野，故自古以來，學者辨明「詩文之異」，

辭，離合虛實，參差伸縮。六曰章法，章法有見於起處，有見於中間，有見於末收。」台北市：漢京，1985年。

〔註32〕由其二處引文中「刱意」「造語」分項下的說明看來，此二點時間有構思、與修辭的雙重意涵，爲免文脈支離，乃將此問題留待第五章第一節論刱意造語中詳述。

〔註33〕參見朱榮智：《文氣與文章創作關係研究》，第六章，第191～280頁。台北市：師大書苑，1988年。

多以文尙典實，宜詞達〔註34〕。方東樹爲引文論詩，將「意脈暢貫、層次分明」的美感，擴大、轉化爲詩、文共通的敘事原則，遂主張詩篇的意緒應單純。所謂「通篇一意到底」〔註35〕、「意緒明白，有歸宿」〔註36〕，均是著重詩篇結構爲前提，強調藉由剪裁安排，以帶給讀者旨意簡潔的感受。故曰：

> 諦觀陶、謝、杜、韓諸大家，深嚴邃密，律法森然，無或苟且信手者也。一題數首，每首又各有主意主句，須使讀者尋繹分明，一一拈得出，然後乃見其用意用法及行文變化之妙，合之又共成一大章法，如杜公《秋興》、《諸將》等是也。(《昭昧詹言》卷十四，第五，376 頁)

由此則引文可知，方東樹是從觀摩陶、謝、杜、韓等大家詩典律的結構嚴密而獲此心得，發現詩文中敘事的手法，均以注重條理性、層次感爲成功要領。故不但長篇古體詩應篇章嚴謹；律體更在遵守格律中追求旨意分明，甚至合數首爲組詩，並現章法謹嚴與變化之美。如此注重篇章構成，本有其特殊目的：一則使古體長篇詩不憚於敘事之繁冗，可開拓格局以表現更豐富的題材。再則藉章法而規劃思理，詩人反能更自由的在字句間表現個人氣格〔註37〕。因此，在敘事結構上講

〔註34〕自宋代以來，常見區分詩文體裁之說，如陳師道《後山詩話》引黃庭堅之論，曰「詩文各有體。」明代以後復古詩論更見「詩之體與文異」等辨體之論（李東陽：〈滄州詩集序〉）。可分別參考郭鵬：〈"以文爲詩"辨——關于唐宋詩變中一個文學觀念的檢討〉。《北京大學學報》哲學社會科學版，36 卷 1 期，73～82 頁，1999 年；方任安：〈以文爲詩以文論詩——桐城詩派的詩學觀〉。《安慶師院社會科學學報》，第一期，23～29 頁，1997 年。以及張高評：《宋詩之新變與代雄》第參章、第 172～183 頁。台北：洪葉文化，1995 年。。

〔註35〕參見方東樹：《昭昧詹言》卷一，第三十二，12 頁。曰：「古人詩文無不通篇一意到底者。此是微言，須深思玄悟，毋忽！」台北市：漢京，1985 年。

〔註36〕參見方東樹：《昭昧詹言》卷一，第三十一，11 頁。曰：「漢、魏、阮公、陶公、杜、韓皆全是自道己意，而筆力強，文法妙，言皆有本。尋其意緒，皆一線明白，有歸宿，令人了然。其餘名家，多不免客氣假象，……」台北市：漢京，1985 年。

〔註37〕參見梅運生：〈古文和詩歌的會通與分野——桐城派譚藝經驗之新檢

求條理、與文氣表現之個性分明，便是方東樹闡發「以文論詩」說的基本要求。

如追溯源頭，此種意緒分明之說，本出於姚範對古文敍寫提出「必見端末」[註38] 的原則，方東樹將之轉化作爲古詩與古文的通則，以「敍題」強調敍事皆應以思路分明爲要領，並進而追求行文變化、超妙入神。但更重要的是，在講求意緒分明中，方東樹兼論章法變化之方、與氣格體現之妙，便是欲藉「氣脈」對詩人之「氣」稍作節制，避免一味以流暢逞辭，以致「流易」之失。故又曰：

> 朱子曰：「行文要緊健，有氣勢，鋒刃快利，忌軟弱寬緩。」
> 按此宋歐、蘇、曾、王皆能之，然嫌太流易，不如漢、唐人
> 厚重，然卻又非鍊句減字法，眞知文者自解之。以詩言之，
> 東坡則是氣勢緊健，鋒刃快利，但失之流易不厚重，以此不
> 及杜、韓。在彼自得超妙，而陋才崀士，以猥庸才識學之，
> 則但得其流易之失矣。(《昭昧詹言》卷一，第六十八，24 頁)

引文中藉朱子論文以見詩、文皆須結構緊健、有氣勢見長，特別是氣需蓄以學養、加以文法，方可上追杜、韓，免於蘇詩之流弊。可見，方東樹對「氣脈」變化的重視，實因詩人的氣格需藉章法以表現、節制之，而章法又需賴氣格以創新、變化。凡此講求意緒安排、氣脈變化的法則，皆得自古文原理的轉化。

（二）講求文法、精研字句

深刻的詩意，來自於苦思與創意，欲將深情厚意承載之於有限字句之中，則需賴謀篇、安章之妙法。故在追求詩文「用意高深」、擺脫「凡近淺俗」的前題下，方東樹更正視運用文法、鍛鍊字句等基礎

討)。見《安徽師大學報》(哲學社會科學版) 第一期。第 8 頁。1986年。

[註38] 參見方東樹：《昭昧詹言》卷一，第六十，21 頁。曰：「「薑塢先生曰：『大凡文字援據，雖有詳略，然必見其端末。』余謂作詩無援據之事，而必有序題 (抄作『題事』，下有「須敍述明白」)。大凡變化恣肆，文法高古，超妙入神，全在此一事上講求 (抄有「小才之人，非漏略不明，即冗絮平鈍」)。」」台北市：漢京，1985 年。

功夫的重要性，稱之爲「文家一大事〔註39〕」，主張「先由此實下功夫」〔註40〕。因此，其評論詩篇創作，最詳於文法的剖析，尤其是起、結之法，乃是其觀摩成功典律、一一歸結的重點。僅撮舉數例如下：

> 莫難於起句，不能如太白、杜、坡天外落筆，便當以退之爲宗，且得老成安定辭也。（《昭昧詹言》卷十一，第四十一，242頁）

> 起句須莊重，峰勢鎭壓含蓋，得一篇體勢。起忌用宋人輕側之筆，如放翁『早歲那知世事艱』，須以爲戒；而以『高館張燈酒復清』、『風急天高猿嘯哀』、『玉露凋傷楓樹林』等爲法。震川論《史記》，起勢來得勇猛者圈。杜公多有之。杜又有一起四句，將題情緒敍盡，後半換筆換意換勢，或轉或託開。大開大合，惟杜公有之，小才不能也。尋常五六多作轉勢，不如仍挺起作揚勢更佳。結句大約別出一層，補完題蘊，須有不盡遠想。大概如此，不可執著。結句要出場，用意須高大深遠沈著，忌淺近浮佻凡俗。（《昭昧詹言》卷十四，第六，377頁）

> 以議論起，易入陳腐散漫輕滑。以序事起，平鋪直衍冗絮迂緩。此惟謝、鮑、山谷最工。前人謂小謝工於發端，乃是一格耳，未足蔽一切法也。惟杜公崢嶸飛動之勢，遂爲古今第一妙象，然專學之又有病，惟眞好學深思者辨之。（《昭昧詹言》卷一，第六十四，22頁）

類此之例尙多，此不備詳引〔註41〕。但大體以起句莊重、或飛動有

〔註39〕參見方東樹：《昭昧詹言》卷一，第三十九，14頁。曰：「用意高深，用法高深，而字句不典不古不堅老，仍不能脫凡近淺俗。故字句亦爲文家一大事。」台北市：漢京，1985年。

〔註40〕參見方東樹：《昭昧詹言》卷一，第四十一，15頁。曰：「字句文法，雖詩文末事，而欲求精其學，非先於此實下功夫不得。此古人不傳之秘，謝、鮑、韓、黃屢以詔人，但淺人不察耳。」台北市：漢京，1985年。

〔註41〕參見方東樹：《昭昧詹言》卷十一，第三十三，240頁。曰：「詩文以起爲最難，妙處全在此，精神全在此，必要破空而來，不自人閒，令讀者不測其所開塞方妙。」、以及方東樹：《昭昧詹言》卷十四，

神氣爲佳，收結則須留遠勢、有餘韻，其作法雖變化多端、各具巧妙，但多借用古文入題、破題，與首尾呼應之法而說之，故其所推崇者，亦多爲杜甫、李白、韓愈、東坡等兼擅詩文、妙用文法的諸家詩。至如謝、鮑、山谷、南豐等家，或評其專於一格、或謂其「失在不放」〔註42〕，實則因其造句雖工、文字雖奇，卻不善以文法變化其結構，以致高格遠致不足。可見此字句、文法的功夫，確實需相濟爲用，而援古文篇章構結之法以助詩篇變化，則更爲方東樹救弊古人的獨特領會。

　　除此之外，又有以古文「浮聲切響」之法以對應詩韻平仄之律〔註43〕，以見講求聲韻悠揚，亦是詩文共通的藝術美；或藉文中「書序」類抒情轉折如詩，進而並論二體〔註44〕，以見韓愈書序之筆法，確實可通用於古詩。凡此，僅撮舉其要，即已可見方東樹運用古文技法於詩篇創作論之廣泛而周詳，並實踐於其個人創作〔註45〕，毋

第六，377 頁等，皆爲方東樹詳敘起句、結句作法的例證。

〔註42〕參見方東樹：《昭昧詹言》卷一，第四十四，16 頁。曰：「『宋以後不講句字之奇，是一大病。』余謂獨南豐講之，而世人不之知。嘗論南豐字句極奇，而少鼓蕩之氣。又篇法少變換、斷斬、逆折、頓挫，無兀傲起落，故不及杜、韓。大約南豐學陶、謝、鮑、韓工夫到地，其失在不放，一字一句，有有車之用，無無車之用。然以句格求之，則其至者，直與陶、謝、鮑、韓並有千古，其次者亦非宋以來詩家所夢及。惜乎世罕傳誦，遂令玄文處幽，不得與六一、介甫、山谷並耀。豈其文盛而詩晦，亦有命存耶？」台北市：漢京，1985 年。

〔註43〕參見方東樹：《昭昧詹言》卷十二，第三，243 頁。曰：「王摩詰《夷門歌》『亥爲屠肆』二句，與古文浮聲切響一法。『非但慷慨』以下，轉出波瀾議論。」台北市：漢京，1985 年。

〔註44〕參見方東樹：《昭昧詹言》卷十二，第一四０，278 頁。曰：「《寄聖俞》真似退之，尚帶痕跡。凡寄人書，通彼我之情，敘離合之跡，引伸觸類，無有言則。此詩前敘彼之才，次言己不能振之，又惜其遇而廣之，抵一篇書。『汴水』句，暗用儂超事。」台北市：漢京，1985 年。

〔註45〕方東樹的詩篇創作亦以用韻老練、章法高妙而見長。故姚鼐評其〈紅梅詩〉曰：「有情有韻。落韻穩老，真似昌黎。」見《方植之全集》本《半字集》書前「題辭」。第一葉左。

怪乎其敢直言「不解古文，不能作古詩！〔註46〕」，甚至據此論爲基礎而「以文法評詩」，將能否運用文法於詩篇，視爲論斷詩人高下的準則。

　　綜觀以上《昭昧詹言》書中方東樹所謂「詩與古文一也」的觀點，雖有出於繼承「詩文一理」師說、及遠紹於明格調詩論「詩文同則」的淵源，卻可貴在其善於闡發、並廣泛驗證于評詩實際。故我們歸結《昭昧詹言》所呈現的脈絡，大體循「強調意緒分明、氣脈變化」「講求文法、精研字句」二線開展論理。約其要旨，則恰如姚範對韓文公書序的評論：「能簡潔，而文法高古。〔註47〕」今方東樹得前人論文精髓、移用於論詩，則同樣以韓愈詩爲典律。並以意緒明白括其「簡」、以文法、字句的講求欲其「潔」，而概觀其精神，則總以雅正高古爲崇尙、以文法爲作用。唯需分辨者，乃方氏「文法」的意涵寬嚴稍異，概括而言，涵一切源於文章的創作要領；具體指陳，則專謂古文的章句組構法則。但基本上，均源自韓愈「去陳言」「師古人」的創作精神，與對於杜詩開闔變化的典律學習而來，下文乃就此申論。

二、以文爲詩的創作借鏡

　　詩、文體裁雖異，但創作原理上本有相近可移用者，故就其敘事、議論、聲韻等技巧層面，歷來皆有人會通並較，此已論析於前。也因

〔註46〕方東樹評註歐陽脩詩中常用此觀念。參見《昭昧詹言》卷十二，第一六一，283 頁。如《和對雪憶梅花》一首下，逕曰：「不解古文，不能作古詩，放翁所以不可人意也。此詩細縷密針，麤才豈識。余最不喜放翁，以其猶粗才也。此論前未有人見者，亦且不知古文也。昔在西陵，見梅憶洛，今在北地，對雪無梅，憶西陵再入題。和詩從昔時見梅說，即逆捲法也。用意深，情韻深，句逸而清。先敘後點，敘處夾議夾寫，此定法也。正題在後，卻將虛者實之於後。『當時』二句，接『風中仙』下。『今來』四句刪。此不及坡元韻三首，而情韻幽折可愛。」台北市：漢京，1985 年。
〔註47〕參見姚範：《援鶉堂筆記》第六冊，評「韓文公集二卷」，第四十二卷，1600～1601 頁。台北市：廣文書局，1971 年。

此，在詩文發展史上，那些勇於開創、實驗變體者，往往成為評論、甚至爭議的焦點。其中較明顯的事例，是在北宋時對杜甫「以文為詩」、韓愈「以詩為文」作法的論爭。

由於各家詩話多於引見事例後、添加個人觀點的詮釋，為求客觀瞭解全貌，且引見《苕溪漁隱叢話》中詳述論爭者為主：

> 沈存中、呂惠卿吉甫、王存正中、李常公擇、在館中夜談詩。存中曰：「退之詩押韻之文耳，雖雄美富贍，但終不是詩。」吉甫曰：「詩正當如是，吾謂詩人亦未有如退之者。」正仲是存中，公澤是吉甫，四人交相詰難，久而不決。（《苕溪漁隱叢話——前集》卷十八，118頁。台北：長安，1978年。）

若據文中「四人交相詰難，久而不決」一語，可推測當時主張辨體、維護本色的保守派，與鼓勵破體、強調創作的新變勢力，或乃各自成理、不相上下。但如欲瞭解北宋元祐年間的詩學發展，並應參照惠洪《冷齋夜話》對此事的評論：「余嘗熟味退之詩，真出自然，其用事深密，高出老杜之上」，則可知：呂吉甫、李公澤等人推崇韓詩、接受創變的主張，似乎更能反映當代詩人勇於正視唐詩成就、急於尋求突破的文學創變心態。後來陳善於《捫蝨新話》對此提出「詩中要自有文，文中要自有詩」的折衷評論，尤其可留意其於文後對杜韓作法的申辯：

> 前代作者皆如此，吾謂無出韓杜。……以此知杜詩韓文，缺一不可。世之議者，遂謂子美於韻語不堪讀，而以退之詩為押韻文者，是果足為韓、杜病乎？文中有詩，詩中有文，當有知者領予此語。（《捫蝨新話》上集、卷一、第3～4頁）

但此段評述值得細究，非因其為杜韓「脫罪」，而是其在眾家爭論後，落實於創作技巧的實際需求。歸結指出：詩、文在藝術表現上的交融變化，是有志「創作」時必要而自然的反應。因此，本段論述既反映出北宋以來歐陽脩、梅堯臣、蘇舜欽等詩人志在超越唐詩的企圖心，也為宋詩家創作上的多元創變、破體嘗試找到了正當的理據。

至於另一熟見的「以文為詩」評述，乃是陳師道《後山詩話》摘

引黃魯直之論。暫不論其詩論本身已有託偽的疑慮〔註48〕，其引文前段雖呈現部分北宋詩人（如黃庭堅）「詩文各有體」的辨體觀點，但其後所謂「雖極天下之工，要非本色。」的評斷語，實爲陳師道本人附加，自難免有誤讀前人〔註49〕、另行詮釋的可能，只應視爲黃庭堅詩論的後續詮釋。而今日我們觀察此番論爭的意義，主要不在評定古代詩人高下，而欲藉此論爭映現北宋當代的論詩風尚，並非盲目的跟從或模擬古人，且能透過典律詩人的實踐經驗，領悟到從古文中借取創作資源，可增加詩篇的生命力，更是越渡唐詩、再創高峰的新契機，此當爲錢鍾書所謂宋詩以「破體」恢弘詩體〔註50〕的精神。

　　再藉由宋代詩學發展的研究成果也可佐證，北宋的歐、王、蘇、黃等詩家，的確在唐代杜、韓等家的創作中獲得「詩文如一」的理念啓發，也曾投入實際創作中，進行持續的努力。例如清季陳衍《石遺室詩話》指出宋人係沿杜韓之波而交互錯綜〔註51〕，今人錢鍾書、吳小如更具體勾勒杜甫、韓愈、白居易等人對宋代「以文爲詩」的影響〔註52〕。我們如詳析杜甫〈北征〉、韓愈〈八月十五夜贈張功曹〉〈嗟哉董生行〉等詩篇，不難由章法、句式上獲得驗證；至於歐梅蘇等變

〔註48〕參見郭紹虞：《宋詩話考》16～19頁。台北縣：漢京文化，1983年。

〔註49〕此處借用美、布魯納「誤讀圖示」理論中的觀點，故所謂「誤讀」代表的是創造性的詮釋，而無判定是非、高下的意義。同見朱立元、陳克明譯：《文學影響論——誤讀圖示》第23頁。台北縣：駱駝出版社，1992年。

〔註50〕參錢鍾書：《管錐編》第三冊〈全上古三代秦漢三國六朝文〉140則中第十六則，論「文之體」，曾評論曰：「名家名篇，往往破體，而文體亦因以恢弘焉。」見《管錐編》第三冊890頁。台北市：書林，1990年。

〔註51〕參陳衍：《石遺室詩話》卷十四。曰：「余謂唐詩至杜韓而下現諸變相，蘇、王、黃、陳、楊、陸諸家，沿其波而參互錯綜，變本加屬耳。」台北市：台灣商務，1976年。

〔註52〕參見錢鍾書：《管錐編》卷一。曰：「唐之少陵、昌黎、香山、東野，實唐人之開宋調者。」見《管錐編》第一冊。台北市：書林，1990年。又吳小如：〈宋詩漫談〉。見《宋詩綜論叢編》第7～8頁。高雄：麗文，1993年。

革先驅，或山谷、東坡勇於創體的窮變極相，對其詩篇上創作成果的實證，則已有張詩高評、黃美鈴等前輩詳加析論〔註53〕。

特別的是，這些北宋詩人往往也以古文名家，他們在詩體變革上的體認與努力，乃伴隨其古文成就，同時獲得姚鼐等桐城耆老的青睞，進而成為方東樹闡揚「以文論詩」觀點時，引為破體創作的最佳典律。今約其大概，可說是「遠溯杜、韓，近法歐、王」，以下便循此脈絡，略論方東樹與宋詩家創作取法的異同：

（一）遠溯杜、韓

前述北宋詩家觀摩「以文為詩」的對象，主要有杜甫、韓愈、白居易等家，如上溯源頭，則晉宋間的陶潛詩便已樹立成功的示範〔註54〕。而方東樹論點雖輾轉接受自宋代詩學，但其將詩文價值探原於「道」、強調創新精神的取向卻較接近於北宋詩文革新時期的精神〔註55〕，故同以杜、韓詩為最高典律，並探索出打破詩體範限的

〔註53〕參見張高評：《宋詩之新變與代雄》第三章，157～194 頁。台北市：洪葉，1995 年；又可參見黃美鈴：《歐、梅、蘇與宋詩的形成》第六章第三節〈歐、梅、蘇以文為詩的創作實踐〉194～209 頁。台北市：文津，1998 年。

〔註54〕累積歷來文學史研究的成績，可知陶潛詩的評價，到宋代獲得極大的提昇。今則見吳小如進一步指出陶詩對宋詩的影響主要表現在「以文為詩」上。可參考吳小如：〈宋詩漫談〉。見《宋詩綜論叢編》第7～8 頁。高雄：麗文，1993 年。除此而外，據學者研究，尚有白居易詩亦深得「以文為詩」的要領，且對宋代詩風造成相當程度的影響。參見王錫九：《宋代的七言古詩》，15～28 頁「宋初白體詩人的七古」。天津市：天津人民出版社，1993 年。

〔註55〕參見張雙英：〈論「宋詩」的特色及其形成的主要背景〉，以為「宋詩的特色」本隨時、地的改變而不斷出現，故欲討論其內涵，應落實於更明確的宋代詩史中去理解。見《宋代文學叢刊》第三期 40～41 頁。1997 年 9 月。另見李青春：《宋學與宋代文學觀念》上篇，第三章第 80～87 頁，指出「詩文價值本原探問」「創新精神」等宋代詩學的精神多成於北宋歐王諸家。又參見北京市：北京師範大學，2001 年；又見王水照編：《宋代文學通論》體派篇、「第一章、宋調的成型」，第 92～104 頁，也仔細分析歐陽脩、梅堯臣、蘇舜欽、蘇東坡等家，在詩文體裁風格上革新創變的主張與貢獻。開封市：河

出路，在於「以文爲詩」、以古文之法論詩。

　　譬如《昭昧詹言》中曾歸結杜、韓等大家七古長篇的創作奧妙在於善用太史公雄渾的筆法。如此以「文」筆運篇的特色之一，便是在長篇詩中追求文氣上的波折起伏，方東樹稱之曰「起棱」。所謂「題後墊襯，出汁起棱，更妙，此千餘年不傳之秘盡於此矣！」〔註56〕由評註原文所見，方東樹所謂「起棱」，雖源於對《史記》、韓愈文、杜甫詩等敘寫手法的獨特體悟。但由於這些大家在客觀的敘事、寫景中，皆能融入個人的特殊視角與觀感，致使敘寫內容較爲獨特、具有神采、個性（造成所謂「起棱」），而不落俗套，因此，方東樹將其轉化爲詩篇創作的要領，並斷言「起棱」的關鍵在於「神氣」〔註57〕，一旦能在敘寫中灌注個人特有的「神」「氣」、做到所謂「紙上起棱」，其詩便具有「骨肉飛騰，令人神采飛越」的閱讀美感〔註58〕。

　　藉此處以「起棱」評詩之例，可知《昭昧詹言》中經常推崇杜、韓詩爲創作典律，主要目的係爲學者示範此類創意獨具的表現手法：有時見於敘述中的刻意「起棱」，有時表現於起句、收結的匠心獨具等（請參下文第五章第三節詳述），但大體而觀，皆是與太史公筆法可以相通的、廣義的「文法」，是作者依其主觀上欲傳達的「意」所特意構成的、最能表徵其「創作」特色的美感編序。然而，由揣摩創作要領（作用）的角度宗法杜、韓，並非方東樹《昭昧詹言》獨創的

南大學，1997年。

〔註56〕參見方東樹：《昭昧詹言》卷十一，第十一，234頁。曰：「汁漿起棱不止一處，愈多愈妙，段段有之乃妙。題後墊襯，出汁起棱，更妙，此千餘年不傳之秘盡於此矣！乃太史公、退之文法也，惟杜公詩有之。」台北市：漢京，1985年。

〔註57〕參見方東樹：《昭昧詹言》卷十一，第一二，235頁。曰：「起棱在神氣，存乎能解太史公之文。汁漿存乎讀書多、材料富。凡以上諸法，無如杜公。」台北市：漢京，1985年。

〔註58〕參見方東樹：《昭昧詹言》卷十一，第八，234頁。曰：「大約不過敘耳、議耳、寫耳，其入妙處，全在神來氣來，紙上起棱，骨肉飛騰，令人神采飛越。此爲有漿汁，此爲神氣。」台北市：漢京，1985年。。

觀點，也同時可呼應宋代黃庭堅提示「杜之詩法、韓之文法」的創作
法則、與前述陳善所謂「詩文相生」的體認。但大體而言，由杜甫「沉
鬱頓挫」、韓愈「陳言務去」的創作實踐上，方東樹所觀察、領悟的
詩法多偏重於「有意」爲文的安排、與有「法」可學的方法，是故，
與陶潛詩雖雜揉議論與散句、卻顯得自然而「無意爲文」的風格顯然
有別，也不以爲適於一般學詩者取法。

　　總而言之，方東樹雖得自宋人「以文爲詩」的啓發，卻因偏重
詩意的構成與安排之法，獨以「杜韓」爲標的，而不特別推崇陶詩
的創作成就，乃是與宋詩學再典律學習上較大的差異。此外，再由
方東樹個人詩集中的創作表現，及友人對其詩篇的題贈評論進行驗
證〔註 59〕，其本身在創作的取法典律、與美感傾向上，也的確較爲
推崇杜、韓，而以「以文爲詩」爲詩篇創作的特殊要領。

（二）近法歐、王

　　習作古文以北宋爲法，本是桐城派的共通目標〔註 60〕。而其中
歐陽脩、王安石二家，非但以古文名家，其詩篇也深得桐城諸老讚賞。
尤其於七言古詩中融入古文章法妙於剪裁的表現，更帶給方東樹等人
在詩意構結、章句安排上許多啓示。因此，在前文第三章第四節「宋
詩各家的創作特色與發展地位」中，我們發現歐、王二家雖非宋詩選
篇地位的最高，方東樹評析的重點卻多集中於二人擅於「以古文法爲
詩」方面的實踐，強調對初學入門者的示範作用。

　　並且根據方東樹的評述，歐王兩家「以文爲詩」的作法，皆得自

〔註 59〕同見《方植之全集》本《半字集》書前「題辭」。其中管同（異之）、
　　　　姚瑩（石甫）皆謂方東樹詩學自杜、韓，而得其情。分見第一葉左、
　　　　第五葉右。

〔註 60〕見吳德旋：《初月樓古文緒論》，第一頁。其力闢桐城論文的偏限，
　　　　故開偏即曰：「作文立志要高，北宋大家，雖不可不學；然志僅於此，
　　　　則成就必小矣。《史》《漢》及唐人須常在意中也。」可側見以北宋
　　　　大家爲師，本爲其普遍的主張。見四部備要本《古文緒論，說詩晬
　　　　語，文心雕龍》。台北市：中華，1981 年。

韓愈學習杜詩的啓發，並能隨順個人性情而分得韓詩不同的風格，遂成爲值得深究的論詩關鍵。其言曰：

> 荊公健拔奇氣勝六一，而深韻不及，兩人分得韓一體也。荊公才較爽健，而情韻幽深，不逮歐公。二公皆從韓出，而雄奇排奡皆遜之。可見二公雖各用力於韓，而隨才之成就，只得如此。……（《昭昧詹言》卷十二，第一六六，285頁）

由於歐陽脩愛好抒寫婉轉，以致其詩情韻幽深；王安石則因才氣爽健，而以篇中奇氣勝，兩人雖同爲宋代詩文革新運動的實踐者，也同樣深獲韓愈創作精神的啓發，但其「以文爲詩」的詩體風貌卻迥然有別，大抵因其先天情性而異，並與其所擅長的「文法」趨向相呼應：歐詩的情韻綿長，得自於運用「逆轉順布」〔註61〕「細縷密針」〔註62〕的曲折章法；王詩的氣健思深，則因謹於章句佈置而使詩意嚴密鄭重〔註63〕、善運奇氣轉折而使詩境闊達〔註64〕。

　　是故，此二人在宋代各家典律中評價雖非最高，方東樹卻特予強調，主要應是其善用文法於創意佈局，故有跡可見、有法可循，最便於初學者習作揣摩。而其因應性情、變化文法的示範，亦最符合「破

〔註61〕參見汪中編：《方東樹評古詩選》，第511頁「歐公之妙，全在逆轉順布，慣用此法，故下筆不由人，讀者往往迷惑，又每加以事外遠致，益令人迷。」台北市：聯經，1975年。

〔註62〕參見方東樹：《昭昧詹言》卷十二，第一六一，283頁。於歐陽脩〈和對雪憶梅花〉詩下評曰：「不解古文，不能作古詩，放翁所以不可人意也。此詩細縷密針，麤才豈識。余最不喜放翁，以其猶粗才也。此論前未有人見者，亦且不知古文也。此不及坡元韻三首，而情韻幽折可愛。」台北市：漢京，1985年。

〔註63〕參見方東樹：《昭昧詹言》卷十二，第一七○、一七二則，分別評論王安石〈純甫出釋惠崇畫要余作詩〉及〈燕侍郎山水〉二首題畫詩，皆針對其字句用力、章法嚴謹而評論。見286、287頁。台北市：漢京，1985年。

〔註64〕另見方東樹：《昭昧詹言》卷十二，第一六八、一六九、一七一、一七八、一七九則等則，分別指出王安石〈元豐行示德逢〉〈後元豐行〉〈徐熙花〉〈送程公闢守洪州〉〈彭蠡〉等詩，以奇氣創意、不同俗手，或於收句轉出一層、或轉託他人之詞以變化陳套，常使意境曲折而深遠。見286～286、288～289頁。台北市：漢京，1985年。

體」創作、自見面目的創新追求。故曾於《昭昧詹言》中自述其取法
歐、王，學習宋詩的用意，曰：

> 學詩從山谷入，造句深而不襲，從歐王入，則用意深而不
> 襲，章法明辨。《昭昧詹言》卷十一、第二十三，237 頁）

又於評論王安石詩後，詳於解說王詩的典律價值、與學詩者應取法的
重點，曰：

> 通篇用全力，千錘百鍊，無一字一筆懈，如輓百鈞之弩。
> 此可藥世之粗才俗子，學太白、東坡，滿口常語雍熟句字，
> 信手亂填，章法更不知矣。此一派皆深於古文，乃解爲此。
> 初學宜從此下手，乃能立腳。(《昭昧詹言》卷十二，第一七〇，
> 286 頁)

故知方東樹爲學詩者規劃「近法歐、王」的入門途徑，乃基於：
以「詩意深刻獨到」與「章法明辨」兼具爲初學條件的創作觀，更有
挽救蘇、李詩流風，避免詩語俚俗、氣格輕滑的針砭作用。畢竟，相
較於崇高而變化難測的杜甫、韓愈，以及才高難蹤的李白、蘇軾，北
宋歐陽脩、王安石二家的詩篇顯然平實中法而易於入門，也較適用於
一般詩才平庸的學子〔註65〕，同時，方東樹亦期許其一旦得挈文法要
領，便能順性發揮、巧妙變化而無窮，故不失爲切要的學詩門徑。

此外，其他北宋詩家雖亦有運用「以文爲詩」手法者，則或不僅
以此獨勝（如黃庭堅另於句法講究），或因才氣高妙，凡才難逮（如
蘇軾〔註66〕），故皆不適於作爲「以文爲詩」的典律，可被方東樹評
析的詩篇例證也少，《昭昧詹言》或因此而略於論及。

〔註65〕 參見方東樹：《昭昧詹言》卷十二，第一二六，275 頁。曰：「學歐公
作詩，全在用古文章法。如此，則小才亦有把鼻塗轍可尋；及其成
章，亦非俗士所解。逆卷順布，往往有兩番。逆轉順布後，有用旁
面襯，後面逆襯法。蓋上題用逆傱者，無非避正，避老實正局正論；
致成學究也。」台北市：漢京，1985 年。。

〔註66〕 參見方東樹：《昭昧詹言》卷十一，第三十八，241 頁。曰：「坡詩縱
橫如古文，固須學其使才恣肆處，尤當細求其法度細緻處，乃爲作
家。」。台北市：漢京，1985 年。

　　以上例舉北宋以來「以文爲詩」的代表詩家，對照於方東樹「遠溯杜韓、近宗歐王」的詮釋，雖顯見其選取的典律與宋人不盡相同，但其所論卻足以振復前人詩學精神，皆將「以文爲詩」視爲一種有利於「突破詩體範限」而創作、「爭取才情、氣格的揮灑空間」的活路。至於，方東樹乘勢將古文的素養、養氣的要訣，率皆移用於詩人修養論，則非但與他著重義理、尊奉程朱的學術傾向相關，也源自於桐城論學講求會通的傳統，下節擬就此端再加探究。

三、文體會通的傳統

　　自先秦以來，由於詩、文在士人階層的流通並行，「會通文體」的論述也時有所見，但多零星散見於個人論述。前述北宋「以文爲詩」作法能匯成風尚，除歐陽脩等人有意的提倡外，宋代文化中原有的「會通」〔註67〕傾向，乃是促使其普遍風行的、內在的發展因素。

　　而這股北宋以來鼓勵「會通」「破體」的文學風潮，到了南宋朱熹等理學家時，乃轉化爲對儒學與文學的融通。當代對文——道關係的主張，原有古文家「文以貫道」、理學家「文道相妨」兩大派，朱子則將詩學思考放入理學架構中，以「理氣不即不離、兩分不二」的關係，作爲道與文的中介〔註68〕，分別在形而上、行而下的層次上，使「道」有可解釋、被理解的可能。

　　對向以「擁護程朱」自命的桐城派方東樹等人而言，朱熹的詩文論不但具體影響了他「善學古人」〔註69〕的創作修養、「以杜韓爲目

〔註67〕張高評先生曾以宏觀的視角指出：宋代文化本身即具有「會通」「化成」的整體傾向，故文學各類間、甚至與藝術上的相互借鏡，乃是很頻繁、熟見的。見《會通化成與宋代詩學》。台南市：成功大學出版組，2000 年。

〔註68〕參霍炬：〈論朱熹詩學的理論統一性〉。見《陝西師範大學學報》——哲學社會科學版，第 30 卷第一期，

〔註69〕今可見方東樹自引朱子論詩之說爲據。參見方東樹：《昭昧詹言》卷十四，第五，376 頁。曰：「故欲自家詩好，必先在善讀古人；能識得古人，而後乃可言學：朱子〈詩經序〉言之詳矣。」

標」〔註70〕的典律選擇，更發展為文學觀的核心，廣泛的統攝其詩、文創作的評價基準。例如前文第二章所述「重義蘊、講本領」、「文理法三者合一」等詩學觀念，便是由朱子論「文」之言轉化而來：

> 朱子曰：『文章要有本領，此存乎識與道理。有源頭則自然著實，否則沒要緊。』又曰：『須靠實，說得有條理，不要架空細巧。』論議明白，曉然可知。愚謂詩亦然，否則沒要緊，無歸宿，何關有無。（《昭昧詹言》卷一，第三，2頁）

基於「文由道生」的觀點，朱子以為「本領」存乎識與道理之中，並依此確立「文字緊實，議論條理明白」為詩文評價標準。方東樹沿其說於論詩，而特重「本領」為詩人修養；以「理」強化義法說中義理的內涵〔註71〕，並增加「法」一項，強調長篇詩須條理明白……等，遂明顯有承襲朱子會通理學與文學的企圖。因此，方東樹融貫詩文的作法，可說承續自宋代以來的會通理學與文學、會通詩文體裁的論述趨向。

此外，明清以來的近世詩文論中，也常見會通詩文體裁的獨特見解。如清初金聖歎、徐增等人「一副手眼」〔註72〕的評詩觀念，便是能掌握詩篇形式特色、善用分「解」說以釐析詩意構成脈絡的獨到鑑賞方法。所謂：

> 詩與文，雖是兩樣體，卻是一樣法。一樣法者，起承轉合

〔註70〕另又可見其遵朱子之評論，以杜韓為學詩典範的說詞。參見方東樹：《昭昧詹言》卷一，第十二，5頁。曰：「以〈三百篇〉、〈離騷〉、漢、魏為本為體，以杜、韓為面目，以謝、鮑、黃為作用，三者皆以脫盡凡情為聖境。」

〔註71〕參見方東樹：《昭昧詹言》卷一，第二十一，8頁。其說明增進「義法」的修養，應由博學深思體道躬行等功夫落實。故曰：「非淹貫墳籍，不能取詞。非深思格物，體到躬行，不能陳理。若徒向他人借口，縱說得端的，亦只剿說常談。強衰者無涕，強笑者無歡，不能動物也。非數十年深究古人，精思妙悟，不解義法。」

〔註72〕參見金聖歎：〈讀第六才子書法〉，第九則曰：「聖歎本有才子書六部，《西廂記》乃是其中之一。然其實六部書，聖歎只是用一副手眼讀得。」見《金聖歎全集》第三冊，「卷之二」〈讀第六才子書《西廂記》法〉，第11頁。台北市：長安，1986年。

也。除起承轉合，更無文法；除起承轉合，亦更無詩法。(〈示
顧祖頌孫聞、韓寶昶魏雲〉，《金聖嘆尺牘》)

金聖嘆在《杜詩解》中將此觀點作了詳切的論述與實踐，其靈活運用
於七言律詩、古體詩、甚至藉之將相近的詩組合成套來說解〔註73〕，
使得原用於科舉制義的「起承轉合」格式，轉化為分辨詩篇中情意節
奏，剖析其意緒斷、連的最佳標記。可惜，比對其所變化運用的三類
型而觀，方東樹僅採取其中以「起承轉合」分析七言律詩八句結構的
作法，並沿用類似的評註體例，以「二句一聯、四句一截」的分解說，
發揚其注重意緒分佈、篇法構成的特色。

其後，對方東樹最直接而明確造成影響的，應是桐城派原有的、
會通文體的論述傾向。自戴名世以降，桐城派多為兼擅古文時文的
儒者，其文章素養貫串乎經、子、史、傳，而深得其氣韻〔註74〕。
故戴、方等人探討文章原理、歸結文章作法，每每混同古文與時文、
古文與賦而論〔註75〕，甚至桐城派的核心──「義法說」等主要的
論點〔註76〕，也多是會通於經、史，得其行文用筆之要旨而來的。

〔註73〕參見吳宏一先生：《清代文學批評論集》。50～53頁。其第二篇乃針
　　　　對清代初期形式批評進行分析，將眾所知的「分解說」區分為以上
　　　　三種型態來討論。
〔註74〕桐城後學吳汝綸曾評比方苞、劉大櫆之文，以其皆出於六經、子、
　　　　史、百家傳記之書，而分別深于經或史。參〈與楊伯衡論方劉二集
　　　　書〉，見《桐城吳先生全書》第303頁。北京市：北京人民文學，1981
　　　　年。
〔註75〕如戴名世所衍「道法辭三者合一」的創作法則，乃統合時文、古文
　　　　而論，甚至可衍化運用於賦。參戴名世：〈己卯行書小題序〉，見《南
　　　　山集》卷四，372～375頁。台北市：華文書局，1970年。又見王樹
　　　　民編校《戴名世集》。北京市：中華書局，1986年。
〔註76〕詳參方苞：〈書貨殖後傳〉。見《方望溪文集》卷二，台北市：世界，
　　　　1960年；另見《清代文壇盟主──桐城派》「名篇選註」第184～186
　　　　頁，於註解乃解析其「義法」會通經、史、文三科之筆法。合肥市：
　　　　安徽人民出版社，2002年；又參姚鼐：〈海愚詩鈔序〉及〈復魯絜非
　　　　書〉。分見於《惜抱軒詩文集》卷四第48頁，卷六第93頁。上海市：
　　　　上海古籍，1992年；又學者評論桐城古文的創作特色，每每以其「文
　　　　史交融」。參佚名：〈戴名世論〉──五「古文創作評論」第四點。

　　嬗其學者，尤積極於建立論證，首先是劉大櫆引詩於論文，倡言「因聲求氣」〔註77〕說，以為：古文最需以節奏音節為要；篇章中的音節高下，實為作者「神氣之跡」。故讀者需「歌而詠之」〔註78〕，可藉字句、音節的平仄抑揚而體會作者灌注其間的人格風采；而作者掭筆為文，更須以選字鍊句、音律變化為首務。此乃藉詩歌對用字精煉、文字音樂性的藝術美〔註79〕，落實了歷來散文論中以音樂為喻、講求文氣的創作論。次者，則是姚鼐善於吸納莊子自然的審美觀，並融合佛學、考據學等相關學術，方能在歸納桐城歷來的文章論述後，提出「道與藝合，天與人一」〔註80〕的藝術原理，以解決原有桐城古文論中文與道衝突、形式與內容割離的論理矛盾和空洞〔註81〕。

　　方東樹不但承其師門廣納學術、兼重詩文的精神，也本著「詩與古文一也」的原則，將前述方苞、姚鼐、劉大櫆等桐城前輩在文論上的會通之論，具體的吸納為其詩論內容、論述方式（已詳述於第二章第二、三節），並依循作為評註詩選的條例（可參下文第八章第一節）。

〔註77〕以「因聲求氣」一詞而概稱雖始於桐城後學吳汝綸，但其理論架構的完整提出則為劉大櫆。可詳參楊淑華所撰〈劉大櫆因聲求氣說的理論與驗證〉，《台中師院學報》第十三期，1999 年 6 月。

〔註78〕參見劉大櫆：《論文偶記》，其強調節奏對古文的重要性，曰：「文章最要節奏，譬之管弦，繁奏中必有希聲窈渺處。」（卷一，第二葉）其論音節的重要則曰：「音節高則神氣必高，音節下則神氣必下，故音節為神氣之跡。一句之中或多一字，或少一字，一字之中或用平聲或用仄聲，同一平字仄字，或用陰平、陽平、上聲、去聲、入聲。則音節迥異。故字句為音節之矩。……合而讀之，音節見矣；歌而詠之，神氣出矣。」（卷一，第一葉。）同見傅斯年圖書館藏：遜敏堂叢書本，道光二十七年。

〔註79〕劉大櫆以詩歌論文的觀點，已有許多學者提出、並加以論證檢驗，本文便不贅述。如鄭美慧（1994）：劉海峰論文偶記研究。臺灣師範大學國文研究所，碩士論文。黃雅淳（1995）：劉大櫆散文研究。高雄師範大學國文研究所，碩士論文。

〔註80〕參姚鼐：〈敦拙堂詩集序〉，見《惜抱軒詩文集》卷四第 48 頁，卷六第 93 頁。上海市：上海古籍，1992 年。

〔註81〕參見何天杰：《桐城文派：文章法的總結與超越》。第一章，第 6 頁。廣州市：廣州文化，1987 年。

他甚至進一步廣納明清各家對時文、小說、戲曲等文體的藝術評論，加以轉變、或修正作爲其詩論。如其引述明末時文名家艾南英之說，曰：

> 艾千子論文曰：道理正，魄力大，氣味醇，色澤古，此亦可通之於詩。今欲勝人，全要在此數字中講究，非苦心深思不能領略古人之妙也。（《昭昧詹言》卷十一，第十四，235頁）

艾南英原用於評時文的四個指標——道理、魄力、氣味、色澤，如提與前述劉大櫆的「神、氣、音節、字句」說、或姚鼐所謂「神、理、氣、味、格、律、聲、色」法則相並較，其論理結構大同小異，而劉、姚所述「神、氣」似乎更切合詩文的文學與藝術特質。但方東樹卻捨棄師說的論理，上溯於艾南英的「道理」與「魄力」說，並稍加轉換成爲指導學詩者掌握文體、自創詩格的修養要領，亦由此可看出其會通理學與詩學的企圖，且可以解釋其何以在創作條件中較前輩增入「理」，建立文理法三者合一的論理。（參見第二章第三節）

　　因此，方東樹秉此會通的精神，轉移理學功夫爲詩人修養，因而在繼承王漁洋雅正詩觀時，再補充「讀書」「思辨」的修道功夫，作爲提升藝術美感的必要條件：

> 能多讀書，隸事有所迎拒，方能去陳出新入妙。否則，雖亦典切，而拘拘本事，無意外之奇，望而知爲中不足而求助於外，非熟則僻，多不當行。姬傳先生云：「阮亭四法，一『典』字中，有古體之典，有近體絕句之典。近體絕句之典，必不可入古詩。其『遠』『諧』『則』三字亦然。」可知非博必不能典。（《昭昧詹言》卷一，第四十九，18頁）

南宋嚴羽雖已提出「多讀書、多窮理」的詩人素養，卻未曾如此作實的指明：讀書博學、與思辨事理能直接助益於創作實務，甚至於提昇詩體風格。方東樹乃基於其學術性向，有志於會通理學與文學，故善於繼承宋代至明清以來各家「會通」理學與文學、「會通」詩、文體裁，以及桐城前輩們「會通」古文與時文、古文與詩歌的論述成果，並加以變化修正，乃形成《昭昧詹言》特殊的論詩觀點。

綜觀其論述的精神，誠如葉龍先生對姚鼐《古文辭類纂》融合韻、散文體的分析：凡是將各種學科、文類一概攬入「古文」的原因，其實便是在為散文藝術吸入更豐富多樣的養料〔註82〕。方東樹的會通文理、會通詩文雖承續自前人的成就，卻同樣具有豐富詩論、光大學派的積極理想性，故其說雖不免駁雜，確有其立論的背景、與創變的氣魄，此應是其《昭昧詹言》得以總結前期桐城詩文論、形成獨特詩論的動力。

第三節　「遠」「變」與學古求化

誠如第一節所述，方東樹將「辨體」的精神融入學詩方法論的結構中，使《昭昧詹言》形成以傳統辨體觀念為基礎，依序開展「辨體以識變」、「循體而習作」、及「分體而評析」的有機論述結構。而其內蘊的精神，僅是藉辨體為起點，目的則在鼓勵創變，故在所規劃辨明體製、循體習作等「學古之方」中，欲學者致力於求「變」、求「遠」，甚至不忌「破體」而創新，而其終極目標，則在能分辨個人才性，勇於表現自家面目（得體）。這便是以下二節所欲探究的主題——《昭昧詹言》中以辨體為基礎、得宋代詩學啟發，而形成「學古創變」「自見面目」的創作理想。

一、辨體與循體習作

方東樹雖經常推崇杜、韓能創變新體，但其論詩卻非一味好高騖遠，而是主張變體者固有可觀，初學詩者則應先識明各詩體中的正體，由明瞭古體詩的「間架」「規矩」中奠定基礎。故常於分析詩篇章法中，不忘時時點出習作「正格」的必要性，曰：

> 仙人漁夫，皆世外避患者，卻折作兩層，行文變化，故使人
> 迷。言漁夫且知之，而況余乎？杜、韓變體，力去陳言，固

〔註82〕參見葉龍：《桐城派文學藝術欣賞》第三章，第 33 頁。香港，繁榮出版社，1998 年。

> 矣；而不善學者，又恐窘怒迫促。故又須解此種，閒架宏敞，
> 規矩明整，可謂正格。(《昭昧詹言》卷三，第三十，90頁)

此則前幾句，原係在解說阮籍〈朝陽不再盛〉一詩的章旨曲折，但話
鋒一轉，乃趁機述明杜、韓的五言古詩是爲變體，而正體、變體在習
作上應有先後、主次的分別，可見其仍以爲：欲學大家「破體」求變，
實需以「辨明正體」、習作正格爲基礎。

因此，辨明正體後的循體習作，便成爲厚積實力的重要功夫。《昭
昧詹言》引姚鼐及朱子說爲證，倡論學詩者當依性情所適，擇取一家
入門鑽研；並應先專精一家後，再追求廣博。

> 朱子曰：「學文學詩，須看得一家文字熟，向後看他人亦易
> 知。」【「易知」下抄本有「按：以詩言之，《風》、《騷》而
> 外，則莫如陶、阮、謝、鮑、杜、韓矣」。下「姬傳先生云」
> 另作一條。】
>
> 姬傳先生云：「凡學詩文，且當就此一家用功，良久盡其能，
> 眞有所得，然後舍而之他。不然，未有不失於孟浪者。」(《昭
> 昧詹言》卷一，第二十四，9頁)

由以上引文，可充分顯露出桐城派論詩講求格調本色，並且移用理學
上修身須「深造之以道」的訓勉〔註83〕，欲學詩者能依性之所在、專
精力學，達到安然自得、左右逢源的境地。因此，「辨體」不僅有分
辨體製正變的批評作用，更可發展爲標立典律、練習寫作的創作理論。

二、辨體、破體與學古創新

前述辨明體製本色後，觀摩前人典律而依體習作的磨練階段，是
桐城派相當重視的基礎功夫，方東樹於書中屢次強調「善學古人」，「學
古」儼然已爲獨立成家、破體創作的先具條件。

〔註83〕參見方東樹《昭昧詹言》卷一，第二十六，10頁。曰：「古人得法帖
數行，專精學之，便足名家。歐公得舊本韓文，終身學之。此即宗
杲『寸鐵殺人』之恉。孟子謂：『深造之以道，欲其自得之也。資深
居安，則取之左右逢其源。』古人之進德修業，未有不如此者也。
右軍云：『使寡人耽之若此，未必謝之。』」台北市：漢京，1985年。

　　然而，方東樹所謂的「學古」，並不同於明代復古詩論的「以模擬聲律、格調」為要，乃是要善知古人抒寫風格的短長，並非徒然追求「能事」「作用」等技藝表現上的相似而已。曾曰：

> 故欲自家詩好，必先在善讀古人；能識得古人，而後乃可
> 言學：朱子《詩經、序》言之詳矣。(《昭昧詹言》卷十四，第
> 五，376頁)

其自述由「善讀」古人詩篇入手，在品味、分析中累積見識，而能「識得」古人妙處，才算是真正的『學』。可知方東樹所謂的「學古」，性質上已非全盤接受、摹習，而兼有客觀品鑒與分析的意義。故貴能明晰的洞見古人詩篇特長，而善學之以道，乃能較俗人所見益廣、所得益深。方東樹即曾以最高典律——杜詩為例，析其可學者四、當忌者四：

> 學於杜者，須知其言高旨遠，一也；奇警而出之自然，流
> 吐不費力，二也；隨意噴薄，不裝點作勢安排，三也；沈
> 著往來，不拘一定而自然中律，四也。此惟蘇、黃之才，
> 能嗣仿佛。他人卑離凡近，義淺詞碎，一也；略有一二警
> 句，必費力流汗赤面，二也；安排起結，無不貫足，三也；
> 非不合律則為律詩，四也。此雖深造如義山，尚不能全美。
> 而楊、劉以下，更不夢見。況今世儋才村夫，夢談囈語者
> 耶！(《昭昧詹言》卷十四，第二十一，382頁)

以歷代典律中頗具代表性的杜甫七律詩為例，方東樹指出其「學古」的四個層面：首應意境高遠，次則詞語奇警，而後追求氣脈連貫，最後則需於格律中變化自然。此看似針對創作技法而講求，然其變化之妙，則取決於自得。由此可知，《昭昧詹言》所謂的學古功夫，除了全面觀摩、不可斷取、不可拘於形製外，尚須具有思辨精神，能兼知古人篇章之短長，並參酌以自身特色，以區分自我心力投注的主次，並爭取創作新體、自成一家〔註84〕的發展空間。如此，乃修正了明代

〔註84〕參見方東樹：《昭昧詹言》卷十四，第十七，380頁。曰：「學一家而能尋求其未盡之美，引而伸之，以益吾短，則不致優孟衣冠，安床

格調詩論流於「模擬形貌、步趨古人」的缺弊，凡學一家，則以能超
越之、並兼得其長而自勉。

　　由是可知，方東樹所謂的「學古」更可說是一種理性的知解。非
但善借古人之長以補己不足，對於前代典律的創作精神，也能超越表
述形式上的些微差異，深契其抒寫旨趣上的奧秘，如其辯證阮詩的源
頭，便不受傳統《詩》《騷》異體的觀念所拘，直以其「憫時病俗，
憂傷之怐」的詩心加以貫穿：

　　　何云：「阮公源出於《騷》，而鍾記室以爲出於《小雅》。」
　　　愚謂《騷》與《小雅》，特文體不同耳；其憫時病俗，憂傷
　　　之怐，豈有二哉？阮公之詩與世，眞《小雅》之時與世也，
　　　其心則屈子之心也。以爲《騷》，以爲《小雅》，皆無不可。
　　　而其文之宏放高邁，沈痛幽深，則於《騷》、《雅》皆近之。
　　　鍾、何之論，皆滯見也。(《昭昧詹言》卷三，第二，80頁)

因此，方東樹所謂的「學古」，遂能不拘於《詩品》以下體源論
的窠臼，分由詩人之心與時世、詩篇之旨趣與風格等角度，多元的考
察、體會與比較，故其評論歷代詩家間的學習與傳承，往往有其獨到
之見。如其註解阮籍，不僅由其筆力清警、氣勢浩瀚上，追溯其由建
安曹、劉等人而來，另爲一派；更由詠懷詩中情志的憂傷、詞義的隱
晦，力辨其意旨皆同於屈原《離騷》的懷憂〔註85〕，而阮籍的詩篇，

架屋之病。如空同之於杜，青邱之於太白，雖盡其能事作用，終不
免於吞剝撏撦太似之譏；必如韓公、山谷，方是自成一家，不隨人
作計。古之作者，未有不如此而能立門戶者也。」臺北市：漢京，
1985年。

〔註85〕參見方東樹：《昭昧詹言》卷二，第七十六，75頁。曰：「此篇分兩
段。古人用筆，最是截斷處倏轉處，爲最見法力。子建立意又有苦
心，不得布爾。仲宣〈三良詩〉，起四句先言不應殺殺臣。『結髮』
以下，卻轉出當殉意來，而以子建收處哀歎意置於此。『人生』以下，
卻以子建起句爲收，而加清警。通首文勢浩瀚，似尤勝子建作。其
意亦本屈子。謝、鮑嘗擬其詞意，而氣格之高妙，則遠不逮也。」。
　　參見方東樹：《昭昧詹言》卷三，第一，80頁。曰：「阮公於曹、
王另爲一派，其意怐所及，昔賢皆怯言之。休文所解，粗略膚淺，
毫無發明。顏延年曰：『阮在晉文代，常慮禍患，故發此詠。』……

也因「不拘成體、尤勝前人」，而成爲《昭昧詹言》「學古」的示例，
爲方東樹「學古而能創變」「辨體而能破體」的理想作了良好示範。

綜合以上《昭昧詹言》所論杜甫、阮籍二家詩的重心看來，方東
樹強調的「學古」，絕非對前代典律的內容模擬，而是對其文法、作用
之妙的觀摩；更非體式、風格的盲目依循，而是爲得其精神旨趣，可不
拘成體、破體創變的。此可參見他處評論得知，例如方東樹以唐代李白
詩體宏放，係由阮籍詩所學出，卻又貴在能自具氣格風貌，而曰「古人
各有千古，政不必規似前人也」〔註86〕；而蘇軾詩的奇縱高逸，則是學
自於「太白高境，而全變其面目」〔註87〕。凡此類異於前人的評詩見解，
其根本乃源於方東樹對「學古」的重點與詮釋，有獨到之處。

也正基於此種學習典律的特殊詮釋，方東樹對初學者鑑賞古人詩
篇、揣摩創作技藝的過程甚爲看重，故於《昭昧詹言》評註詩篇時詳
於結構、修辭的實際批評，而總論詩體創作特色時，更急於指明名家
技法的巧妙處，一一點撥：

> 凡短章最要層次多，每一二句即當一大段，相接有萬里之
> 勢，山谷多如此，凡大家短章皆如此，必備敘寫議三法，
> 而又須加以遠勢，又加以變化。（《昭昧詹言》卷十一，第二十
> 八，239頁）

以上引文雖主要論及七言古詩的句法，最值得注意的，卻是在「具備

延年之說當矣。而何義門謂顏說爲非……姚薑塢先生識何不當，一
一舉其事以實之。夫誦其詩，則必知其人，論其世，求通其詞，求
通其志，於讀阮詩尤切。……故己哀傷憔悴而著此詩，託言羈旅，
延年所謂隱蔽也。此全從屈子《惜誦》『同極異路』、《九辯》『羈旅
而無友生』等意出。大約不深解《離騷》，不足以讀阮詩。」台北
市：漢京，1985年。

〔註86〕參見方東樹：《昭昧詹言》卷三，第五，81頁。曰：「太白胸襟超曠，
其詩體格宏放，文法高妙，亦與阮公同；但氣格不相似，又無阮公
之切憂深痛，故其沈至亦若不及之。然古人各有千古，政不必規似
前人也。阮公爲人志氣宏放，其語亦宏放，求之古今，惟太白與之
匹，故合論之。」台北市：漢京，1985年。

〔註87〕參見方東樹：《昭昧詹言》卷十二，第二六五，308頁。評蘇東坡〈同
政輔表兄遊白山水〉詩下之總評。台北市：漢京，1985年。

敘、寫、議三法」的常法外，更簡明地指出一個歷代大家所共通、由宋代黃山谷所集中呈現的創變要領——「加以遠勢，又加以變化」。藉此要領，則可使前述移用於文章作法的「敘、寫、議」筆法不至於拘滯爲「定法」。同時使詩雖短篇、卻能在結構上波折起伏、擴增了詩意的層次與內涵。因此，對此《昭昧詹言》中頗具代表性的學詩要義，我們有必要加以深究：

（一）加以「變化」

就《昭昧詹言》行文所見，所謂「變化」的基本意義，應是指創作時應靈活運用敘題、寫景與議論三種技法〔註88〕，使其於詩篇中各發揮不同的表意作用，因此能使詩意更加豐富；但其深層的意義，則概稱「敘寫手法上的有意創變」，以避免平順、尋常，以增加突兀、奇特等，使文氣波折起伏的美感。故曰：

> 起法以突奇先寫爲上乘，汁漿起棱橫空而來也，其次則隊仗起，其次乃敘起，敘起居十之九，最多亦最爲平順；必曲、必襯、必開合、必起筆勢、必夾寫、必夾議，若平直起、老實敘，此爲凡才，杜、韓、李、蘇、黃諸大家所必無也。（《昭昧詹言》卷十一，第十，234頁）

所述雖原見《昭昧詹言》「總論七古」，乃針對七言長篇詩寫作的「起句」要領而論。但其「以突奇先寫爲上乘」「必曲、必襯、必開合、必起筆勢，（以敘起）必夾寫、必夾議」等作法，卻可通用於各體詩創作，甚至可藉此得見方東樹所謂「變化」的創變法則，實凌駕於「以突兀奇特爲上乘」，常用「曲筆」「襯筆」，更兼用開合、雜揉敘寫議等具體手法之上，是以製造筆勢變化、豐富詩篇藝術結構爲目的的美感原則。

而後，方東樹又進一步指出，就眞正的詩中大家而言，則不止於

〔註88〕參見方東樹：《昭昧詹言》卷十一，第九，234頁。此可由方東樹的自述中確切獲得印證曰：「其能處只在將敘題、寫景、議論三者顚倒夾雜，使人迷離不測，只是避直、避平、避順。」台北市：漢京，1985年。

此。其詩篇中的「變化」，既有章法、篇法之大者，也有造語、創意之小者。故見於同卷稍後，又曰：

> 李、杜、韓、蘇四大家，章法篇法，有順逆開闔展拓，變
> 化不測，著語必有往復逆勢，故不平。韓、歐、蘇、王四
> 家，最用章法，所以皆妙，用意所以深曲。山谷、放翁未
> 之知也。（《昭昧詹言》卷十一，第二十四，228頁）

可見，相較於黃山谷的刻意於字句上求變化，方東樹心目中的四大家——李、杜、歐、蘇，顯然更懂得如何妙用「變化」，故於大處，有順逆開闔的篇章變化，於細處，也得見用語、鍊字上往復變化，而衍生的氣格。而前者，因能以曲折深刻詩意的內涵，使其因變化而豐富，遂非常人可及。

值得注意的是，本段引文亦指出，「變化」的作用，主要便是為了產生「異於平常」的美感效果，是故，隨著變化的層次深淺，其效果也不同：

1. 章法篇法的開闔變化——在追求「不測」，是意境上的變幻莫測，令讀詩者產生驚喜、嘆服的反應。

2. 鍊字用韻上的順逆往復——則為追求「不平」，是為造成語言上的新鮮感，令讀者因感到特殊、新奇，而加深印象。

凡此二者，皆有意藉著藝術手法的改變，製造俄國結構主義所謂的「陌生化」的美感〔註89〕，也就是方東樹所說的「求與之遠」。

（二）求與之遠

整體而觀，《昭昧詹言》一書中「遠」的用法甚多，有「語遠、

〔註89〕二十世紀初，維克托、斯克洛夫斯基等俄國結構主義的理論家，針對詩語言的特性提出一連串的討論，其中強調詩歌語言為了強化藝術效果，有所謂「陌生化」（或稱「反常化」）、「突出」等打破平衡結構、引起讀者注意的作法。皆收錄於《詩學——詩歌語言理論文集》一書。彼得堡：1919年出版。見伍蠡甫、胡經之主編：《西方文藝理論名著選編》下卷，379～415頁。北京市：北京大學出版社，1987年。

境遠」之作爲形容詞；也有「與古人遠、與今人遠」作爲動詞的用法等，而須深入探究的，是在這諸多語用現象中，「遠」，除具有字面上距離遙遠、意醞深遠意義外，更如前文所述，被賦予一種製造「陌生化」作用的特殊意義。因此，方東樹所寄予「遠」的意涵，既作爲一種實用技法（使語遠），也視爲一種創作原則與理想（境遠）。而其實踐的層次，則是須先「求與俗人遠」，再求「與古人遠」，前者可達成詩風雅正的美感效果；後者則超越「學古」的侷限，表現「自成一家」的強烈創變意圖。

　　首先，把「遠」當成重要技法，加以追求、磨練的是黃山谷。方東樹也常藉著對山谷詩的評析，表達其著重鍊字造語，欲脫除凡俗之氣的創作期許：

> 大抵山谷所能，在句法上遠：凡起一句，不知其所從何來，斷非尋常人胸臆中所有；尋常人胸臆口吻中當作爾語者，山谷則所不必然也。此尋常俗人，所以凡近蹈故，庸人皆能，不羞雷同。如山谷，方能脫除凡近，每篇之中，每句逆接，無一是恒人意料所及，句句遠來。山谷於變化中甚少講究，由未嘗知古文也。（《昭昧詹言》卷十二，第二九〇，314頁）

可見，致力於「語遠」，是可以因語言的疏遠，產生有利於美感欣賞「心理距離」〔註90〕、以及語言上的新鮮感，激發讀者產生對客體（含詩中意象、及眞實事物）的特殊感覺，進而創造對客體的一種「幻象」〔註91〕（想像）。因此，我們藉現代文論的釐析，可驗證方東樹所提

〔註90〕參見朱光潛：《文藝心理學》，第二章「美感經驗的分析」之（二），第15～33頁。討論布洛所謂「心理的距離」對價值轉換與欣賞美感的助益。台北市：臺灣開明書店，1988年新排初版。又可參見童慶炳：《中國古代心理詩學與美學》第二輯，「換另一種眼光看世界——談審美心理距離」，159～167頁。台北市：萬卷樓圖書，1994年。

〔註91〕參見維克多、斯克洛夫斯基：〈作爲程序的藝術〉一文，第384～386頁。見伍蠡甫、胡經之主編：《西方文藝理論名著選編》下卷。北京市：北京大學出版社，1987年。

出「求與之遠」的主張，可避免人云亦云的陳言，使詩句具有文學語言獨特的生命力。同時，再探究其第一步：「與俗人遠」的修辭目的，是為了達到雅正——與古人接近近的風韻格調，此應為方東樹附和宋人「以俗為雅」詩論的潛在原因。但是，方東樹也以為：僅由字句上求變化是不夠的，尚需藉助文法觀念，由篇章上製造順逆、開闔的變化，甚至藉由曲筆、側襯等筆法，使詩意深刻而曲折，才能真正脫離傳統格調詩論模襲古人的窠臼，而表現詩人的獨創性。於是，方東樹更以「求與古人遠」作為第二步，舉杜甫、蘇東坡詩中的高情「遠致」，作為學詩者的理想：

> 敘事能敘得磊落跌宕，中又插入閑情，文外遠致，此惟杜公有之。（《昭昧詹言》卷十一，第二十二，237頁）
> 坡詩每於終篇之外恆有遠境，非人所測，於篇中又有不測之遠境，其一段忽自天外插來，為尋常胸中所無有，不似山谷於句上求遠也。（《昭昧詹言》卷十一，第三十七，241頁）

而引導其由「求與俗人遠」，提升到學古而後「求與古人遠」的詩篇典律，除了上述杜詩、蘇詩得自「古詩」的神髓〔註92〕之外，主要更由於宋代歐陽脩、王安石等詩家的創作示範〔註93〕，使方東樹領略運用文法來變化篇章、可以提升詩篇的意境層次，產生「遠」勢的巧妙。

尤其是韓愈、黃山谷二家學習杜甫詩，而能離而去之、自見面目

〔註92〕 參見方東樹：《昭昧詹言》卷二，第七十五，75頁。今由《昭昧詹言》卷二評註古詩十九首中，常見以「高情遠致」讚許之言，例如：《清時難屢得》一首下曰：「起五句言人生死離別，不可常保，故願得展情，乃空中下拳，與蘇、李諸作，同其高妙。……如此等深思曲致，高情遠勢，章法用筆，變化不可執著，鮑、謝且不能窺，後惟杜、韓二公有之耳。『願得展燕婉』句，所謂『口前截斷第二句』也。」台北市：漢京，1985年。

〔註93〕 此類例證甚多，可詳見方東樹：《昭昧詹言》卷十二評註歐王蘇等家七古詩的部份。其顯著之例，則如：方東樹：《昭昧詹言》卷十二，第一六二，頁二八四評歐陽脩《歸雁亭》、第一九一，頁二九一評王安石《九鼎》、第二一六，頁二九七評蘇軾《嚮妓樂遊張山入園》等章節。

的創變精神，更是啓發宋人、超越明人的關鍵。故曰：

> 求與古人似，必求與俗人遠。若不先與俗人遠，則求似古
> 人亦不可得矣。（《昭昧詹言》卷一，第五十一，19頁）

> 韓、黃之學古人，皆求與之遠，故欲離而去之以自立。明
> 以來詩家，皆求與古人似，所以多成剽襲滑熟。（《昭昧詹言》
> 卷一，第五十，18頁）

透過此處的說明與統整，則可知前段中方東樹在創作上提倡的「變化」、「不測」、「不平」等作法，雖含括鍊字、造句、章法承接、意境創變等諸多層次而論，整體上都可說是爲了強調「遠」與「新」的美感效果。倘能如此，消極而言可以造成遠於凡俗、復現雅正的修辭美感，藉今日文學理論的觀點而言，是爲了提昇詩篇的美感與想像；積極的目標則欲減少古人的影響、求與之遠，而創新求變，刻意與前人之作疏離或不同〔註94〕。故在方東樹所提出的學詩進程中，可說是繼辨明體製之後，致力於「學古、求化」的重要功夫。

第四節　「自見面目」與自成一家

延續前節所述，方東樹以辨體爲根柢來建構創作理論，目的卻在鼓勵創變，故非但其「學古之方」致力於追求變化與遠境，並由「文道合一」的文學觀出發，建立以能分辨個人才性，勇於表現自家面目的變體理想。「面目」一詞，雖源於禪學中的術語〔註95〕，用以稱每個人天賦的「本來之面目」，兼指外現的五官、與內具的佛性而言。方東樹於《昭昧詹言》論詩中借用其詞，亦大體涵此內、外二重義而言。

〔註94〕現代文論中對此觀點的詮釋以布魯姆早期「誤讀」理論中所提出的「六項修正比」爲代表。可參見哈羅德・布魯姆著，徐文博譯：《影響的焦慮》「導論」中的論述。第3～16頁。北京市：三聯書店，1989年。

〔註95〕參見丁福保編：《佛學大辭典》中釋「面目」一條。第三冊「卷中」第1555頁。台北市：新文豐，1986年。

一、「自見面目」的基礎──立誠

方東樹認為：以詩篇呈現自家面目，是追求「自成一家」的基礎，其鈐鍵既在於詩人有無「創變」的魄力，更端賴下筆時能否「立誠」。故在《昭昧詹言》首卷總論詩體，重申孔子「修辭立其誠」的訓示，並賦予「誠」以較豐富的意義。

總括《昭昧詹言》卷一中「修辭立誠」的論述，一方面基於「文道合一」的文學觀，認為「誠」兼有《中庸》「自誠明」〔註96〕的理學義涵，故主張詩篇中應積極發揚個人天賦善性；另一方面更強調詩應表現個人性情之真，此追求「真」的觀點本非儒家所講求，由方東樹論詩兼取《莊子》之「放曠」看來〔註97〕，可能轉化自《莊子》「至誠為真」〔註98〕的觀點。由此得見：方東樹在充實其詩學原理時，也取法宋代理學「會通」的精神，大體雖以儒家詩教說為基礎，卻常融入道家的文學觀。

對應書中各卷對詩篇的評價，其消極標準在「不隨人作計」「不徒取諸人」，積極方面則以能否「抒發個人英旨」、「表現自家面目、自成一家」，作為大詩家的判準。故方東樹分別以屈原、選詩為例，分析杜韓學古之獨到，曰：

> 屈子之詞與意，已為昔人用熟，至今日皆成陳言，故《選》
> 體詩不可再學，當懸以為戒。……故貴必有以易之，令見
> 自家面目。否則人人可用，處處可移。此杜、韓、蘇、黃

〔註96〕 參見朱熹：《四書集註──中庸》第二十一章。曰：「『自誠明謂之性，自明誠謂之教。……』註曰：德無不實而明無不照者，聖人之德，所性而有者也。」台北：漢京文化事業，1981年。第85頁。

〔註97〕 分見方東樹：《昭昧詹言》卷一，第十三、十四則，第5頁。乃評論《莊子》之醒豁呈露、放曠，可為古今詩人之一大派。張健先生乃由此推崇方東樹詩論能兼重「優遊不迫」和「沈著痛快」兩派。參《明清文學批評》下編「清代後期──由肌理說到境界說」，第258頁。台北市：國家出版社，1983年。

〔註98〕 參見莊子：《莊子·漁父》。曰：「真者，精誠之至也。不精不誠，不能動人。……真在內者，神動於外，是所以貴真也。」見黃錦鋐註譯：《新譯莊子讀本》。台北市：三民書局，1977年。

　　所以不肯隨人作計，必自成一家，誠百世師也。大約古人
　　讀書深，胸襟高，皆各有自家英旨，而非徒取諸人。夫屈
　　子幾於經，淺者昧其道而襲其辭，安得不取憎於人。(《昭昧
　　詹言》卷一，第三十三，12 頁)

可知，方東樹「自見面目」的理想，的確是沿續前述「超越模擬、加
以新變」的路徑而建立，而將學古的終極，定在「貴必有以易之，令
見自家面目」等變異古人、創立風貌的作法。同時，此「自見面目」
的創作目標，雖有詞義上源於禪宗「見自本性，直了成佛」的領悟精
神〔註 99〕，由於經杜、韓黃等大家的先後實踐，乃可具體勾勒其關鍵
因素在於「讀書深，胸襟高，皆各有自家英旨」，甚至進一步區別其
高下，而以杜、韓者能「由自家胸臆流出……自道己意」為高、為大
家；其餘各家——如山谷、放翁則因「不免客氣假象〔註 100〕」而次
之。由此之故，「能否立誠？」便被方東樹視為學詩者習作前的基本
要求，也是追求「表現自家面目」的必要基礎。

二、追求「自見面目」的要領

　　由第二節的討論，可以印證張高評先生所謂：「自成一家」是宋
代詩人的普遍追求〔註 101〕。方東樹提出「自見面目」的論點，雖未
如前人般表露強烈的超越企圖，卻也有其立論的深層思考與先備影
響。換言之，方東樹闡釋此「自家面目」「自家英旨」的思想基礎，

〔註 99〕參見孫昌武：《詩與禪》〈作為文學的禪—代序〉。第 2 頁。台北市：
　　　　東大圖書公司，1994 年。
〔註 100〕參見方東樹：《昭昧詹言》卷一，第三十一，11 頁。曰：「漢、魏、
　　　　阮公、陶公、杜、韓皆全是自道己意，而筆力強，文法妙，言皆有
　　　　本。尋其意緒，皆一線明白，有歸宿，令人了然。其餘名家，多不
　　　　免客氣假象，並非從自家胸性真流出。如醴陵《雜擬》、陸士衡
　　　　等《擬古》，吾不知其何為而作也。惟大家學有本源，故說自己本
　　　　分話，雖一滴一勺，一卷一撮，皆足見其本。孟子所謂『容光水瀾』
　　　　也。如是方合於興、觀、群、怨、六義之旨。」台北市：漢京，1985
　　　　年。
〔註 101〕參見張高評：《宋詩之新變與代雄》第二章第三節。112～141 頁。
　　　　台北市：洪葉，1995 年。

除前述兼具理學的性理誠明、及莊子的自然、求真等修養外，更著重於儒家傳統詩教觀的闡發：以修辭「立誠」爲根基，申論文行如一、詩中有人、辭中有我等表現要領。因此，擬以「自見面目」爲線索，觀察分散於《昭昧詹言》各卷的評析與論述，以歸結方東樹對學詩者表現自我特色的期待、與種種創作要領。

（一）文行如一，風格即人

　　方東樹號稱集桐城文論之大成，其承續的「文道合一」主張，在《昭昧詹言》中亦有極鮮明的開展。尤其在前述「修辭立誠」「博學務本」的基礎論點業已述明後，乃於分篇評析中，再針對詩家詩品與人格的一致性，隨機加以申論。如前文曾論及的阮籍，便是方氏闡明傳統「以意逆志」說而謂「通其詞、通其志」〔註 102〕、推崇其詩真情發露的最佳範例：

> 觀阮公《炎光萬里》篇，詞悄雄傑分明，自謂非莊周言，道其本實如此。非若世士，但學古人，僞爲高言夸語，而考其立身，貪污鄙下，言與行違也。（『言與行違也』下抄有：做人立身全無足道，而徒刻一部詩集，曰吾學某家某家，豈足爲有無哉？）讀阮公詩，可以窺其立身行意本末表裡。陶公、杜公、韓公亦然。其餘不過詞人而已。（《昭昧詹言》卷三，第六，82 頁）

唯有如評註所謂「立身、行意本末表裡如一」的詩人，下筆皆抒寫其情志之本然，才有可能體現詩篇與人品的表裡如一，也唯有此類本末一致的作品能真情動人，使作之者位臻名家，此係由作品評價而論「風格即人」的可貴；若由閱讀效果觀之，則文如其人的詩篇，非但是作者藉以披露心志、率性抒發的管道，讀者亦得以藉文本驗證傳統文論「以意逆志」、「知人論世」的效果。

　　故方東樹又於《昭昧詹言》中以陶淵明詩作爲正面例證，論述直

〔註 102〕參見方東樹：《昭昧詹言》卷三，第一，80 頁，對阮籍其人其詩的總評部分。台北市：漢京，1985 年。

書胸臆、可覘其德性〔註103〕的觀點；對於李義山詩，則認為其詩常
以華藻掩沒性情、而較不易使讀者考其志事、以興敬起哀〔註104〕，
遂將之視為負面的論證。（3.16）因此，《昭昧詹言》此一論點可謂總
結了中國傳統詩文評的特徵，又具有鼓勵學詩者追求特色的詮釋創
意。

（二）詩中有人，書寫胸臆

　　《昭昧詹言》在評論中雖仍秉持傳統「詩以言志」的論點，但方
東樹所謂「志」的意蘊，卻不泥於《詩・大序》的教化倫理，而主要
受宋代以來詩學觀念影響，漸指向個人情志的真誠流露〔註105〕。因
此主張：「詩中無人則少味！」如阮籍〈壯士何慷慨〉一篇後，方東
樹便順勢評析歷來擬古詩的短長，並指出「學古、創變」的關鍵，便
在於能否「直書胸臆」。乃曰：

> 此等語，古人已造極至，不容更擬，可合子建《白馬篇》
> 同誦，皆有為言之。至明遠《羽檄起邊庭》、《幽并重騎射》，
> 詩雖極佳，已覺有詩無人，漸欲少味，矧後世乎！杜、韓
> 所以變體為之，原本前哲，而直書即目，直書胸臆，如《前
> 後出塞》可見。然不解古人用意行文深妙恉趣，則其擬杜、
> 韓也，猶之擬漢、魏，同失也。此是微言，今我不述，後
> 生何聞哉！（《昭昧詹言》卷三，第三十二，91頁）

方東樹於此處，藉古今邊塞題材的反覆唱詠來討論「擬古」詩的特質。

〔註103〕參見方東樹：《昭昧詹言》卷四，第二、三，97頁。台北市：漢京，
　　　　　1985年。
〔註104〕參見方東樹：《昭昧詹言》卷十九，第四，434頁。台北市：漢京，
　　　　　1985年。
〔註105〕此可由其論述行氣中得證。如參見方東樹：《昭昧詹言》卷一，第
　　　　　六，2頁。曰：「詩以言志。如無志可言，強學他人說話，開口即脫
　　　　　節。此謂言之無物，不立誠。……」台北市：漢京，1985年。由其
　　　　　「如無志可言……」由其論述語氣及讀詩觀點看來，應是承朱子論
　　　　　《詩經》之說。參閱朱熹：「論讀《詩》」。見宋、黎靖德編：《朱子
　　　　　語類》第八冊，卷八十，第2082～2088頁。台北市：文津出版社，
　　　　　1986年。

表面上雖以古樂府的擬作爲論題，深一層卻足以突顯其所堅持的評詩標準——抒寫胸臆。按語中首先以漢魏前的樂府「已造極至、不容再擬」，但其推贊並非一味貴古，而是以爲古人眞情流露、有爲而作，故獨出古今。後人如欲再擬，必不可襲其體製，而應溯本其「直書胸臆」的精神才是。如此，方可在體製的承襲外體察兩處古詩中所蘊「胸襟」不同，並進而領悟：唯有抒寫各人胸中的眞情實感，最足以映現個人特色，具有詩的情味。

是故，方東樹在強調詩人性情之餘，乃結合其師氣分剛柔、陰陽之說，而將個人性情面目的表現也區分爲「魂氣」「魄氣」，以爲詩中須「句句有作詩人在，……魂魄停勻」乃可稱爲作者〔註106〕。而特別是其中所謂「魂」者，乃指「用我爲主……自然有興有味」，具有表現「眞性情面目」的感性特質，更是各人獨特面目的差異處、杜甫等大家的奧秘處，必善學妙用〔註107〕，否則，僅講求章法、字句，雖展現魄氣卻無魂氣、乏情味，便易流於李商隱詩「死滯」之病。

（三）辭中有我，獨具創意

此外，方東樹由詩學原理、學古方法上對直書胸臆的強調，還可參酌修辭上的觀點來討論。其中最重要的是，修辭貴在有「我」，強調詩篇中文字風格的獨創性。《昭昧詹言》總論七言古詩時，最常見此類論述，唯其慣以「不落凡近」稱之，便使人誤以爲此言只在標榜「不凡」「不俗」而已。殊不知，此種不隨流俗、不同凡響的兀傲心境，既是宋代以來仕人致力「化俗爲雅」、並表現於詩語獨創的風格，更源自於對各人心性殊異的欣賞。因爲，就禪學的心性修煉、與文學的獨特創意而言，最不平凡、最不落俗套的，便是每個人的天賦性情與緣物而生的感受。

〔註106〕參見方東樹：《昭昧詹言》卷十八，第二則，420頁。台北市：漢京，1985年。

〔註107〕參見方東樹：《昭昧詹言》卷十八，第三則，420頁。台北市：漢京，1985年。

　　方東樹論詩不但吸納此觀點，並結合其原有重興象、講章法的內容，將近代之詩篇分爲四等：

> 此等詩，以有興象章法作用爲佳（第二等）。若比之杜公，
> 沈鬱頓挫，恣肆變化，奇橫不可當者（第一等），則此等只
> 屬中平能品而已；下此一等，則但有秀句，而無興象作用，
> 猶可取（第三等）；又下一等，則並傑句亦無，乃爲俗人之
> 詩矣（第四等）。（見《昭昧詹言》卷十八，第十七，425頁）

藉由此相對層次的區別，我們得見，方東樹論學詩方法首重由「字句」始，以便形式上能標異於流俗；其次，則強調對前人典律在「興象」「作用」上的觀摩與妙用；而杜詩「沈鬱頓挫」的風格，能兼具深厚思想內涵、與曲折詩語結構的典型，才是方東樹最高的理想典律。其中，更由於詩人情思的獨特性，能帶動章法、聲韻的轉折變化，故被視爲「是否成爲大家？」的鑒別基準。因此，《昭昧詹言》通論詩理時，特別澄清其詩語「不落凡近」的眞諦，強化「認識自我、立志獨出」的創作關鍵，以提升學詩者「自成一家」的追求層次。故曰：

> 古人論文，必曰一語不落凡近，此數百年小家不能自立，
> 祇是不解此義，而其才力功夫、學問識見又實不能脫此。
> 以凡近之心胸，凡近之才識，未嘗深造篤嗜篤信，不知古
> 人之艱窮、怪變、險阻、難到、可畏之處，而又無志自欲
> 獨出古今，故不能割捨凡近也；凡近意詞格三者，涉筆信
> 手苟成，即自得意，皆由不知古人之妙，語云：「但脫凡近
> 即是古人」。有接筍而鬆者，有不接筍而促者，皆不知緒故
> 也，靜會自己之氣，乃知也。（《昭昧詹言》卷十一，第三十二，
> 240頁）

此處極言捨棄「凡近」的重要意義，以爲如欲眞正由詩語、詩意、氣格三方面超越凡俗淺近，則深造、立志、學識等功夫皆不可缺。但平常人多用功不深、或因「昧於自恃」──未能立誠，故一信手偶成異辭，便自以爲脫凡近古，其實僅達到「詞」的不落凡近，仍割捨不盡凡俗的詩意與氣格，必待學識、立志上著力，方能提升。

　　由此可知，方東樹所極力闡發「接筍」古人的關鍵其實很單純，
祇在「靜會自己之氣」的反本功夫，便是澄清外在評價的干擾，真正
的認清自己的性情與特質，然後能善取古人之短長以自足，此乃承自
宋詩中禪修與「活法」的精神。而方東樹提出如此的學詩法，比前文
更具體的引用了禪學的用語和概念，也顯示了異於師承的論詩趨向。
（參第五章第二節詳述）

　　正因篤信「個人性情是建立獨特風貌的基礎」，《昭昧詹言》中也
時見他藉評析詩法而倡言詩人應立志「有我」的表現。其中較鮮明以
「獨出古今」標榜的創作實踐，應是韓愈的詩篇。故對其著名的「陳
言務去」主張不可僅由修辭層面解釋，「師法古人」則須知其所得係
偏重在「法」。方東樹深解其奧妙，乃直曰：

> 凡結句都要不從人間來，乃為匪夷所思、奇險不測。他人
> 百思所不解，我卻如此結，乃為我之詩，如韓〈山石〉是
> 也。不然人人胸中所可有，手筆所可到，是為凡近。（《昭昧
> 詹言》卷十一，第三十一，239頁）

短短數語，便已點出在詩篇起、結處表現自己獨有的創意，是一項得
自於韓愈〈山石〉詩啓發的創作要領，也是可師於古人的「法」，更
重要的是，由此示範與原則中，學者更應體會韓詩中所透顯出：勇於
表現個人特色、有別於前人的創作氣度，此便是方東樹所勉勵學詩者
應立志「有我」的次要條件。

　　另項例子，是對風格互異的盛唐諸家盡推所長。方東樹於評註時
既欣賞李頎的「纏綿情韻」，又推許高適、岑參的峻峭有奇氣，乃舉
與王維詩相較，並見其美，故曰：

> 東川纏綿情韻，自然深至，然往往有痕。所謂無意為文而
> 意已至，闊遠而絕無弩拔之跡，右丞其至矣乎！高、岑奇
> 峭，自是有氣骨，非低平庸淺所及；然學之者亦須韻句深
> 長而闊遠不露乃佳，不然，恐不免短急無餘韻，仍是俗手
> 耳。（《昭昧詹言》卷十二，第二，243頁）

雖然，詩篇評價上，方東樹最後仍以王維詩「自然深摯又闊遠無痕」

最爲高妙。但於品評高下間，仍不忘以「自然」「有氣骨」推崇各家展現創作個性、別具風格特色的詩篇。我們也由此印證：方東樹評註詩篇，確實稟持詩中有人、辭中有我等原則，爲歷代詩家一一發抉特色，而不僅將高下區別顯示給學者，正可爲前述創作論點作有力輔證。

　　因此，以上所歸結的三項要點，雖彙整了不同篇卷的評論，但相互參照、補足後，乃深化了方東樹原有論述的內涵，也開拓了我們解讀前人原典的角度，自然更確定了「自具面目」說在方東樹詩論中的代表性。

三、「自見面目」說的轉化

　　「自見面目」是方東樹借自禪學詞語，並融合儒家、道家、與理學的觀念，爲學詩者訂定的創作目標，於《昭昧詹言》的各體評註中並具體勾勒出文行如一、詩中有人、修辭有我等三項學習要領，可說是其在省察詩體特徵、尋求學古創變後，對創作要領的獨特體會。因此，其推崇歷代詩家典律時，往往以「能否表現自己特色、創造自己的意境？」作爲最關鍵考察。所謂「漢、魏、阮公、陶公、杜、韓，全是自道己意，而筆力強、文法妙，言皆有本。〔註108〕」便是其中常見的評述典型。其一方面藉名家的創作成就來驗證「勇於創變」的功效；也同時強調其成功的關鍵在「自見面目」。因此，在此類評騭詩家、論析詩篇的例證中，「自見面目」說便自然地由創作目標漸進地轉化爲批評基準，成爲鑒別詩人高下、優劣的尺度，有時甚至結合前述創作原理，以評析典律的價值。

〔註108〕參見方東樹：《昭昧詹言》卷一，第三十一則，11頁，曰：「漢、魏、阮公、陶公、杜、韓，全是自道己意，而筆力強、文法妙，言皆有本。……其餘名家，多不免客氣假象，並非從自家胸臆性眞流出。如醴陵雜擬、陸士衡等擬古，吾不知其爲何而作也。爲大家學有本源，故說自己本分話，雖一滴一勺，一卷一撮，皆足見其本。……如是方合於於興、觀、群、遠、六義之旨。」台北市：漢京，1985年。按：「醴陵」一詞似有誤，但查對吳評本等異文亦然，故沿用之。

　　顯見之例，便是前文所引見卷一第三十三則評註（參 137 頁上）。方東樹在推舉杜、韓、蘇、黃四大家能勇於追求「自成一家」、可爲百世師後，乃乘勢發揚「文道合一」的文學觀，在引文中補述：「大約古人讀書深，胸襟高，皆各有自家英旨，而非徒取於人。〔註109〕」以強調培養學識之重要；而上段引文在推崇漢、魏、阮、陶等大家後，也橫較於其他名家，認爲大家修辭「立誠」之道，是因詩語皆「從自家胸臆性眞流出」（同參註 99），而其根源，乃在「學有本源」，並賴以筆力強、胸襟高、文法妙等相關條件配合。略擇此二例，已可知在方東樹論詩結構中，非但有意將「自見面目」轉化爲評價典律高低的基準，更結合詩學原理而開展有系統的批評，故下文擬對此深究。

　　首先，綜合前引二處重要論述的內涵，可以確知：方東樹是以「讀書深、胸襟高」爲詩家典律的必具本領，有此方能思積而滿、自然說出本分語，表現獨特的意境與風貌。其次，再以「有爲而作」、「言之有物」兩項爲指標，以具體檢測：詩家能否自然抒寫胸臆性眞──有爲而作？所作能否表現自己的「眞懷抱」──有物？同時，方東樹亦以此爲準，標舉屈原、莊子、司馬遷、曹植，乃至阮籍、陶潛、杜甫、韓愈等歷代大家做爲正面的例證，說明其各家間儘管詩風殊異，然皆本於「修辭立誠」，勇於「自見心胸面目」，故常於《昭昧詹言》各卷中推爲典律。僅則其要者錄於下，曰：

> 古人著書，皆自見其心胸面目。聖賢不論矣。如屈子、莊子、史遷、阮公、陶公、杜公、韓公皆然。僞者作詩文另是一人，作人又另是一人：雖其著書，大帙重編，而考其人之本末，另是一物。此書文所以愈多而愈不足重也。以

─────────────

〔註109〕 參見方東樹：《昭昧詹言》卷一，第三十三則，11 頁，曰：「此杜、韓、蘇、黃所以不肯隨人作計，必自成一家，誠百世師也。大約古人讀書深，胸襟高，皆各有自家英旨，而非徒取諸人。夫屈子幾於經，淺者昧其道而襲其辭，安得不取憎於人。」台北市：漢京，1985 年。

予觀之，如相如、子雲、蔡邕，皆是修辭不立誠。(《昭昧詹言》卷三，第七，82頁)

陳思天質既高，抗懷忠義，又深以學問，遭遇閱歷，操心慮患，故發言忠悃，不詭於道。情至之語，千載下猶爲感激悲涕。此詩之正聲，獨有千古，不虛耳。(《昭昧詹言》卷二，第五十八，70頁)

第一則引文，實概括前述「文行如一」、「詩中有人」等實踐要素，而強化「學養」、「胸襟」等主觀因素對文本價值的影響，故其例舉的名家也涵括聖賢、思想家、史學家及詩賦大家等廣義的「作家」。而由第二則針對陳思王曹植的評論，則較集中指出：理想詩家典律應能發乎真情至性，輔以學問胸襟，自然能抒寫千古動人的詩篇。觀其所評析，多偏重詩人思想情意的內涵而論（特別是理性的思維或義理），相對地，較忽略於詩篇形式因素的講求，與前述對初學者講求字句、文法的重點迥異。也可見，此一「字句面目」的評價基準，是針對學古有得、創作有成，而志欲「自成一家」的精進者所說解。

至於那些未能依此「以誠立言、厚積學養」原則而進行創作的負面例證（如司馬相如、揚雄、陸機等家），方東樹概以「詩人」「文士」稱之，並給予疾言厲詞的批判。例如《昭昧詹言》卷二以下，便顯然執此標準來評論魏晉以下各家，其中曹植、阮籍、與陶潛詩都以情真自然，累獲方東樹詳註稱讚，而致獨立成卷（卷三評阮詩、卷四評陶詩）；反之，王粲、劉楨之徒便相形見絀。今擇其較顯著的二個負面例子來驗證：

余嘗論曹操凌君逼上，天下不知有帝，其惡塞於天地。而王粲、劉楨輩，當此亂世，饕其榮養，昵比私門，諂媚竊容，苟以志士潔身守道之義如龐公諸人衡之，則羞役賤行也。是豈可以阮公、陶公、陳思、杜、韓並論哉！但取其一能，乃亦流傳不朽。文士之不足校人品也，久矣。(《昭昧詹言》卷二，第八十五，79頁)

文帝《芙蓉池》遊賞。……極寫人所道不出之景。子建衍
之，更極詳盡。「丹霞」四句，是人君語氣，有福祿深厚祥
瑞氣象。……觀古人詩，須觀其氣象。此詩氣體用意，正
聲中鋒，渾穆沈厚，精深華妙，似勝仲宣、公幹諸人，然
終無多味。……仲宣工於干謁，凡媚操無不極口頌揚，犯
義而不顧，余生平最惡其人。……公幹止於慕悅繁華。惟
應瑒《建章臺》作，收句微存規意。……以孔北海『結根
在所固』言之，則仲宣爲無節。以「呂望老匹夫」句類之，
則仲宣頌之曰「神武」「聖君」，是爲無羞惡是非之心。豈
余苛責之哉！(《昭昧詹言》卷二，第五十六，68頁)

藉由王、劉等反證，方東樹汲汲於論辯：倘若作詩不能修辭立誠，又
不知表現自家面目，便僅能爲「詩人」「文士」。其不及阮、陶、杜、
韓大家者，殆「差之毫釐，失之千里」，可見「自具面目」轉化爲評
詩基準，其所佔重要性乃如此之大！

除此而外，方東樹又曾以詩人「本色」替換「自見面目」的說法，
此於分篇評析東坡七言律詩時最爲常見，藉此，正可抉發方東樹對蘇
東坡近體詩的特殊詮釋。先就其註〈孤山柏堂〉一首〔註110〕，點明
蘇東坡「本色」所在來看，其曰：

只如題敘去，而興象老氣自然，如秦、漢法物，非近觀時
玩。公之本色在此。嘗謂坡詩不可學，學則入於率直，無
聲色留人處，所謂『學我者死』。(《昭昧詹言》卷二十，第五，
445頁)

參照詩篇內容而觀，題面雖詠柏堂，實將筆意專注於柏樹，並藉其一
枯一榮相映構成情景交融的意象，並順勢在枯柏上興寄個人情志。可
見，方東樹謂其「本色」，係指此種性情飄逸入仙，善寓情志於景物、

〔註110〕今參見《今體詩鈔》引見其原詩如下：「道人手種幾生前，鶴骨龍
姿尚宛然。雙幹一先神物化，九朝三見太平年。忽驚華構依巖出，
乞與佳名到處傳。此柏未枯君記取，灰心聊伴小乘禪，」見姚鼐：
《今體詩鈔》，「七言律詩」第181頁。台中市：中庸出版社，1959
年。

而後順勢議論，語似敘事、實兼抒志論理的創作個性。

又於〈竹閣〉篇下〔註 111〕，詳解蘇詩以眞情敘詩、而能用事深切之妙。曰：

> 用本色敘題，三句一例，而用事尤人妙，如此豈他人所及。……古人用事用字，未有無端強入以誇博，及隨手填湊以足吾句字爲食料者也。「白鶴」言不重來，即「茫然」意。至「蕭郎」及「渭上」尤人所不能及。必如此方可謂之深博。今人非不用事，只是取題之合類者編之，不能如此切也。世人皆學東坡，拉雜用事，頃刻可以信手填湊成篇，而不解其運用點化妙切之至於斯也。（《昭昧詹言》卷二十，第六，445 頁）

印證于原詩，則知方東樹認爲前三句「用本色敘題」之評語，表面上指詩句扣緊「竹閣」而寫所見情景，深味之，則更切於表抒詩人藉景追古的崇慕與感懷。殆因竹閣本爲唐代詩人白居易故居，東坡此詩表面上寫景詠物，實則句句追懷古人風格、感歎自己所作不合於時、缺乏同調唱和的孤寂心境。故謂其以「本色」敘題，乃強調東坡以情爲緯，在淺白流暢的詩句間巧妙點化白居易詩語的典故入詩〔註 112〕，既曲折詩意、又貼切詩情。

藉此二例，也可再次印證第三章的論述：方東樹未嘗因「宋調」

〔註111〕 今參見《今體詩鈔》引見其原詩如下：「海山兜率兩茫然，古寺無人竹滿軒。白鶴不留歸後語，蒼龍猶是種時孫。兩叢恰似蕭郎竹，千畝空懷渭上村。欲把新詩問遺像，病維摩詰更無言。」見姚鼐：《今體詩鈔》，「七言律詩」第 181 頁。台中市：中庸出版社，1959年。

〔註112〕 例如首句「海山」雖爲海中仙山，「兜率」則爲佛教中欲界六天的第四天「兜率天」。白居易有〈答李浙東〉詩曰：「海山不是吾歸處，歸及應歸兜率天。」第一句詩即點化白詩於其中；第二句則反用李遠〈失鶴〉詩中「華表柱頭留語言，不知消息到如今」之意，而傷感白居易「攜華亭鶴二以歸」連留語也無，僅留叢竹滿軒，是當年所重翠竹的後代。而五六句中「蕭郎竹」「渭上村」也是巧妙運用白居易的〈蕭悅畫竹歌〉詩意形容竹子之美、及〈退居渭上村〉詩的自述作爲詩人的借代。

貶抑蘇東坡詩，也更深入的補充蘇詩受方氏推讚的焦點，主要在於能「以眞骨面目與天下相見，隨意吐屬，自然高妙」〔註113〕，換言之，對於有意追求自成一家的精進者而言，東坡詩不失爲「自見面目」的優秀典律。而《昭昧詹言》中之所以汲汲於反對初學者由蘇詩入門學詩，則是因尋常人本無東坡曠逸的性情與才情，故不可隨意學之。否則，僅得其表象，自不免流於「信手塡湊、率易卑熟」，卻佁然自命原出於蘇詩。以致如李太白、蘇東坡之大家者，多源於後人仿效訛濫，而爲人受過。

再經此辨明，則知方東樹「自具面目」說的提出，乃不僅爲完善本身學詩理論的架構，也有其批評詩風、矯訛返本的企圖。且其論述功用，則除前述對清代近體浮濫、咸宗蘇白風尚的駁斥外，此種以自家面貌爲貴、強調言由胸臆流出的主張，並可爲明代格調說的擬古失敗提出針砭，宣告「以模擬爲復古」的門徑是不可行的。故曰：

> 古人各道其胸臆，今人無其胸臆，而強學其詞，所以爲客氣假象。漢、魏最高而難知，而其詞又學者所共習誦。以易襲之熟詞，步難知之高境，欲不爲客氣假象也得乎？（《昭昧詹言》卷二，第三，52頁）

雖僅以「強學其詞」一語貶斥模擬之無當，但由此而推演出「客氣假象」的負面形象，卻是《昭昧詹言》中常作爲貶抑詩篇價值的用語。至此，我們乃可充分理解在方東樹以「辨體」爲根基的詩體概念中，「自見面目」的論點，並不止是標立爲變體創作的目標，並兼具論理上的多重功用：一方面結合「修辭立誠」的多元闡釋，落實了原有「文道合一」的原理論；一方面也引伸爲「文行合一」等具體學詩要領；更因以「自見面目」標榜詩家典律，而轉化、開展出鑒別詩人優劣的批評論，同時，又因「面目」與「本色」關聯，涉及對東坡詩的評價與習法，亦被方東樹援用爲針砭格調缺失、批判當代詩風的利器。

〔註113〕詳原文參見方東樹：《昭昧詹言》卷二十，第一，444頁。台北市：漢京，1985年。

　　綜觀本章，藉詩體觀念的辨正與創變爲線索，我們得以瞭解方東樹《昭昧詹言》中對宋代以來「辨體」、與「破體」的詩論皆有不同程度的接受，也對詩歌與古文的體裁異同進行了獨特的省察。並由此建立始於由辨體識變、學古創變、破體爲詩、而追求自成一家的創作目標，以達成推闡師說、針貶時風的目的。經此探究，乃得以完整地呈現前章所揭露評註中推崇創變、借鏡文法的詩論內涵，並具體檢證方東樹《昭昧詹言》與宋代詩學的內在關聯，得以看出宋代詩學觀念對清中葉詩學論題的開展，確實具有重要的啓發作用。

第五章　《昭昧詹言》與宋詩創作意識的體現

　　陳寅恪先生曾據文化史的觀察，以為華夏文化造極于趙宋之世〔註1〕。殆因當時雕版印刷、及館閣藏書的發展，助成了知識、文化的傳播和交流〔註2〕。因此，宋代文化乃以會通化成為其主要特色。顯而易見者，除了宋代「理學」立足於儒學、而會通於佛教禪學、道家思想，轉化成獨特的學術思想外，文學、甚至詩學上類似的發展，也已為近代學者所認同。因此，張高評在〈會通化成與宋詩特色——自序〉歸結道：「宋代文藝受宋代文化制約，多以『會通』作為新變之手段，再以『化成』作為新變之途徑，而以達到『自成一家』為目的」〔註3〕。宋代詩人向以「獨出前人、自成一家」相互期許，此由前文所引宋代詩話中諸多例證可知。《說郛》中引宋、楊萬里〈送彭元忠縣丞北歸〉詩句，恰可見出宋人對學詩者的期許，其言曰：

> 學者初學陳後山，霜皮脫盡山骨寒。近來別具一隻眼，要踏唐人最上關。（葉寘《愛日齋叢鈔》卷三、《說郛》本）

〔註1〕參見陳寅恪：〈鄧廣銘《宋使職官考證》序〉，見《金明館叢稿》二編，245～246 頁。台北市：里仁書局。

〔註2〕參見姚瀛艇編：《宋代文化史》，「緒論」1～14 頁；及第二章「館閣制度與圖書編纂」、第三章「刻書業的繁榮」。第27～76 頁。開封市：河南大學出版社，1992 年。

〔註3〕見張高評：《會通化成與宋代詩學》書前〈會通化成與宋代詩學——自序〉，第 III 頁。台南市：國立成功大學出版組，2000 年。

　　為了不蹈襲前人，期許真正的建立自我特色，宋代詩人往往另闢蹊徑，「讀書」「學古」「以刻抉入裏見長」等，都是其特予著力、以有別於唐詩的方向。翁方綱《石洲詩話》即明白指出宋詩的此二項特徵：

> 宋人精詣，全在刻抉入裏，而皆從各自讀書學古中來，所以不蹈襲唐人也。（石洲詩話卷四、第六則，頁 120）

翁方綱所謂「刻抉入裏」，指出宋詩除在修辭與意象上講求外，更能透過仔細觀察、獨具慧心，而創發對事物人情的深刻體會。故能以細密、深刻超越前人，並指明黃山谷為首開宗風之人〔註4〕。此乃大體肯定宋詩在「創意造語」上的獨特努力；另外強調宋詩家以學古、讀書為基本修養，雖不免是翁方綱等家受清代學風影響下、對前人的新觀察角度，但以為宋詩人能在「各自」讀書博識、摹習古人中，探索自己表現的風格而不蹈襲，則更掘發了宋代詩人潛心「創作」的意識。

　　由此可知，宋代詩人在詩篇上追求的「創作」，既不同於「唐詩」的自然興發，也非個人在修辭、取材上別具慧心的嘗試或創發。而是一種集體的、有意識的、標異於前代的「體製創變」。實因唐詩號稱「菁華極盛，體製大備〔註5〕」，宋人生於唐後，故需刻意避免取材、立意上重複，並有意以人巧奪天工的期許致力於詩篇『創作』。這樣的心態，既反映出宋詩發展條件上的先天限制，卻也是文學發展上所有後出者共同面臨的困境、或所謂的「影響的焦慮」〔註6〕。而北宋詩人歐、梅、

〔註4〕 參翁方綱：《石洲詩話》卷四、第五則，評析宋詩曰：「談理至宋而精，說部至宋而富，詩則至宋而益加細密。蓋刻抉入理，實非唐人所能囿也。而其總萃處，則黃文節為之提挈，非僅江西派以之為祖，實乃南渡以後，筆虛筆實，俱從此導引而出。」見陳邇冬點校：《談龍錄、石洲詩話》第 119 頁。台北市：木鐸，1982 年。

〔註5〕 參沈德潛：《唐詩別裁集》〈凡例〉。見《唐詩別裁集》第一頁。北京市：中華書局，1977 年。

〔註6〕 美國現代評學批評家哈羅德、布魯姆（Harold Bloom）將此種希望擺脫前輩詩人影響的自我期許與創變心態，稱之為「焦慮」（shakespeare）。參見哈羅德、布魯姆著，徐文博譯：《影響的焦慮》「緒論」中的自述。第 7 頁。北京市：三聯書店，1989 年。但此乃

蘇、王等家試圖脫困的深刻體會、與亟思轉變的種種努力，遂使宋詩學的內容更能引發後人的「創作意識」，獲得後繼詩人普遍的共鳴。於是，「創者易工，因者難巧」的體認，便由宋詩學中逐漸擴展成為近代詩學的基本共識，這便是本節所欲探討的「創作意識」。

　　因此，明清以來的諸家詩論，經常不約而同地將關注焦點集中在宋詩各家，認為他們在繼承前人、而又獨創特色上的成功經驗，值得作為借鏡。例如明末公安派健將袁中道，於總論宋代詩人時，便深究其不肯剿襲前人的心理背景，曰：

　　　　為詩者處窮而必變之地，寧各自出手眼，各為機局，以達
　　　　其意所欲言，終不肯雷同剿襲，拾他人殘唾，死前人句下。

　　　（〈宋元詩序〉）

　　而翁方綱、趙翼等詩論家則在推崇蘇東坡、陸放翁等著名詩人之際，指出東坡上繼李杜的關鍵，乃是勇於「大放厥詞、別開生面」〔註7〕；陸放翁則因「無意不搜、無語不新」「鍊句自然老潔」，而得以兼擅古、近體詩〔註8〕。可見宋代詩人在創作上勇於創變體裁、或修辭上敏於創意造語的表現，早已為清代詩論家引為仿效的楷模。

　　此外，姚鼐等桐城派評論宋詩，則因關注歐陽修、王安石等北宋詩家〔註9〕，而顯得較為獨特。尤其對黃庭堅善於學杜，又能獨現以「奇

　　　其早期誤讀說的雛形，由於本文第六章後將對其誤讀理論進行探討，此處便不詳述。

〔註7〕參趙翼：《甌北詩話》卷五、第一，評蘇東坡詩曰：「以文為詩，自昌黎始；東坡益大放厥詞，別開生面，成一代之大觀。……其尤不可及者，天生健筆一枝，爽如哀梨、快如并剪，有必達之隱，無難顯之情，此所以繼李、杜後為一大家也。」見霍松林點校：《甌北詩話》第56頁。台北市：木鐸，1982年。

〔註8〕趙翼於《甌北詩話》卷六、第四則，評析陸放翁「以律詩見長」的原因在於「無意不搜、而不落纖巧；無語不新，亦不事塗澤」；並以為其古體詩鍊句「功夫精到，出語自然老潔」，更深於近體，並摘其律體佳句於後。見：霍松林點校《甌北詩話》第80～91頁。台北市：木鐸，1982年。

〔註9〕參見姚鼐：《今體詩鈔、序例》、第3頁。曰：「歐公詩學昌黎，故於七律不甚留意，荊公則頗留意矣！然亦未造殊妙。今自宋初至荊公

崛」骨氣特別讚賞〔註10〕，此乃是《昭昧詹言》接近於翁方綱等學人論詩觀點，敢於與主流詩論立異，而又有獨到見解的地方〔註11〕。凡此，都曾在第三章第三、四節《昭昧詹言》選詩的內容分析中獲得明確線索，並略與宋代詩學的創作實際進行檢證。筆者乃得以推論，宋代詩學應曾被方東樹等桐城派詩論家接受、甚至產生相當的影響。

因此，本章擬再以宋詩中鮮明的「創作」觀爲線索，分別由方東樹《昭昧詹言》的創作意識、學詩方法、評論形式三方面詳加考察，試圖釐清方東樹詩學與宋代詩學在「創作」意識、相關詩論及評述的特色。首先由創作意識的澄清，與創意、造語等具體的要求談起。

第一節　創作意識的凸顯

一、詩爲「能事」的引伸

前文第二章第三節的文學理念已略述：桐城前輩劉大櫆等人稱「詩文」爲「能事」，與義理、經濟、文章等相表裡〔註12〕，以爲具

〔註10〕　兄弟，共爲一卷。」。台北市：中華書局，1981 年。
　　　　桐城詩派則自姚範以來，即特別看重黃山谷的「氣格奇崛」。參見姚鼐：《今體詩鈔‧序》第 4 頁曰：「山谷刻意少陵，雖不能到，然其兀傲磊落之氣，足與古今作俗詩者澡濯胸胃，導啓性靈。」，台北市：中華書局，1981 年；又見方東樹《昭昧詹言》卷十第一則的總評、與第四則引姚範的評論。台北市：漢京，1985 年。

〔註11〕　因爲這些北宋詩人在趙翼：《甌北詩話》、《唐宋詩醇》等尊唐派評論中，多因「好與人立異」「意爲詞累」或「意言並盡，流而爲鈍根」等有意創新的表現而受貶抑。詳參趙翼：《甌北詩話》卷十一評王荊公「專好與人立異」；評黃山古詩「專以拗峭避俗……往往意爲詞累，而性情反爲所掩」，見霍松林點校：《甌北詩話》第 166 頁、168 頁。台北市：木鐸，1982 年。；另參見《御選唐宋詩醇》第 86 頁「提要」中的評論，文淵閣四庫全書集部第 1448 冊。台北市：臺灣商務書局，1986 年。

〔註12〕　參見劉大櫆：《論文偶記》葉一。曰：「作文本以明義理、適世用，而明義理、適世用，必有待於文人之能事。朱子謂：無子厚筆力發

「明理適用」的文學功能。但其論述以匠人能事爲喻，特別標明「能事」自古相傳、影響「文學」經世功能的論點，實已點明所謂「能事」，乃具有特殊技巧性、展現個人才氣與風格等藝術特質，如借用稍後姚鼐所發揮的文論觀點，則約合神理、氣味而至聲色等「文」之精、粗者而言〔註 13〕。其後，姚鼐雖試圖以「道與藝合」，爲詩文創作建立完善的藝術原理，卻也使所謂『能事』，確切定位於「文，技也，非道也」〔註 14〕「詩文皆技也」〔註 15〕的層次來討論，故在其自身文論體系中，『能事』的用意，反而經常囿於格律、聲色等有法可循的、文之「粗者」。

　　方東樹既繼承「文有精粗」的結構概念，也稟持劉大櫆「行文自另是一事」的藝術觀點，故於《昭昧詹言》中對詩文「能事」的重要持續關注，並詳予論辨〔註 16〕，評註時對善用「文法」「能事」以創新詩意的佳作，也特予讚賞。如其較論嵇康、阮籍二家詩篇後，曰：

　　　吾嘗論古人雅言，入今人則皆爲陳言，如叔夜此詩是已。
　　　阮公諸篇全是此恉，而筆勢飛動，文法高妙，勝叔夜遠矣。
　　　故知詩文別有能事在，不關義理也。（《昭昧詹言》卷一，第一
　　　一七，39 頁）

類此之評又見於王粲〈七哀詩〉〔註 17〕等例證，凡評註中以「別有能事」之語表示讚嘆者，大多與「義理」區別，針對其敘寫筆法獨到、

不出。」。中研院傅斯年圖書館藏遜敏堂叢書本，道光二十七年。
〔註 13〕參見姚鼐：〈古文詞類纂序目〉。見王文濡評校《古文詞類纂評註》，「序目」第十五頁。台北市：台灣中華書局，1967 年。
〔註 14〕參見姚鼐：〈覆欽君善書〉。見姚鼐：《姚惜抱詩文集》、文集後集卷三、第 291 頁。上海市：上海古籍，1992 年。
〔註 15〕參見姚鼐：〈答翁學士書〉。見姚鼐：《姚惜抱詩文集》、文集卷六、第 84 頁。上海市：上海古籍，1992 年。
〔註 16〕參見方東樹：《昭昧詹言》卷一，第六十七，24 頁。曰：「雖亦有本領，不得古人行文之妙，則皆無當於作者。故本領固最要，而文法高妙，別有能事。」台北市：漢京，1985 年。
〔註 17〕參見方東樹：《昭昧詹言》卷二，第八十一，77 頁。王粲〈七哀〉詩下註曰：「……讀此乃知彼徒述邊地苦景，皆犯實面，癡矣。故文法高妙，別有能事。」。台北市：漢京，1985 年。

或文法變化高妙而發。故其所謂「能事」乃常與「作用」連用，泛指詩歌的藝術表現〔註18〕。有時甚至逕改稱爲「作用」，並在評析杜、韓等大家時，強調其因掌握此種不可言傳、不拘於定法的「作用」奧妙，而足稱「作者」或「作家」。可見方東樹論述中所謂的「能事」，實與其師姚鼐有別，而回歸劉大櫆兼具精、粗兩種層次的意涵。

然而，再仔細比對《昭昧詹言》中的語用現象，其將「作用」作爲實指名詞，約有兩種情形：（一）有時「作用」用於泛稱詩體共通的修辭原則，如：

> 段落層次不待言，惟每段中有浮聲切響，乃不流於滑率，又一氣運轉中，必有奇情快句，令人驚心動魄，此詩文中一大作用，高曾不易之規矩也。（《昭昧詹言》卷十一，第十九，236頁）

此時，所謂「作用」乃是一個統稱，概括聲韻響亮、創意造語等諸多可使詩篇產生獨特面貌或風格的修辭技巧。藉此，也最足以顯現詩人的專擅、與創意之所在。故方東樹推崇謝朓詩工於「作用」，乃分由下字必典、造語必新、凝重有法、思清文明，以及用事新切、感寄含蓄、寫景清新等角度具體分析，而歸之於「不一襲似，自成一家」的創變精神〔註19〕。

（二）有時方東樹亦將「作用」指稱個人所擅、特殊而巧妙的創作風格，如其評論五言古詩經常上溯謝靈運、鮑照詩爲學習典律，以

〔註18〕參見方東樹：《昭昧詹言》卷十四，第十七，380頁。曰：「學一家而能尋求其未盡之美，引而伸之，以益吾短，則不致優孟衣冠，安床架屋之病。如空同之於杜，青邱之於太白，雖盡其能事作用，終不免於吞剝撏撦太似之譏；必如韓公、山谷，方是自成一家，不隨人作計。古之作者，未有不如此而能立門戶者也。」台北市：漢京，1985年。

〔註19〕參見方東樹：《昭昧詹言》卷七，第三，186～187頁，分析謝朓詩的作法爲「大抵下字必典，而不空率；造語必新，而不襲熟；凝重有法、思清文明，而不爲輕便滑易；同一用事，而尤必擇其新切者；同一感寄，而恆含蓄，同一寫景，而必清新；古之作者皆同，而玄暉尤極意芊綿藻麗」。台北市：漢京，1985年。

為謝詩「精深華妙、氣韻沈酣〔註20〕」、鮑詩「俊逸活潑、沈響警奇〔註21〕」，各有其得力處，「皆能作祖」。而後代詩人中最善揣摩前人「作用」之妙、並加以神明變化者，首推杜甫、韓愈等家，並撮舉「作用」為其學古創變的成功要件：

> 學者取謝鮑奇警句法，而仍須自加以神明作用乃妙。深觀杜、韓，則謝之為謝，杜韓之為善學，而妙皆自見矣。蓋杜、韓能兼鮑、謝，鮑、謝不能有杜韓也。（《昭昧詹言》卷五，第三十，134頁）

> 此雖一小事，而最為一大法門。苟不悟此，終不成作家。然卻非雕飾細巧，只是穩重老辣耳。如太白豈非作祖不二，大機大用全備？世人不得其深苦之意，及文法用筆之險，作用之妙，而但襲其詞，率成滑易。此原不足為太白病，但末流不可處，要當戒之。（《昭昧詹言》卷一，第五十四，20頁）

由此可見，方東樹認為謝靈運、鮑照詩在詩藝上精深華妙、俊逸奇警的風格固然足為典律、值得摹法，但杜甫在學古中能自加神明作用之妙，故兼得其長而「駕出其上」〔註22〕；韓愈則取鮑詩句格、開拓「去陳言」之法〔註23〕，皆具有前章所謂「追求變化、自見面目」的創作

〔註20〕 參見方東樹：《昭昧詹言》卷五，第九，128頁，謂謝公詩「精深華妙」；卷五第十二129頁、二三則132頁謂其「氣韻沈酣」。台北市：漢京，1985年。

〔註21〕 參見方東樹：《昭昧詹言》卷六，第二五，169頁，謂鮑照詩「俊逸活潑」為謝詩所不及；卷六第九166頁、則謂「逸氣、沈響、警奇」為鮑照詩之至處。台北市：漢京，1985年。

〔註22〕 參見方東樹：《昭昧詹言》卷五，第三十，134頁，曰：「……學者取謝、鮑奇警句法，而仍須自加以神明作用乃妙。深觀杜、韓，則謝之為謝，杜韓之為善學，而妙皆自見矣。蓋杜、韓能兼鮑、謝，而鮑、謝杜不能有杜、韓也。」；又見卷五，第三十一，134頁，曰：「杜公能兼大謝，而實駕出其上。」台北市：漢京，1985年。

〔註23〕 參見方東樹：《昭昧詹言》卷六，第十一，166頁，曰：「杜、韓皆常取鮑句格，是其才力能兼之。……」；又見同卷，第十，166頁，曰：「若杜、韓則是就漢魏極力開拓，而又能包有鮑、謝，極古今之正變……」；又見同卷，第六，165頁，曰：「讀鮑詩，於去陳言之法尤嚴，只是一熟字不用。……」故知方東樹以為韓愈「去陳言」

精神，符合方東樹所謂構思、用意深苦，而文筆「穩重老辣」的原則，
故概稱其所掌握的寫詩要領爲「作」用，以彰顯其刻意標異於前人的
創新企圖；是故，唯有能領略「作用」變化之妙者，方足稱爲「作家」。
因此，方東樹推究：「作家」須優於常人的條件有二，除卻先天的才
氣應盡力發揮外，更有賴學自古人的「眞傳」——通常針對文法變化
巧妙、或經營細緻處而言。其原文引見如下：

> 坡詩縱橫如古文，固須學其使才恣肆處，尤當細求其法度
> 細緻處，乃爲作家。(《昭昧詹言》卷十一，第三十八，241 頁)
> 凡作文與詩，有一題本分所當有者，有作家自己才學識襟
> 抱之所有者。既自家有才有學識，又必深有得於古人，眞
> 傳一脈，方爲作者。若僅於詞足盡題，奚有異觀。(《昭昧詹
> 言》卷一，第三十八，14 頁)

由引文中才學與法度並稱、天賦自然與學古有得相比較，則不難看出
方東樹討論詩篇創作的立場，確實較接近劉大櫆說，而涵括其師姚鼐
所謂精、粗二層面而論。故知，方東樹有鑑於切磋詩技的層面上雖容
有審美的共通原則，卻常因詩人接受主體〔註24〕、與審美心理〔註25〕
的差異，而於創作中表現出風格（神）、文氣（氣）上種種獨特的面
貌。因此，特別偏好以「作用」來取代「能事」的用法，並基於對「作
用」的認識與注重，方東樹對各家詩的創作風格也抱持強調氣格、兼
容並包的態度。

　　之法，於古詩中已見鮑照開其先，而杜韓開拓之。台北市：漢京，
　　1985 年。
〔註24〕當代文學理論中多將「前理解」「期待視野」等接受美學派學者提出
　　的觀念，統以「接受的主體」概括之，討論其在文學接受過程中的
　　影響性。參見童慶炳：《文學活動的審美維度》，第四章文學接受的
　　藝術規律。第 166～271 頁。北京市：高等教育出版社，2001 年。
〔註25〕文藝鑑賞活動中所謂的「審美心理」，通常包括：審美感知、審美想
　　像、審美情感與審美理解四方面，多與鑑賞主體的身心特質有密切
　　相關性。詳參魏飴、劉海濤主編：《文學藝術鑑賞概論》第三章第三
　　節「文藝鑑賞中的審美心理」，第 87～95 頁。北京市：高等教育出
　　版社，2002 年。

二、學習「作用」的強調

　　同樣的，以杜、韓、謝、鮑、黃五大家爲例，方東樹也因其變化「作用」的程度不一，認爲其對學詩者也分具不同的示範效用：

> 以《三百篇》、《離騷》、漢、魏爲本爲體，以杜、韓爲面目，以謝、鮑、黃爲作用，三者皆以脫盡凡情爲聖境。（《昭昧詹言》卷一，第十二，5頁）

所謂「以杜、韓爲面目」應是指杜、韓二家勇於創變前人、表現自家面貌的氣度，足爲「自成一家」的典律；至於「以謝、鮑、黃爲作用」，則是強調應取法謝、鮑等人在詩法變化、與詩意經營上的要領。對於前項所指的破體企圖與創作心理，已於前章第四節說明；而方東樹評註中對前代詩人「作用」的注重與詮釋，則値得再加討論。

　　首先，將「作用」視爲學古的重點：

　　杜詩成就雖爲近代論詩者共推，但方東樹由學詩的角度，概括其示範作用在於學詩藝於六朝，而知變化、自立，並因此啓迪了黃山谷。故以爲杜詩所長在於學古人能得其「作用」，而山谷學自杜詩的訣竅，亦在於所謂「作用」：

> 杜七律所以橫絕諸家，只是沉著頓挫，恣肆變化，陽開陰合，不可方物。山谷之學，專在此等處，所謂作用。（《昭昧詹言》卷二十，第二十七，450頁）

> 山谷之學杜，絕去形摹，全在作用，意匠經營，善學得體，古今一人而已。論山谷者，惟薑塢、惜抱二先生之言最精當，後人無以易也。（《昭昧詹言》卷二十，第二十六，450頁）

綜觀引文可知：方東樹具體論及「作用」的成效時，偏好以黃山谷近體七言律詩爲例證，逕自接軌於杜詩，強調：學古成功之例在於杜甫善學六朝（特別是謝、鮑），而後人所可及者，則爲黃山谷學杜之法。其一方面意謂：領略「作用」是學習古人詩篇最終的目的。同時又顯示「作用」的具體內容，乃因詩體而稍異〔註26〕，故杜詩的開闔變化

〔註26〕參見方東樹：《昭昧詹言》卷十一、第四，曰：「七言長篇，不過一敘、一議、一寫三法耳。」乃藉文章之作法而論詩；卷十四、第二，

不易及，而黃詩的章句鍛鍊則應講求。

　　總之，方東樹的「作用」說，是順著桐城前輩「能事論」的理路，由技藝層面增論「作用」的審美效果，以強調學詩者應用心揣摩前人詩篇在『作』——即藝術創新、求變上的獨特表現，方能建立自我的風格特色。如藉今日文學理論的觀念而理解，大抵是指在文學接受的審美心理過程中，最末的「審美判斷」與「審美玩味」階段〔註27〕，應能具體掌握到該詩人詩篇在審美結構中「藝術形象層」〔註28〕的特徵，便應用於自己的創作，塑造鮮活成功的藝術形象。

　　故知，方東樹之強調「作用」，便是以「藝術形象」的感知為基準，指出「學古」的核心應在於掌握古人建立藝術形象的成功秘訣。並以黃山谷為示例，證明由「學古」後對「作用」的掌握，可彌補其先天才氣的不如蘇軾，藉以為才能平庸者指出學習法門。

　　其次，以掌握「作用」為作家的基本條件。繼承前輩提高「能事」地位的用心，方東樹對於「作用」的重要性，也一再於書中強調。但誠如前文由語用上分析，其有時以「行文之妙」概括言之，有時則又具體以「用意、用筆」「章法、佈置」作為實指：

> 雖亦有本領，不得古人行文之妙，則皆無當於作者。故本領固最要，而文法高妙，別有能事。(《昭昧詹言》卷一，第六十七，24頁)
> 向謂歐公思深，今讀半山，其思深妙，更過於歐。學詩不從此入，皆粗才浮氣俗子也。用意深，用筆布置逆順深。

975頁，則曰：「七律之妙，在於講章法與句法。」台北市：漢京，1985年。

〔註27〕一般學者多將文藝鑑賞活動中的「審美心理」，概分為：審美感知、審美想像、審美情感與審美理解四方面。大陸學者童慶炳先生則細敘其心理過程為四個階段，依序為：訴諸想像——產生感知——喚起情感——進入審美判斷和審美玩味。參見童慶炳：《文學活動的審美維度》，第四章文學接受的藝術規律，第三節「文學接受的審美心理機制」。第274～285頁。北京市：高等教育出版社，2001年。

〔註28〕同見前註童慶炳書第三章第二節「文學作品的淺層結構」。第189～201頁。北京市：高等教育出版社，2001年。

章法疏密，伸縮裁翦。有闊達之境，眼孔心胸大，不迫猝淺陋易盡。如此乃爲作家，而用字取材，造句可法。半山有才而不深，歐公深而才短。（《昭昧詹言》卷十二，第一六五，284 頁）

可見此「作用」「作家」之『作』，乃是方東樹汲汲欲學子有所體會、以追求自成一家的基本修養，也是其「作用」說的關鍵。故表現於命意、用筆、章法上需致力於深刻有度外，詩意、境界上更須表現曲折而遠俗。故已明顯擺脫孔門「述而不作」等傳統經學觀念的束縛，而特別看重文學的「創新性」，主張唯有表現與內容上的超越、獨特，才足以爲「作家」。故知，此「作用」一詞，雖源於佛學上對「有爲法」〔註29〕的稱述，也曾見前人轉換而指詩篇上的「措意」〔註30〕、結構等。方東樹則特別援用其詞、增廣其義，以兼指詩人在藝術上「創製」與「創意」的獨特性，可說是對桐城前輩「能事」論較具體的闡述與發揮；並沿襲其詞源的修爲義，以強調作者「創」變的用心，更是受宋代詩學創作意識啓發的最顯著例證。

三、「創意」「造語」的追求

正如前述，方東樹等清代詩論家的「創作」觀念，既在某種程度上接受了宋詩人的啓發。今由書中評論檢證，亦發現方東樹《昭昧詹言》對詩篇的「創作」要求，亦作了深刻的闡論，可與宋代詩學內涵相互發明：

首先，在構思歷程上強調：入門需先用力、苦思，然後歸於自然渾成，無雕琢之跡。如其論「七律」作法，便以費力、講究字句爲必要功夫，曰：

〔註29〕參見丁福保編：《佛學大辭典》中釋「作用」一條，曰「（術語），有爲法之生滅也。」第三冊「卷中」第 1187 頁。台北市：新文豐，1986年。

〔註30〕例如唐代釋皎然：《詩式》中，便以詩篇中措意、佈局、結構等表現爲「作用」。見許清雲：《皎然詩式輯校新編》40 頁。台北市：文史哲，1983 年。

　　然學詩先必用力，久之不見用力之痕，所謂炫爛之極，歸
　　於平淡。……七律宜先從王、李、義山、山谷入門，字字
　　著力。但又恐費力有痕跡，入於撏撦飣餖，成西崑派，故
　　又當以杜公從肺腑中流出，自然渾成者爲則。(《昭昧詹言》
　　卷十四，第十六，380 頁)

　　七律句法，先須學堅峻用力，進以雄句傑特、典貴警拔，惟
　　其自然所出，總之「語不驚人死不休」也，最忌巧，巧則傷
　　氣而輕卑矣，晚唐是已。(《昭昧詹言》卷十四，第十五，380 頁)

作詩當經由慘澹經營、苦思以出之，唐人《詩式》中雖已見此說，
所謂「取境之時，需至難至險，始見奇局」〔註31〕，此殆因稟持「創
作」的精神、有意於創變出奇的優秀詩人，會因渴求突破而自苦、
焦慮〔註32〕。但方東樹將它定位爲學詩者「必經的歷程」，希望藉由
創作之初的「慘淡經營、迷悶深苦」，爲作詩奠下「無一字率意漫下」
的基礎〔註33〕；但也強調此功夫不可滯留，終須歸返於「從中肺腑
流出」的『自然』，以表現自家面貌，則更接近宋人以「活法」論詩、
追求「自然」「率性自得」的詩禪精神〔註34〕。甚至，在詩風上刻意
規避晚唐的「纖巧」，寧取中唐、元祐的「雄奇、傑特」，也都間接
可印證其宗宋詩論的傾向。

〔註31〕參（唐）釋皎然：《詩式》。論「取境」曰：「取境之時，需至難至險，
　　　　始見奇局。成篇之後，觀其氣貌，有似等閒，不思而得，此高手也。」
　　　　見許清雲：《皎然詩式輯校新編》22 頁。台北市：文史哲，1983 年。
〔註32〕此種欲擺脫前出「強而有力」詩人的影響、追求創變的詩人心理狀
　　　　態，雖古今中外皆然，美國評論家布魯姆卻以「詩的影響已經成了
　　　　一種憂鬱症或焦慮原則」概括之，並詳析其「誤讀」類型爲「六種
　　　　修正比」。參見哈羅德，布魯姆註，徐文博譯：《影響的焦慮》2～15
　　　　頁。北京市：三聯書店，1989 年。
〔註33〕此兩處引文的評論，皆爲方東樹對謝靈運詩的評論，亦是藉其以勉
　　　　勵初學師者應在構思時，謹慎於造句鍊字的基礎功夫。參見方東樹：
　　　　《昭昧詹言》卷五，第三，127 頁；以及卷五第六、第十九則，127、
　　　　131 頁。台北市：漢京，1985 年。
〔註34〕參見周裕鍇：《宋代詩學通論》、「活法」。第 222～224 頁。成都市：
　　　　巴蜀書社，1997 年。

其次，以爲「創作」首當有別於模擬，故以『創意』『造語』爲基礎，以表現自家面貌爲目的，避免取材、修辭過於熟爛，並落實文字鍛鍊的基礎功夫。此創意（內容）、造語（形式）的二分式目標，是由修正前人模擬之弊而確定的。其曰：

> 屈子之詞與意，已爲昔人用熟，至今日皆成陳言，故《選》體詩不可再學，當懸以爲戒。無知學究，盜襲坋集，自以爲古意，令人憎厭。故貴必有以易之，令見自家面目。否則人人可用，處處可移。此杜、韓、蘇、黃所以不肯隨人作計，必自成一家，誠百世師也。大約古人讀書深，胸襟高，皆各有自家英旨，而非徒取諸人。（《昭昧詹言》卷一，第三十三，12 頁）

由此可知，詩篇的因襲多不外「詞」與「意」兩方面，方東樹憎厭以模擬形式爲功夫的「學古」習氣，故針對前人僅由「詞與意」層次的抄襲式模擬提出修正。認爲「創作」的首要，在消極方面，至少應具有「去陳言」的大氣度，由博學讀書中厚植涵養胸襟、拓展胸襟，進一步才可能積極達成：以個人獨特的性情與見解來「開創詩篇的新意」。因此，方東樹強調「學古」眞正的目的，在體悟前人運用藝術形象的巧妙，以表現自家面目爲可貴。爲求超越詞與意上的「擬古」，乃在《昭昧詹言》提出「創意」「造語」兩大方向，更爲學詩者選立宋代歐陽脩、王安石兩家爲入門典律，以得其「用意深妙、筆法變化」的長處〔註35〕，避免「粗才浮氣」之病。是故，合而言之，詩文創作皆應以「苦思創造」〔註36〕爲基礎，由「創意」「造語」兩方面兼重；

〔註35〕參見方東樹：《昭昧詹言》卷十二，第一六五，284 頁。曰：「向謂歐公思深，今讀半山，其思深妙，更過於歐。學詩不從此入，皆粗才浮氣俗子也。用意深，用筆布置逆順深。章法疏密，伸縮裁翦。有闊達之境，眼孔心胸大，不迫猝淺陋易盡。如此乃爲作家，而用字取材，造句可法。半山有才而不深，歐公深而才短。」台北市：漢京，1985 年。

〔註36〕參見方東樹：《昭昧詹言》卷一，第一四六，47 頁。曰：「詩文以避熟創造爲奇，而海峰不免太似古人。以海峰之才而更能苦思創造，豈近世諸詩家可及哉！愚嘗論方、劉、姚三家，各得才學識之一。

離而析之,「創意」的重要性與講求次第,似乎又先於「造語」,當以「創意」的氣度爲先、「造語」的功夫爲要。以下,便循此次第,分論其意旨:

(一) 創意曲折

　　面對唐詩精湛而豐富的創作遺產,在詩意上力求創新獨到、以標異前人,是宋代詩人最常見的思維定向。因此,宋代詩話中常見徵引前人詩例,反覆討論其詩意高下的作法。甚至提撮出「反其意而用之」等修辭法則〔註37〕,評析它在超越前人、獨具創意上的功效:

> 文人用故事,有反其意而用之者。……直用其事,人皆能
> 之;反其意而用之者,非學業高人,超越尋常拘攣之見,
> 不規規然蹈襲前人陳跡者,何以臻此?(魏慶之《詩人玉屑》,
> 卷七)

> 韓昌黎詩句句有來歷,而能務去陳言者,全在於反用。
> 如……此等不可枚舉。學詩者解得此秘,則腐朽化爲神奇
> 矣。(顧嗣立《寒廳詩話》,十三)

由此可知,此「反用其意」的作法,顧嗣立認爲得自韓愈作詩「陳言務去」的精神,絕不蹈襲前人詩句、詩意,甚至欲藉由反向思考等方式來創變前人的詩境,寄寓個人獨特領會。因此,「反用」這樣的作詩法,猶如今日所謂「逆向思考」的創思方法,我們不可僅以造語新奇、避免重複的效果看待它,更在於其思維模式具有超軼尋常,因而展現詩人獨特的創見、或特殊感受的積極作用。

　　方東樹評析詩篇時也特別著意於此處,因此他常撮舉名家篇法構結的妙處,具體說明如何避免「流俗」的作法,如其評王安石〈元豐

　　望溪之學,海峰之才,惜翁之識,使能合之,則直與韓、歐並轡矣。」
　　台北市:漢京,1985 年。

〔註37〕 參見張高評:《宋詩之傳承與開拓》,論「翻案詩」部分。見台北市:
　　文史哲,1990 年。或見〈宋詩與翻案〉,《宋代文學與思想》——宋
　　代文學與思想學術研討會論文集,第 215～258 頁,其中引見各家對
　　「翻案」詩法的評論,並詳析其成因,歸結其樣式有四大類、作法
　　有七種。台北市:台灣學生,1989 年。

行示德逢〉詩〔註38〕，曰：

> 先旱後雨，頌揚耳，卻以德逢作緯，便用意深曲，不同俗
> 手。若但寫正題，氣骨輕淺易盡也，則成俗手應試體矣。
> 世之俗詩，皆止於此。(《昭昧詹言》卷十二，第一六八，285頁)
> 評《後元豐行》詩：前言豐年之樂，收處與上諸樂同，卻
> 似另出一層，鄭重分明。此以餘情閒致，旁面取題也。(《昭
> 昧詹言》卷十二，第一六九，286頁)

藉此註解，乃為學詩者比較正寫題意、與側面取題的差異，借鏡了宋
人以篇章變化來創新詩意的訣竅，也同時輔成方東樹「善用文法變化」
以追求「用意深而不俗」的基本主張。

　　如就北宋梅堯臣、歐陽修等著名詩人的創作上觀察，其詩篇的「創
意」，更常自唐人詩篇中以「翻案」〔註39〕手法創變而來。如梅堯臣
〈田家語〉、〈汝墳貧女〉，歐陽脩〈食糟民〉、黃庭堅〈流民歎〉諸詩，
多由杜甫〈茅屋為秋風所破歌〉、白居易〈秦中吟〉等作品中改變敘
事觀點而創作。他們多偏好將詩境轉折入內心世界，對平常事物作更
深一層的省視或詮釋，因此使詩篇多了幾分冷靜、知性的色彩，形成
獨特的「元祐詩風」〔註40〕。而後人也往往將它歸納為宋詩創作上的
重要辨識特徵：

〔註38〕引見王安石〈元豐行示德逢〉原詩如下：「四山攸攸映赤日，田背坼
　　　如龜兆出。湖陰先生坐草堂，看踏溝車望秋實。雷蟠電擊雲滔滔，
　　　夜半載雨輸亭皋。旱禾秀發埋牛尻，豆死更蘇肥夾毛。倒持龍骨掛
　　　屋敖，買酒澆客追前勞。三年五穀賤如水，今見西成復如此。元豐
　　　聖人與天通，千秋萬歲與此同。先生在野故不窮，擊壤至老歌元豐。」
　　　據四部備要本《古詩選》。台北市：中華書局，1981年。，
〔註39〕此一名詞宋人多已用之，但未說解其意。可參見錢鍾書先生：《管錐
　　　篇》第二冊論「翻案」，頁463～464。台北市：友聯，1981年。另
　　　可參考張高評：〈宋詩與翻案〉一文。見台大中文研究所編《宋代文
　　　學與思想》第215～258頁。台北市：學生書局，1989年；以及張高
　　　評：《宋詩之傳承與開拓》，第一章，第13～116頁。台北市：文史
　　　哲，1990年。
〔註40〕參見王錫九：《宋代七言古詩》第三章、第175頁。天津市：天津人
　　　民，1993年

凡用事必須翻案，雪夜訪戴，一時故實，今用爲不識路而
不可往，則奇矣。(方回評杜甫〈舟中夜雪有懷十四侍御弟〉詩，
李慶甲集評校點《瀛奎律髓彙評》卷二十一)
詩貴翻案：……楊花，飄蕩物也；而昔人云：「我比楊花更
飄蕩，楊花只有一春忙。」……皆所謂更進一層也。(袁枚：
《隨園詩話》卷二，第五十則)
東坡詩推倒扶起，無施不可，得訣只在能透過一層，及善
用翻案耳。(劉熙載：《藝概‧詩概》，見《清詩話續編》2432 頁)

由引文可知詩話中所謂「翻案」，乃廣泛地包涵有引用典故（用事）
上的翻疊、與詩意上的轉化等情形，而其特色則在於使詩篇產生「奇」
的修辭新鮮感，或者表現了個性化的奇特想像力。此種以理性折射詩
意，強化詩人主體性的創作角度，可說是宋詩家普遍的愛好，致使清
代詩論中多將它歸結爲陳後山、蘇東坡等宋詩家創作的獨到方法，並
進一步深究其成功的因素係在於使詩意較爲深刻，能「更進一層」或
「透過一層」，近人有所謂「宋詩重意」的評論，或許緣於此故。

　　對此，方東樹是以後出者理當求變、破俗的基本要求視之，故以
爲愈是平凡應俗的酬唱之作，愈能看出名家超凡章法的巧妙處。如同
樣是餞行送別，《昭昧詹言》中評王安石《送程公闢守洪州》詩〔註41〕，
便試圖以古文章法剖析其立意之曲奧：

……此應酬題，他手只夸地頌才德而已，此時俗應酬氣，
縱詩句佳而意思庸俗，此言用意也。至於格局，縱用奇勢，
亦終是氣骨輕浮，蓋不知深於律法者也。必於此用意，將
欲贊，換入他人口氣，則立意不同人。以不如意先作一曲
折墊起，用兩人作局陣，此乃深曲迷變，氣骨不輕浮矣。

〔註41〕引見王安石《送程公闢守洪州》詩如下：「畫船插幟搖秋光，鳴鐃傳
鼓水洋洋。豫章太守吳郡郎，行止斗牛先過鄉。……君聞此語悲慨
慷，迎吏乃前持一觴。鄱州歷選多俊良，鎮撫時有諸侯王……非君
才高力方剛，豈得跨有此一方。無爲聽客欲霓裳，使君謝吏趣治裝，
我行樂矣未渠央。」見四部備要本《古詩選》卷八「七言」第四葉
左，第五頁右。台北市：中華書局，1981 年。

純是古文命意立局章法，所以爲作家，跳出尋常庸人應酬
套。此非深思有學人不能作，不同俗手，分別在此。本意
作夸美詞，嫌淺俗酬應氣無味，又己本洪州人，不便自夸
其鄉，亦不可謙貶，故託爲吏詞，以爲曲折。與退之《瀧
吏》，局同意異。公不便自謙自詆，皆託之人言。一賓一主，
《解嘲》、《客難》之局，而用之於贈人，皆避淺俗平直也，
足以爲式。(《昭昧詹言》卷十二，第一七八，288 頁)

評註中指出：此詩無論是曲折墊起、託詞他人、或故設問答，其實多
由古文章法中學得創作養分，故其立局氣度寬宏，但詩意卻已具曲折
變化之美。故知「創意之法」確實能表現詩人的心胸、眼界，使詩境
闊遠，是宋詩帶給後人的啓發，也是方東樹積極標舉的創作目標。

　　此外，在「詩」的體製條件未有大突破前，「創者易工，因者難
巧」是實際的創作考驗。因此宋代詩人在感嘆「以有限之才，追無窮
之意」時，也由觀摩、歸納中摸索出一些簡明易循的創作法則，爲才
力中庸者可遵循。有人具體況喻爲「換骨、奪胎」「點鐵成金」；有人
則分釋爲「因襲、轉意」等，說法雖稍見分歧〔註42〕，卻共同對後人
指明應努力方向：「創意」──藉古人陳言傳達新意蘊，是作詩的必
要條件，基本的「創意」可由前人詩篇中承襲、轉化而來，未必得向
壁虛造。而其簡明的要領則可經由篇法、章法，乃至於字句用法的變
化，以避免凡俗習熟，此便是以「造語」豐富詩意、增加修辭新鮮感，

〔註42〕一般學者在歸納宋詩「創意、造語」上的明確作法，多引《冷齋夜
　　　　話》論黃山谷的「奪胎換骨」「點鐵成金」二法，或引《詩憲》中魏
　　　　道輔論造語及「因襲、轉意、奪胎」等法而申論。雖已有質疑其爲
　　　　僞託的可能，但宋人對「創意造語」的認同與實踐，卻是各家的共
　　　　同結論。可參孫乃修：〈黃庭堅詩論新探〉。見《黃庭堅研究論文集》
　　　　30～31 頁。江西：江西人民，1986 年。；黃景進：〈從宋人論「意」
　　　　與「語」看宋詩特色的形成〉。見成大中文系：《第一屆宋代文學研
　　　　討會論文集》，72～79 頁。高雄市：麗文文化，1995 年。及楊淑華：
　　　　〈創意造語和方東樹論山谷詩〉。見彰師大國文系：《第五屆中國詩
　　　　學會議論文集》第 223～262 頁。彰化市：彰化師範大學國文學系，
　　　　2000 年。

免於「平直、淺俗」的詩病。譬如前引方東樹評註王安石的《元豐行示德逢》詩，在概述其篇法特色後，便一一摘其字句的用法，曰：

> 古今詠溝水詩，多用「龍骨」字，今此疑作桔槹義解。「脩脩」「溝車」「滔滔」「屋教」，字法也。「田背」「埋牛尻」「肥荬毛」「追前勞」，句法也。收闊大，又以德逢緯之，更妙，章法也。（《昭昧詹言》卷十二，第一六八，285 頁）

類此的例證散佈於各卷中，可知此種先破解其「創意」篇法，再詳析其字句鍛鍊處的評論程序已成為《昭昧詹言》常見的體例〔註43〕，由此可見，在方東樹的觀念中，「創意」與「造語」應是相互為用的，以下便再循序探究。

（二）造語獨到

作詩講求「創意」「造語」，以追求「意新語工」〔註44〕「句中有眼」〔註45〕為成篇理想，這樣的觀念雖出自宋代歐陽修、黃庭堅等家的有意追求，但能發揚其精神，將「創意、造語」視為重要觀念、甚至標列為學詩方法者，方東樹應深具代表性。同時也意味著「創意」「造語」在方東樹的詩論中有重要的指標性，故前文第二章第三節曾略舉之為詩學觀念，此處則再就其作為具體的「學詩方法」加以論述。

如《昭昧詹言》在第一卷總論詩體時，便優先將「創意」「造言」標明於六項「學詩之法」之首位，曰：

> 凡學詩之法：一曰創意艱苦，避凡俗淺近習熟迂腐常談，

〔註43〕例如同卷方東樹：《昭昧詹言》卷十二，第一六九，286 頁。稍後處則又有評王安石〈後元豐行〉詩，曰：「前言豐年之樂，收處與上諸樂同，卻似另出一層，鄭重分明。此以餘情閒致，旁面取題也。『麥行』，字法。『龍骨』『雖非社日』，句法也。」台北市：漢京，1985年。

〔註44〕參歐陽修：《六一詩話》第十二則、第六葉。曰：「聖俞常語余曰：『詩家雖率意，而造語亦難。若意新語工，得前人所未道者，斯為善也。』」見何文煥訂：《歷代詩話》158 頁上。台北市：藝文印書館，1991 年。

〔註45〕參黃庭堅：〈贈高子勉〉詩四首其四，曰：「拾遺句中有眼，彭澤意在無弦。」見四部備要本《山谷全集》冊一，詩集卷十六。台北市：中華書局，1981 年。

> 凡人意中所有。二曰造言，其忌避亦同創意，及常人筆下
> 皆同者，必別造一番言語，卻又非以艱深文淺陋，大約皆
> 刻意求與古人遠。三曰選字……。（《昭昧詹言》卷一，第二十
> 八，10頁）

藉由引文，我們進一步印證了前述「創意與造語相互為用、同以淺俗
為避忌」的論點，也得以釐清方東樹所詮釋的「造言」，包括口頭論
談、思想及書面創作等種種形式。而且由「不習熟」「不同常人」的
嚴謹要求看來，並不是刻意追求新奇、以艱難晦澀為美，而是宣示一
種不蹈襲古人的決心，與必須「創造」的氣魄。是故，方東樹認為在
運用修辭技巧前，需先審視主、客觀情境，在確定抒寫角度的創新性
與適切性後，再放手活用言語。故曰：

> 須要自念：必能斬新日月、特地乾坤，方可下手。苟不能，
> 不如不作。（《昭昧詹言》卷十一，第一一六，236頁）
> 豪語須於困苦題發之，失志時不可作頹喪語，苦語須於佛
> 仙曠達題發之，流連光景須有悟語、見道根，山水憑弔須
> 發典重語，酬贈應答須發經濟語，如此乃為超悟古作家不
> 傳之秘，而非學究傖父，腐語正論，所能解此秘奧。（《昭昧
> 詹言》卷十一，第十七，370頁）

由方東樹這段評論中，我們可看出他準確掌握了宋詩家以來，在詩意
與詩語上力追前人、展現自家面貌的強烈「創作」企圖心，也隱含一
股對學詩者的深切期許，欲其擺脫世俗學究、塾師等在詩風上的訛
濫。故詳析其論述內容，則可見方東樹所詮釋「造語」的表現，乃區
分三類型、分舉不同的詩人典律做具體的示範。其言曰：

> 姜白石擺落一切，冥心獨造。能如此，陳意陳言固去矣，
> 又恐字句率滑，開儈慌一派。必須以謝、鮑、韓、黃為之
> 圭臬，於選字隸事，必典必切，必有來歷。如此固免於白
> 腹杜撰矣，又恐掇賒稗販，平常習熟濫惡，則終於大雅無
> 能悟入。又必須如謝、鮑之取生，韓公之翻新，乃始真解
> 去陳言耳。（《昭昧詹言》卷一，第五十二，19頁）

首先，引姜夔（白石）為例，強調須以擺脫模擬、固去陳言為志，此

爲「造語」之先者。原其要義，乃不過需賴後天學養「博觀而選用之」
〔註46〕，並非有心求「僻」，或者如東坡般「自以眞骨面目與天下相
見，隨意吐屬，自然高妙」〔註47〕，本非趙翼等所謂「刻意求工」者。
唯後者所以能空無依傍、別爲筆墨，實有賴於先天奇才，故非常人可
及。即使勉強學之，亦不免流易滑輕之病。故方東樹於《昭昧詹言》
較提倡後天學養的功夫，由內在「本領」的涵養充實起，避免「向他
人借口」的模擬習氣、或者「外鑠客氣假象」的形式化修辭。（同參
前註）

　　至於講求字句精準、隸事典切，則是防弊之下策者，大抵以「新
意清詞易陳言熟意」〔註48〕爲原則，故以鮑照、謝靈運及黃庭堅等人
在造句鍊字上的精細功夫爲榜樣：

> 以謝、鮑、韓、黃深苦爲則，則凡漢、魏、六代、三唐之
> 熟境、熟意、熟詞、熟字、熟調、熟貌，皆陳言不可用。
> 非但此也，須知《六經》亦陳言不可襲用，如用之則必使
> 入妙。（《昭昧詹言》卷一，第四十八，18 頁）

可見，要求初學詩者入手必須「苦思」，是方東樹基本的主張〔註49〕，

〔註46〕參見方東樹：《昭昧詹言》卷一，第四十六，17 頁。曰：「祇是一熟字
不用，以避陳言，然卻不是求僻，乃是博觀而選用之，非可以餖飣外
鑠也。至於興寄用意尤忌熟，亦非外鑠客氣假象所能辦。若中無所有，
向他人借口，祇開口便被識者所笑。」台北市：漢京，1985 年。
〔註47〕參見方東樹：《昭昧詹言》卷二十，第一，444 頁。曰：「蘇子瞻東坡
只用長慶體，格不必高，而自以眞骨面目與天下相見，隨意吐屬，
自然高妙，奇氣肆兀，情景湧見，如在目前，此豈樂天平敘淺易可
及。擧輞川之聲色華妙，東川之章法往復，義山之藻飾琢鍊，山谷
之有意兀傲，皆一擧而空之，絕無依傍，故是古今奇才無兩，自別
爲一種筆墨，脫盡蹊徑之外。彼世之凡才陋士，腹儉情鄙，率以其
滄易卑熟淺近之語，侈然自命爲『吾學蘇也』，而蘇遂流毒天下矣！
政與太白同一爲人受過。然其才大學富，用事奔湊，亦開俗人流易
滑輕之病。」台北市：漢京，1985 年。
〔註48〕參見方東樹：《昭昧詹言》卷一，第四十七，17 頁。曰：「以新意清
詞易陳言熟意，惟明遠、退之最嚴。政如顏公變右軍書，爲古今一
大界限。所謂詞必己出，不隨人作計。」台北市：漢京，1985 年。
〔註49〕參見方東樹：《昭昧詹言》卷二十一，第四，471 頁。恰有連續三則

主要是爲了根除前人的「熟意」「陳言」，務使詩語典實允洽、入於雅正；晉階者，則應揣摹謝詩「出水芙蓉」般、以人巧奪天工的修辭風格。此乃杜詩、韓詩及北宋諸家，所共同力追實踐者。特別的是，其目標雖同，卻因創意隨人，「造語」的風格、效果常因人而異。方東樹對「造語」的論述即留意於此。並曾於評析中論及才性產生的語言風格差異。如北宋黃庭堅、蘇東坡詩皆以「造語」擅長，但兩家創造的作法卻不同：

> 以事實典重飾其用意，加以造創奇警，語不驚人死不休，此山谷獨有，然亦從杜中得來者，不過加以造句耳！雜以嘲戲、諷諫、諧謔、莊語、悟語，隨興生感，隨事而發，此東坡之獨有千古也。（《昭昧詹言》卷十一，第十八，236頁）

是故，蘇、黃二家乃因其才性專擅不同，「造語」之妙各異其趣：山谷是由語勢上的驚奇與創意取勝，蘇東坡則因選材的豐富、組合的自然而獨特。

此外，在前述免於陳言熟調的基本要求下，進一步追求生新、免於俗濫，則更是方東樹所強調。遂以鮑謝、杜韓等善於「取生」「翻新」爲法式，歷時性的批判不知「造語」功夫之流弊：

> 以新意清詞易陳言熟意，惟明遠、退之最嚴。政如顏公變右軍書，爲古今一大界限。所謂詞必己出，不隨人作計。後來白石、山谷，又重申屬禁。無如世人若周聞知。只坐辭熟，轉晦意新；而況意又未新邪？然纔洗此病，又入魔道。如近人某某，隨口率意，盪滅典則，風行流傳，使風雅之道，幾於斷絕。而後一二膺古者，起而與之相持，而才又不能敵之。古今道德文章，不出此二界，而眞統恒虛無人焉。（《昭昧詹言》卷一，第四十七，17頁）

由引文中「只坐辭熟，轉晦意新；而況意又未新邪？」一語，可知方

引皎然《詩式》創作論的內容，可知其接受《詩式》的重點在此。而其說大致以駁斥時人『不假修飾』『不苦思』論點爲宗旨。台北市：漢京，1985年。

東樹的確是主張：創意與造語應緊密結合、靈活運用；且創意需以造語為基礎。同時，藉其批判的語勢，我們亦可發現此一「立志要高、入手謹實、敏於創新」循序實踐的造語原則，雖得自宋詩學啓發，實際上確有所指，乃針對當時自命才高、好隨蘇白，以致流於訛爛之弊而發，其中，後者的功夫，更是方東樹所獨倡的見解。故《昭昧詹言》中經常不避瑣碎的對初學者強調「用力」——字句鍛鍊的重要，如評王安石〈純甫出釋惠崇畫要余作詩〉詩，在讚嘆其章法奇險不平凡之餘，歸結曰：

> 通篇用全力，千錘百鍊，無一字一筆懈，如輓百鈞之弩。此可藥世之粗才俗子，學太白、東坡，滿口常語雍熟句字，信手亂填，章法更不知矣。此一派皆深於古文，乃解為此。初學宜從此下手，乃能立腳。（《昭昧詹言》卷十二，第一七○，286頁）

由此可知，因懲於時弊，方東樹認為初學者的最大避忌，乃在於「粗」與「俗」，故須以「造語獨到」「創意曲折」為先務。而其所謂「通篇用力」，大抵不過字句鍛鍊、避免凡熟，以及章法細密、造語奇險二端，方東樹分別以北宋詩人歐、王，與山谷為學習典律，揭示「深而不襲」〔註50〕的詩美典型。至於其基本要領，則在以古文「文法」為輔，並強調以多讀書為詩人修養，遂成就了最具桐城特色「以文論詩」的詩論。（詳參下二節論述）

因此，我們可以歸結：原由宋代詩家提出，以「創意」「造語」為實踐號召，追求自成一家的觀點，到了清代咸、同年間的方東樹，已作了創意的詮釋，並將之聯繫於「學詩之法」，作為初學者在連貫詩篇「外形式」與「內形式」上的基本觀念、與第一層功夫。

然而，需作明確定位的是：「創意」「造語」雖是方東樹在修正模

〔註50〕參見方東樹：《昭昧詹言》卷十一，第二十三，237頁。曰：「學詩從山谷入則造句深而不襲，從歐王入則用意深而不襲，章法明辨。」台北市：漢京，1985年。

擬說、發揮宋詩創作的精神的心理背景下，所權宜提出的「對立式」命題，雖無法完整代表他的創作論全貌（「學詩方法」詳見下節論述），卻在針貶詩風粗俗、精實修辭功夫的學詩觀念上，具有重要的指標性。

第二節　倡導以活法作詩

一、以「活法」論詩的可能性

以「活法」論詩的著名例證，見於南宋呂本中之所謂「規矩備具，而能出於規矩之外；變化不測，而亦不背於規矩也」〔註51〕的「活法」界說。誠如前述，方東樹《昭昧詹言》論詩、評詩的觀念雖頗多受宋人「創作」觀的啓發，但何以將其學詩方法論聯繫於宋代江西詩派以「活法」論詩，則是本節所欲辨明的重點。而論述之先，擬由掌握《昭昧詹言》本身的論詩精神開始。

由於接受宋詩「創作」意識的啓發，方東樹除了正視「詩」作爲文學藝術的一個體類，須由技巧的鑽研、與學養的厚植兩個方向，蓄積個人「創意、造語」的實力（已見前述），更由此基礎觀念開展其詳切實用的創作論。今歸結其核心觀念，約爲以下四項：

（一）強調務去陳言為創作的前題

秉韓愈「唯陳言務去」的精神，舉凡古人已見之字、詞、意、境，皆不可襲用，始可謂爲「創作」。故「苦思」〔註52〕、鍛鍊字句等雖爲必經之歷程，卻以「冥心獨造」〔註53〕爲目標，於是謝靈運、鮑照、

〔註51〕參見劉克莊：《後村先生大全集》卷九十五，〈江西詩派〉。其中引呂本中〈夏均父集序〉之活法說。見《四部叢刊‧初編》第 273～80 冊。台北市：台灣商務，1965 年台一版。

〔註52〕參見方東樹：《昭昧詹言》卷一，第四十八，18 頁。曰：「以謝、鮑、韓、黃深苦爲則，則凡漢、魏、六代、三唐之熟境、熟意、熟詞、熟字、熟調、熟貌，皆陳言不可用。非但此也，須知《六經》亦陳言不可襲用，如用之則必使入妙。」台北市：漢京，1985 年。

〔註53〕參見方東樹：《昭昧詹言》卷一，第五十二，19 頁。曰：「姜白石擺

韓愈、黃庭堅等均為值得效法的詩人典律。

（二）落實鍛鍊字句為功夫

　　方東樹雖追求「自具面目」，立定「創作」的高遠目標，卻強調初學者須根柢於「字句」的基礎功夫。此因自家面目仍須具體藉由詩篇的「字句音節」呈現〔註54〕，故應鑽研古人之變化、實下鍛鍊字句的功夫，方能獲得古人行文之秘〔註55〕。故其不避「鄙陋」之譏，倡言「字句亦為文家一大事」〔註56〕，以使初學詩者有法可循，亦對王安石、黃山谷等北宋詩家句格兀奇的特長，給予適切肯定〔註57〕。

（三）務以讀書博學為根柢

　　認為自具面目必先「中有所言」，故輔以嚴羽等宋詩家多讀書之

落一切，冥心獨造。能如此，陳意陳言固去矣，又恐字句率滑，開傖慌一派。必須以謝、鮑、韓、黃為之圭臬，於選字隸事，必典必切，必有來歷。如此固免於白腹杜撰矣，又恐掇賒稗販，平常習熟濫惡，則終於大雅無能悟入。又必須如謝、鮑之取生，韓公之翻新，乃始真解去陳言耳。」台北市：漢京，1985年。

〔註54〕　參見方東樹：《昭昧詹言》卷一，第五十五，20頁。曰：「欲成面目，全在字句音節，尤在性情。使人千載下如相接對。」台北市：漢京，1985年。

〔註55〕　參見方東樹：《昭昧詹言》卷一，第四十一，15頁。曰：「字句文法，雖詩文末事，而欲求精其學，非先於此實下功夫不得。此古人不傳之秘，謝、鮑、韓、黃屢以詔人，但淺人不察耳。」台北市：漢京，1985年。

〔註56〕　參見方東樹：《昭昧詹言》卷一，第三十九，14頁。曰：「用意高深，用法高深，而字句不典不古不堅老，仍不能脫凡近淺俗。故字句亦為文家一大事。」台北市：漢京，1985年。

〔註57〕　參見方東樹：《昭昧詹言》卷一，第四十四，16頁。曰：「又曰：『宋以後不講句字之奇，是一大病。』余謂獨南豐講之，而世人不之知。嘗論南豐字句極奇，而少鼓蕩之氣。又篇法少變換、斷斬、逆折、頓挫，無兀傲起落，故不及杜、韓。大約南豐學陶、謝、鮑、韓工夫到地，其失在不放，一字一句，有有車之用，無無車之用。然以句格求之，則其至者，直與陶、謝、鮑、韓並有千古，其次者亦非宋以來詩家所夢及。惜乎世罕傳誦，遂令玄文處幽，不得與六一、介甫、山谷並耀。……」台北市：漢京，1985年。

說，謂「創」須以讀書務本爲基礎，此作法不僅可爲厚植根基、培養本領，用之於修辭、隸事等技巧，亦隨之知所變化。絕無「拘拘本事，無意外之奇，望而知爲中不足而求助於外」〔註58〕的缺弊，並能藉博學的功夫，增加詩語的典重有味，使詩並風趨於雅正。

（四）追求生新，勇於立奇

　　以「去陳言」爲創作要務，除消極的避用陳言熟語之外，方東樹更效法宋人追求「生、新」。其主要目的並非「求僻」「標異」，而是積極追求詩美感的最佳效果，乃近似於現代蘇聯文學批評家 B.B.斯克洛夫斯基所謂的「反常化」（或稱「陌生化」Make it Strange），是以「打破讀者被以往藝術形式和風格培養起來的感覺定勢，以贏得讀者對新形式或風格的關注〔註59〕」爲主要目的，因爲他認爲詩歌是藝術的作品，應提供「作爲一種幻象的事物的感覺，而不是作爲一種認識；事物的『反常化』程序即增加了感覺的難度與範圍的高難形式的程序……〔註60〕」因此，追求詩篇形象或修辭上的陌生、罕見，實有其基於藝術美感上的特殊考量。

　　除藉此四項特質可顯示獨特的「創作觀」外，方東樹更細分「字句選用」「興寄用意」兩層面來探究詩人修養之道〔註61〕，其對語言

〔註58〕同見方東樹：《昭昧詹言》卷一，第四十九，18 頁。曰：「能多讀書，隸事有所迎拒，方能去陳出新入妙。否則，雖亦典切，而拘拘本事，無意外之奇，望而知爲中不足而求助於外，非熟則僻，多不當行。姬傳先生云：『阮亭四法，一「典」字中，有古體之典，有近體絕句之典，近體絕句之典，必不可入古詩。其「遠」「諧」「則」三字亦然。』可知非博必不能典。」台北市：漢京，1985 年。

〔註59〕參見張冰：〈什克洛夫斯基〉中「陌生化」的評介部分。見閻國忠主編《西方著名文學家評傳》282～283 頁。安徽：安徽教育出版社，1991 年。

〔註60〕參見方珊譯：〈作爲程序的藝術〉一文中對詩歌與散文的比較。見伍蠡甫、胡經之主編《西方文藝理論名著選編》下卷 384 頁。北京市：北京大學，2000 年。

〔註61〕參見方東樹：《昭昧詹言》卷一，第四十六，17 頁。曰：「祇是一熟字不用，以避陳言，然卻不是求僻，乃是博觀而選用之，非可以餖

「藝術化」技巧的重視，遂使「奇」——變化出奇，突破了傳統文論中所給予輕綺華靡的負面形象，成爲創作上代表匠心獨具的褒詞。

同時，綜合此四個特色看來，方東樹論詩既繼承宋詩創變體裁、超越前人的企圖，也同時強調創意造語的功夫、與讀書窮理的修養，此三者本出於宋詩學中不同階段的詩人所主張〔註62〕，但方東樹卻在遵循桐城論文「重法」的精神下，試圖將之兼容並蓄，以組構一套「簡明易學之法」。因此，有所謂「以字句爲文家一大事」以及「非博必不能典」（同參前註）的論點。皆顯示桐城派論詩雖兼顧才、學、識問題〔註63〕，基本上卻抱持詩文可由後天「學而能」的理念，以致桐城諸家每詳於創作論的建構，由方苞「義法」析文、劉大櫆「神氣音節」的貫通詩文、而致姚鼐「道與藝合」「詩文如一」，皆致力於創作論的建構，試圖爲初學詩者指出一道簡明易行的法門。

因此，方東樹在彙整前舊說、集詩論大成時，選擇採取「活法」觀點來組構其學詩論理，其大抵緣於以下詩歌本質、與論詩背景等主客觀因素的推促：

1. 由詩歌本質而言，文學藝術本難有定法可循。詩歌在創作技藝層面，雖有其可摹習的基本要領，但其精微巧妙處本隨詩

飣外鑠也。至於興寄用意尤忌熟，亦非外鑠客氣假象所能辦。若中無所有，向他人借口，祇開口便被識者所笑。二者既得，又須實下深苦功夫，精思審辨古人行文用筆章法音響之變化同異，而眞知之。……」。台北市：漢京，1985 年。

〔註62〕欲建立宋詩學獨具面貌，以別異於唐詩的企圖心，一般學者多以北宋歐陽脩、梅堯臣等家；而強調創意、造語等詩藝，則見於元祐年間蘇軾、黃庭堅等家；而多讀書窮理的主張，則明白見於南宋嚴羽的詩論中。參見莊嚴、章鑄著《中國詩歌美學》第二編第七章、第二節「宋詩發展的曲線運動」，179～185 頁。長春市：吉林大學，1994年。

〔註63〕參見方東樹：《昭昧詹言》卷一，第一四六，47 頁。曰：「詩文以避熟創造爲奇，而海峰不免太似古人。以海峰之才而更能苦思創造，豈近世諸詩家可及哉！愚嘗論方、劉、姚三家，各得才學識之一。望溪之學，海峰之才，惜翁之識，使能合之，則直與韓、歐並轡矣。」。台北市：漢京，1985 年。

人氣質而變化，神而明之，不可能拘於定法；中國傳統詩論推崇「詩言志」說，最強調詩人應具有獨特感受、與個性化的語言，因此，自宋代江西詩派以傳承詩法標榜，即見呂本中、陳師道等人提出「活法」說以救其弊，殆因以定法、格式論詩雖明白易行，卻恐流於鄙陋見解，此乃清代詩家皆有的認識，方東樹自有所借鑒。

2. 由方東樹關注的詩學特徵觀之，所謂「詩道性情，只貴說本分語」〔註64〕，亦必須有觀物的獨特性與修辭的創新性，才能獨創詩意、再開新境。而活法說的尊重「個性」，強調「自得」，適足為此種詩提供揮灑空間。

3. 由詩論背景而言，活法說源於佛典、盛于宋元，唐宋時期已隨著禪風滲入詩學〔註65〕，也間接彰顯了詩作為個人化藝術創作的「表現」特徵。「作詩當識活法」〔註66〕至清代已成詩壇流行的觀念，以致在清中葉後「性靈說」的推助，使詩風傾向個人才情的隨興發揮、流於輕靡，故桐城派姚鼐、方東樹等人倡復「義法」說，實欲初學詩者循法而學、並講究布置規矩，藉以扭轉詩風、撥亂返正。

4. 從學詩的具體主張看來，姚鼐師門雖欲學詩者出之以規矩方圓，卻仍然主張「由學入門、因悟成家」的活法觀。如方東樹對陸放翁由「學詩」而「悟詩」的創作自述極稱其是，甚

〔註64〕參見方東樹：《昭昧詹言》卷十一，第二十七，238頁。曰：「詩道性情，只貴說本分語。如右丞、東川、嘉州、常侍，何必深於義理，動關忠孝；然其言自足有味……」。台北市：漢京，1985年。

〔註65〕參見周裕鍇：《宋代詩學通論》、第一章。第4～10頁。成都市：巴蜀書社，1997年。參見鄭倖宜：《活法與宋詩》第二章第一節「活法詩論形成之內因外緣」9～10頁。成功大學中文所：碩士論文，民國90年。

〔註66〕參見劉克莊：《後村先生大全集》卷九十五，〈江西詩派總序〉中引呂本中說。見《四部叢刊、初編》第273～80冊。台北市：台灣商務，1965年台一版。

　　至將「悟」視爲能否成爲「作家」的關鍵﹝註67﹞。其所「悟」之詩道，係由「未有所得」——「乞人字句」——而至「心與境合」——「透悟詩理」的漸進歷程，若比照禪修模式，可謂之「漸悟式」的詩法。

　　參照生平資料考證，方東樹「晚年耽於禪悅」，由其《昭昧詹言》及晚年《向果微言》﹝註68﹞等行文習慣與著述內容檢證，也確實好藉禪學觀點、用語以論詩，此由《昭昧詹言》中時見「作用」「法門」、⋯⋯等禪學用語的輔助可知﹝註69﹞，故聯繫於前文第四章所探討「自具面目」的辨體理想，更顯然有禪宗與理學的色彩；於是，在諸多因素的推助下，我們大致可掌握《昭昧詹言》論學詩歷程，極有可能是以宋代詩學「活法」觀爲基礎，而逐步建構學詩方法論。

二、「活法」說與創作追求

　　前文推論方東樹詩論沿用於宋代詩學的「活法」概念，是因其

﹝註67﹞ 可參見方東樹：《昭昧詹言》卷十二，第三五八，330 頁。引其師姚鼐的評論曰：「惜抱先生云：『《放翁任子九月夜讀歌詩稿有感》云：「我昔學詩未有得，殘餘不免從人乞，力屏氣餒心自知，妄取虛名有慚色。四十從戎駐南鄭，酣宴軍中夜連日，打球築場一千步，閱馬列廄三百匹。華燈縱博月滿樓，寶釵艷舞光照席，琵琶絃急冰雹飛，羯鼓手勻風雨疾。詩家三昧忽見前，屈宋在眼原歷歷，天機雲錦爲我用，剪裁妙處非刀尺。世閒才傑固不乏，秋毫未合天地隔，方翁老死何足論，《〈廣陵散〉》絕還堪惜。」鼐謂此詩所述字字眞實，學者不悟此旨，終不爲作家矣。』」。台北市：漢京，1985 年。

﹝註68﹞ 參見方東樹：《方植之全集》中有晚年所著《向果微言》三卷。乃引佛理以證儒學的作品。台北市：明文書局，1983 年。

﹝註69﹞ 藉禪學語言論詩，雖自唐、宋時期即有所見，但清代如方東樹般廣泛應用於創作、批評等情境的論述中仍屬少見，故值得細究。例如方東樹：《昭昧詹言》卷一，第五十八，21 頁。即曰：「李太白言他人之語，爲春無草木，山無煙霞。可悟西崑諸公之句，即洞山禪所云『十成死句』也。郭景純云：『林無靜樹，川無停流。』嵇中散云：『手揮五絃，目送飛鴻。』此皆所謂一喝不作一喝用也。可悟死句之無味。然專講之，又恐纖佻，爲鍾、譚惡習。」台北市：漢京，1985 年。

論創作時明顯地注重「法」的觀念，強調學詩應具規矩，卻欲變化出於規矩之外；鼓勵變化，卻不失應有的法度。具體而言，在詩學原理中，方東樹雖提出「文、理、義」三者作為前人「義法」說的擴充，但其中最重視「義」──文法；並以為詩、文各種文學體裁皆有其「法」，而能否適切掌握「法」，乃是成體的關鍵；但此「法」同時又是變化隨人，不可拘泥、妙運從心的「活法」，所以謂其「無定而有定」。

> 文者辭也：其法萬變，而大要在必去陳言。理者所陳事理、
> 物理、義理也；見理未周，不賅不備，體物未亮，狀之不工，
> 道思不深，性識不超，則終於粗淺凡近而已。義者法也；古
> 人不可及，只是文法高妙，無定而有定，不可執著，不可告
> 語，妙運從心，隨手多變，有法則體成，無法則儉荒。率爾
> 操觚，縱有佳意佳語，而安置布放不得其所，退之所以譏六
> 朝人為亂雜無章也。（《昭昧詹言》卷一，第二十，8頁）

藉由評述可見，方東樹所謂的「法」，約具有三層意涵：其一，是一種客觀的敘述法則，故凡創作時能大體遵循這些法則，便可符合常人所普遍接受的「文體特徵」，即所謂「有法則體成」，此是「法」的重要性；其二，由於「文法」對結構上的安置佈放具有指導性，也能使作者的嘉言佳意各得其所，免於雜亂無章，故亦代表藝術美感；其三，至於其高妙變化、存乎個人才性，不能以通則拘限之處，則是其法之「靈活」者。

　　因此可知，方東樹「活法」討論中的「有定」，首先是肯定『法』對於審美的作用、以講求抒寫上結構「有法」為前題的；而一旦得詩體結構之法，則又須講求變化、不可固執，故可謂之「無定而有定」，此與宋代活法說「有定法而無定法」的特質相同。

　　另外，在文學的藝術層次上，方東樹將「文、理」歸屬於詩篇「表情達意」的基本要求，故文辭通暢而理順，是文學形式的基本條件；「義──法」則是追求詩藝精進的關鍵，屬於個人藝術素養與風格的

表現空間。此藉另一處評論，可較完整得見其觀點：

> 有文通而理不通者，是學上事。有理通而文不通者，是才
> 上事。文與理俱清通而平滯，無奇妙高古驚人，是法上事。
> 然徒講義法，而不解精神氣脈，則於古人之妙，終未有領
> 會悟入處，是識上事。【「識上事」】下抄本有「要在好學深
> 思，心知其意，多讀多見，多識前人論義，而又具有超拔
> 之悟。積數十年苦心研揣探討之功，領略古法而生新奇。
> 殆真如禪家之印證而不可以知解求者。故朱子贊李習之之
> 言曰：讀者或未得此權衡，則其於文、理、義政自有未易
> 言者。」】（《昭昧詹言》卷一，第二十三，9頁）

方東樹以爲：詩文須講求「義法」，因其可使詩篇臻於追求高古奇妙
的進階，而其功夫則在於「多讀多見，多識前人論義」，從熟讀詩篇
中感受古人精神氣脈，終能領悟其創作之妙。基本上便是認爲由「學」
的累積，能夠漸進地培養「識」，甚至，將古人視爲天賦的「才」者，
亦轉換爲可學而能的「法」，認爲掌握「義法」，便獲得在文章中展現
個人精神氣脈的要領。然而，持「活法」論詩，而以「多讀書、增見
識」爲功夫，本非方東樹的獨到見解；由重法而無法的論點，也非方
東樹首倡，而是北宋以來，黃庭堅等偏好「學人之詩」者論詩的共通
趨向〔註70〕。故由最初的「重法」、而擴充「法」的三種意涵、乃至
申論「無定而有定」的活用，可說是方東樹將「活法」觀念具體化於
創作追求上的主張。

三、宋代「活法」說論衡

爲使以上所論「無定而有定」「由學而悟」兩項方東樹詩論與宋
代詩學「活法說」的聯繫點，更具體的落實，尚可由江西派詩人對「活
法」的強調與說明，作較深入的檢證。

> 學詩當識活法。所謂活法者，規矩備具，而能出於規矩之

〔註70〕同見參見鄭倖宜：《活法與宋詩》第三章第一節、42～61頁。成功大
學中文所：碩士論文，民國90年。

外：變化不測，而亦不背於規矩也。是道也，蓋有定法而無定法，無定法而有定法。知是者，可以與語活法矣。謝元暉有言：「好詩圓美流轉如彈丸」，此真活法也。近世惟豫章黃公（庭堅）首變前作之弊，而後學者知所趣向，畢精盡知，左規右矩，庶幾至於變化不測。（劉克莊《後村先生大全集》卷九十五〈江西詩派〉引呂本中〈夏均父集序〉）

劉克莊此段引文中除強調「活法」對學詩者的必要性、與其靈活變化的本質，更舉謝朓、黃庭堅之說，以佐證「活法」的特殊美感。故由此可知，自呂本中提出後，「活法」觀念在當代引起不小的迴響。而「活法」說的提出，雖是為調整時人學黃庭堅詩之弊，免得僅見其「稍入繩墨」，而不知其「變化出奇」「無意於文」的層次〔註71〕，卻又急於見效，以致拘於定法。更進一步，則希望闡明自謝玄暉、黃山谷以來講求詩藝，以「不煩繩削而自合」、自然生動為修辭理想的真義。因此，與其謂「活法說」是對江西詩派定法流弊的修正，不如說是對黃庭堅等家詩學的「澄清」或「闡發」。而方東樹《昭昧詹言》中延續姚範對黃庭堅詩的推重，並著力於「活法」觀念上詳加闡發，自然有認同其詩藝理想的可能。因此，可以大體推測，方東樹所據「活法」論詩的路徑，是較接近黃庭堅等江西詩派的「活法」詩論。

　　再印證第三章中選詩與評註的現象，則可見方東樹對北宋詩人（尤其是黃庭堅）詩篇的重視，除獨立成章、與杜、韓大家序列外，也曾給予黃庭堅詩「驚挺為奇」的評語〔註72〕，得證方東樹應有意延續對黃庭堅詩評價地位的提昇〔註73〕，進而借鏡於黃庭堅詩論，並創

〔註71〕參見周裕鍇：《宋代詩學通論》第 208～213 頁。對黃庭堅詩的階段區分。成都市：巴蜀書社，1997 年。

〔註72〕參見方東樹：《昭昧詹言》卷十，第一，225 頁。評黃山谷五古詩。台北市：漢京，1985 年。

〔註73〕方東樹將黃詩地位提至僅次於四大家，曰：「古之詩人，如太白、子美、退之、子瞻四公，含茹古今，侔造化、塞天地……降而若半山、山谷，沉思高格，呈露面目，奧衍縱橫，雖不及四公之煇赫，而正聲勁氣，邈焉曠世，雲鶴戾天，匪雞所群，不其然乎？」見《儀衛

新其說。併觀此二項線索而比對二家論述，則發現方東樹對黃庭堅的詩論，的確有相當程度的接受與承襲。以下乃詳就黃庭堅「領略古法生新奇」的法度創新理論，與方東樹創作論的相近處並列比較，以檢驗前述假設。

（一）由學古中得其「法度」

黃庭堅指引後學習作詩文，首重「法度」。並以爲此行文規矩，應是由博觀古人佳作中揣摩、講求而來。故謂後進曰「（古人之作）篇籍俱在，法度爛然，可講而學也」〔註74〕。而當其評人詩文，也以才情雖好，「但少古人繩墨」〔註75〕爲指疵的理由。如此注重法度、兼及詩文的主張，與方東樹「古人不可及，只是文法高妙」的立論焦點是相契合的。但如未能全盤掌握，便易衍生如江西末流居於定格之弊。

（二）注重詩歌的「命意」「布置」之法

除於詩論中曾予標明，黃庭堅於創作詩篇的實際，也表現出對命意、行佈等法則的用心。故後人追記其「命意曲折」的要訣，曰：

> 山谷論詩文不可鑿空強作，待境而生便自工耳。每作一篇，先立大意，長篇須曲折三致意乃成章耳。（《王直方詩話》「9 山谷論詩」，見郭紹虞《宋詩話輯佚》第 4 頁）

此段引文完整傳達黃庭堅重「詩意」的論點，是以「待境而生」、乘興而創作的自然修辭爲原則，唯其偏向理性思維的構思習慣，使其下

軒文集》卷十二、第二十葉〈先集後述〉。中央研究院傅斯年圖書館藏清同治間刊本。

〔註74〕參見黃庭堅：〈楊子建通神論序〉。曰：「而有左氏、莊周、董仲舒、司馬遷、相如、劉向、揚雄、韓愈、柳宗元及今世歐陽修、曾鞏、蘇軾、秦觀之作，篇籍俱在，法度爛然，可講而學也。」見四部叢刊本第 211～212 冊《豫章黃先生文集》別集卷二。上海市：上海商務印書館，1936 年。

〔註75〕參見黃庭堅：〈答洪駒父書〉。曰：「（洪當）詩文皆好，但少古人繩墨耳，更可熟讀司馬子長、韓退之文章。」見四部叢刊本第 211～212 冊《豫章黃先生文集》卷十九。上海市：上海商務印書館，1936 年。

筆前必先確立「大意」，並愛好以曲折筆法、委婉抒寫詩意。因此，黃庭堅對於篇章構結的法度、修辭鍊句功夫多所用心，也常隨機借鏡、會通於書畫、戲劇等相關藝術的表現美感，以增進詩篇行文佈置的效果。如宋代詩話中殘存的論述裡，便有黃庭堅以雜劇「先莊後諧」的結構，類比詩篇應先謹佈置、再加變化的巧譬〔註76〕。但其最常用者，仍是將作詩法包括於「文」的觀念中，通論其命意之法。如：

> 凡作一文，皆須有宗有趣，終始關鍵，有開有合。（黃庭堅
> 〈答洪駒父書〉）
>
> 文類筆章必謹布置。每見後學，多告以原道命意曲折。（范
> 溫《潛溪詩眼》）

如此類「會通詩文」的觀點，雖於明清文論中偶有所見，但黃、方二家如此著重結構、主張以理性構思「先立大意」、再講究「起」「結」之法以論詩藝的相似性，應非偶然。

（三）凡符合藝術規律者皆可為「古法」，未必需出於古人

論詩重「法度」的觀點並不始於黃庭堅，但在時人論法度多偏重「須有來歷」、承襲古人的盛論中，蘇軾、黃庭堅以重視法度為前提，卻對「活法」、「古法」作了較深刻的詮釋。首先是蘇軾藉禪學「以智先法、道凝而法活」的觀點澄清「法度」的靈活性，提出「出新意於法度之中」的藝術手法〔註77〕。其後，黃庭堅乃扣緊此「活法」說中變化創新的精神，為「古法」正名，也為東坡詩的筆法說解。其言曰：

> 士大夫多譏東坡用筆不合古法，彼蓋不知古法從何出爾。
> 杜周云：「『三尺法安出哉？前王所是以為律，後王所是以
> 為令。』予嘗以此論書，而東坡絕倒也。（〈跋東坡水陸贊〉）

〔註76〕參見王直方：《王直方詩話》「31、作詩如雜劇」，曰：「山谷云：作詩正如作雜劇，初時布置，臨了須打諢方是出場。蓋是讀秦少游詩惡其終篇無所歸也。」見郭紹虞《宋詩話輯佚》第 14 頁。台北市：華正，1981 年。

〔註77〕參見呂肖奐：〈從法度到活法——江西派內部機制的自我調節〉，第 84 頁。文中由蘇軾的法度論及黃庭堅的活法觀。見《復旦學報》社會科學版，第六期，1995 年。

其借用上古三王「律」「令」訓詁的通用以說「古法」，雖有譏諷時人
泥古、借力使力的俏皮，故使東坡本人聞之絕倒。但其獨特的精義，
卻在於分辨「古法」不盡出於古人，亦即主張：藝術法度的探求，是
有可能後出轉精、不必一味承襲的。基於此體認，黃庭堅遂提出「領
略古法生新奇」〔註78〕的論點。

　　凡此種種創新法度的觀點，乃遙為清代方東樹所接受，納入其「文
理法」三者合一的創作論理中，並明確指出「文法」探討應為文學之
權衡。其曰：

> 積數十年苦心研揣探討之功，領略古法而生新奇。殆真如
> 禪家之印證而不可以知解求者。故朱子贊李習之之言曰：
> 「讀者或未得此權衡，則其於文、理、義政自有未易言者。」

（《昭昧詹言》卷一，第二十三，9頁）

藉引文看來，其注重法度、由學入手的觀點實已繼承前人精神，而由
其完全搬用黃山谷「領略古法生新奇」的用語，更可見其詩論上的承
續性。唯方東樹特別強調積久的修養、與親身印證中領悟的功夫，應
可免除江西末流急於求效、拘於死法的流弊，而給予後人創作時探求
藝術法則的較大空間，前文第三章末謂其「改革江西學詩舊徑」，即
因此之故。

　　總之，方東樹論詩重「法」，雖大體發揚宋人以「活法」論詩的
基調，但由前述論詩旨趣的契合、「活法」詩論的相似，皆可見其旨
趣應較接近於山谷論詩的路徑。因此，在《昭昧詹言》中除積極發揚
其精研詩藝的精神、轉化「活法」觀為學詩要領之外（詳參下節），
並常見方東樹於評註詩篇中，力振黃詩的發展地位、修正創意謀篇之
法，以避免江西詩論被後人曲解濫用、以致產生拘於定法之弊（詳參

〔註78〕參黃庭堅：〈次韻子瞻和子由觀韓幹馬因論伯時畫天馬〉一詩曰：「李
　　　侯一顧歎絕足，領略古法生新奇。原是評贊李伯時由觀摩前人中創
　　　新畫技，因其正符黃庭堅論詩概念，故常為學者用以概括其說。見
　　　四部備要《山谷全集》冊一，「山谷內集」卷七第二、三葉。台北
　　　市：中華書局，1981年。

第三章第三、四節）。

四、由「活法」觀轉化的學詩要領

　　既已確定方東樹創作論的主體——「活法」觀的來源與特質，我們乃可進一步詳究其所謂「活法」的內涵。方東樹在《昭昧詹言》卷一〈通論五古〉中，即已分項說明的『學詩之法』，約有六項要領、為求明晰，可分成三個面向來討論：

> 凡學詩之法：一曰創意艱苦，避凡俗淺近習熟迂腐常談，凡人意中所有。二曰造言，其忌避亦同創意，及常人筆下皆同者，必別造一番言語，卻又非以艱深文淺陋，大約皆刻意求與古人遠。
>
> 三曰選字，必避舊熟，亦不可僻。以謝、鮑為法，用字必典。用典又避熟典，須換生。又虛字不可隨手輕用，須老而古法。四曰隸事避陳言，須如韓公翻新用。五曰文法，以斷為貴。逆攝突起，崢嶸飛動倒挽，不許一筆平順挨接。入不言，出不辭，離合虛實，參差伸縮（斷、逆、變化）。
>
> 六曰章法，章法有見於起處，有見於中閒，有見於末收。或以二句頓上起下，或以二句橫截。然此皆粗淺之跡，如大謝如此。
>
> 若漢、魏、陶公，上及《風》、《騷》，無不變化入妙，不可執著。鮑及小謝，若有若無；閒有之，亦甚短淺，然自成章。齊、梁以下，有句無章。迨於杜、韓，乃以《史》、《漢》為之，幾與《六經》同工。歐、蘇、黃、王，章法尤顯。此所以為復古也。（《昭昧詹言》卷一，第二十八，10頁）

其中，首要之務「創意、造言」是為利於創作意識的建立，「選字、隸事」是鍛鍊文筆的重要技巧，兩者皆以力避淺、近、凡、熟為要領，此二層，乃掌握了北宋以來詩人亟於創變、以衡較唐詩的創作企圖、與精研詩藝的功夫；而第三層次「文法、章法」的講求，則是方東樹對『義法』說的轉換與落實。此部分最具研究特色，係因一方面發揚了桐城文論重視結構的特徵，以漢魏後陶潛、鮑照、二謝等名家詩的

巧妙章法爲楷模；另外其評論中「以斷爲貴、不許平順」的論點，也顯現方東樹對斷、逆筆法、及章法變化的偏好。三者之中，以第一層爲必要前題；第二層爲基本功夫與形式要件，是所謂的「定法」；第三層則爲詩法得以變化、超妙的源頭，也是活法的核心。

故僅引見此則評註，已得見方東樹將學詩的要點，作了多元而具條理的釐析，試圖爲學詩者規劃出明確有序的學習次第，具有重建學詩門徑的企圖心。但對照於前述黃庭堅以法度論詩的要點，其詩論重心明顯不同：雖然由學詩起點上看，黃、方兩家都是同樣重「立意深刻」，而奠基於字句、結構等技巧。但兩者相較下，黃庭堅更重視「句法」，再配合以句中詩眼、用韻等，致力於破除句法的僵硬、格式化，其宗旨皆爲打破唐詩「音節和諧、風調圓美」的詩美典型，以爭取宋詩建立新風格的空間。故我們對其所謂「奪胎換骨、點化前人句語」等作法，皆不可拘於字面上的蹈襲陳跡，否則將成爲「死法」〔註79〕。

相對的，由於方東樹具有「詩文體裁有別，卻能相通、變化」的觀念（參第四章），更參酌了杜韓等唐宋名家的特長，而發現、開發了技法上的另一個突破舊說、超越前人的施力點——文法。故其評論及賞析間，乃充分發揮「以文論詩」的精髓，多著意於章法結構的釐析，且以此爲黃山谷等家所未解之祕。

> 李、杜、韓、蘇四大家，章法篇法有順逆、開闔、展拓，變化不測，著語必有往復逆勢故不平；韓、歐、蘇、王四家最用章法，所以皆妙，用意所以深曲，山谷、放翁未之知也。（《昭昧詹言》卷十一，第二十四，238頁）

〔註79〕 參見俞成：《螢雪叢說》卷之一、〈文章活法〉。曰：「文章一技要自有活法，若膠古人之陳跡，而不能點化其句語，此乃謂之死法。死法，專祖蹈襲，則不能生於無言之外；活法，奪胎換骨，則不能斃於吾言之內。斃吾言者，故爲死法；生吾言者，故爲活法。……呂居仁嘗序江西宗派詩，若言靈均自得之，忽然有入，然後惟意所在，萬變不窮，是名活法。楊萬里又從而序之，若曰：學者屬文，常悟活法，所謂活法者，要當優遊厭飫，是皆有得於活法也如此。」見王雲五：《叢書集成簡編》，。台北市：台灣商務，1965年。

正基於「不俗」「不平」的美感基準，方東樹主張「創意、造語」兼
重，學習時須自講究文法、精鍊語言雙管齊下。故其雖續成「活法」
論詩的作法，卻能博學眾長、有所取捨。於是，在掌握黃山谷鑽研技
法的用心後，更力圖超越其侷限：兼取歐、王用章法以助氣勢之特點，
並將李、杜大家講求篇章結構、變化語勢的風格視爲詩體典律。其最
終目的，乃欲藉篇、章法的經營和變化，增加詩意的曲折，使其「意
溢於詞」，臻於巧妙，所謂「文字精深在於法與意」，用字的「精」、
詩意的「深」，便是其所追求的詩美理想，也是其強調法的立論動機。
因此，方東樹所修正、建構的學詩「活法」，乃與前述宋代詩學的傾
向，有少許的差異：

（一）依詩學淺深，決定「法」的靈活性

　　除前文所論，方東樹將「文──理」「義」分爲兩階段，以說明
「義法」的可變化性外，其「法」本身也有區分：對初學者者，較講
求「格律──定法」的摹習，以熟習順逆、開合等篇章技法；一旦掌
握章法要領，則順應作者性情的特色，加以變化，打破格律的死法，
故號稱「有一定之律，而無一定之死法，變化恣肆奇警在人〔註80〕」。
而其極至，則以杜詩的聲律變化、章法開闔爲最佳典律。期盼在詩人
獨特的文氣揮灑中，尚能顯得「井井有律」，符合客觀格律與法則的
要求。故整體上所謂「法」，是以學詩功夫的淺深而分，先講求使其
「合律」的格律、字句等「有定之法」；再逐步變化、表現於章法曲
直、氣勢剛柔等創作風格、與獨特面貌的「無定之法」。故與宋詩學
中以能否「點化」「生新」而判定活法、死法的基準，精神上相承，
卻衍義不同，是因應學習者功夫淺深、體會不同而變化的「活法」，

〔註80〕參見方東樹：《昭昧詹言》卷十四，第二十一，382 頁。曰：「所謂章
　　　　法，大約亦不過虛實順逆、開合大小、賓主人我情景，與古文之法
　　　　相似。有一定之律，而無一定之死法，變化恣肆奇警在人。自俗人
　　　　爲之，非意緒複沓而顯倒不通，即不得明豁。但杜公雄直揮斥，一
　　　　氣奔放中，井井有律，不同野戰傖俗，又不爲律縛而軟弱不起。」。
　　　　台北市：漢京，1985 年。

有其適切於鑑賞、習作的實用性。

（二）活用古文章法為詩法，是學古、成家的關鍵

七言古詩發展至宋代而蓬勃多樣、體製完備，「工於形容、工於用事、工於組織」是宋代七言長篇盡情發揮的長處〔註81〕。故方東樹論七言古詩作法，以爲「難」在需賴先天才氣的鑄成，便是針對此類特徵而言。如盛唐李、杜兩家的雄渾氣勢、大家風範，固有成於先天才情、不可強求者。但如宋詩韓、歐、蘇三家，能藉古文章法以變化筆脈、助長氣勢，則是簡明易學的「詩法」。故曰：

> 詩莫難於七古，七古以才氣爲主，縱橫變化，雄奇渾顥，亦由天授，不可強能；杜公、太白天地元氣，直與史記相持，二千年來只此二人。其次則須解古文者而後能爲之，觀韓、歐、蘇三家，章法翦裁，純以古文之法行之，所以獨步千古。南宋以後，古文之傳絕，七言古詩遂無大宗，阮亭號知詩，然不解古人，故其論亦不及此。（《昭昧詹言》卷十一，第一，232 頁）

因此，爲強調古文「文法」的重要，方東樹不但用「能否運用古文章法？」作古體詩發展盛衰的關鍵，詩人「能否通解古文章法？」也作爲獨立成家的「一大門徑」〔註82〕。因此，其又指示學者在閱讀古人詩篇、觀摩鑑賞時，應把握二個重點：知其詩意、歸宿；悟其文法〔註83〕。歸根究底，乃以爲古詩長篇構結、開闔變化的原理，

〔註81〕參見朱自清：〈什麼是宋詩的精華〉一文，見《朱自清古典文學專集》（上），577～585 頁。台北市：宏業，1983 年。

〔註82〕參見方東樹：《昭昧詹言》卷十一、第七，233 頁。曰：「欲知插敘、逆敘、倒敘、補敘，必眞解史遷脈法始悟，以此爲律令，小才小家學之，便成雜亂不通也。此非細故，乃一大門徑，非哲匠不解其故。謂章法奇古，變化不測也。坡谷以下皆未及此，唯退之、太史公文如是，杜公詩如是。」。台北市：漢京，1985 年。

〔註83〕參見專方東樹：《昭昧詹言》卷十一，第十五，235 頁。曰：「不尋其命意，則讀其詩不知其歸宿，亦並不能悟其文法，所以爲奇、爲妙、爲變、爲逆、爲棱、爲汁、爲景象，爲精彩也。」。台北市：漢京，1985 年。

與古文的篇章構成，在敘事原理、與閱讀心理的掌握上，應是生氣
相通的。因此，方東樹堅持：詩篇中善用古文文法，非但能使詩意
曲折深刻，也直接助長氣勢的開闔，實是創作法則的大關鍵。此與
宋代蘇、黃等家，由書道中體認「出新意於法度之中」「領略古法生
新」的活法原理雖通，卻明確坐實於詩篇創作上的結構法則，故實
用性增加、「活法」的靈變性亦有所侷限。

（三）以章法輔成氣脈，是活法變化的基礎

　　在字句章法的有形規矩中，不斷強調詩人性情、才氣的變化自
然，是方東樹詩論依循「活法」路徑的辨識特徵。由其談論書畫藝術，
首重「精神」〔註84〕，評論詩文，則以表現氣脈爲要，均可顯現方東
樹欲詩人「學古而知所變化」的主張。故於《昭昧詹言》總論詩體原
理時，即曰：

> 有章法無氣，則成死形木偶。有氣無章法，則成粗俗莽夫。
> 大約詩文以氣脈爲上。氣所以行也，脈縮章法而隱焉者也。
> 章法形骸也，脈所以細束形骸者也。章法在外可見，脈不
> 可見。氣脈之精妙，是爲神至矣。俗人先無句，進次無章
> 法，進次無氣。數百年不得一作者，其在茲乎！（《昭昧詹言》
> 卷一，第九十二，30 頁）

由於，作者之「氣」隱而難見，需賴章法形成之脈絡而辨其形；章法
的講求，則需以個人才氣灌入生機、並節其度，故需氣、脈相輔，二
者兼重方能變化活法，成爲佳篇。故以「氣脈之精妙，是爲神至矣」
作爲理想，爲學詩者指出由字句（血肉）、而章法（形骸）、而氣（氣
脈）的鍛鍊次第、與詩法要領。可見，在方東樹看來，章法不僅是可
因應個性而靈活變化的活法，也作爲具體「字句」與抽象「神氣」間
的轉換關鍵，較劉大櫆的「神氣音節」、姚鼐的「神理氣味、格律聲

〔註84〕此類論述甚多，如於《昭昧詹言》卷一，便有第89、90、91三則是
　　　通論藝術原理，而兼及書、畫等創作而言。見漢京版《昭昧詹言》
　　　第30頁。台北市：漢京文化，1985年。

色」說，都多了一個精、粗法間的中介，如此以人體況喻的論述架構別具新意，其「章法」在詩法變化中地位也相對地引人注意。

（四）以逆筆、突奇造成氣勢，為變化入妙之法

在方東樹的創作論中，文法的運用是與詩意、文氣息息相關的，而其效果則常以「奇」「妙」「出汁」「起稜」為評論語〔註85〕。

> 汁漿起稜不止一處，愈多愈妙，段段有之乃妙。題後墊襯，出汁起稜，更妙，此千餘年不傳之秘盡於此矣！乃太史公、退之文法也，惟杜公詩有之。（《昭昧詹言》卷十一，第十一，234 頁）

單看行文中「汁漿、起稜」似可通用。但參酌其他處的評註用語，大抵「起稜」是指詩人性情才氣所表現的「神氣」，可由善用古文法造成；而「汁漿」則是「詩味說」的轉換，以為詩意豐富、深刻，巧妙用事，使意有多重、意在言外，便是「有汁」「有味」，此乃需賴「讀書、博學」等理性功夫的轉化，以增進詩人之「識」〔註86〕。

但方東樹提示學詩者除應厚植學養，以增加自己行文「起稜、有汁」的實力外，更可藉深究「文法」而以簡御繁。由《昭昧詹言》可見的基本策略，大體是採「起、承、轉、合」的章法結構觀念，將「敘、議、寫」三種筆法的交錯變化而已，但其中方東樹所特別偏好的，卻是「章法突奇」「筆法避平直」。其較簡明者，可見於以下數例：

> 起法以突奇先寫為上乘，汁漿起稜橫空而來也，其次則隊仗起，其次乃敘起，敘起居十之九，最多亦最為平順；必曲、必襯、必開合、必起筆勢、必夾寫、必夾議，若平直起、老實敘，此為凡才，杜、韓、李、蘇、黃諸大家所必

〔註85〕參見方東樹：《昭昧詹言》卷十一，第十五，235 頁。曰：「不尋其命意，則讀其詩不知其歸宿，亦並不能悟其文法，所以為奇、為妙、為變、為逆、為稜、為汁、為景象、為精彩也。」可見此皆為「文法」所造成的效果。台北市：漢京，1985 年。

〔註86〕參見方東樹：《昭昧詹言》卷十一，第十二，235 頁。曰：「敘在法，存乎學，寫在才氣，存乎才議在胸襟識見，存乎識，一詩必兼才學識三者。……」台北市：漢京，1985 年。

無也。(《昭昧詹言》卷十一，第十，234 頁)

其能處只在將敘題、寫景、議論三者顛倒夾雜，使人迷離
不測，只是避直、避平、避順。(《昭昧詹言》卷十一，第九，
234 頁)

五曰文法，以斷爲貴。逆攝突起，崢嶸飛動倒挽，不許一
筆平順挨接。入不言，出不辭，離合虛實，參差伸縮。(《昭
昧詹言》卷一，第二十八，10 頁)

類此之例證甚繁，不備詳舉，但大體可確定方東樹刻意在文法上追求
變化的用心。如此作法，固然有其得自宋詩家啓發，且與現代文學理
論中 B.B 斯克洛夫斯基所提出「陌生化」等效果（見前文第二節之
（四））相契合的道理，但更特別的目的，則在於此類修辭上的創變，
較有利於凸顯「氣勢」，方東樹稱之爲「起稜」——也就是易於表現
出詩人個性、風格特徵。此由《昭昧詹言》中相近的評註可獲得驗證。

……其入妙處，全在神來氣來，紙上起稜，骨肉騰飛，令
人神采飛越。此爲有汁漿，有神氣。(《昭昧詹言》卷十一，第
八，234 頁)

考察其語用現象，可見其「起稜」是形容筆勢上的變化、波折，近於
古文寫作上所謂的「波峭」〔註 87〕；而所謂「有汁漿、神氣」，則因
詩人性情、獨到領會的展現而顯得深刻有味。

　　由此觀之，方東樹《昭昧詹言》中的學詩創作論，基本上是源於
北宋詩學「活法」觀念的啓發，特別是蘇軾、黃庭堅等人重視法度，
又強調創新法度的理念，更直接形成他以培養學識爲根柢、講求章法
字句，強調創意造語等論詩內容。但其特重「文法」、偏好表現詩人
「氣勢」，則是其獨異於前人的取向。因此，我們甚至可以說方東樹
由「以文論詩」切入，試圖轉化宋代「活法」詩論的內涵，而其運作

〔註87〕參見李正西：《中國散文藝術論》。「藝術創造」中解釋「波峭」爲：
　　　　「是指藝術個性，藝術風格。……本意爲山岩傾斜曲折貌。轉亦形
　　　　容人物俊美而風致，或文筆曲折而有風致。」台北市：貫雅文化，
　　　　1991 年。

核心，便是「文法」的變化。也因此，其歸結學詩者觀摩古人詩篇的重點，應在於「賞其筆勢健拔雄快處，文法高古渾邁處，詞氣抑揚頓挫處，轉換用力處，精神非常處，清眞動人處，運掉簡省、筆力嶄絕處，章法深妙、不可測識處」〔註88〕等篇章經營、與文法變化處。此段文字雖短，卻極爲深刻。且最足以輔證方東樹轉化「活法」說於學詩方法的論述精華。

第三節　標榜以文法評詩

基於前章「會通詩文」的桐城派論述傳統、及「破體創變」的企圖等探討，我們爲方東樹「以文論詩」的創作論，溯明了內在的根源。然而，《昭昧詹言》評註中偏重文法、甚至以文章術語詳析詩篇，已成爲其詩論形式上的明顯特徵，並普遍獲得學者關注與討論〔註89〕。但筆者以爲此種「藉文法評析詩」的形式，其實應溯源方東樹「創作」意識的主導。但其採此作法的動機，則不單純是前述文學觀念上創新與承襲的抉擇問題而已，亦有其因應社會環境現實、表達文學主張、與配合詩文評論需求等多重現實因素的考量。譬如本文第二章所論，其形似分條札記、逐篇註釋的體例之中，其實便蘊含有歷代詩話中「考

〔註88〕　參見方東樹：《昭昧詹言》卷一，第六十五，23 頁。本段的全文應是曰：「讀古人詩文，當須賞其筆勢健拔雄快處，文法高古渾邁處，詞氣抑揚頓挫處，轉換用力處，精神非常處，清眞動人處，運掉簡省、筆力嶄絕處，章法深妙、不可測識處。又須賞其興象逼眞處：或疾雷怒濤，或淒風苦雨，或麗日春敷，或秋清皎潔，或玉佩瓊琚，或櫹慘寂寥，凡天地四時萬物之情狀，可悲可泣，一涉其筆，如見目前。而工拙高下，又存乎其文法之妙。至於義理淵深處，則在乎其人之所學所志所造所養矣。文字忌語雜氣輕，既無根柢，又無功力，尚不能深清雅潔，無論奇偉。」台北市：漢京，1985 年。
〔註89〕　參見謝錫偉：《方東樹詩論研究》第三章「以古文文法論詩的探討」66～74 頁，香港浸會學院碩士論文，1994 年；及郭正宜：《方東樹詩學源流及其美感取向之研究》第三章第三節「以文法論詩」，49～51 頁。成大史語所碩士論文，1993 年；金鎬：《方東樹文論研究》第五章第一節「文法高妙」，146 頁。政大中文所碩士論文，1997 年。

辨故實」的需求、與桐城派「三科並重」的務實學風，更由於此種「講
論體」的評註形式亦最適於書院講習詩文，方東樹的運用，應有其實
用的目的。雖不似現代文學社會學的觀點周延，但試圖由前述籠罩批
評體制、學術性格、與論述形式等多元因素的視野來觀察與討論問
題，便是隨後本文研討的主要特性。

一、借時文用語

　　在《昭昧詹言》評註中，頗引人注意的形式特徵，便是其常借用
於明清小說、與時文等體類的行文用語，以凸顯全篇行文特色，如「草
蛇灰線」、「汁漿起棱」、「橫雲斷山」等語彙，多雜見於其分析詩篇結
構、佈局章法之際。如其評李白《襄陽歌》曰：

> 興起。筆如天半游龍，斷非學力所能到，然讀之使人氣王。
> 「笑殺」句，借山公自興。「遙看」二句，又借興換筆氣。
> 「此江」句起棱。「千金駿馬」，謂以妾換得馬也。「咸陽」
> 二句，言所以飲酒者，正見此耳。「君不見」二句，以上許
> 多，都為此故。「玉山」句束題，正意藏脈，如草蛇灰線。
> 此與上所謂筆墨化為煙雲，世俗作死詩者，千年不悟。只
> 借作指點，供吾驅駕發洩之料耳。（《昭昧詹言》卷十二，第四
> 十三，253 頁）

引文中原本逐句說釋其詩意曲折、與筆法變換之關鍵，篇末則藉「草
蛇灰線」一詞歸結章法。細按之本篇以「落日接籬花下迷」起興造勢，
刻意將詩意隱晦於小兒笑街、江水若酒、駿馬行吟等錯雜的意象中，
而後漸次剝顯旨趣的章法脈絡〔註90〕。故其所謂『草蛇灰線』，應著

〔註90〕參見《方東樹評古詩選》七言歌行卷第四、440 頁。〈襄陽歌〉原詩
　　　曰：「落日欲沒硯山西，盜著接籬花下迷。襄陽小兒齊拍手，攔街爭
　　　唱白銅鞮。旁人借問笑何事，笑殺山翁醉似泥。……遙看漢江鴨頭
　　　綠，恰似蒲萄初醱醅。此江若變作春酒，壘麴便築糟丘臺。千金駿
　　　馬換小妾，笑坐金鞍歌落梅。……咸陽市中歎黃犬，何如月下傾金
　　　罍。君不見晉朝羊公一片石，龜頭剝落生莓苔。淚亦不能為之墮，
　　　心亦不能為之哀。清風明月不用一錢買，玉山自倒非人推。……」
　　　台北市：漢京，1985 年。

重於敘述上的筆法變化，誠如其另處的自我界說，曰：

> 切忌正說實說，平敘挨講，則成呆滯鈍根死氣；或總挈，或倒找，或橫截，或補點，不出離合錯綜，草蛇灰線，千頭萬緒，在乎一心之運化而已。(《昭昧詹言》卷十四，第五，376頁)

再驗證於前篇〈襄陽歌〉的創作實際，則方東樹所稱「總挈」「倒找」「橫截」者，通常是一組組跳接的意象，所變化的便是其意象構成的方式與彼此承接的關係。故當其組合巧妙之至，常使人有「神化不測」，甚至「天成如鑄」〔註91〕的讚嘆。全書中用此語入評註之例不少，但因方東樹評詩偏重詩意深淺的技法分析，故雖以「草蛇灰線」指稱題面、意緒的線索隱微，事實上卻強調其詩意構結上的緊湊與巧妙，譬之如縫針細密而巧妙無痕，甚至可作為詩篇構成章法的重要類型之一〔註92〕（詳參下文）。

　　由此例可知，儘管方東樹沿用「草蛇灰線」之類的語彙於評註詩篇，其宗旨乃與時人在八股文或小說評點中用「草蛇灰線法」指稱以關鍵詞語的串聯，來暗伏敘事的脈絡，彼此詮釋重點有所不同〔註93〕。

〔註91〕 參見方東樹：《昭昧詹言》卷一，第八十，27頁。曰：「漢魏人大抵皆草蛇灰線，神化不測，不令人見。苟尋繹而通之，無不血脈貫注生氣，天成如鑄，不容分毫移動。昔人譬之無縫天衣，又曰：『美人細意熨貼平，裁縫滅盡針線跡。』……」台北市：漢京，1985年。

〔註92〕 另有其他的章法類型，如「橫空盤硬」「逆捲法」等。可參方東樹：《昭昧詹言》卷一，第八十一，27頁。曾比較「草蛇灰線」與「橫空盤硬」二法，曰：「亦有平鋪直賦，而其氣體自高峻不可及。如《雅》、《頌》諸作，豈必草蛇灰線之引脈乎？《秦風》《小戎》，典制閨情並舉而不相害，可以識古人之體例。大約古人之文，無不是直底，後人都要曲，曲則不能雄，但非直率無運轉耳。讀《小戎》詩可識橫空盤硬、拉雜造勑之法。」台北市：漢京，1985年。

〔註93〕 參見金聖嘆：〈讀第五才子書法〉中對「草蛇灰線法」作了切要的界說曰：「有草蛇灰線法，如景陽岡勤敘許多『哨棒』字，紫石街連寫若干『簾子』字等是也。驟看之，有如無物；及至細尋，其中便有一條線索，拽之通體俱動。」但其所謂「一條線索」指的是相同關鍵詞（如哨棒、簾子）的反覆出現。見金聖嘆批、施耐庵著《水滸傳》(一)頁102。台北市：文源書局，1970年。

但因其均藉由意象的組合以暗伏結構，而「意象」的義涵往往是不確定的、常隨讀者對「象」——景物的感受與解讀而變動，因此皆藉「草蛇」「灰線」的隱伏、不明的詞意命其名，在語詞的使用上應屬於詞義的引申現象〔註94〕，容有後續運用者的聯想與詮釋空間〔註95〕。今方東樹以此成詞移用於章法說解，應基於教學上的實際考量，期望對當代的士人學子而言，非但用語簡明傳神、不致混淆，兼能引發「學習遷移」〔註96〕的功效。

　　除此而外，方東樹也偏好藉助於「起、承、轉、合」等源出八股文的結構觀念，「分段式」的講解詩篇組織。尤其於近體詩中的七律（卷十四至二十），更普遍採取四段的格式註解：以一二句爲「起」，其次分說三四、五六句的技法、用意，「收」則針對七八句詳析詩家奧秘。由此一體例，可充分驗證方東樹自述「必起結轉折章法規矩井然〔註97〕」的論詩原則。至於評註五言、七言古體詩，雖篇幅自由、句韻不限，但大體仍偏好以「起」「換」「轉」「收」等用語點明章法〔註98〕。可見自元代楊載《詩法家數》以來，藉「起承轉合」的結構

〔註94〕　參見胡楚生：《訓詁學大綱》第二章第一節之二「引伸義」，19～20頁。台北市：蘭臺，1985 年。

〔註95〕　如近代學者呂肖奐在討論黃庭堅詩的章法特徵，便更擴大「草蛇灰線」的義涵，用以指稱一切「在說理抒情後，插入幾句孤零零的景物描寫」的意象運用現象。也因此易於和「嶺斷雲連」等相近用法互通。見呂肖奐：〈從法度到活法——江西詩派內部機制的自我調適〉，《復旦學報（社會科學版）》一九九五年第六期，第 85 頁。

〔註96〕　近代教育心理學中，行爲主義、發現學習論、及訊息處理論學者均共同肯定「學習遷移」在教學上的重要性，認爲教學者如針對所學的概念或原則，舉幾個生活上的例子，將使學生學到舉一反三、並衍生學習遷移。參見張春興：《教育心理學》第 182，477 頁。台北市：東華，1995 年。

〔註97〕　參見方東樹：《昭昧詹言》卷十四，第一，375 頁。台北市：漢京，1985 年。

〔註98〕　參見方東樹：《昭昧詹言》卷十二，第四、五、八，又第四五，第五五等，多常見此種以「起，結、轉、收」等用語分析章法結構的評註例證。

觀念釐析詩體〔註99〕，已是近代科舉制度下，士人層級間普遍認同的作法。諸如清初以來的金聖嘆分「解數」〔註100〕論詩、王士禛亦認同律詩分「起承轉合」〔註101〕，甚至桐城大家姚鼐補鈔近體時，特詳註於杜甫長篇律詩的脈絡、意緒〔註102〕；皆反應明清時期士人因投身舉業後，在文學創作上自然而然「以時文理念論詩」的學習遷移效應。

　　溯其根源，殆近於金聖嘆所揭示「一樣法」〔註103〕或「一副手眼讀得」〔註104〕的觀點，乃因一切文學的創作、接受活動皆同出於當代士人的共通文化、或以某些詩人的學識經驗為前理解，故無論施於時文、古文或古近體詩（甚至小說、戲曲）創作、鑑賞與評析，皆

〔註99〕 參楊載：《詩法家數》「律詩要法」節，以「起、承、轉、合」來指出章法結構。見張健：《元代詩法校考》第一章。北京市：北京大學，2001年。

〔註100〕 金聖嘆以分「解數」主要針對律詩，原則上以「兩句一聯、四句一解」為原則（古體詩也有二句一解），（此觀念參考自吳宏一先生〈清初詩學中的形式批評〉的論證。見《清代文學批評論集》50～53頁）然後就字句的脈絡關係，來探求古人的性靈。其曾回信友人，為其分解說辯護，曰：「承教：律詩八句本是一首，如分解，則恐是兩首。此語乃大錯，今且如人有一口氣，……分之為一出息一入息者，彼正欲明此一口氣，之以來處、有去處，而欲調之至於適中……」〈答人〉，見金聖嘆：《金聖嘆尺牘》。台北市：廣文，1989年。

〔註101〕 參見王士禛：《師友詩傳續錄》，第二十六則，答劉大勤問律詩絕句，曰：「起承轉合，章法皆是如此，不必拘第幾聯第幾句也。律絕分別，亦未所聞。」見丁福保：《清詩話》地154頁。台北市：木鐸，1988年。

〔註102〕 參姚鼐：〈五七言今體詩鈔、序目〉「余往昔見蒙叟箋，於其長律轉折意緒都不能了，頗多謬說，故詳為詮釋之，鈔杜詩二卷。」見《方東樹評今體詩鈔》第二頁。台北：聯經，1975年。

〔註103〕 參見金聖嘆：〈示顧祖頌孫聞、韓寶昶魏雲〉一文曰：「詩與文，雖是兩樣體，卻是一樣法。一樣法者，起承轉合也。」見《金聖嘆尺牘》。台北市：廣文，1989年。

〔註104〕 同見金聖嘆：〈讀第六才子書法〉。自述曰：「聖歎本有才子書六部，《西廂記》乃是其一。然其實六部書聖歎只是用一副手眼讀得。……」見林乾編：《金聖嘆評點才子全集》四卷之二，第二卷，第九點。第9頁。北京市：光明日報出版社，1997年。

可以找到相近的原理（特別是謀篇、結構上的觀念）作爲彼此的互通。
而方東樹詩論的核心，以詩、文二體「結構原理的會通」爲聯結根源，
亦即姚鼐所教導門人「詩文一理」〔註105〕觀點中所同之「理」。

二、聯繫於社會因素的評論意義

我們如以文學社會學的觀點，參酌於桐城諸家屢任館課、授經各
方的生平經歷，可知《昭昧詹言》藉助時文用語、引用起承轉合說詩
等現象，主要是在科舉主導讀寫內容的環境下，考量學子學習詩文時
的經驗與能力，欲藉「有意義」〔註106〕的評註使前代選本對學生產
生「巧譬善導」的功效，俾學詩者易於連繫習作文章的先備經驗，遂
以當代文化共識爲基礎，牽就於知識份子間共有的八股文寫作素養、
與思維模式而說解詩篇結構。

此外，就外在政經因素考量，順治二年所頒《科場條例》中明
訂鄉、會試第一場除四書制義題外，須另試五言八韻詩（排律）一
首〔註107〕，故對半生投入科舉、以教席謀生的方東樹而言，評註詩

〔註105〕詳參筆者所撰〈詩文一理，取徑不同——姚鼐「以文論詩」觀點釐
　　　　析〉文中的論述，見《臺中師院學報》第十四期，269～291 頁，1999
　　　　年 6 月。

〔註106〕此觀點主要聯繫於近代認知心理學家奧蘇貝爾（David
　　　　Ausubel,1918~　）的「意義學習論」，認爲有效的教學應是一種『意
　　　　義學習』（meaningful　learning），而曰：「有意義的學習，只能產生
　　　　於在學生的先備知識基礎上教他學習新的知識。換言之，只有配合
　　　　學生能力與經驗的教學，學生們才會產生有意義的學習。」參見張
　　　　春興《教育心理學》219 頁。台北市：東華，1995 年。

〔註107〕參《欽定禮部則例》卷九十〈鄉會試題目〉曰：「鄉會試題，第一
　　　　場四書制義題三、五言八韻詩題一，第二場五經制義題各一，第三
　　　　場策問五。順天鄉試及會試第一場四書題、詩題均由欽命。」然而
　　　　其實際作法也曾歷經康、雍、乾三朝多次增刪調整，例如康熙五十
　　　　七年，論題專用性理。乾隆二十三年又奏准『鄉會試經藝改入二場，
　　　　嗣後頭場文出《四書》三題之後，仍出《性理》一題，……』乾隆
　　　　四十七年議定：將二場排律詩移至頭場試藝後……。（參《欽定大
　　　　清會典事例》卷 331 〈禮部、貢舉、命題規制〉）。同見《中國考試制
　　　　度史資料彙編》332 頁左。合肥市：黃山書社，1992 年。

篇時特重理性的辨識、與結構的邏輯性，既是批評者主觀意識的投射，更是因應讀者需求、增加學詩效益的實利性考量。或基於此種「期待視野」，方東樹對前代詩人典律的接受與詮釋，也往往由科舉應制的角度分析其特色，最特殊的例證，便是評析王維七言律詩，雖以興象超遠、元氣渾然、聲色不俗爲可貴，卻「以其無血氣、無性情」「失風騷之旨、遠聖人之教」而不取〔註108〕。並刻意強調王維詩敘題、設色、布置等技巧，類通於科舉墨卷的作答要領，以爲「應制之用」〔註109〕。

　　然而，除明瞭前述引用時文術語、結構觀念等現象外，更值得深入探究的是：生發此現象的內涵——方東樹諸家評論其內在、根源的詩學觀念與美感要求爲何？

　　首先，由文學觀念上考察，當代純文學地位不高，且「文」重要性高於「詩」。故即使是尊詩文爲「能事」的桐城派，其論文學亦盡量避免落人「事於文章末事」的口實〔註110〕，至於其教弟子仍謂「夫詩之於道，固末矣」〔註111〕「詩不中用……餘事作詩人」〔註112〕。

〔註108〕 參見方東樹：《昭昧詹言》卷十六，第一，頁387。台北市：漢京，1985年。

〔註109〕 參見方東樹：《昭昧詹言》卷十六，第二，頁387。曰：「輞川敘題細密不漏，又能設色取景，虛實布置，一一如畫，如今科舉作墨卷相似，誠萬選之技也。」又見卷十六，第一，頁387，「但以資於館閣詞人，醞釀句法，以爲應制之用……」。台北市：漢京，1985年。

〔註110〕 清代乾嘉時期，與桐城文派相對、由經學思想上對「道」「藝」「文」等觀點提出批判的主要是古文學家的戴震錢大昕等人。其中戴震力闡爲文當「以道爲本」，文章只是致學問之途，故暗批桐城門人「事於文章者，等而末之者也。」參戴震：〈原善〉見《戴震集》文集卷九、212頁。台北市：里仁，1980年。

〔註111〕 此乃姚鼐之爲友人贈序中所論，參姚鼐：《惜抱軒文集、後集》卷一，〈朱二亭詩集序〉，見《惜抱軒詩文集》260頁，上海市：上海古籍，1992年。

〔註112〕 此乃方東樹於《昭昧詹言》卷一「通論五古」篇末引潛丘與韓愈之說以結論。見四部刊要本方東樹：《昭昧詹言》卷一，第一五七，50頁。台北市：漢京，1985年。

以致當「時文」是輔成政治實利、實現個人功名追求的有利工具時，便自然成爲知識份子戮力研習的技藝，其創作觀點也入侵抒寫情志的詩歌體中。

　　八股文（時文）形製雖繁瑣，其實關鍵在於行文邏輯（思理）的掌握與變化，正反、開合等二元辯證的結構佈局之法乃是其主幹。故清世宗諭示的『清眞雅正』〔註113〕時文風格，實際上具體化於「四平八穩」的結構要求。在長期浸潤、陶染下，知識份子的思考邏輯也習於格律化的「套板反應」。方東樹雖力求超越、講求章法變化，事實上卻仍未破除此思想格式。其評論詩篇首重釐析章法句法、歸結「敍、寫、議」筆法等要領，基本上便源於此一思考模式。

　　其次，在美感上注重條理性、追求思理明切的傾向，本原出於「文」而移用於「詩」者。詩，大體不以條理取勝，常隨意興而自由跳接意象，詩人情志則寓於所經營的意象之中。唯桐城詩派姚鼐由杜甫的排律中獲得啓發，以其運掉變化，如龍蛇穿貫，往復如一線（參〈今體詩鈔序目〉），故詳予評註，欲爲初學者指點轉折意緒之軨鍵。方東樹則秉其精神，再引伸、擴充於七古、七律等體製，論詩而以章法輔成條理、講求義理，至此可稱爲極致。其雖大致依循北宋以來「以文爲詩」的路徑，而逐漸形成論理。但深究其實，則與歐、王、黃庭堅較爲接近，與蘇東坡論詩的美感取向差異甚大，幾乎站在全然不同的對

〔註113〕參張學爲等三人：《欽定大清會典事例》卷332〈禮部、貢舉、試藝體裁〉，其錄曰「雍正十年諭：……近科以來，文風亦覺盃變，但士子逞其才氣辭華，不免有冗長浮靡之習。是以特頒此旨，曉諭考官，所拔之文，務令雅正清眞，理法兼備。雖尺幅不拘一律，而枝蔓浮夸之言，所當屛去。……」爾後乾隆十九年、四十三年諭，皆一再強調「文應以清眞雅正爲宗」。例如：乾隆十九年「場屋制義，屢以清眞雅正爲訓。前命方苞選錄《四書》文頒行，皆取典重正大、足爲時文程式，士子咸當知所崇尚矣。而浮淺之士，竟向新奇。……著將《欽定四書文》一部，交禮部順天府存貯內簾，令試官知衡文正鵠。」見楊學爲等三人主編《中國考試制度史資料彙編》335頁、336頁左。合肥市：黃山書社，1992年

立面上：

　　蘇東坡大體「以詩法爲文」，謂文當如行雲流水，故文與詩皆可隨興象而自由構結，但求傳神生動，而不費刻意安排；桐城派的「以文爲詩」則顯然不同，基本是站在「古文與時文相通」的傳統上〔註114〕，故偏好以文章條理、曉暢的美感標準衡盱長篇古詩，更移用文章中佈局、結構等方面的技巧於古詩「章法」的講求，因此，改變了詩原本興象自由的風格，轉以細密曲折爲美。故相較之下，較接近於北宋歐陽修、王安石、黃庭堅等詩家的藉「文法」作詩的路徑。

　　由此可知，方東樹等桐城派雖以古文爲號召，實際應用上卻較傾向將古文鑑賞中發現的創作原理，廣泛運用於科舉文體的教習：先是將「古文」「時文」間相互印證，又向外擴充於「古體詩」「應制排律」等，而大體以「古文章法」爲串聯與討論的重點。故前文所見種種引用「時文」用語、結構於教學「詩」的線索，都只是此觀點的表象投射而已。

三、重章法釐析

　　桐城派論學一向看重選集，肇自方苞纂《古文約選》、劉大櫆選《唐宋八家古文約選》、而至姚鼐完成《古文辭類纂》等完善體製，桐城後學仍持續此風，殆因其講論古文義法、明示詩文準的，均需藉選集內典律的設立以彰顯；至於評點圈識之法，更早爲社學館課所通行，在當時雖曾被學者疾稱「鄙陋」，但對初學者而言，仍有相當程度的適用性。故歷來桐城各家多持正面肯定的態度〔註115〕，方東樹

〔註114〕清代桐城派雖以古文爲號召，事實上較傾向「以古文爲時文」。此由戴、方、姚等大家皆擅於時文（方苞選四書文、姚鼐以時文教後學，可以略知。

〔註115〕如方東樹恩師姚鼐分於與弟子和時儒的書信中，反覆強調圈點啓發後人的功用。姚鼐：〈與陳碩士書〉「文家之事大似禪悟，觀人評論圈點，皆是借鏡。」見《姚惜抱尺牘》44頁。見《尺牘彙編》第十三冊《明清名人尺牘》。台北市：廣文書局，1987年；及姚鼐：〈答徐季雅書〉「圈點啓發人心，有愈於解說者矣」見《姚惜抱尺牘》

亦曾為「圈點」的作法辯解說：「此關學問文章一大義，吾故不得不明以著之。」〔註 116〕其甚至推崇歸有光《史記評點》的文論價值與劉大櫆《論文偶記》相近，同為古文「微言奧論，文章真傳」〔註 117〕。因此，在《昭昧詹言》的評註體例上，便明顯地承續於桐城倚重選集、偏好圈識評點的論文傳統，以遷就當世學子作文、應舉的實際需求。

原其初，本書係針對初學者學詩的基礎訓練而著，故採取近似於塾師的說解詳評方式。雖與桐城派的圈點作法相近，均甘冒著士林紛與「鄙陋」譏評的風險，方東樹卻反以「金針度人」的精神自我標榜，勇於呈現詳解篇章作法、並力求會通詩文原理，前文第二章即指出此為其詩論的形式創新之一；同時，在桐城文論普遍「重文輕詩」〔註 118〕的價值體系中，方東樹雖然也承認古文比詩重要性高，附和韓愈「餘事作詩人」的說詞，但並不因此輕忽詩篇創作的奧妙，反而積極向「文章」的美感中取資，乃發現「文法」的運用，對詩篇可具有「變化結構、創新語勢、以及深刻詩意」的積極功效〔註 119〕。此係由歷代大家

18～19 頁。見《尺牘彙編》第十三冊《明清名人尺牘》。台北市：廣文書局，1987 年。

〔註 116〕　參方東樹：〈書歸震川史記圈點例後〉。見《續修四庫全書》集部、別集第 1497 冊《攷盤集文錄》，頁 342 頁上。上海市：上海古籍，1995 年。

〔註 117〕　參方東樹：〈合刻歸震川圈識史記例意、劉海峰論文偶記〉，見《續修四庫全書》集部、別集第 1497 冊《攷盤集文錄》，頁 341 下。上海市：上海古籍，1995 年。

〔註 118〕　桐城初祖中，戴名世較少論及於詩；方苞向以「決意不為詩」而著名；劉大櫆雖號稱以詩論文，但所致力教學與評論者，也以古文為主；至姚鼐，則顯然以古文為重要，其曾告門生管同曰：「有文若此，何必能詩哉？」（〈與管異之〉六首，《姚惜抱尺牘》39 頁）；亦曾於評陳碩士文章後，曰：「詩不必廢，但所重在此（古文）耳。」（〈與陳碩士〉九十六首，《姚惜抱尺牘》37 頁）筆者遂依據上述多重線索，概括出桐城派大抵仍有「重文輕詩」的傾向。

〔註 119〕　參見方東樹：《昭昧詹言》卷十一，第二十四，238 頁。曰：「李、杜、韓、蘇四大家，章法篇法，有順逆開闔展拓，變化不測，著語必有往復逆勢，故不平。韓、歐、蘇、王四家，最用章法，所以皆妙，用意所以深曲。山谷、放翁未之知也。」台北市：漢京，1985

中相互比較、反覆印證而獲致的創作要領，藉由評註既擴充了詩可以「結構謹嚴、氣勢變化、意蘊深刻」為美的類型，也間接提昇了韓愈、歐陽修等古文家的詩篇地位。因此，亦可視為方東樹論詩能獨出於傳統的創新處。

　　然而，方東樹本身在運用「文法」概念時，採取的表述方式是自由、而較不嚴謹的。因為，若以今日文法與修辭學的觀念區分，所謂「文法」，至少應涵有「篇法」「章法」「句法、字法」等鉅細不同的層次〔註120〕。而在《昭昧詹言》全書中「文法」「章法」的用法卻經常含混不明，倘試加辨析，則通常以「古文法」泛稱全首詩篇的結構變化，有時卻也以「章法」稱之〔註121〕，二者間稍有混同，此多見於前十三卷論五、七言古體詩；有時則又將「章法」「句法」等用語，分別實指詩篇中結構、與修辭的效用〔註122〕，二者層次不同、義分界明，此乃見於第十四卷後評七言律體的用法。

　　同時，由方東樹詩篇評註的內容概觀，除少數論及虛字、討論字法〔註123〕外，普遍較詳於章法、句法的評析。如其評七言律體常以

<hr>

年。

〔註120〕參見姚椒：《文學研究法》卷三「格律」「聲色」二篇，其論及文章要領，是由「篇法、章法、隸事、造句、煉字，以及聲調、對偶」。122～143 頁。合肥市：黃山書社，1989 年。又參見夏紹碩：《古典詩詞藝術探幽》書中亦將詩詞創作的文法區分為章法、句法、字法三層次。台北縣：漢京文化，1984 年。

〔註121〕例如在方東樹：《昭昧詹言》卷一，第九十二，30 頁。論詩文的氣脈，曰：「有章法而無氣，則成死形木偶。有氣無章法，則成粗俗莽夫。……」台北市：漢京，1985 年。

〔註122〕參見方東樹：《昭昧詹言》卷十四，第二，375 頁。曰：「七律之妙在講章法與句法。句法不成就，則隨手砌湊，軟弱平緩，神不旺，氣不壯，無雄奇傑特；章法不成就，則率漫複亂，無先後、起結、銜承、次第、淺深、開合、細大、遠近、虛實之分，令人對之惽昧，不得爽豁。故句法則須如鑄成，一字不可移易，又須有奇警華妙典貴，聲響律切高亮；章法則須一氣呵成，開合動蕩，首尾一線貫注。」台北市：漢京，1985 年。

〔註123〕參見方東樹：《昭昧詹言》卷一，第五十三，19 頁。論虛字用法之妙曰：「用虛字承遞，此宋後時文體，最易軟弱。須橫空盤硬，中

二句一組分析起、承、轉、合的篇法，其中更特重「起」法，並聯繫於時文寫作中「擒題」〔註124〕「破題」〔註125〕「敘題」〔註126〕等爲題立案、分佈意脈的章法運用而論。

再藉評詩實例的格式分析，應可看出方東樹在批評實際中所呈現的「文法」，確實有其偏重。如評王安石〈純甫出釋惠崇畫要余作詩〉〔註127〕，曰：

> 起二句正點，以一句跌襯作筆勢，亦曲法。「早雲」四句，接寫畫也，卻深思沈著，曲折奇險如此。「雪」，蘆花也。「往時」四句又出一層，而先將此句冠之，與「無若宋人然」

閒擺落斷剪多少軟弱詞意，自然高古。此惟杜、韓二公爲然，其用虛字必用之於逆折倒找，令人具有莫測。須於《〈三百篇〉》及杜、韓用虛字處，加意研揣。」台北市：漢京，1985 年。

又於參見方東樹：《昭昧詹言》卷一，第五十四，20 頁。論虛字的重要曰：「謝、鮑、杜、韓，其於閒字語助，看似不經意，實則無不堅確老重成鍊者，無一懦字率字便文漫下者。此雖一小事，而最爲一大法門。苟不悟此，終不成作家。」台北市：漢京，1985 年。

〔註124〕參見方東樹：《昭昧詹言》卷十六，第三，387～388 頁。析王維〈奉和聖製從蓬萊向興慶閣道中留春雨中春望之作〉詩起二句爲「擒題之命脈法」。台北市：漢京，1985 年。

〔註125〕參見方東樹：《昭昧詹言》卷十六，第四，388 頁。析王維〈敕借岐王九成宮避暑應制〉詩起二句爲「破題甚細」。台北市：漢京，1985 年。

〔註126〕參見方東樹：《昭昧詹言》卷十六，第五至十，388～389 頁。析王維〈和太常韋主簿五郎溫湯寓目之作〉等詩的起句爲善於敘題、爲題立案、尋主脈等。台北市：漢京，1985 年。

〔註127〕引見王安石〈純甫出釋惠崇畫要余作詩〉全文，以利參見：「畫史紛紛何足數，惠崇晚出吾最許。早雲六月漲林茭，移我攸然墮洲渚。黃蘆低催雪霽土，鳧雁靜立將儔侶。往時所歷今在眼沙平水澹西江浦。暮氣沈舟案魚罟，軟眠嘔軋如聞木虜。頗疑道人三昧力，異域山川能斷取。方諸承水調幻藥，灑落生綃變寒暑。金波巨然山數堵，粉墨空多真漫與。大梁崔白亦善畫，曾見桃花淨初吐。酒酣弄筆起春風，便恐漂零作紅雨。流鶯探枝婉欲語，蜜蜂採蘂隨翅股。一時二子皆絕藝，裘馬穿羸久羈旅。華堂啓惜萬黃金，苦道今人不如古。」見四部備要本《古詩選》卷八、七言第一葉左至第二葉右。台北市：中華書局，1981 年。

句法同。「沙平」以下，正昔所歷也。『頗疑』二句逆捲，
何等奇險筆力。「方諸」二句敘耳，亦險怪不平如此。「大
梁」六句一襯，作一段，亦另自寫。「一時」以下，賓主雙
收，作感慨收。……（1）

通篇用全力，千錘百鍊，無一字一筆懈，如輓百鈞之弩。
此可藥世之粗才俗子，學太白、東坡，滿口常語雍熟句字，
信手亂填，章法更不知矣。此一派皆深於古文，乃解爲此。
初學宜從此下手，乃能立腳。……（2）

寫往時所歷，凡題畫家常法也，以眞襯也。坡〈雪浪拾〉
用「離堆」「蜀士」，同此用意。此詩四段：一寫；一襯；
一雙收。余刪「黃蘆」二句、「莫氣」二句、「方諸」四句、
「流鶯」二句，更道妙。……（3）（《昭昧詹言》卷十二，第一
七○，286頁）

本段評註在全書中屬於「分評各家詩篇」中結構較詳贍的類型，其內
容約涵有「依序分析章法」「總述特色」「批評作法優劣」等多種向度
的論述。概覽全書各卷，雖各則評註詳略不一，卻普遍較詳於「章法」
的講求。如引文中（1）部分一開始便逐章評析其筆法特性、與技法
效果，間夾有少數詞義註釋；除（2）部分總評此類章法的變化源自
古文外，第（3）部分，在批評作法中仍著重章法結構而討論。

因此，藉此例可知《昭昧詹言》各卷中分評詩篇者，常以一小章
的詩句來討論其結構、作法，並歸結爲一明確易學習的技法觀念（如
逆捲、客襯、草蛇灰線等）〔註128〕；且其討論偏好以「句」爲單位，

[註128] 例如方東樹：《昭昧詹言》卷十二，第一五九，283頁。評歐陽修〈送
吳照鄰還江南〉詩，曰：「數句耳，而往復逆折深變如此，非深於
古文不知。寫江南時令景起，倒入今白髮，卻憶先年來時未老，逆
捲法也。『不羞』句用意迂，不快人意；然或余未能解之耶？『羞
見』句逆捲。『五年』二句又順布，言不再出。不如杜公〈秋風〉。」
台北市：漢京，1985年。
又見方東樹：《昭昧詹言》卷十二，第一五七，282頁。評〈寄聖俞〉
曰：「起筆勢，跌宕有深韻。兩句相背起。『官閑』以下全發第一句，
『今來』一段虛應第二句，兩段相背，此章法也，客襯法也。妙絕。
『嚴蓀』四句，似西陵形此地更不如，卻先言西陵已爲所嗟，此爲

來說解語意和彼此間的結構關連，此爲其一般格式。整體而觀，其確實承續宋詩學的精神，以探求詩「意」曲折、變化的因素爲焦點，其但評詩視角則多集中於章法，而較少論及全體篇旨，與聲韻、字形等其他修辭問題，倘以影像攝取爲喻，則多中距離的平視取景，而較少宏觀或細部微觀，以致對作品的觀察雖平實確切，卻顯得支離、統整性與深刻性不足。

　　筆者以爲方東樹採取此評論觀點的原因，固有前述配合教習實際、偏重結構邏輯的背景，更有其欲在繼承宋詩學遺產下尋求創變的企圖：殆因作詩時用字與句法的講求，已分別見於宋代曾鞏和黃山谷二家的論述與實踐，故就「古文法」而言，唯有在「章法」上靈活運用、變化的奧秘仍未見明白提倡者，故方東樹著力於此，當意在『別創蹊徑』，期能於立論觀點與批評視角上凸顯其獨特性，自然亦有助於桐城詩派「以文論詩」理論體系的完成。

　　同時，我們也由評註中發現，方東樹的評論立場是常變化、轉移的。有時爲教學者，針對章句進行指導寫作技法的分析，有時也兼有學者考辨、評註以增進理解；有時則純粹作爲讀者的欣賞，有時則進而需理性評斷優劣，其甚者，更歸結或比較多例而提出個人論述（如前第（2）部分）。此種『評論合一』的論述特色，兼具今日文學批評論與創作論的效用，也足以在歷來評點文獻中彰顯特色。

四、章法原則顯示的美感取向

　　爲使此特色更具學術論證上的說服力，以下便擇要探討方東樹在「章法」評點等批評實際中，所偏好的創作技法與其呈現的審美效果。期盼藉各法則的歸結，得以更集中的凸顯《昭昧詹言》論詩的重要法則、與評詩的美感取向：

　　（一）強調婉轉、隱伏的曲筆，使詩意曲折而多重──草蛇灰線法爲主。「草蛇灰線法」原是近代八股文、小說評點中爲人熟習的寫

深曲。」台北市：漢京，1985 年。

作筆法〔註 129〕，方東樹評註詩篇時，卻有意引伸其詞義，用以指稱
詩篇中變化而嚴謹，卻又隱含無跡的章法運用。如其詮釋漢魏以前古
詩的文法高妙、委婉動人，便在於善用此法。評曰：

> 漢魏人大抵皆草蛇灰線，神化不測，不令人見。苟尋繹而
> 通之，無不血脈貫注生氣，天成如鑄，不容分毫移動。昔
> 人譬之無縫天衣，又曰：「美人細意熨貼平，裁縫滅盡針線
> 跡。」（《昭昧詹言》卷一，第八十，27 頁）

換言之，方東樹由〈古詩十九首〉、阮籍、陶潛等漢魏詩等典律中，
歸納出「草蛇灰線法」，便是為強調章法運用須細密、隱伏的重要作
詩法則。而其目的，則在促使敘述曲折而富變化，產生筆勢婉轉多姿
的效果。故又況喻曰：

> 用筆之妙，翩若驚鴻，宛若遊龍；如百尺游絲宛轉；如落
> 花迴風，將飛更舞，終不遽落；如慶雲在宵，舒展不定。
> 此惟《十九首》、阮公、漢、魏諸賢最妙於此。若太史公《史
> 記》〈年月表序〉尤妙，莊子則更減其跡。杜公〈奉先述懷〉，
> 一起語勢浩然，凡十層十四換筆，何減史遷。《莊子》〈齊
> 物論〉起數節，尤入化。（《昭昧詹言》卷一，第七十四，26 頁）
> 固是要交代點逗分明，而敘述又須變化，切忌正說實說，
> 平敘挨講，則成呆滯鈍根死氣；或總挈，或倒找，或橫截，
> 或補點，不出離合錯綜，草蛇灰線，千頭萬緒，在乎一心
> 之運化而已。（《昭昧詹言》卷十四，第五，376 頁）

能如引文中所喻般「變化流暢而自然無痕」，乃可避免刻意講求章法，
以致過於細密、費力〔註 130〕的缺弊，而獲致方東樹最看重的詩篇美

〔註129〕最為人熟悉者，是金聖嘆在〈讀第五才子書法〉中所歸納施耐庵《水
滸傳》可見的「倒插法」「夾敘法」等十五種文法。「草蛇灰線法」
是其中第三種。指的是敘事中藉等相同關鍵詞（如哨棒、廉子）的
反覆出現，隱伏「一條線索」，以增加事件聯繫的緊湊性的手法。
見金聖嘆批、施耐庵著《水滸傳》（一）頁 102～107 頁。台北市：
文源書局，1970 年。

〔註130〕參見方東樹：《昭昧詹言》卷十二，第一四一，278 頁。評註歐陽修
〈葛氏鼎歌〉下曰：「章法太密，出之費力矣。然深重條曲，老於

感——詩意得以曲折而多重，達到深刻動人的力量。此種義涵多重、僅現情性的美感，自皎然《詩式》等唐代詩論中已多推重〔註 131〕。但方東樹強調詩篇應意蘊豐富，更出於兼重「文、理、義」的詩學原理，有其追求詩篇氣格與義蘊，期待比論於史書（如《史記》）、子書（如《莊子》）深刻有力的美感範式。因此，「草蛇灰線」乃成為《中昧詹言》中轉化文章曲筆的代表性技法，希望經由「詩法」的曲折，追求「詩情、詩意」之曲折深刻〔註 132〕。

　　另外，方東樹也回歸詩教「溫柔敦厚」等的傳統質性而言，認為詩篇中採取「草蛇灰線法」的曲筆表現，較有利於表現即目直抒的「賦」體類題材，使其不藉比興，在直寫「即目即時之景」時，依舊使人獲得「感而有思」〔註 133〕的情味；同時，必要時更能轉化詩人憤虐之情，使讀詩者獲得「失笑而復感嘆，轉若有味乎其言」〔註 134〕的情

剪裁。起二句逆入。三四倒敘。『蕩搖』句實敘見出。『滑人』以下，後而虛寫鼎。『明堂』以上，虛說兩層。『二三子』以下作詩，亦兩層。」台北市：漢京，1985 年。

〔註 131〕參見皎然：《詩式》〈重意詩例〉，曰「兩重意以上，皆文外之旨。若遇高手如康樂公，覽而察之，但見性情，不睹文字，蓋詣道之極也。」見：何文煥：《歷代詩話》第 21 頁上。台北縣：藝文印書館，1983 年。

〔註 132〕參見方東樹：《昭昧詹言》卷十二，第一二七，275 頁。曰：「深人無淺意，無率筆，無重複。一時窺之，總不見其底蘊。由於意、法、情俱曲折也。」台北市：漢京，1985 年。

〔註 133〕可參見方東樹：《昭昧詹言》卷二，第十七，56 頁。評「古詩」中〈明月皎夜光〉一首，其註曰：「感時物之變，而傷交道之不終，所謂感而有思也。後半奇麗，從〈大東〉來。初以起處不過即時即目以起興耳，至『南箕北斗』句，方知『眾星』句之妙。古人文法意脈如此之密。……寫時景耳，而措語高妙。」台北市：漢京，1985 年。

〔註 134〕可參見方東樹：《昭昧詹言》卷二，第十四，56 頁。評「古詩」中〈今日良宴會〉一首，其註曰：「……『令德』，曲之情；『高言』，曲之文。以求富貴為『令德高言』，憤懟已極，而意若莊，所以為妙。而布置章法，更深曲不測。言此心眾所同願，但未明言耳；今借令德高言以申之，而所申乃如下所云云，令人失笑而復感嘆，轉若有味乎其言也。此即申上〈青青陵上柏〉一篇，而縹緲動盪，憑

緒宣洩、與情感淨化效果。凡此，皆爲方東樹藉「草蛇灰線法」等曲筆寫作欲彰顯的美感效果。

（二）利用斷截、簡潔的直筆，使語斷意接——以「橫雲斷山法」爲主。相對於「草蛇灰線法」曲折隱晦的美感，另有一類平直敘事、實寫情景的章法——「橫雲斷山法」，也是來自小說評點的陳法〔註135〕，但妥切運用，能爲詩篇帶來雅正雄渾的氣勢。方東樹於總論五古詩體時，便曾較論此平、直兩類手法的差異，並以「平鋪直賦」「氣體高峻」「橫空盤硬、拉雜造奷」等用語，描述運用截斷式直筆的獨特效果〔註136〕。藉此，我們可推測方東樹所謂「橫雲斷山法」、或具有「橫空盤硬」美感的結構，應是採取典重順敘，但間以「語不接而意接」「藕斷絲牽」的筆法，以簡潔敘事內容、製造文本「空隙」（gaps）的技巧。但單看評論畢竟顯得抽象。可再參考另一處由評者直接界說、細評章法，並可對照原詩的例證。

《昭昧詹言》七古詩卷中評蘇東坡〈韓幹馬十五匹〉詩後〔註137〕，

虛幻出，蜃樓海市，奇不可測。《莊子》〈盜跖篇〉言不矯情傷生，以求聲名富貴，同此憤譴。」台北市：漢京，1985 年。

〔註135〕同見金聖嘆〈讀第五才子書法〉中所歸納施耐庵《水滸傳》的十五種文法。「橫雲斷山法」是其中第十四種。是唯恐敘事文字太長、顯得累墜，故從半腰暫時閃出，以間隔之的手法。見金聖嘆批、施耐庵著《水滸傳》（一）頁 106 頁。台北市：文源書局，1970 年。

〔註136〕參見方東樹：《昭昧詹言》卷一，第八十一，27 頁。曰：「亦有平鋪直賦，而其氣體自高峻不可及。如《雅》、《頌》諸作，豈必草蛇灰線之引脈乎？《秦風》《小戎》，典制閨情並舉而不相害，可以識古人之體例。大約古人之文，無不是直底，後人都要曲，曲則不能雄，但非直率無運轉耳。讀《小戎》詩可識橫空盤硬、拉雜造奷之法。」台北市：漢京，1985 年。

〔註137〕引見蘇東坡〈韓幹馬十五匹〉詩原文如下：「兩馬並驅攢八蹄，二馬宛頸騣尾齊。一馬任前雙舉後，一馬卻避長鳴嘶。老馬奚官騎且顧，前身作馬通馬語。後有八匹飲且行，微流赴吻若有聲。前者既濟出林後，後者欲涉鶴俛啄。最後一匹馬中龍，不嘶不動搖尾風。韓生畫馬眞是馬，蘇子作詩如見畫。世無伯樂亦無韓，此詩此畫誰當看。」見四部備要本《古詩選》卷九、七言第十葉右，十一葉左。台北市：中華書局，1981 年。

歸納其章法特性有「七妙」，並收結曰：

> 橫雲斷山法，此以退之〈畫記〉入詩者也。後人能學其法，
> 不能有其妙。章法之說，山谷亦不能解，卻勝他人。（《昭昧
> 詹言》卷十二，第二一一，296 頁）

本篇評註羅列章法之妙有七：如謂〈韓幹馬十五匹〉詩「二馬竝驅攢
八蹄，二馬宛頸鬃尾齊」等開頭四句以「直敘起」；又曰全篇中分合
序敘十五馬、夾寫如畫等，如刪除其重複繁冗的評論，則凸顯成功的
關鍵在於以「老髯奚官騎且顧，前身作馬通馬語」二句橫斷前後的敘
述，名其曰「橫雲斷山」應即爲此。

　　再由原詩章法運用看來，前四句直敘馬的動作姿態，以二二一一
的參差法取景；「老髯」二句之後，則先合寫八匹馬，再四四分述其
行止，而後特寫落單的最後一匹「馬中龍」悠閒的神態。可知，此斷
山之「雲」，雖以短短二句橫截了前後的敘述，卻產生兩種效果：一
則使原本可能繁瑣、格式化的大量描寫筆法，在雲橫斷之處，產生了
頓挫、改變了原本的敘述節奏，增加敘述手法的豐富性；再則，也因
夾敘夾議二句詩的插入，獲得轉換鑑賞觀點的機會（由遠觀馬──分
寫人的形、神──細寫馬的神情），使前後懸殊的兩段得以順接自然，
並增加意象引發的想像空間。因此，「橫雲斷山法」雖以平敘直寫（實）
爲基調，具有雄壯如山的氣魄，經由插入句法的創意與變化，通常能
刪簡反覆或繁冗的敘事〔註 138〕，爲詩篇延伸出更多想像（虛）的情
趣。故用得巧妙，便是一種醒目的創意、難得的氣魄；用得突兀，便
易覺生硬，毋怪方東樹又以「橫空盤硬」「拉雜中造拗」形容其美感。

　　是故，相對於「草蛇灰線法」的細密章法而言，「橫雲斷山」是

〔註 138〕參見方東樹：《昭昧詹言》卷二，第三十二，61 頁。評古詩《穆穆
　　　　清風至》一首，即強調其截斷「被棄不顧」一段，直陳牽掛良人之
　　　　情，故事簡而情深。其言曰：「此詩恉俱未詳，不敢強通。以意測
　　　　之，言衣此袍以望所思。中間刪去棄我不終一段情事。古人文法筆
　　　　力，得斬截處即斬截也。『津梁山』三字著眼，言勢利交也，亦屈
　　　　子餘恉。」台北市：漢京，1985 年。

屬於較簡潔扼要、變化平淡的。故凡面對須大量重覆的敘寫題材，
便可透過橫截、斷接來爭取轉變敘述筆法和觀點的機會。此法本是
姚範等桐城詩派先驅由賈誼、韓愈等家古文法中，會通而得的篇法
要訣〔註139〕。方東樹不但轉化於評析詩篇，甚至將「平衍驀說」作
爲篩選詩篇「能否得古體風格」的形式標記。同時，也認爲所截斷、
續接的詩句間並全然無關，而是由事象、語言上的直接相承接，變
爲詩意、情感上的間接延續，故推崇其高妙者應是「語不接而意接」。
遂歸結其要領，曰：

> 古人文法之妙，一言以蔽之曰：語不接而意接。血脈貫續，
> 詞語高簡，《六經》之文皆是也。俗人接則平順驀寒，不接
> 則直是不通。韓公曰：「口前截斷第二句。」太白云：「雲
> 台閣道連窈冥。」須於此會之。（《昭昧詹言》卷一，第八十二，
> 28頁）

運用語斷意接的文法，可以達到敘述簡潔、兼重想像情味的評詩觀
點，乃是方東樹在歸結「橫雲斷山法」等具體章法中，所刻意傳達給
學詩者、閱讀者的美感訊息，我們有必要加以留意。

　　（三）偏好逆筆〔註140〕創新意，使詩篇有氣格——以逆捲法爲
主。其實，從上述曲筆、斷筆、至本處所謂逆筆、提筆等技法術語，
基本上都源於書法藝術中運筆法的區分，方東樹會通其理，並轉而借
「提」「逆」等語彙於解析較抽象的詩文寫作技法〔註141〕，頗能生動

〔註139〕參見方東樹：《昭昧詹言》卷一，第七十七，26頁。曰：「薑塢先生
　　　　曰：『文字最忌低頭說話。』余謂大抵有一兩行五六句平衍驀說，
　　　　即非古。如賈生文，句句逆接橫接，杜詩亦然。韓公詩閒有順敘者，
　　　　文則無一挨筆。」台北市：漢京，1985年。
〔註140〕所謂「逆筆」，乃常見於古文及小說中的敘事筆法。參見彭會資編：
　　　　《中國文論大辭典》，第223頁，「逆筆」條目，曰：「逆筆，與順
　　　　筆相對而言，指不按事件發展進程的順序，甚至從反面導入的描述
　　　　方法。」廣西：百花文藝，1990年。
〔註141〕顯明之例，可見於方東樹：《昭昧詹言》卷十二，第四十五，253頁。
　　　　曰：「〈鳴臯歌〉起以已發興可。『麒麟』句提筆，逆入人。『青松』
　　　　句再提筆，逆入地。『我家』句接，出敘。」台北市：漢京，1985

的型態。

　　……：由於「逆」意味著「反」，與「正、順」相對，

……的邏輯思理（跳脫常情常法）的表現，往往較強調

……達個人的獨特感受，也不易與他人重複蹈襲，所以通

……意或獨特體會顯現的地方，猶如書法運筆中的逆折處，

……表現方筆、毫鋒等個人風格的特色。故就詩篇章法而觀，

……文上的轉折處，與前段詩意間常見些許跳接、突兀，因此

……注目。如唐宋詩文中常見的題畫作品，便常用「先寫景而

……」〔註142〕的手法，以造成詩意波折的效果，乃至凡於詩篇中

……入、逆襯等筆法一小章一小章交錯，使詩意層層推新、呼應，

……成「思深而筆折」的結構，便是方東樹所謂「逆捲法」的變化章

……法，故又稱「倒捲」〔註143〕。

　　印證於評詩實例，則歐陽修〈歸雁亭〉〈送琴僧知白〉等詩篇中

均時見此種逆筆中再逆筆，以含蓄地回扣前題的逆捲技法〔註144〕。

然須辨明的是，此種逆筆應不是孤立的，否則便易與前述他法混淆。

如上引歐陽修〈盤車圖〉詩〔註145〕，先以「楊褒忍飢官太學」等兩

〔註142〕此法爲詩人題畫名作間相互摹習，如杜甫、歐陽修、蘇東坡等家皆
　　　　有，可參見方東樹：《昭昧詹言》卷十二，第一四四，279 頁。評歐
　　　　陽修〈盤車圖〉詩的註釋內容，曰：「《盤車圖》先寫逆捲，題畫老
　　　　法。坡公偷此，作《韓十五馬》。『愛其老樹』五句刪。」台北市：
　　　　漢京，1985 年。

〔註143〕參見方東樹：《昭昧詹言》卷三，第二十，87 頁。於本書卷三、評
　　　　阮籍〈昔年十四五〉詩，曰：「文勢文法，於壯闊浩邁中，一一倒
　　　　捲，截斷逆順之勢，惟阮公最神話於此。凡文法，先順，後必逆，
　　　　《平生少年時》篇略同。」台北市：漢京，1985 年。

〔註144〕參見方東樹：《昭昧詹言》卷十二，第一五八，282 頁。〈送琴僧知
　　　　白〉下註曰：「此從杜〈公孫大娘〉來，亦是逆捲法門，俗士不知。
　　　　『豈謂』句逆捲入。『久以』句逆捲琴。〉台北市：漢京，1985 年。

〔註145〕引見歐陽修〈盤車圖〉詩原文如下：「淺山嶙嶙，亂石矗矗，山石
　　　　硞聲車礫礫。山勢盤斜隨澗谷。側轍傾輆如欲覆。出乎兩岸之隘口，
　　　　忽見百里之平陸。坡長阪平牛力疲，天寒日暮人心速。楊褒忍飢官

句逆轉前九句對……

人爲主、抒……

遂與「橫……

於此詩下註「……

兩句第一層逆轉後……

題詩之事，其後再經「古……

最後以「楊生得此乃不飢」……

樂而忘食、超然物外。由此可見……

筆的緊湊轉折，使詩意在曲折盡情中……

東樹選擇本篇進行的評註與刪節，可算……

　　因「逆捲法」最能發揮轉折、創變的詩意……

評論北宋詩家中以歐陽修最擅此法，而方東樹也引……

的致勝法門〔註146〕，並爲之追溯根源，謂來自杜甫〈……

子舞劍器行〉詩樹立了長篇敘事章法的典律。今觀《昭昧詹……

論「逆捲法」者，常見於詠史、題畫等歷時傳誦、或多人同時就……

寫作題材。殆因此類詩題相沿者眾，後作詩人必藉「逆」筆創造詩意……

變其陳調，否則便難出新貌。如本書卷十二有歐陽修詩〈明妃曲〉〈再

和明妃曲〉二首〔註147〕，題材相同、筆法近似，但章法工拙懸殊，

太學，得錢買此才盈幅。愛其樹老石硬，山回路轉，高下曲直，斜
橫隱現。妍嬌向背各有態，遠近分豪皆可辨。自言昔有數家筆，，
畫古傳多名姓失。後來見者知謂誰，乞詩梅老聊稱述，古畫畫意不
畫形，梅詩詠物無隱情。忘形得意知者寡，不若見詩如見畫。乃知
楊生眞好奇，此畫此詩兼有之，樂能自足乃爲富，豈必金玉名高貲。
朝看畫，暮讀詩，楊生得此可不飢。」見四部備要本《古詩選》
卷九、七言第十葉右，十一葉左。台北市：中華書局，1981年。

〔註146〕參見方東樹：《昭昧詹言》卷十二，第一五二，281 頁。〈歸雁亭〉
下註曰：「『城下』句逆捲。『因記』句逆捲。順逆之中，插此句作
章法，亦制勝法，此可爲成式。」台北市：漢京，1985年。

〔註147〕引見歐陽修詩〈明妃曲〉〈再和明妃曲〉二首原文如下：〈明妃曲和
王介甫作〉「胡人以鞍馬爲家，射獵爲俗，泉甘草美無常處，鳥驚
獸駭爭馳逐。誰將漢女嫁胡兒，風沙無情貌如玉，身行不遇中國人，

恰可作爲運用「逆捲法」的正反例證：

> 評〈明妃曲和王介甫作〉詩：思深，無一處是恒人胸臆中
> 所有。以後一層作起。「誰將」句逆入明妃。「推手」句插
> 韻，太白。「玉顏」二句，逆入琵琶。收四語又用他人逆襯。
> 一層層不猶人，所以爲思深筆折也。此逆捲法也。（《昭昧詹
> 言》卷十二，第一五一，281 頁）
>
> 評〈再和明妃曲〉詩：起六散漫。「耳目」二句腐。「漢計」
> 二句更漫。此篇全無佳處。（《昭昧詹言》卷十二，第一五一，281
> 頁）

如對照詩篇內容，則明顯可見後篇〈再和明妃曲〉採取順敘昭君故事
的手法，雖夾議「雖能殺畫工」二句、且於「耳目所及尚如此」、「漢
計誠已拙」二處語氣上試圖轉折、詩意上卻仍持續，並未能開出新意
蘊；相反的〈明妃曲和王介甫作〉則不然：前四句以邊塞雄放之景起，
轉而以鳥獸寓被奴役者的心情，至「誰將漢女嫁胡兒」第一層逆折入
議，語氣轉而柔緩，再順敘作曲自嘆；「推手爲琵卻手琶」等句則第
二層逆入琵琶爲主題、至「纖纖女手生洞房」再第三層逆轉閨女學曲，
狀似逆筆遠岔於後世他人、感嘆琵琶曲雖同而聲情懸別。其實以樂聲
借代主角，寓指昭君昔時亦清純懵懂，若非親歷、豈知人事無常的嗟
嘆深情，並呼應前半段「誰將漢女嫁胡兒」二句對比的突兀感。故在
層層逆接中、不斷帶給讀者「陌生」「奇特」的新鮮感，而在最後的
轉折中回扣前文主題，以造成結構上的逆捲收鋒，也開啓另一層意涵

馬上自作思歸曲。推手爲琵卻手琶，胡人共聽亦咨嗟。玉顏流落死
天涯，琵琶卻傳來漢家。漢公爭按新聲譜，遺恨已深聲更苦。纖纖
女手生洞房，學得琵琶不下堂。不識黃雲出塞路，豈知此聲能斷
腸？」。
〈再和明妃曲〉「漢宮有佳人，天子初未識。一朝隨漢使，遠嫁單
于國。絕色天下無，一失難再得。雖能殺畫工，於事竟何益？耳目
所及尚如此？萬里安能制夷狄。漢計誠已拙，女色難自誇。明妃去
時淚，灑向枝上花。狂風日暮起，漂泊落誰家？紅顏勝人多薄命，
莫怨春風當自嗟。」見四部備要本《古詩選》卷九、七言第十一葉
左，十二葉右。台北市：中華書局，1981 年。

的餘思無限。

　　因此，藉由〈明妃曲和王介甫作〉的巧用逆捲手法，我們檢證了「逆筆」運用上的兩項特點：1. 逆筆因配合對前段筆法的變換，而可能有敘有議，但其轉變常藉由形象的對襯效果（如：泉甘草美──鳥獸驚駭；漢宮爭按譜──昭君恨更苦等）作爲預示。2.「逆筆」在結構上並非突兀的，通常於前段中已先伏轉折的線索；而在連續轉變抒寫重點後，其筆必作收結，呼應於前。藉此可知，方東樹以兩篇詠史詩例相互對照、詳予解說，原應有教習詩文上的示範作用。

　　誠如俄國形式主義派的學者所述：「被人們稱爲藝術的東西之所以存在，就是爲了要重新去體驗生活、感覺事物。」而藝術家們對事物採取「反常化」的程序、偶然性的描述、或形象化等作法，均爲了「創造對客體的特殊感覺，創造對客體的一種"幻象"，而不是一種認識。〔註148〕」藉由探究《昭昧詹言》這三種明確稱其爲「法」、且經多處運用的章法原則，除可看出：方東樹刻意以當代學詩者既有的觀念與知識爲基礎，在詮釋典律中形成簡明的作詩法則，以提供學詩者創作初期的解析、與進一步創新變化的示範外，由詩法的內容更顯現出方東樹「有意識」強化的各種美感取向〔註149〕。

　　因此，藉「草蛇灰線法」婉轉、隱伏的作法，可顯示方東樹強調

〔註148〕　參見（蘇聯）B.B.斯克洛夫斯基〈作爲程序的藝術〉一文，384～386頁。見伍蠡甫、胡經之主編《西方文藝理論名著選編》下卷。北京市：北京大學，1987年。

〔註149〕　其他，尚有部分偶見論及的筆法（如客觀法，見《昭昧詹言》卷十二，第一五七，282頁。評歐陽修〈寄聖俞〉詩，曰：「起筆勢，跌宕有深韻。兩句相背起。『官閑』以下全發第一句，『今來』一段虛應第二句，兩段相背，此章法也，客觀法也。妙絕。『嚴蓀』四句，似西陵形此地更不如，卻先言西陵已爲所嗟，此爲深曲。」；避直法，見方東樹：《昭昧詹言》卷五，第六八，150～151頁。評謝靈運〈夜宿石門〉詩，曰：「起不過點題，於宿前補一筆引則有根，避直法也。」等），因與其他詩法併用、或與前述三法有相當的近似性，則略而不及。

以「曲折」的筆法造營深刻詩境、豐富詩意的傾向；「橫雲斷山法」則是其鼓勵在敘述中運用「截斷」的章法，以達到「語不接而意接」的簡潔而有味；至於講求「逆筆」于興象、或章法承接，則為製造詩句、語勢的波折變化，以表現個性化的創意為目標。凡此類曲折隱晦、斷截不順、逆筆反常的作法，均與上述俄國學者所提出「陌生化」的創作原理、結構美感有諸多契合之處，換言之，這些詩法皆有其增加感覺難度、延宕接受時間，以增進「藝術」效果的效用。可見方東樹評註詩篇，雖具有創作上表現氣格、語言風貌上追求創變的傾向，應非僅基於「兀傲不俗」的獨特美感取向而已，也有源自讀者接受心理、詩篇藝術效果等方面的必要考量，與近代結構主義學者所謂『陌生化』原理可相互發明。

總之，藉本章由本而末、自原理建立到批評實際的考察，可歸結宋代詩學中的「創作」意識，對方東樹詩論的諸多層面都產生具體的影響。我們可分項檢視，獲得以下的結論：

第一、創作意識方面：方東樹在桐城派強調「詩文為能事」的基礎上，特別強調「作用」——個人獨特的藝術風格，以落實所謂「能事」的內涵。並依循「創意、造語」等宋人提出的詩法要領，改造、普遍化為創作前的基礎觀念，與可實踐的路徑。

第二、學習方法方面：方東樹轉化宋代詩學「無定而有定」的活法觀，並取法黃庭堅「領略古法生新奇」的精神，建構出依學養調整法度、以章法輔成氣脈、用逆筆增加氣勢等，既講求靈活變化、又偏好氣格表現的學詩方法論。

第三、評論形式方面：則因牽就學詩者舊經驗、適應社會風習的方便性，而藉助科舉制義的行文用語、結構概念、文章評點的法則等，以評析詩篇、形成「草蛇灰線法」等章法原則，卻往往能引申義涵、創意詮釋，使這些法則的運用，顯現因詩人而稍異的靈活變化，既具「有定而無定」的活法特質，也顯示方東樹偏重「意蘊深刻、敘述簡明有力、並具個人獨特體會與創意」的詩風，藉姚鼐的風格區分而言，

大體屬於「兼有陰陽，而偏勝於剛之美者」的風格類型〔註150〕。

最特別的是，這種對氣格雄健的偏重，並不完全是方東樹獨特的偏好，也有因「以文論詩」而轉移的美感取向，更有源於宋詩對詩歌藝術的體察，可與今日文學藝術論相徵驗的原理依據。可見宋代詩學這種「絕去蹊徑、別具隻眼」〔註151〕的創作意識，不但啓發了方東樹《昭昧詹言》等後代詩人的創作自覺，也啓迪了其詩學中對詩歌藝術特質、原理的探求。

〔註150〕 參姚鼐：〈復魯絜非書〉，《惜抱軒文集》卷六。見《惜抱軒詩文集》，頁93。上海市：上海古籍，1992年。

〔註151〕 參見張高評：《宋詩之新變與代雄》，第二章第三節所提出的宋詩特色，118～122頁。台北市：洪葉，1995年。